Mord mit Massage

© Julia Blank

Silke Porath lebt, liebt und arbeitet mit ihrem französischen Mann, dem Mops Baudelaire und dem reinrassigen Charlie in ihrer schwäbischen Heimatstadt Balingen. Die Mutter dreier Kinder ist Mitglied bei den 42er Autoren und im Verband deutscher Schriftsteller. Das Zuhause im Netz ist immer geöffnet: www.silke-porath.de.

© privat

Sören Prescher, Jahrgang 1978, wohnt mit seiner Familie in Nürnberg. Zudem ist er Mitglied der 42erAutoren und freier Journalist des Nürnberger Musik- und Kulturmagazins RCN. Neben zahlreichen Kurzgeschichten-Veröffentlichungen sind in den vergangenen Jahren mehrere Romane von ihm erschienen, unter anderem der Thriller „Raststopp". Zusammen mit Silke Porath verfasste er drei Kurzkrimi-Sammlungen sowie den amüsanten Kriminalroman „Klosterkeller". Mehr über den Autor unter www.soeren-prescher.de.

Silke Porath
Sören Prescher

Mord mit Massage

Kriminalroman

Weltbild

Besuchen Sie uns im Internet:
www.weltbild.de

Werner-von-Siemens-Straße 1, 86159 Augsburg
Dieses Werk wurde vermittelt durch die Literarische Agentur Thomas Schlück GmbH, 30161 Hannover
Projektleitung und Redaktion: usb bücherbüro, Friedberg/Bay.
Umschlaggestaltung: Alexandra Dohse - www.grafikkiosk.de, München
Umschlagmotiv: Artwork Alexandra Dohse unter Verwendung von Bildern von Shutterstock (c) MvanCaspel, taelyillusion, JOAT, Elena Noeva und mauritius images, Mittenwald (© Collectiva / Alamy)
Satz: Datagroup int. SRL, Timisoara
Druck und Bindung: CPI Moravia Books s.r.o., Pohorelice
Printed in the EU
ISBN 978-3-96377-179-8

2022 2021 2020 2019
Die letzte Jahreszahl gibt die aktuelle Lizenzausgabe an.

Erster Tag

Horst

Schrödinger ist echt ne Knackwurst. Da könnte es für ihn einmal richtig gut laufen, und dann vergeigt er es wieder. Wobei er diesmal gar nichts dafür kann. Na ja, nicht nur jedenfalls. Wer konnte schließlich ahnen, dass ihn sein doofer Rücken dermaßen im Stich lassen würde? Und natürlich nicht irgendwann, sondern mitten beim Ausmisten unserer alten Wohnung. Sonst ist er ja immer etwas träge, wenn es um solche Sachen geht. Aber um Marion zu beeindrucken und um schon mal was für den geplanten Umzug nach Tuttlingen vorzubereiten, hat er sich ordentlich ins Zeug gelegt. Und kaum dass er mal Gas gibt, fährt er die Karre sofort an die Wand.

O Mann.

Den einen Moment schleppte er noch zwei Kisten voll mit Videokassetten (ich frag mich eh, was er damit will, er hat das Zeug seit Jahren nicht angerührt), im nächsten machte es *Schnapp,* und Herrchen lag jaulend und winselnd auf dem Wohnzimmerteppich. So ähnlich wie damals, als ich aus Versehen die opulente Gänseleberpastete aufgegessen hatte, die er für die Versöhnung mit seiner Exfrau stundenlang zubereitet hatte.

Aber dieses Mal bin ich ein ganz braver Boxer gewesen und hatte mich auf dem Sofa ausgestreckt, um das Schauspiel zu genießen. Normalerweise geht ja immer was schief, wenn der alte Schusselkopf versucht zu arbeiten. Deshalb dachte ich anfangs auch, er wäre mal wieder mit den Zehen gegen ein Tischbein gestoßen oder im Vorbeigehen irgendwo hängen geblieben. Gab es ja schließlich schon oft genug.

Aber sein Winseln wurde mit der Zeit nicht weniger, im Gegenteil. Er sah aus, als hätte er echt Schmerzen. Also bin ich zu ihm hin und wollte ihm tröstend die Hand ablecken. Mochte er zu dem Zeitpunkt aber nicht, sondern keuchte was vom Telefon.

Telefon?

Da klingelte nichts.

Er sagte: »Hol!« Und da ist mir eingefallen, dass wir so was ja mal geübt haben. Hatte Schrödinger im Fernsehen gesehen, dass ein Hund das kann. Also musste ich trainieren.

Ich holte ihm also das olle Ding aus dem Flur und er rief den Notarzt an. Ein Leckerli habe ich dafür nicht bekommen, typisch. Das Ende vom Lied war ein fieser Bandscheibenvorfall und die Einschätzung vom Doc, dass Schrödinger auf Reha muss.

Eigentlich ne tolle Idee. Dumm nur, dass die Rentenversicherung nur einen Platz in einer psychosomatischen Klinik zu bieten hatte. Dumm auch, dass er nicht an die Ostsee oder wenigstens in den Schwarzwald fahren darf, in die Nähe seiner geliebten Marion. Ausgerechnet Bad Mergentheim ist das Ziel. Das liegt irgendwo in Mainfranken, am oberen Rand von Baden-Württemberg. Woher ich das weiß? Weil Herrchen es nach dem Erhalt der Überweisung gegoogelt hatte. Besonders glücklich sah er dabei nicht aus.

Dabei weiß er zumindest, wohin er die nächsten sechs Wochen kommt. Ich hingegen hänge nach wie vor in der Luft. Keiner seiner Kumpels will sich um den niedlichen Boxer kümmern, der für sein Gewicht etwas zu klein geraten ist.

Tja, und hier sind wir nun. Irgendwo im Nirgendwo, und keiner weiß, wie's weitergeht. Und aus irgendeinem Grund muss ich in einer muffigen Sporttasche sitzen. Puh … hier drinnen müffelt es nach Schrödingers alten Socken. Ist ja kaum auszuhalten.

Dass ich da den Reißverschlussschlitz etwas weiter aufmache, ist fast schon Notwehr. Niemand hält es lange in einem solchen Ding aus. Draußen riecht es deutlich angenehmer. Oh, und die Frau da drüben sieht sympathisch aus. Ich habe das Gefühl, dass die zu mir schaut und will, dass ich zu ihr komme. Na, das schaue ich mir mal genauer an.

Schrödinger

Müde und äußerst vorsichtig streckte sich Schrödinger. Seine Bandscheibe meckerte nach der stundenlangen Autofahrt von Hannover. Außerdem hatte er Angst, dass hier, direkt vor der Kurklinik, noch weitere Knochen oder Gelenke den Geist aufgeben könnten. Wäre doch praktisch, wenn sie eh gerade vor Ort waren.

Keine hundert Meter vor ihm lag ein opulentes gelbes Backsteingebäude mit rotem Spitzdach und unzähligen weiß gerahmten Fenstern. Das Ziel seiner Reise. Warum das Gemäuer im Internet von manchen *Waffelburg* genannt wurde, leuchtete ihm nicht so ganz ein. Weder sah es nach Gebäck aus, noch deutete irgendwas anderes darauf hin.

Egal.

Zögernd betrachtete er den gepflasterten Weg, der vor ihm lag. Er raffte noch immer nicht, dass er gleich im Begriff sein würde, eine Rehaklinik zu betreten.

Eine Rehaklinik! Mit gerade mal Ende dreißig!

Normalerweise gehörten doch bloß die Leute über siebzig hierher. Die Alten und Gebrechlichen. Oder die einen an der Klatsche hatten. Aber nicht er!

Andererseits war sein malträtierter Rücken zwar nicht alt, aber zumindest gebrechlich. Und was das mit der Klatsche betraf, welcher geistig fitte Mensch nimmt seinen Hund mit in eine Reha-Einrichtung, in der Tiere verboten sind? Dass er daheim keinen von seinen sogenannten Freunden dazu überreden konnte, den Boxer für schlappe sechs Wochen bei sich aufzunehmen, dürfte die Klinikleitung nicht die Bohne interessieren. Seine Hoffnung war es ja gewesen, irgendwo in der Nähe eine nette Tierpension zu finden, die zufälligerweise Platz für einen so niedlichen Schoßhund haben würde. Leider hatte er aber nichts dergleichen gesehen, und auch sein Navi hatte nichts gefunden. So was wie ein Handy oder gar Schlauphon besaß Schrödinger nicht. Beziehungsweise nicht mehr, seit seine Exfrau seines bei der Scheidung mit einkassiert hatte.

Hund und Herrchen hatten den Wagen in der Tiefgarage geparkt, die etwas abseits vom Gebäudekomplex lag. Vor dem Haupteingang lag ein Rondell, wo gebeugte und fröhliche Gestalten in die wartenden Autos stiegen. Gepäckwagen wie im Hotel ratterten über die Pflastersteine. Zur Linken lag weit unten Bad Mergentheim. Rechts sah Schrödinger den Wald vor lauter Tannenbäumen nicht. Die Bäume wirkten irgendwie bedrohlich. Er hörte Lachen. Es kam aus einer stillgelegten Bushaltestelle, die den Schwaden nach zum Raucherbereich umfunktioniert worden war.

Ratlos schaute er von Horst zur Klinik und zurück. Ob die Leute an der Rezeption vielleicht wussten, wo er ein Hundehotel finden würde? Am besten nicht allzu weit entfernt, sodass er den Boxer zumindest einmal am Tag besuchen konnte. Sechs Wochen ohne den Vierbeiner wären ein Albtraum, den er sich nicht einmal vorstellen wollte.

Die einzige Alternative wäre, den Boxer irgendwie unbemerkt mit auf sein Zimmer zu schmuggeln. Doch die Chance, dass das klappte, dürften selbst die größten Optimisten als ziemlich gering einschätzen. Andererseits, wie hieß es so schön: Wer nicht wagt, der nicht gewinnt.

Also legte er einen Großteil seiner Klamotten aus seiner Reise/Sport-Tasche in den Kofferraum und setzte den Boxer an die frei gewordene Stelle in der Tasche. Skeptisch hängte er sich die Tasche um. Konnte das klappen? Zumindest vom Gewicht her gab es kaum einen Unterschied. Auch wenn es unauffälliger gewesen wäre, einen kleinen Luftschlitz am Reißverschluss musste er offen lassen, damit der arme Wuffi im Inneren unterwegs nicht erstickte.

Mit klopfendem Herzen und pochender Hüfte ging er los. Als er sich den Glastüren näherte, schwangen diese mit einem leisen Surren auseinander. Offenbar war man hier technisch auf dem neuesten Stand. Hoffentlich gab es drinnen keine Taschenscanner oder dergleichen.

Schrödinger betrat ein gefliestes Foyer. Die Sitzgruppen im Stil der frühen Neunziger verliehen dem Raum den Charme einer Bahnhofshalle. Daran konnte auch das psychedelisch anmutende orangefarbene Mosaik an der Stirnseite (eher ein Relikt der Siebziger) nichts ändern. Zwei Männer verschwanden in einem der beiden Aufzüge. Schrödinger entdeckte einen Prospektständer. Restaurants, Museen und der Wildtierpark boten sich hier den Kurgästen an. Von einer Tierpension kein Schnipsel. Also musste er doch auf die Hilfe der Frau am Empfangstresen zählen, der sich links hinter den Eingangstüren befand. Auf dem Weg dorthin grüßte er zwei Mittfünfziger mit Krücken und eine bestimmt siebzigjährige Oma im Rollstuhl. Alles Alte und Gebrechliche und absolut niemand in seiner Kragenweite.

Mit Müh und Not unterdrückte er den sofort wieder aufkommenden Fluchtreflex und trat an den Tresen. Die Sporttasche mit dem Boxer presste er so fest an sich, als wäre er ein Kleinkind auf dem Spielplatz, das seine Lieblingsspielsachen beschützen will. Er konnte durch den Stoff sogar den Herzschlag des Hundes spüren. Er war ebenso erhöht wie sein eigener.

»Guten Tag, mein Name ist Schrödinger. Ich soll heute hier einchecken. Zuvor hätte ich allerdings noch eine Frage …«

»Schrödinger? Und wie weiter?«

»Nix weiter. Nur Schrödinger. Wie gesagt, ich hätte da noch eine Frage. Ich …«

Weiter kam er nicht. In dem Moment gab es massive und vor allem abrupte Bewegungen in der Sporttasche. Bevor er wusste, was überhaupt geschah, sah er etwas Rundliches aus seiner Umhängetasche nach vorne schnellen. Gleichzeitig reduzierte sich das Gewicht der Tasche um ein Vielfaches.

Oh-oh!

Schrödingers Arme schossen vor. Er versuchte, den Ausbrecher zu fassen. Kurz war ihm, als würden seine Fingerkuppen das Fell berühren. Vermutlich reines Wunschdenken. Zum Aufhalten war es längst zu spät.

Ein panischer Aufschrei und ein lautes Bellen folgten. Schrödinger war nicht mal überrascht. Nur verärgert.

Verdammt!

Horst!

Er sah, wie der Boxer professionell wie ein Stuntman auf dem Klinikboden aufkam und von dort, kaum dass seine Pfoten den Boden berührten, zu der Frau im Rollstuhl lief. War sie es, die geschrien hatte? Das Kreischen war inzwischen verstummt, aber der Schreck stand der Rentnerin deutlich ins Gesicht geschrieben.

»Keine Sorge, der tut nichts. Das ist ein ganz Lieber«, rief er mechanisch. Vielleicht gab es ja eine Möglichkeit, das Unglück einzudämmen, bevor es vollends zu einer Katastrophe mutierte.

Wem machte er hier was vor? Die Rezeptionsfrau war von ihrem Stuhl aufgesprungen und eilte durch die seitliche Tür auf die Rollstuhlfrau zu. Ebenso die beiden Männer mit den Krücken.

»Frau Haferkant!«, rief eine Männerstimme. »Frau Haferkant!« Bevor Schrödinger die Stimme einem der

Krückenkerle zuordnen konnte, sah er, wie zwei gläserne Schwingtüren am Gang im hinteren Teil des Raumes aufgestoßen wurden und ein ganz in Weiß gekleideter Pfleger auf sie zueilte. Er war es auch, der unentwegt den Namen der Frau rief.

Horst erreichte die Rentnerin als erster. Er schnupperte kurz an ihrer herabhängenden Hand, dann am Reifen des Rollstuhls und sprang anschließend mit verblüffender Leichtigkeit auf den Schoß der alten Frau. Diese wirkte noch immer ziemlich verängstigt, schien aber trotzdem nicht anders zu können, als dem Boxer den Rücken zu kraulen. Eventuell hoffte sie ja, den ausgebüxten Vielfraß so besänftigen zu können. Horst jedenfalls genoss die Streicheleinheiten sichtlich und schien es sich auf den Oberschenkeln der Frau regelrecht gemütlich zu machen. Schrödinger stellte wieder einmal fest, dass Horst tatsächlich glaubte, trotz seiner Kilos ein Schoßhund zu sein.

Unglaublich, dachte Schrödinger.

»Unglaublich!«, rief der Pfleger. Für einen Moment vergaß er sogar, den Namen der Rentnerin zu rufen.

Schrödinger und die Rezeptionsdame trafen zeitgleich ein. Beide blieben unschlüssig vor dem Rollstuhl stehen. Hinter ihnen standen die Krückenkerle.

»Was ist denn hier los?«, donnerte auf einmal eine weitere Männerstimme aus der Ferne. Die Schwingtüren wurden ein weiteres Mal aufgestoßen, und ein schmerbäuchiger Mann mit Halbglatze und buschigem Schnauzbart watschelte auf sie zu. Auch er war ganz in Weiß gekleidet.

»Frau Haferkant!«, fiel es dem Pfleger wieder ein. »Frau Haferkant!« Er zeigte unablässig auf die Frau im Rollstuhl, damit auch der Dümmste unter ihnen begriff, um wen es sich dabei handelte.

Der Singsang wurde erst unterbrochen, als der Schnurrbartträger sie erreicht hatte. »Was ist mit ihr?«, fragte er.

»Sie … sie … sie hat geschrien und sich bewegt! Als sie den Hund gesehen hat, hat sie …«

»Na und?«, fragte Schrödinger irritiert. Durch die hastigen Bewegungen pochte seine Hüfte jetzt noch heftiger als zuvor. *Vielen Dank, Horst.* »Mein Hund hat der Frau nichts getan. Sie sehen doch, wie friedlich er ist. Der tut keiner Fliege was zuleide.«

»Frau Haferkant«, begann jetzt auch der Schnurrbartmann. Hoffentlich würde das kein neues Mantra. »Geht es Ihnen gut? Können Sie mich hören?«

Die alte Frau schaute ihn wortlos an und kraulte dann wieder Horst den Rücken. Der Boxer auf ihrem Schoß schien Priorität zu haben.

»Das ist unglaublich«, wiederholte der Pfleger. Offenbar war sein Sprachschatz doch stark begrenzt. Abschluss in der Baumschule und so.

»Echt, der Wahnsinn«, bescheinigte nun aber auch einer der Krückenträger. »Ich dachte immer, die wäre komplett weggetreten. Katalonisch oder so.«

»Das heißt katatonisch«, verbesserte ihn der andere Krückenmann.

»Frau Haferkant hatte einen schlimmen Verkehrsunfall«, erklärte der Schnurrbartmann mit Blick auf Schrödinger. »Seit acht Wochen versuchen wir, sie zu rehabilitieren, doch bisher hat sie jeglichen sozialen Kontakt verweigert.

Und jetzt das. Wenn ich es nicht mit eigenen Augen sehen würde …«

»Unglaublich«, fand nun auch Schrödinger und war irgendwie mächtig stolz. Sein Hund war ein Held. Zwar wusste er noch nicht genau, wie sich das auf die nahe Zukunft auswirken würde, aber es gab definitiv schlechtere Ausgangslagen.

Der Schnurrbartmann entpuppte sich nicht als irgendwer, sondern als Chefarzt der Rehaklinik. Dr. Heinrich. Der anfangs überhaupt nicht erbaut darüber war, dass jemand versucht hatte, ein Haustier in die Einrichtung zu schmuggeln, dann aber zumindest zugestehen musste, dass der Einsatz des Hundes einen durchaus positiven Effekt ausgelöst hatte. Es widerstrebte ihm zwar zutiefst, doch in Hoffnung auf weitere Lazarus-Erlebnisse dieser Art stimmte er einer absoluten Ausnahmegenehmigung zu.

Schrödinger hätte vor Freude auf und ab springen können. Statt sich in einer Tierpension – die er ja auch erst mal hätte finden müssen – zu langweilen, durfte sein bester Freund und Begleiter mit ihm in der Klinik bleiben. Besser hätte es nicht laufen können.

Die Rezeptionistin bat Schrödinger zu sich. Horst saß brav wie ein Stofftier zu seinen Füßen und beobachtete, wie sein Herrchen die Formalitäten erledigte. Wie er einen Schlüssel in Empfang nahm und eifrig nickte, als er zum offiziellen Empfang der Neuankömmlinge eingeladen wurde.

Oder besser: abkommandiert. Schrödinger ahnte, dass es dabei sicher nicht um Sekt und Häppchen ging. Aber auf beides stand er sowieso nicht. Mit ziemlich guter Laune ließ er sich vom Lift in die dritte Etage fahren und grinste angesichts eines vergilbten Papiers: *Wenn möglich, Treppenhaus benutzen. Nichts verschütten. Falls Schwierigkeiten mit dem Fahrstuhl, bitte die Verwaltung oder nachts die Nachtschwester informieren.*

Abgesehen vom Gassigehen mit Horst lief Schrödinger nicht gern, und besser lief es danach auch nicht mehr für ihn. Ein endloser Gang führte an immer gleichen Türen vorbei. Es dauerte eine Weile, bis er die 4242 erreicht hatte. Warum im dritten Stock vorne eine vier stand? Die Frage blieb unbeantwortet.

Schrödinger öffnete und fand sich in einer Art Schuhschachtel wieder, die ausgestattet war wie das typische Einzelzimmer eines Mittelklassehotels. Das Bett stand an der Wand, wurde von Regalen umrahmt. Ein Schreibtisch, ein Sessel, ein Einbauschrank. Daneben die Tür zur Nasszelle.

»Immerhin!«, freute sich Schrödinger, während der Hund alles beschnupperte und dabei grunzende Geräusche wie ein Trüffelschwein von sich gab. Vermutlich hatten hier schon Generationen von Menschen Angst, Schweiß, Kilos und ganz anderes verloren.

Das Bad war ausreichend groß und augenscheinlich etliche Jahre jünger als das Mobiliar in seinem Zimmer. Er drehte die Dusche auf und staunte erfreut über den starken Strahl, der sofort heißes Wasser lieferte. Zu Hause in Hannover kam meist nur ein dünnes Rinnsal durch den verkalkten Duschkopf. Der altersschwache Boiler kannte nur eiskalt oder brühend heiß. Er freute sich schon jetzt auf die erste Dusche und wurde jäh an seine Sehnsucht nach

Marion erinnert. Denn in deren schwäbischem Badezimmer gab es eine Regenfall-Brause, die er nicht nur alleine benutzt hatte. Innerlich seufzte er wohlig und stellte die Dusche ab.

Die allerdings schien das einzige Highlight in seiner muffeligen Behausung zu sein. Das Fenster ging zum Wald hinaus. Grün. Nichts als Grün. Für ihn als Stadtmenschen nicht gerade der ersehnte Ausblick. Marion, in deren Wohnung er bald mit einziehen würde, wohnte zwar auch grün, aber ziemlich direkt an der Donau.

Schrödinger kehrte ins Zimmer zurück. Horst hatte sich auf dem Bett breitgemacht und sah seinem Herrchen dabei zu, wie dieses sämtliche Schubladen und Klappen öffnete. Der Hund zuckte zusammen, als Schrödinger »Bingo!« rief. Unter dem Bett befand sich eine Lade, die auf Rollen herausziehbar war. Er würde dort nicht sein Gepäck, sondern die Hundedecke unterbringen. Die Näpfe für Wasser und Futter parkte er vor dem Schuhregal unter der Garderobe. Dann betrachtete er sich selbst einen Moment lang im Spiegel.

Abgesehen von den dem frühen Aufstehen geschuldeten Augenringen und seiner schiefen Körperhaltung war er altersgemäß in Form, wie sein Hausarzt bekundet hatte. Marion fand ihn – O-Ton – »süß«. Er selbst war froh, noch so ziemlich alle Haare auf dem Kopf zu haben, und kaschierte das kleine Doppelkinn mit einem Fünftagebart. Was auch das lästige tägliche Rasieren ersparte.

Schrödinger schnupperte.

Was er roch, kam aus dem Hund. Horst hatte im Schlaf gefurzt und seufzte nun wohlig auf der schneeweißen Bettdecke.

Galt Geruchsbelästigung schon als auffällig? Horst wurde hier nur unter strengen Auflagen geduldet. Dies betraf insbesondere seine Bewegungsfreiheit. Manche Bereiche der Klinik waren für den Boxer aus hygienischen Gründen komplett tabu, wie Dr. Heinrich hastig erklärt hatte. Und auch bei jenen, zu denen er Zutritt hatte, gab es Einschränkungen. Zum Beispiel keine Spaziergänge im Freien oder auf den Gängen, nachdem die Nachtschwester um Punkt 23 Uhr die Schotten dichtgemacht hatte. Was sowohl für Hund als auch Herrchen eine massive Umstellung bedeutete. In Hannover waren sie es gewohnt gewesen, nach Mitternacht noch eine letzte Gassirunde zu drehen. Würde es der Hund von kurz vor elf bis früh um sechs aushalten? Schrödinger bezweifelte es. Na gut, notfalls würde er seinen vierbeinigen Freund eben auf die Klobrille setzen. Was sicher ein Bild zum Schießen und eine ziemliche Sauerei abgäbe. Aber was sollte er sonst machen?

Stirnrunzelnd packte er seine Kleidung in den Schrank und platzierte einen von Marions gekauften Robert-Krauss-Krimi auf seinem winzigen Nachtschränkchen. Horst beobachtete ihn dabei und leckte sich die Schnauze ab. Ein untrügliches Zeichen: Der Hund hatte Hunger. Schrödinger spürte ebenfalls ein leichtes Vakuum im Bauch.

Da es eh Zeit für einen kleinen Rundgang war, wieso nicht das Angenehme mit dem Nützlichen verbinden? Den Chefarzt hatte er vorhin nicht nach der Kantine fragen wollen. Aber der Weg dorthin war ja mit Sicherheit ausgeschildert. Und selbst wenn nicht, auf Horsts Spürnase war immer Verlass. Vor allem, wenn es ums Essen ging.

Die beiden wurden bitter enttäuscht. Der Speisesaal hatte geschlossen und würde erst zum Abendessen wieder öffnen. Schrödinger linste durch die Tür und betrachtete das Ambiente. Sanatorium. Sechsertische waren im Raum verteilt, Küchenhilfen in weißen Schürzen stapelten das Geschirr vom Mittagessen auf silberne Wagen. Die Kaffeemaschinen im Eingangsbereich machten ihm Mut. Er studierte den Speiseplan. Für jeden Tag hatte man beim Mittagessen die Auswahl zwischen drei Gerichten. Für den morgigen Tag waren ein Möhrenauflauf mit Schinken, dasselbe in vegetarisch oder ein Fischgericht an Rübengemüse angekündigt. Sein Magen gurgelte.

Ein Blick auf die Uhr zeigte ihm, dass er noch eine ganze Stunde Zeit bis zum Empfang hatte. Er nickte seinem Hund zu und stieg, von in den Sitzgruppen hinter Zeitungen lümmelnden Patienten mit Argusaugen beobachtet, die Wendeltreppe ins Foyer hinab und ging durch die schnurrende Ausgangstür. Horst nahm Witterung auf, und sein Herrchen ließ sich von ihm führen. Der Hund zog ihn nach rechts. Richtung Tal stand ein abgeschlossener Pavillon. Die Terrasse davor war leer, die Liegestühle türmten sich hinter den Scheiben.

Es war November, und trotz Erderwärmung und der für die Jahreszeit recht milden Temperaturen war die Sonnensaison mehr als vorüber. Sie folgten dem Weg am Gebäude entlang und entdeckten rechter Hand eine abschüssige Wiese. Horst markierte den nächstbesten Baum, während sein Mensch fasziniert durch die Scheiben des Schwimmbades blickte. Eine Gruppe Menschen stand im Wasser und stemmte grüne, blaue oder gelbe Schwimmnudeln in die Höhe, angetrieben von einer Frau in kurzer weißer Hose, die er nur von hinten sah.

»Hab ich?«, rief Schrödinger. Horst sah ihn fragend an.

»Die Badehose eingepackt?« Nach dem Fiasko beim Urlaub am Bodensee – erst hatte er seine Badehose vergessen, dann keine gefunden, die in sein Budget, zu seiner Figur oder seinem Geschmack passte, und dann doch eine gekauft, die der Hund aber recht bald zerfetzt hatte – wollte er während der Wochen hier im Taubertal doch auch mal schwimmen gehen. Bei den Sachen, die er vorhin in den Schrank gestopft hatte, war ihm keine Badehose aufgefallen. Vielleicht lag die ja noch bei den Restklamotten im Kofferraum.

»Na, komm.« Er ruckelte sanft an der Leine. Die beiden folgten einem gepflasterten Weg, der sie bergauf an der Rückseite der Klinik entlangführte. Linker Hand türmte sich der Wald auf. Rechts sah er Fenster. Hunderte Fenster, die alle dem in seinem Zimmer wie Zwillinge glichen. Manche waren geöffnet, an anderen waren die Alu-Jalousien geschlossen.

Sie gingen ein paar Schritte. Immer wieder säumten grün gestrichene Alubänke den Weg. Schrödingers Magen knurrte schon wieder, und er beschloss, sich einen Moment zu setzen. Horst kümmerte sich derweil darum, hinter einem Busch seinen Darm zu entleeren.

Schrödinger seufzte. An manchen Fenstern baumelten T-Shirts und Blusen auf Bügeln, die über die Rahmen geklemmt waren. Alles in allem wirkte die Klinik aus diesem Blickwinkel wie ein verschlafener Bienenstock. Mit Schaudern dachte er daran, dass er mehrere Wochen in einer dieser Wabenzellen verbringen musste.

Horst legte sich zu seinen Füßen nieder und tat, was Hunde zwanzig Stunden am Tag tun und der Boxer meisterhaft beherrschte – schlafen. Schrödinger beneidete ihn ein bisschen und schloss die Augen. Die harte Bank konnte er fast ignorieren und wäre womöglich selbst eingeschlummert, wenn nicht eine Gruppe Nordic Walker, angeführt von einer viel zu fröhlich Anweisungen rufenden Trainerin den Weg entlangmarschiert wäre. Horst schreckte aus dem Schlaf hoch und beobachtete die kleine Prozession verwundert.

»Das sind nur Stockenten«, flüsterte Schrödinger dem Hund zu und grinste die watschelnden Sportler an, die bei jedem Schritt verbissen ihre Skistöcke in den Boden rammten. Das Schlusslicht bildete ein Mann, der gut und gerne aus der Dynastie des Michelin-Männchens stammen konnte und dessen Quadratschädel knallrot war. Er keuchte an Schrödinger vorbei. Als die Gruppe verschwunden war, bemerkte er mit einem Blick auf die Uhr, dass es Zeit war für den Empfang.

Ehe Schrödinger sich auf die Suche nach Raum 101 machte, fuhren er und Horst mit dem verpönten Fahrstuhl in die dritte Etage. Die eigentlich, wie er von außen gesehen hatte, die vierte war. Einen Knopf mit der Ziffer drei gab es jedenfalls nicht im Aufzug. Irritiert runzelte er die Stirn und schaute nochmals hin. Tatsächlich, irgendjemand schien die drei vergessen zu haben.

Er brachte Horst ins Zimmer, füllte den Futternapf des Hundes und versprach, bald wiederzukommen. Dann fuhr er mit dem Lift ins Erdgeschoss.

Einen Übersichtsplan konnte er nirgendwo entdecken. Er sah sich um und folgte einer Handvoll Leute, die genauso ratlos und suchend wirkten wie er. Offenbar alles neue Gäste in der *Waffelburg*. Ein Mann schien sich informiert zu haben und strebte zielsicher einen Gang entlang, an dessen Wänden Vitrinen standen, in denen schiefe Tonvasen, bröckelnde Specksteinskulpturen und ungelenke Kreidezeichnungen von ehemaligen Patienten ausgestellt waren. Alles in der Kunsttherapie entstanden, wie ein Pappschild verriet.

Sie kamen an einem kleinen – aber leider verschlossenen – Kiosk vorbei. Die komplette Frontscheibe war mittels Regalen mit den immer gleichen kleinen Fernsehern dekoriert, die man hier offensichtlich mieten konnte. Wochenweise. Schrödinger überschlug den Preis. Für die Endsumme wäre fast eine neue Glotze drin.

Er folgte der Gruppe in einen Raum, der in demselben nüchternen Stil eingerichtet war wie das Foyer. Bestuhlt war für schätzungsweise zweihundert Personen, an der Stirnseite stand ein Rednerpult, an dem Dr. Heinrich lehnte und die Anwesenden nickend begrüßte. Schrödinger entschied sich für einen Stuhl in der Mitte einer der mittleren Reihen. Die anderen teilten sich ebenfalls im Raum auf. Nur der Herdenführer platzierte sich direkt in der ersten Reihe. Offenbar ein Streber erster Güte.

Vorne zählte der Chef kurz durch und gab einer Frau in der hintersten Reihe ein Zeichen, die Tür zu schließen.

Sie regte sich nicht. Alle Köpfe fuhren herum, und auch Schrödinger konnte nicht anders, als sich umzudrehen. Die Rothaarige, deren Pony ihr fast bis auf die Nasenspitze reichte und die Augen verdeckte, klammerte sich an den Lehnen des Stuhles fest.

»Ich kann nicht«, stand in einer unsichtbaren Sprechblase über ihrem Kopf, ausgefüllt von ihren hochgezogenen Schultern, den weiß hervortretenden Knöcheln und der Brust, die sich so schnell hob und senkte, als sei die Patientin eben einen Marathon gelaufen oder hätte eine Trainingseinheit mit den Stockenten absolviert.

»Würden Sie bitte …«, sagte Dr. Heinrich nun lauter. Ehe er zu Ende sprechen konnte, sprang Schrödinger auf und eilte zur Tür. Als er diese geschlossen hatte, atmete die Frau erleichtert auf.

»Gut. Dann herzlich willkommen in unserer Klinik.« Dr. Heinrich trat hinter das Rednerpult und sah in die verstreute Runde. Er räusperte sich und leierte Allgemeinplätze über Gesundheit, Reha-Ziele und die Philosophie des Hauses herunter. Wahrscheinlich machte er das einmal die Woche mit den immer selben Worten, dachte Schrödinger. Seine Ohren schalteten ab, und er sah dem sauber gekämmten Schnauzer im Gesicht des Arztes bei dessen Tanz auf den Lippen zu. Er gähnte hinter vorgehaltener Hand.

Nach endlosen Minuten und einem Exkurs in die Geschichte des Hauses, des Kurbetriebes in Bad Mergentheim und anderem Zeug, das an Schrödinger wie ein D-Zug vorbeirauschte, rief Dr. Heinrich: »So!«

Nicht nur Schrödinger zuckte zusammen und setzte sich wieder aufrecht hin.

Der Arzt hielt ein gelbes Heft in die Höhe.

»Das ist Ihr wichtigstes Dokument«, erklärte er beinahe

feierlich. Schrödinger musste kurz überlegen, an was das Din-A-6-große Heft ihn erinnerte. Als es ihm einfiel, unterdrückte er ein Kichern. Das Ding wirkte wie der Mutterpass einer seiner Kolleginnen aus dem Getränkemarkt in Hannover.

»Dazu bekommen Sie einen Bogen mit selbstklebenden Barcodes, die Sie bei den jeweiligen Anwendungen in die dort ausliegenden Anwesenheitslisten kleben. Den ersten können Sie gleich jetzt bei mir loswerden. Damit rechnen wir später bei den Kostenträgern ab.«

Schrödinger fragte sich, wie viele Euros wohl für diesen Vortrag ins Säckel der Klinik flossen. Und bemerkte grinsend, dass der Typ in der ersten Reihe tatsächlich einen Block auf den Knien hatte und mitschrieb wie ein Student in der Uni.

Eine halbe Stunde später, den Mutterpass in der Hand und um einen von gefühlt tausend Barcodes ärmer, fand er die Idee seines Mitpatienten gar nicht mal so schlecht. Er konnte nur einen Bruchteil von dem behalten, was der Arzt an Regeln mitteilte. In Schrödingers Kopf purzelte alles durcheinander, als er den Saal verließ.

Die Frau am Eingang hatte als erste die Flucht ergriffen. Der Mitschreiber stellte Dr. Heinrich einen ganzen Katalog an Fragen. Die wohl nicht alle mit den Regeln zu tun hatten, die Schrödinger im Kopf behalten hatte. Und die ihn im besten Fall an ein Internat erinnerten. Er fühlte sich wider Willen als Minderjähriger und umklammerte sein Büchlein, während er auf dem Weg zu seinem behandelnden Arzt zur Eingangsuntersuchung durch die Gänge taperte. Er fand das Zimmer, klopfte und stellte nach einigem Warten fest, dass es abgeschlossen war. Also setzte er sich auf einen der Stühle entlang der Wand, starrte den nackten Beton an und repetierte das Regelwerk.

Die Eingangstür wurde Punkt 23 Uhr geschlossen und um sechs Uhr wieder geöffnet. Der Aufenthalt im Foyer, im Kioskbereich oder auf den Gängen war in dieser Zeit untersagt.

Die beiden Fernsehzimmer öffneten jeden Abend ab 18 Uhr. In dem einen wurde ARD, im anderen ZDF ausgestrahlt. Ernsthaft!

Wer nicht an einer Mahlzeit teilnehmen wollte, konnte sich am Vortag im Speisesaal in eine Liste eintragen.

Die Patienten waren angehalten, mehrmals am Tag in den persönlichen Briefkasten zu schauen, der sich neben der Rezeption befand. Dort wurden Änderungen im Behandlungsplan und anderes hinterlegt.

Für jede Station gab es ein eigenes Schwesternzimmer. Dort wurden Medikamente ausgegeben, immer eine Wochenration. Einmal wöchentlich wurde gewogen, den Blutdruck mussten die »Gäste« täglich selbst an der Messstation ermitteln und in eine Tabelle in ihrem Büchlein eintragen.

Für den Sportbereich und ganz besonders im Schwimmbad galt die Dreier-Regel. Vor Schrödingers Auge war bei diesem Begriff ein nicht jugendfreies Bild aufgetaucht, das mit Marion zu tun hatte. Der schöne Gedanke zerplatzte allerdings schnell. Man musste mindestens zu dritt am Becken sein. Falls Nummer eins kollabierte, konnte Nummer zwei ihn retten und Nummer drei Hilfe holen.

Die Wochenenden waren behandlungsfrei. Schrödinger jubilierte innerlich. Von Bad Mergentheim bis Tuttlingen war es, verglichen mit Hannover, ein Katzensprung. Er könnte sie auf ein Wochenende besuchen. Aber auch dieser Traum löste sich in heiße Luft auf: Man hatte ab 23 Uhr im Bett zu liegen, die Schwestern kontrollierten die Anwesenheit.

Rauchen war ganz böse und nur an der Bushaltestelle geduldet. Als Schrödinger das hörte, sehnte er sich nach einer Kippe. Blöd nur, dass er das Paffen schon vor Jahren aufgegeben hatte.

Weitaus schlimmer empfand er, dass Alkohol strikt untersagt war. Dabei hätte er jetzt dringend ein Bierchen gebraucht. Aber er hatte Muffensausen vor den von Dr. Heinrich avisierten Stichproben mit dem Alkomat, zu denen besonders die Nachtschwester befugt war.

Er schaute auf seine Armbanduhr, die dringend ein neues Lederband benötigte. Sein Termin bei diesem Dr. Orhan war bereits vor 15 Minuten gewesen. Er klopfte erneut. Nichts tat sich.

Was Horst wohl machte? Schrödinger hoffte inständig, dass der Hund sich benahm und keine Randale machte. Nicht das Kissen zerfetzte und keinen Haufen auf den ohnehin kackbraunen Teppich setzte.

Zwanzig Minuten.

Dreißig.

Schrödinger wollte eben das Warten aufgeben, als ein schwarzhaariger Mann im weißen Kittel den Gang entlangschlenderte. Der Arzt war einen Kopf kleiner als Schrödinger, hatte schwarze Augen und eine dunkel gebräunte Haut. Das volle, glänzende Haar war zu einer Art Tolle frisiert und lenkte von dem kleinen Doppelkinn ab. Unter dem Kittel zeichnete sich eine kompakte Figur ab.

Schrödinger erhob sich. »Guten Tag.«

Der Arzt würdigte ihn keines Blickes, nestelte einen Schlüsselbund aus der Kitteltasche und öffnete das Zimmer. Schrödinger wollte hinter ihm eintreten.

»Moment noch«, sagte der Doktor mit erkennbar türkischem Akzent und knallte dem Patienten die Tür vor der Nase zu.

Schrödinger war so perplex, dass er die folgenden zehn Minuten wie angewurzelt stehenblieb. Schließlich öffnete sich die Tür.

Soll das ein Witz sein?, dachte er beim Eintreten. Die *Praxis* war ein umfunktioniertes Patientenzimmer. Statt Bett gab es eine Behandlungsliege, in den Einbauregalen standen medizinische Fachbücher. Die Wände waren kahl.

Dr. Orhan klemmte sich hinter seinen Schreibtisch, ohne Schrödinger auch nur eines Blickes zu würdigen. Der sah ohnehin nicht viel von seinem Arzt, denn ein übergroßer Flachbildschirm verdeckte den Mann fast vollständig. Der Arzt ließ sich das Patientenbüchlein reichen, in dem jene Daten notiert waren, die Schrödinger vor einigen Wochen in Hannover in einen unübersichtlichen Fragebogen eingetragen hatte.

Der Arzt studierte diese einige Minuten lang, tippte auf der Tastatur herum, machte »Hm« und »Ah« und bat seinen Patienten schließlich, sich bis auf die Unterhose frei zu machen. Was Schrödinger in diesem Moment gar nicht ungelegen kam, denn in dem kleinen Raum war es stickig und viel zu warm.

Schrödinger wurde mit dem Stethoskop abgehört. Abgeklopft. Betastet. Musste sich bücken, was ihm einen fiesen

Schmerz zwischen die Rückenwirbel trieb. Die Beine heben. In die Knie gehen. Den Kopf drehen, den Mund aufmachen, husten, atmen, durch den Raum gehen, durfte sich wieder anziehen. Alles war ein wenig anders, als er es von seinem Hausarzt kannte, aber womöglich hatten türkische Ärzte andere Methoden, sagte er zu sich selbst.

Wieder tippte Dr. Orhan etwas auf dem PC. Schließlich ratterte hinter ihm der Drucker und spuckte einige Blätter aus.

»Das sind Ihre Medikamente, bitte morgen früh im Stationszimmer abholen.« Dr. Orhan reichte Schrödinger das erste Blatt.

»Aber ich brauche keine …«, wollte er sagen und stockte. Er kannte beide Präparate. Das eine nahm er immer dann, wenn ein Norovirus sein Gedärm durchschüttelte. Das andere mit dem klingenden Namen *Poetica* war ihm aus den Schlagzeilen bekannt als überteuertes Psychopharmakon, das im Verdacht stand, depressiven Menschen nicht zu helfen, sondern erst deren Nieren und dann endgültig den Lebenswillen zu zerstören.

Dr. Orhan reichte ihm den nächsten Ausdruck.

»Wenn Sie andere Anwendungen wollen, sagen Sie mir das beim nächsten Termin«, bemerkte er dazu. Schrödinger überflog seinen Wochenplan.

Täglich stand da: *Bitte gehen Sie zum Wassertreten!* Dahinter, wie bei allen anderen Terminen, Name des Therapeuten, Zeit und Raumnummer. Er hatte einen vollen Terminkalender und überlegte sich krampfhaft, wo er zwischen Atemgymnastik, Hockergymnastik, Beckenbodentraining und Kunsttherapie, therapeutischen Einzel- und

Gruppengesprächen und Qi Gong die Gassirunden mit Horst einplanen könnte. Er sah ziemlich schwarz für seinen Hund. Als er aufstand, blätterte Dr. Orhan schon in einem dicken Buch und schien seine Anwesenheit vergessen zu haben.

»Ja dann. Tschüs«, sagte Schrödinger. Er bekam keine Antwort und umrundete auf dem Weg zur Tür den Schreibtisch. Sein Blick fiel auf den Bildschirm. Seine Augen konnten eine Brille vertragen, das wusste er. Und so war er sich nicht sicher, ob er da tatsächlich eben die Suchmaske von Google gesehen hatte.

Auf dem Flur beschäftigten Schrödinger zwei grundverschiedene Gedanken, die technisch gesehen trotzdem miteinander zu tun hatten. Einerseits hatte er Hunger, der wuchs und wuchs. Andererseits war da Horst, der während seiner Abwesenheit vielleicht das halbe Zimmer auseinandernahm. Das tat der Hund gerne mal, wenn er sich in fremder Umgebung allein fühlte. Über den Grund hatte sich Schrödinger schon oft den Kopf zerbrochen. Möglicherweise wollte es sich Horst so nach seinen hundeeigenen Vorstellungen gemütlich machen. Oder er kompensierte damit, dass Herrchen ihn allein gelassen hatte.

Sollte Schrödinger vorsichtshalber mal nach dem Rechten sehen? Wenn er das allerdings tat und der Boxer ihn sah (wovon auszugehen war), konnte er die Chance auf ein ungestörtes Abendessen in der Kantine vergessen.

Das Vakuum in seinem Bauch besiegte die Sorge. Mit leerem Magen wäre er eh viel zu mürrisch und ungeduldig, um bei etwaigem Chaos im Zimmer ruhig bleiben zu können.

Und Ruhe schien ja hier in der Klinik ohnehin der Leitsatz für alles zu sein.

Grabesstille wie auf dem Friedhof. Was für eine gruselige Vorstellung.

Er folgte dem Gang in die Richtung, in der er den Speisesaal vermutete. An einer T-Kreuzung hätte er sich rein vom Gefühl her zwar für den linken Abzweig entschieden, aber nachdem gerade drei andere Patienten nach rechts schlurften, beschloss er, ihnen zu folgen. Ausnahmsweise nutzte er nicht den Lift, sondern stapfte wie die anderen, von denen jeder mit einer gläsernen Trinkflasche in der Hand unterwegs war, durch das düstere Treppenhaus. Im zweiten Stock gesellten sich weitere Patienten zu der kleinen Prozession, die im ersten Stock durch eine Glastür trat und sich in die Karawane vor dem Speisesaal einreihte. Vor dem Trinkwasserspender bildete sich eine lange Reihe. Jetzt kapierte Schrödinger auch, warum auf dem Regal in seinem Zimmer eine Art Milchflasche mit Drehverschluss stand. Das war mitnichten für eine Urinprobe gedacht, wie er vermutet hatte, sondern für stilles Wasser. Zum Glück gab es gleich links im Speisesaal riesenhafte Thermoskannen, aus denen er sich einen Tee zapfen wollte.

Sein Bauch gab ein erfreutes Grummeln von sich, als Schrödinger das Buffet mit Brot, Wurst, Käse und einem Suppentopf sah. Weniger erfreut war er über die Berge von Salat, aber die musste er ja nicht essen. Schon gar nicht den Möhrensalat. Schrödinger hasste Karotten, seit seine Mutter ihn als Kleinkind mit selbst gemachter orangefarbener Pampe dreimal am Tag gefüttert hatte.

Beinahe alle der mehreren Dutzend Sechsertische waren belegt. Meist sogar mit sechs Personen.

Na toll.

Skeptisch schaute er sich um und kam sich vor wie in einer dieser amerikanischen Highschool-Komödien, in denen sich der Neue seinen Platz erst mal verdienen muss. Das Problem hier war allerdings, dass die anderen Patienten im Grunde genommen alle gleich aussahen. Also nix mit Unterscheidung in coole Kids, Kiffer, Skater, Girlies und was auch immer.

Nachdem er sich am Buffet mit Brotscheiben, Butter, Wurst und Käse sowie einem Tee versorgt hatte, schaute er sich abermals um. Die Lage war nicht besser geworden. Im Gegenteil, die Zahl der verbliebenen freien Plätze schrumpfte rapide.

Im Stehen essen wollte er nicht. Also entschied er sich für einen Tisch rechts von ihm, nicht weit vom Fenster entfernt. Dort war genau ein Platz frei, und die anderen fünf Leute sahen auf den ersten Blick sympathisch aus. Soweit man das aus der Ferne beurteilen konnte.

»Hallo, ist da noch frei?«, fragte er schüchtern.

Eine blonde Mittdreißigerin zu seiner Linken nickte. »Nu glor. Du bist eener von d'n Neuen, oder?«

Nu was, fragte sich Schrödinger irritiert und brachte nur zögerlich ein »Ja« heraus. War das der Ossi-Tisch? Aus welchem südöstlichen Bundesland die gute Frau kam, war unverkennbar. Doch schon der nächste Satz verwarf diese Überlegung.

»Moin, ich bin die Vera«, sagte ihre korpulente Nachbarin mit nördlichem Akzent. Sie trug eine weinrot gefärbte

Kurzhaarfrisur und dazu einen goldenen Nasenstecker, wie sie mal um die Jahrtausendwende herum in gewesen waren. »Setz dich doch, wenn du der da bist.« Sie zeigte auf den letzten freien Platz. Schrödinger staunte Bauklötze. Dort stand tatsächlich ein kleines Pappschild, das seinen Namen und die Zimmernummer trug.

Er tat wie ihm geheißen und ließ sich gegenüber den beiden nieder. »Hallo, ich bin Schrödinger«, stellte er sich vor.

»Und üsch bün die Susanne«, sagte Blondie. Ihr Dialekt war gewöhnungsbedürftig, aber ihr ansteckendes Lächeln und ihre stahlblauen Augen ließen sie auf ganz andere Art bei ihm punkten. Wäre er nicht fest und glücklich mit Marion liiert, diese attraktive Dame wäre durchaus sein Fall. So aber genoss er einfach nur ihre Gesellschaft.

»Servus. Vroni«, sagte eine Brünette in den Fünfzigern rechts neben ihm. Sie war die letzte weitere Frau an diesem Tisch und wirkte etwas kurz angebunden. Nach ihr blieben noch zwei Männer übrig: Johann, ein durchtrainierter Kerl Mitte vierzig mit dunkelblonder Halbglatze und länglichem, sehr kantigem Gesicht. Als er seine Hand schüttelte, hatte Schrödinger das Gefühl, in die Gewalt eines Hufschmieds gelangt zu sein. Mann, konnte der zupacken!

Der Fünfte im Bunde war Frank. Ein Altenpfleger aus Nordhessen, der anfangs bloß kurz winkte und weiterhin Salat in sich reinstopfte und bei Schrödingers Randbemerkung »Ein Bierchen wäre jetzt genau das Richtige« große Augen bekam.

»Sei da um Himmels willen vorsichtig. Sonst geht's dir wie mir.« Frank beugte sich näher über den Tisch, bevor er mit gedämpfter Stimme und hinter vorgehaltener Hand weitersprach: »Ich hab beim Erstgespräch zugegeben, dass ich abends gern mal zwei, drei Biere trinke. Ein Riesenfehler. Jetzt darf ich die Klinik für die Dauer meines Aufenthalts nicht verlassen. Als ob es nicht auch sonst schon wie im Knast hier wäre.«

»O-okay.« Schrödinger wusste nicht, ob dies eine ernst gemeinte Warnung war oder ihn der Mann Mitte vierzig mit dem breiten Kreuz und dem flauschigen braunen Backenbart bloß auf den Arm nehmen wollte.

»Des is fei echt so«, bestätigte Vroni. Ihrem Dialekt nach zu urteilen, könnte sie aus der Region stammen. Einige der Klinikmitarbeiter hatten auf ziemlich ähnliche Art gesprochen. »In der Hinsicht verstehn die echt ka'n Spaß.«

»Aber man kann sich ja auch mit Mineralwasser die Kante geben«, sagte Johann und hob prostend sein Glas. Schrödinger stimmte mit ein. Er fand seine fünf Leidensgenossen zwar gewöhnungsbedürftig, aber ohne Ausnahme sehr nett.

Während des Essens, das ausgesprochen fad schmeckte, erfuhr Schrödinger ein paar Details über die Mahlzeiten in der Klinik. So wurde grundsätzlich nur Brot vom Vortag serviert, da dies angeblich leichter verdaulich war. Schrödingers gummihafte Schnitte mochte gut und gerne ein paar Tage mehr auf der Rinde haben. Da er erst nach dem Mittagessen angereist war, lag die Bestellkarte für den nächsten Tag noch an seinem Platz. Diese sollte er ausfüllen und auf seinem Platz liegen lassen. Das Personal würde sich darum kümmern, dass er bekam, was er eigentlich gar nicht wollte. Er hatte die Wahl zwischen leichter Vollkost (»Kinderportion!«, wie Frank bemerkte) oder Schonkost. Putenschnitzel mit Möhrengemüse in der ersten, gedämpfter Kabeljau an Karotten in der zweiten Kategorie. Er wählte zwischen Pest und Cholera. Pute war immerhin irgendwie so etwas wie Fleisch.

»Salz kennen die hier nicht«, meckerte Vroni, und Vera schüttelte sich bei der Bemerkung, dass der Koch ein Faible für Karotten zu haben schien. »Die kriegste hier jeden Tag.« Sie verzog das Gesicht. Schrödinger wurde flau.

»Jetzt heul nicht«, scherzte Frank. »In Mergentheim gibt's nen klasse Dönerladen.«

»Genau«, pflichtete Johann ihm bei. »Da trifft man um neunzehn Uhr den Großteil der Besatzung von hier.«

Schrödinger schöpfte Hoffnung, doch nicht zu verhungern.

Wie er im Verlauf der nächsten Stunde erfuhr, befanden sich seine Tischnachbarn alle bereits seit zwei beziehungsweise drei Wochen in der *Waffelburg*. Das waren Zahlen, bei denen Schrödinger ganz neidisch wurde. Er wünschte, bei ihm wäre ebenfalls Halbzeit, oder ganz bescheiden: wenigstens ein Teil der Reha geschafft. Die vom Arzt verordneten sechs Wochen fühlten sich an wie eine Gefängnisstrafe, nur mit dem Unterschied, dass man im Knast bei guter Führung zumindest auf eine Haftverkürzung hoffen konnte. Hier hingegen könnte er höchstens bei besonders rüpelhaftem Benehmen rausgeschmissen werden. Obwohl dies absolut überhaupt nicht in seiner Natur lag, war der Gedanke reizvoll genug, dass er einige Momente lang ernsthaft darüber nachdachte.

Dann riss ihn eine Bemerkung über die besonders fiese

Nachtschwester Ingeborg aus den Träumereien und erinnerte ihn daran, dass er vor der Nachtruhe unbedingt noch mit dem Hund rausgehen wollte. Bis 23 Uhr waren zwar noch mehrere Stunden Zeit, dennoch wusste Schrödinger aus Erfahrung, wie gut es war, Horst vor dem Schlafengehen noch mal ordentlich herumstromern zu lassen. Vor allem nach einer so langen Autofahrt wie die fast fünf Stunden von Hannover nach Bad Mergentheim, die er heute zurückgelegt hatte.

Also verabschiedete er sich. Die Einladung, noch auf eine Portion Pommes in die Stadt zu gehen, schlug er Horst zuliebe aus. Ein gutes Herrchen machte so was. Sein Geschirr würde abgeräumt werden, immerhin, er schnappte sich am Buffet noch eine Scheibe mageren Schinken. Und dann eine zweite. Eine für den Hund, die andere für ihn.

Auf dem Weg zum Ausgang kam er am Tisch mit den Rollstuhlfahrern vorbei. Frau Haferkant saß dort vor einem geschmierten Käsebrot, wirkte jedoch nicht so, als würde sie gleich davon abbeißen. Der Pfleger neben ihr pulte geschäftig in seinem Ohr herum.

Mit angehaltenem Atem öffnete er wenig später die Tür zum Zimmer 4242. Drinnen sah es verhältnismäßig ordentlich aus. Ein paar Klamotten lagen zerknüllt vor dem Kleiderschrank, aber Schrödinger war unschlüssig, ob ihm das vorhin nicht selbst passiert war, als er nach einem sauberen Poloshirt gesucht hatte.

Dafür empfing ihn Horst, als hätten sie sich jahrelang nicht gesehen. Das oberste Klinikgebot – Ruhe – ignorierte er komplett und bellte ihm fröhlich zu. Obendrein schwänzelte er um ihn herum, als hätte Schrödinger einen Zehnerpack Bifis in der Hosentasche. Der Boxer inhalierte den Schinken.

»Ja, mein Kumpel, ich hab dich auch vermisst«, sagte Herrchen und klopfte ihm übermütig auf den breiten Rücken. Dass unter dem Bett eine angenagte Klinikbroschüre lag, übersah er absichtlich. Er war von weitaus Schlimmerem ausgegangen. »Wollen wir draußen eine Runde drehen?«

Der Boxer bellte zustimmend.

»Pssst. Nicht so laut!«, ermahnte sein Herrchen ihn.

Was den Hund sogleich zu einem weiteren Bellen ermunterte, diesmal sogar noch lauter.

Seine Orientierung ließ in der *Waffelburg* nach wie vor zu wünschen übrig. Die labyrinthartigen Gänge sahen alle gleich aus und wurden auch durch rätselhafte Phänomene wie das fehlende dritte Stockwerk nicht besser. Sicher würde es noch einige Tage dauern, bis er nicht mehr an jeder Flurkreuzung stehen blieb und sich unschlüssig nach allen Richtungen umschaute.

Der Fahrstuhl brachte ihn ins Erdgeschoss, und von dort aus wählte er den breiten Korridor, von dem er annahm, er würde ihn zur Eingangshalle bringen. Plötzlich machte der Gang allerdings einen Bogen – einen, den es in Schrödingers Erinnerung nicht gab – und führte zu einer braunen Doppeltür, vor deren linker Seite jemand im Blaumann auf dem Fußboden kniete. Beim Näherkommen bemerkte er, dass es ein hagerer Mann mit schneeweißem Haar und buschigem Schnauzer war, der leise, aber herzlich vor sich hin fluchte. Zwar verstand Schrödinger nicht jedes der dialektgebeutelten Worte, konnte sich ein süffisantes Grinsen aber nicht verkneifen.

Als sie noch fünf Meter von ihm entfernt waren, drehte sich der Zorngiebel um. Mit äußerst skeptischem Blick musterte er zuerst Schrödinger, dann Horst und schließlich wieder Schrödinger.

»Hier sind Hunde verboten«, verkündete er mit donnernder Stimme.

»Das geht in Ordnung. Ich habe eine Sondergenehmigung. Vom Klinikchef persönlich.«

»So so.« Und nach einer langen Pause: »Und was tun Sie hier um diese Zeit? Es wird schon dunkel.«

»Keine Angst, ich kann auf mich aufpassen. Ich bin schon groß.«

»Und ein Komiker noch dazu. Muss schön sein, immer nen frechen Spruch auf den Lippen zu haben.« Aus dem Mund des Blaubehosten klang das nicht nach einem Kompliment.

»Och, es lässt sich schon aushalten.« Schrödinger beschloss, es auf die freundliche Art zu versuchen. »Was tun Sie da gerade?«

»Sieht man das nicht?«

»Äh … nein.«

»Ich repariere die Tür. Irgendein Schlaumeier ist mit zu viel Schwung hier durch. Jetzt hat das Scharnier einen Schlag weg. Das waren nicht etwa Sie, oder?«

»Nein. Natürlich nicht!«

Ein weiterer, noch viel skeptischerer Blick folgte. »Das hoffe ich für Sie. Ich werde Sie im Auge behalten. Sie und Ihren … Hund.«

Das letzte Wort betonte er derart abfällig, dass Schrödinger Horst näher zu sich heranzog und zusah, dass sie kehrtmachten und sich verdünnisierten. Als sie am Lift vorbeikamen, dämmerte ihm sein vorhin gemachter Fehler: Im Haus gab es mehr als einen Fahrstuhl, und er war schlichtweg vom falschen ausgegangen. Aber ein Blick aus den Flurfenstern zu seiner Linken verriet ihm, dass er sich trotzdem nahe am Ausgang befinden musste.

Im düsteren Halbdunkel lag das, was in der Broschüre phantasievoll als *klinikeigener Park* bezeichnet wurde. Wahrscheinlich war es sogar von Vorteil, dass im November die Sonne schon um 17 Uhr unterging. So wurde zumindest ein Teil der Großartigkeit durch Finsternis kaschiert. In der Realität erwartete sie nämlich lediglich ein gutes Dutzend gestutzter Laubbäume, die im Sommer bestimmt allesamt wie kugelrunde grüne Lollys aussahen, jetzt im Herbst jedoch ihr gesamtes Blätterkleid verloren hatten. In der Mitte stand ein runder Pavillon mit Spitzdach. An anderer Stelle würde ein solcher Ort von den Jugendlichen sicher zum Knutschen benutzt. Über seine Verwendung hier wollte Schrödinger lieber nicht mutmaßen.

Hinter der nächsten Schwingtür (die er nur behutsam öffnete) erwartete sie ein größerer Aufenthaltsbereich mit Ausgang zum Park. Na endlich!

Draußen sog Schrödinger genüsslich die frische Luft ein, während Horst neugierig die Büsche beschnupperte. Nachdem der Boxer seine Reviermarkierung gesetzt hatte, gingen sie weiter. Wohin, war erst einmal zweitrangig. Hauptsache, sie sahen ein bisschen was vom Gelände und Horst bekam genug Bewegung, sodass er später wie ein Stein schlief. Im Idealfall mindestens bis sechs Uhr morgens.

Der sogenannte *Park* wurde schnell langweilig. Spätestens nach der dritten Runde war auch jeder noch so mickrige Baum markiert. Auch der Pavillon in der Mitte war nicht wirklich eine Attraktion. Unterwegs trafen sie zwar auf eine Handvoll anderer Spaziergänger, keiner von ihnen schien jedoch an einem Gespräch interessiert zu sein. Sie schauten lediglich teils verwundert, teils amüsiert zu dem munter herumtrabenden Vierbeiner. Schrödinger lagen dazu einige Kommentare auf den Lippen, doch auch er hielt sich brav zurück.

In Ermangelung irgendwelcher Hinweisschilder und um nicht noch eine weitere öde Runde durch den Park zu drehen, stapfte Schrödinger über den Rasen in Richtung Waldrand. Eventuell gab es hier ja einen Fuchs oder Hasen aufzuspüren. Den Boxer jedenfalls würde es freuen.

Doch selbst den Waldtieren schien es in der Nähe der Waffelburg zu langweilig zu sein. Vielleicht schliefen sie um diese Zeit auch längst. Das einzige Rascheln im Unterholz war jedenfalls das, was sie selbst verursachten.

Soll das meine tägliche Abendbeschäftigung sein?, überlegte Schrödinger. Ihm graute bei der Vorstellung, das jetzt sechs Wochen lang durchzuziehen. Er bereute es schon, nicht auf Marion gehört zu haben, die ihm ihren Mp3-Player angeboten hatte. Mit ein paar Hörbuch-Thrillern oder etwas knackiger Rockmusik im Gehörgang wären die Spaziergänge sehr viel leichter zu ertragen.

Er haderte gerade mit sich, ob er das Gassigehen nicht doch erheblich verkürzen sollte, als er in einer kleinen

Talmulde im Wald zwei Personen stehen sah. Für weitere Details war es trotz der Resthelligkeit vom beleuchteten Klinikum zu finster und sie zu weit entfernt.

»Komm mal mit«, flüsterte er Horst zu und zog den Hund über einen schmalen Wiesenstreifen mit sich. Den Weg durch die Sträucher mied er bewusst, um nicht schon frühzeitig auf sich aufmerksam zu machen.

Beim Näherkommen erkannte er, dass es sich um zwei Männer handelte. Sie unterhielten sich im Flüsterton, allerdings nicht unbedingt harmonisch. Als der Linke sich umdrehen und gehen wollte, hielt ihn der Rechte am Arm zurück. Wurde er gerade Zeuge eines Beziehungsstreits? Ging es um geheime Mordpläne? Oder darum, wie man die Patienten in der Klinik am besten ausraubte? Spätestens seit den kriminellen Ereignissen während seines Bodensee-Urlaubs reagierte Schrödingers Radar äußerst sensibel auf alles Ungewöhnliche.

Deshalb bemühte er sich auch, zu ihnen aufzuschließen. Was aufgrund einiger umgestürzter Baumstämme und der bei Berührung raschelnden Büsche gar nicht so einfach war, vor allem nicht im Dunkeln. Er kniff die Augen zusammen, um weitere Einzelheiten auszumachen. Beide Männer waren zwischen dreißig und vierzig, beide hatten relativ helle Haare und trugen dunkle Kleidung.

Letzteres sprach eher für die Ganoventheorien.

In dem Moment trat Horst auf einen morschen Ast und es knackte laut. Zu laut. Die Köpfe beider Männer fuhren herum.

Scheiße.

Schrödinger huschte hinter einen Baum und bewegte

sich nicht. Horst hockte sich neben sein Herrchen. Hatten die zwei ihn entdeckt? Was würde er tun, wenn sie zu ihm kamen? Würden sie ihm glauben, wenn er sagte, dass er bloß mit seinem Hund Gassi ging? Das dafür notwendige Haustier führte er zumindest bei sich.

Doch die zwei Unbekannten kamen nicht zu ihnen, schienen sie nicht einmal bemerkt zu haben. Dennoch war das Gespräch dank des Geräuschs beendet. Als Schrödinger sich das nächste Mal zu ihnen umschaute, war nur noch einer da, und auch der stapfte gerade in Richtung Klinik davon. War es jemand vom Personal? Ein anderer Patient?

Das wollte Schrödinger genauer wissen. Er ließ dem Fremden ein paar Meter Vorsprung und lief dann mit Horst exakt die Strecke zurück, die sie auch auf dem Hinweg genommen hatten.

Plötzlich wurde Mister X schneller.

Hatte er sie bemerkt? Musste er dringend aufs Klo? Lief gleich seine Lieblingssendung im Fernsehen? Möglichkeiten gab es viele.

Zunächst bemühte sich Schrödinger noch, möglichst keinen Laut zu verursachen. Nachdem er aber selbst auf einige morsche Zweige getreten war, ließ er die Deckung vollends fallen und rannte mit Horst so schnell, wie es die schmerzende Hüfte zuließ. Trotzdem verschwand der schwarz gekleidete Fremde, kurz bevor sie den Park erreichten. Als hätte ihn der Erdboden verschluckt.

»Verdammt, wo ist er hin?«

Der Boxer bellte und zog ihn nach links. Horsts Spürnase war jetzt in voller Aktion. Bereitwillig folgte Schrödinger in die Richtung, in die der Hund laufen wollte. Zumindest bis sie sich der Eingangstür näherten. Dort wurde er unweigerlich langsamer, weil noch etliche weitere Personen unterwegs waren. Und weil dort gerade der Hausmeister an der Hauswand lehnte und genüsslich an einer Zigarette nuckelte. Die Glut des Glimmstängels leuchtete rot wie die Ausrufezeichen in Schrödingers Matheproben früher. Als ihm der weißhaarige Alte dann noch einen genervten Blick zuwarf, war der Ofen vollends aus. Fast wie in Zeitlupe liefen sie an dem Raucher vorbei, beide mit den Augen stur geradeaus.

In der Eingangshalle war um einiges mehr los als draußen. Mehrere Leute saßen auf Bänken, spielten Karten und Brettspiele oder lasen in Zeitschriften und Büchern. Weitere standen mit dem Rücken zu den Fenstern und unterhielten sich – zum Teil lautstark. Einige lachten, andere wirkten eher mürrisch.

Horst blieb irritiert stehen und schien nicht weiterzuwissen. Herrchen konnte es ihm nicht verdenken. Eine Vielzahl verschiedenster Gerüche erfüllte die Luft. Noch dazu konnte man die Halle in drei Richtungen verlassen. Vom nach oben führenden Aufzug ganz zu schweigen. Die heutige Verfolgungsjagd war damit beendet.

Oben auf dem Zimmer folgte die nächste unangenehme Überraschung. In Gedanken hatte er sich schon ausgemalt, wie er auf dem Bett ausgestreckt mit Marion telefonieren und ihr von seinem heutigen Tag erzählen würde. Er freute sich darauf, ihre Stimme zu hören. Da es in seinem Zimmer ein Festnetztelefon gab, war ihm kein Problem eingefallen, das ihn davon abhalten sollte.

Das hieß: Bis zu dem Zeitpunkt, als er den Hörer abnahm und kein Freizeichen ertönte. Irritiert drückte er auf die Zahl Null im Ziffernfeld. Im Büro des Getränkemarkts in Hannover musste man ebenfalls erst diese Taste drücken, um nach draußen telefonieren zu können.

In der Waffelburg tat sich trotzdem nichts.

Na toll, erst kriege ich so ein mickriges Zimmer, und dann geht nicht mal das Telefon.

Der Fehler lag diesmal allerdings woanders: Auf der Suche nach einer Information, wohin man sich im Fall des defekten Apparats wenden sollte, blätterte er die Hausordnung der Klinik durch und stieß dabei auf einen interessanten Vermerk: *Vor der Benutzung des Zimmertelefons, muss für dieses an der Rezeption ein Guthabenbetrag aufgeladen werden.*

Nee, oder?

Schrödinger las es erneut, in der Hoffnung, dass es irgendwo eine versteckte Pointe gab. Er fand sie auch diesmal nicht.

Mit einem wütenden Fauchen pfefferte er die Broschüre auf das Bett, vor dem Horst es sich bequem gemacht hatte. Der Hund schreckte hoch und schaute ihn tadelnd an.

»Sorry, Kumpel«, entschuldigte er sich. »Ich muss noch mal runter zum Empfang. Kommst du mit?«

Widerwillig erhob sich der Boxer und trottete ihm zum Aufzug hinterher. Unterwegs malte er sich schon aus, was er täte, wenn die Rezeption um diese Zeit nicht mehr besetzt wäre. Doch zumindest diese Befürchtung erfüllte sich nicht. Hinter dem Tresen saß zwar jemand anders als heute Mittag, aber zumindest war jemand da.

Schnell schilderte er sein Dilemma und schob einen Zwanziger über den Tresen, um es zu beheben. Zufrieden kehrten Horst und er danach ins Zimmer zurück. Als er den Hörer abnahm und das Freizeichen ertönte, war die Welt wieder in Ordnung.

Jedenfalls einige Sekunden lang.

Noch während er Marions Nummer aus seinem kleinen Adressbuch eintippte, ertönte ein mechanisches Klicken und die Verbindung brach ab, bevor sie überhaupt aufgebaut war.

»Was ist denn jetzt schon wieder?«, brüllte Schrödinger in den Hörer. Er legte auf, nahm ihn wieder ab und probierte sein Glück erneut. Dasselbe Ergebnis. Keine Verbindung.

Wütend knallte er den Hörer auf. War sein Apparat vielleicht doch defekt?

Auch diesmal half die Hausordnung weiter. Und verpasste ihm den nächsten Tiefschlag: *Aufgrund der hausinternen Ruhezeiten ist das Telefonieren lediglich bis 23 Uhr gestattet. Anschließend wird die Leitung automatisch von unserem Computer bis zum nächsten Morgen unterbrochen.*

Das las sich wie ein schlechter Scherz. Ein Blick auf seine Armbanduhr verriet ihm allerdings, dass es inzwischen zwei Minuten nach elf war.

Er konnte es trotzdem nicht fassen. Ratlos schaute er zu Horst, der ihm aber ebenfalls keinen Tipp geben konnte. Vielleicht würde man ihm ja am Empfang weiterhelfen können. Dass die Leute ihm dort sein Telefon freischalten würden, bezweifelte er zwar, aber womöglich gab es ja irgendwo auf dem Gelände noch einen Münzsprecher, den er benutzten könnte.

Schrödinger hatte die Hand bereits auf der Türklinke, als er auf dem Gang Schritte hörte. Gleich darauf erklang eine tiefe Stimme, bei der man erst beim genaueren Hinhören merkte, dass sie einer Frau gehörte.

»Es ist nach elf und Nachtruhe! Bitte begeben Sie sich in Ihre Zimmer.«

Schwester Ingeborg. Das musste sie sein. Obwohl er sie bisher noch nicht mal gesehen hatte, war sie genauso, wie er sie sich nach den Schilderungen seiner Tischnachbarn vorstellte. Vermutlich war sie ein bulliger Drache, der ihn sowohl in Größe als auch Leibesfülle bei Weitem übertraf. Möglicherweise mit grünschuppiger Haut, glühenden Augen und Feueratem.

Sie war auf jeden Fall beeindruckend genug, dass eine zweite Person auf dem Flur nur noch ein klägliches »Entschuldigung« von sich gab und dann in einem der Zimmer verschwand.

Schrödinger beschloss spontan, dass er Marion problemlos auch morgen früh noch anrufen konnte. Es gab ja keinen Notfall oder so.

Zweiter Tag

Horst

Schrödinger ist ne Schlafmütze. Erst wälzt er sich ewig schlaflos in seinem zugegebenermaßen nicht besonders bequem aussehenden Bett, dann ratzt er, dass er nicht mal mitgekriegt hätte, wenn ihm die Bodensee-Diebe das letzte Hab und Gut geklaut hätten.

Vom Tageslicht kriegt er nix mit. Er hört auch mein Jammern und Winseln nicht, obwohl ich armer Boxer gleich von mehreren dringenden Bedürfnissen geplagt werde. Hunger. Durst. Volle Blase. Voller Darm. Ich weiß gar nicht, worum ich mich zuerst kümmern soll.

Die Zeit drängt; ich muss zu härteren Methoden greifen. Erst klettere ich auf seine Bettdecke, doch da dreht er sich einfach ungerührt zur Seite. Als das nichts nützt, nage ich äußerst geräuschvoll an der Klinikbroschüre unter dem Bett. Die schmeckt allerdings so fad, wie es der ganze Bau hier ist. Nicht mal andere Artgenossen gibt es hier. Wie soll ich denn da die nächsten Wochen überstehen? Ein Hund hat schließlich Bedürfnisse.

Das erinnert mich sofort wieder an eine gewisse Königspudeldame. Ach, Priscilla, wenn wenigstens du hier wärst! Einsamkeit ist schon ein hartes Los.

Traurig nehme ich mir Schrödingers Schuhe vor. Die müffeln zwar ein wenig, erfüllen aber ihren Zweck: Mit einem Satz ist Herrchen wach und auf den Beinen. Ziel erreicht. Der Tag kann beginnen.

Oh.

Oh, Schrödinger. Der nimmt mir die Schuhe weg und geht mit ihnen ins Bad. Zum Pinkeln!

Ah, gut. Das Plätschern steckt an. Was er kann, kann ich schon lange. Und muss ich schon lange. Gut, dass der Teppich hier saugfähig ist.

Schrödinger

Schrödinger drückte die Spülung. Das kräftige Rauschen versprach, dass das Klo mit der merkwürdigen, an eine kleine Schüssel erinnernden Einbuchtung im flachen Teil anders als sein Hannoveraner Lokus auch mit großen Geschäften mühelos fertig werden würde. Sein Magen knurrte und erinnerte ihn daran, dass er angesichts der spartanischen Mahlzeiten wohl auch auf eine geregelte Verdauung würde warten müssen.

Apropos: Horst hatte dichtgehalten. Bis jetzt. Aber das würde nicht mehr lange dauern. Schrödinger spritzte sich etwas Wasser ins Gesicht und ging ins Zimmer, wo er vom scharfen Geruch nach Hundeurin und einem etwas bedröppelt dreinblickenden Boxer empfangen wurde.

»Hast du etwa …« Er scannte den Teppich, konnte aber keine Pfütze entdecken. Rasch schlüpfte er in die nächstbeste Hose, streifte sich das Shirt vom Vortag über und stieg in die vom Hund angesabberten Schuhe. Zum Glück sah Marion ihn nicht in diesen wild zusammengewürfelten Klamotten, aber sein Outfit passte haargenau zu dem Aufzug, in dem die meisten Männer hier rumliefen. Der Gedanke an seine Liebste erinnerte ihn an das missglückte Telefonat gestern Abend. Mit einer fließenden Bewegung wechselte er zum Telefon und drückte die Taste zur Wahlwiederholung. Diesmal klappte die Verbindung ohne Probleme. Das Endergebnis blieb trotzdem gleich, denn am anderen Ende der Leitung nahm niemand den Hörer ab.

Verdammt.

Enttäuscht leinte er Horst an, irrte durch das Labyrinth des Flures, fand den Aufzug und fuhr nach unten.

Der Empfang war verwaist. Schrödinger und sein vierbeiniger Begleiter traten durch die Glastür in den kühlen Morgen. Horst schaffte es bis zum ersten Blumenkübel, ehe seine Blase Alarm meldete. Der Hund schiffte so lange und ausgiebig, dass seine drei nicht gehobenen Beine zu zittern begannen.

»Moin.« Frank trat hinter ihn und zündete sich gierig wie ein Junkie eine Kippe an. Schrödinger, der vor dem ersten Kaffee zu keinerlei Konversation fähig war, nickte nur.

»Ja, ja, ich weiß, Rauchen ist hier verboten.« Frank stieß eine Rauchwolke in die neblige Luft. »Ich bin schon weg.«

Er trottete den Zufahrtsweg entlang. Schrödinger sah ihm nach. Frank verschwand hinter ein paar Büschen, wo sich die stillgelegte Bushaltestelle befand. Sie war zwar so grau und ungemütlich wie der Vorhof zum Krematorium, aber Raucherlounge ist Raucherlounge. Fast bekam er Mitleid mit den Paffern.

Horst schnupperte und zog sein Herrchen in Richtung Raucherbereich. Ein Auto fuhr im Schritttempo heran und kam auf dem Rondell vor dem Eingang zum Stehen. Berliner Kennzeichen. Frischfleisch also. Der Fahrer tat Schrödinger von Herzen leid.

Hund und Herrchen erreichten die Bushaltestelle. Hinter den Büschen drang dermaßen viel Qualm hervor, dass er sich nicht gewundert hätte, wenn dieser allein den Nebel verschuldet hätte, der sich über Bad Mergentheim unten im Tal gelegt hatte. Horst nahm Witterung auf und schnupperte. Sein Bellen ließ die Köpfe der zehn Menschen, die sich im ehemaligen Wartehäuschen drängten, herumschnellen.

Die Frauen waren ganz verzückt von dem tierischen Gast und stürzten sich regelrecht auf den Boxer. Der ließ sich die morgendlichen Streicheleinheiten nur zu gern gefallen.

»Auch eine?« Frank hielt Schrödinger eine Packung Zigaretten hin. Eigentlich, ganz eigentlich, rauchte er ja nicht mehr. Andererseits – seine Ex war nicht hier, um ihn anzumotzen. Er griff zu, nahm dankend das Feuer an und zog an der Kippe. Der Rauch kratzte in seinen Lungen. Er unterdrückte den Hustenreiz. Immerhin galten Raucherzonen ja als die Infobörse schlechthin. Das würde in einer Kurklinik sicher nicht anders sein. Und richtig: Während der Hund von den Raucherinnen gehätschelt und getätschelt wurde, schnappte der schweigende Schrödinger einiges auf. Die Zigarette hielt er allerdings nur als Alibi in der Hand, bereits nach dem zweiten Zug wurde ihm schwindelig. Er hatte sich setzen wollen, aber die eiserne Bank war mit seiner Tischgenossin Vera, einer überbreiten Rothaarigen und einem scheinbar magersüchtigen blassen Mädel bereits voller als der überquellende Aschenbecher.

»Jau, ich muss dann mal.« Frank klaubte sein Rehabüchlein aus der Gesäßtasche und blätterte darin.

»Oh neee«, murrte er nach einem kurzen Blick auf seinen Tagesplan. »Wassergymnastik.«

»Na, dann viel Spaß.« Vera grinste und zündete sich, kaum dass sie die vorherige Zigarette bei den Stummeln im Ascher entsorgt hatte, eine neue Kippe an.

»Jau«, sagte nun auch Schrödinger und verabschiedete sich. Sein Magen rebellierte. Nikotin vor dem Frühstück war wohl doch keine so gute Idee. Er folgte Frank und steuerte erst mal die Briefkästen in der Lobby an. Konnte ja sein, dass sich an seinem Therapieplan etwas geändert hatte. Allerdings hatte er noch gar keinen Plan, weder für die Therapie noch für die kommenden Wochen und brauchte einen Moment, ehe er das System der Nummerierungen durchschaut und seinen Kasten gefunden und mit dem Zimmerschlüssel geöffnet hatte.

Tatsächlich lagen darin zwei Blätter. Das erste war sein Plan für die erste Woche, eine Kopie des Blattes, das er von dem seltsamen Arzt bekommen hatte.

Bitte gehen Sie zum Wassertreten, stand für jeden einzelnen Tag ganz oben auf seiner Liste. Ja, er erinnerte sich. Ansonsten wurde er heute zum psychologischen Erstgespräch, zur Kunsttherapie, zur sogenannten Einführung in den Sportbereich sowie zur Hockergymnastik geladen.

»Hockergymnastik?«, murmelte er mit großen Fragezeichen im Gesicht. Sollte er Stühlen dabei zusehen, wie diese ihre Beine und Sitzflächen trainierten? Oder selbst eine halbe Stunde lang in der Stellung eines Stuhles verharren? Es gab ja auf dem ihm fernen Sektor der leiblichen Ertüchtigung so einiges an Kuriositäten, durch die die Leute angeblich fit wie die Turnschuhe und alt wie Methusalem werden sollten. Er seufzte. Bis vier Uhr am Nachmittag wäre er voll und ganz beschäftigt. Immerhin gönnte der Plan ihm zwischen dem Vortrag über gesunde Ernährung und dem Erstbesuch beim Klinikpsychologen eine gute Stunde Mittagspause.

»Du hast es leicht«, teilte Schrödinger Horst nach einem kurzen Blick auf dessen Wochenplan mit. »Bitte gehen Sie zu Pfleger Michael/Frau Haferkant: Verhaltenstherapie.« Schrödinger grinste. In all den Jahren war sein Hund noch nie gesiezt worden.

»Na, dann los«, forderte er den Boxer auf und machte sich mit Horst an der Leine auf die Suche nach dem angegebenen Therapieraum. Kurz darauf und nach einigen in mehr oder weniger gut sitzender Sportkleidung zum Ausgang strömenden Damen, die ein gehauchtes »Oh, ist der süß!« von sich gaben, fanden die beiden sich im Fernsehraum wieder.

Schrödinger hatte nicht gerade die beste Laune. Erstens hätte er ein »Ist der süß« auch gerne mal wieder über sich gehört, und zweitens wurde die Zeit bis zur Schließung des Speisesaals langsam knapp. Und ohne ein ordentliches Frühstück wollte er nicht in seinen übervollen und durchgetakteten Tag starten.

Missmutig öffnete er die Tür zum Fernsehraum und starrte auf das laminierte Schild. *ARD. 18 bis 23 Uhr.* Er fragte sich, ob der öffentlich-rechtliche Sender wusste, dass seine Sonntagskrimis von der Belegschaft der Waffelburg nie bis zu Ende gesehen werden konnten. Aus den Erzählungen seiner Tischgenossen nämlich wusste er, dass Nachtschwester Ingeborg die Uhrzeit quasi im Blut hatte und schon einige Male eine Viertelstunde vor Aufklärung eines brisanten Falles die Übertragung unterbrochen hatte. In der Waffelburg kannte man keine Gnade und hielt die Patienten nicht für Erwachsene, sondern eher für Kinder, die im Ferienlager so richtig aufdrehten.

Frau Haferkant saß mit dem Gesicht in Richtung Tür in ihrem Rollstuhl und starrte ins Leere. Hinter ihr stand ein Mann Mitte zwanzig. Nur der weiße Kittel kennzeichnete ihn als Pfleger. Ansonsten wirkte er wie ein Sunnyboy, der als Statist bei *Miami Vice* durchgegangen wäre. Die blonden Haare waren schulterlang, hatten keinen erkennbaren Schnitt und lenkten nur marginal von den üppigen Tätowierungen auf seinen Unterarmen ab. Schrödinger erkannte chinesische Schriftzeichen und hoffte im Interesse des Trägers, dass diese nicht *Ente süßsauer* bedeuteten. Er musterte den Pfleger und blieb an dessen Schuhen hängen. Michael, wie das Namensschild ihn auswies, trug keine Socken. Zwischen den Riemen lugten Zehen so breit wie Kinderfäuste hervor. Meine Güte, davon wollte man nicht in den Hintern getreten werden.

»Ey, was für ein Süßer!«, rief Michael im vollkommenen Gegensatz zu Schrödingers aktuellen Gedanken. Zeitgleich dazu stürmte der Pfleger auf Horst zu. Der reckte die Ohren und wedelte mit dem Schwanz, als er von Michael am Rücken getätschelt wurde. Schrödinger schien auf einmal Luft zu sein. Selbst Frau Haferkant sah an ihm vorbei. Er nickte, drückte dem Pfleger die Leine in die Hand und verabschiedete sich von seinem Hund. Dem würde es gut gehen.

Bestens sogar: Auf einem Tisch lag eine Tüte mit getrocknetem Entenfleisch.

Ehe er die Tür schloss, zögerte er. Die Sonne flutete den Raum. Michael stand vor dem Fenster. Im Gegenlicht kam ihm die Silhouette vage bekannt vor.

»War der gestern im Wald?«, fragte er sich leise. Dann zog er die Tür zu.

»Schrödinger, du siehst Gespenster«, schalt er sich selbst. »Das ist eine Rehaklinik, also entspann dich.«

Das Frühstück musste Schrödinger allein einnehmen; die übrigen fünf Plätze an seinem Tisch waren bereits verlassen. Nur die leeren Tassen und die Krümel auf den Tellern zeugten davon, dass seine Tischgenossen bereits gespeist hatten. Er zapfte sich an der übergroßen Kanne einen lauwarmen Kaffee, warf zwei Scheiben trockenes Brot auf seinen Teller und versuchte, mit in Hotelgröße abgepackter Butter, Erdbeermarmelade und den letzten beiden auf den silbernen Platten verbliebenen Scheiben Lyoner Wurst so etwas wie ein Frühstück zu kreieren. Nach Eiern oder gebratenem Speck hielt er vergebens Ausschau, und so würgte er sein karges Mahl lustlos hinunter.

Die nächsten Stunden verschwammen für ihn in der Suche nach dem passenden Raum für die Anwendungen. Erst am späten Vormittag hatte er wieder ein wenig Luft und bis dahin ein Programm absolviert, für das er zu Hause in Hannover mehr als ein halbes Jahr gebraucht hätte. Er war wie ein Storch fünfmal durch viel zu heißes und dann eiskaltes Wasser gewatet. Hatte sich gemeinsam mit anderen zeigen lassen, wie er sich an den Geräten im Keller verrenken sollte, um straffe Waden und einen Waschbrettbauch zu bekommen. Oder wenigstens ein paar mehr Muskeln rund um die Bandscheibe. Er war zum Blutdruckmessen und Wiegen im Schwesternzimmer angetreten und hatte das nur noch knapp zweistellige Ergebnis auf seine Bekleidung geschoben. Jogginghose, Shirt und Latschen konnten doch wohl zehn Kilo ausmachen?

Bei der Kunsttherapie begegnete er Frank. Der saß hoch konzentriert im Atelier für Specksteine und feilte an einem grauen Klotz. Da Schrödinger es schon in der Schule gehasst hatte, seine Hände in matschigem Ton zu versenken, um eine schiefe Vase zu töpfern, und mit Pinsel und Farbe sowieso nicht umgehen konnte, entschied er sich, ebenfalls ins Steinatelier zu gehen.

»Wird ein Aschenbecher«, sagte Frank nicht ohne Stolz und hielt ihm sein Werkstück vor die Nase.

»Tsssss«, zischte eine Mittfünfzigerin mit streng nach hinten gebundenen grauen Haaren. Die Frau feilte an etwas, was sowohl ein Delfin als auch ein Engel sein konnte.

»Gesundheitsfanatikerin«, flüsterte Frank. Schrödinger grinste und ging zu der Holzbox, in der zwei Dutzend unbearbeitete Steine lagen. Er griff zum größten, hielt ihn hoch und rief: »Und das wird ein Bierkrug!«

Die Mitpatientin zuckte zusammen. Mit einem Kopfschütteln und einem zwischen Mitleid und Ekel schwankenden Blick auf die beiden Männer räumte sie ihren Arbeitsplatz. Schrödinger setzte sich neben Frank und starrte auf die Feilen und Sägen auf dem Tisch.

»Du musst den Stein fühlen, bis er zu dir spricht«, sagte Frank. Schrödinger starrte seinen Kumpel fragend an.

»Der Stein zeigt dir, was er in sich trägt«, fuhr dieser fort und wedelte schwurbelnd mit den Händen durch die Luft. Und musste dann lachen. »Sagt die Esoteriktante von eben.«

Schrödinger fiel in das Lachen ein. Er schnappte sich die nächstbeste Feile und werkelte drauflos, ohne zu wissen, was er da tat. Seine Finger bewegten sich ohne sein Zutun. Immer mehr feiner Staub, der ihn an Babypuder erinnerte, rieselte auf den Tisch. Er wollte an Marion denken, doch sein Kopf leerte sich wie von selbst. Zwischen den beiden Männern fiel kein einziges Wort. Zu seinem eigenen Erstaunen verflogen die anderthalb Stunden wie im Flug.

»Feierabend!«, rief Frank schließlich, verstaute seine Utensilien und ging mit Schrödinger Richtung Speisesaal. Vor der Tür und den Wasserspendern hatte sich bereits eine Schlange von Hungrigen gebildet.

Auf die Sekunde genau um 12 Uhr öffnete sich die Glastür und die Patienten strömten an die ihnen zugewiesenen Plätze. Schrödinger quetschte sich zwischen Vera zu seiner Linken und Frank an seiner rechten Seite. Ihm gegenüber nahmen Vroni, Susanne und Johann Platz. Die drei brachten nicht einmal die Hälfte des Kampfgewichtes auf der anderen Tischseite zusammen und hatten deshalb deutlich mehr Platz.

»Viel Glück«, rief Vera und hob als erste den Plastikdeckel vom Teller. Schrödinger kannte solches Geschirr aus dem Krankenhaus und hoffte, dass darunter besseres Essen lag als in der Klinik.

»Möhrchen.« Vroni stöhnte. Johann verdrehte die Augen. Susanne gab ein würgendes Geräusch von sich. Schrödinger lupfte den Deckel. Den größten Teil des Tellers nahmen industriell geschnittene und ehemals tiefgekühlte Karotten ein. In einer hellbraunen Sauce schwammen ein paar wenige Fleischteile. Der Reis sah zerkocht aus.

»Magenfreundlich«, knurrte Frank.

»Moment.« Vera grinste und friemelte in ihrem Turnbeutel, den sie über die Lehne gehängt hatte. Dann machte eine Flasche mit Würzmischung die Runde. Auch Schrödinger gab reichlich davon auf seine Portion.

»Mahlzeit allerseits.« Susanne nickte ihm aufmunternd zu. Er nahm einen ersten Bissen. Es schmeckte zerkocht, matschig und eigentlich nur nach künstlichen Geschmacksverstärkern.

»Und, schon eingelebt?«, erkundigte sich Johann.

»Nicht wirklich«, gestand Schrödinger.

»Er meißelt einen Bierkrug.« Frank lachte.

»Passend zu deinem Aschenbecher«, scherzte Schrödinger zurück.

»Okay, dann töpfere ich einen Sektkübel«, fiel Vroni ein.

»Ich könnte es mit einem Bierfass versuchen.« Johann lachte.

»Lasst euch ja nicht von Schwester Ingeborg erwischen.« Vera beugte sich zu Schrödinger. »Die ist ein echter Hausdrache.«

»Das ist ja wohl leicht untertrieben.« Susanne kniff die Augen zusammen und erzählte Schrödinger von ihrem Zusammenrasseln mit der Nachtschwester. Susi hatte nicht schlafen können in der ersten Nacht auf der Waffelburg. Auf der Suche nach irgendeinem Schlupfloch, um eine Zigarette rauchen zu können, war sie durch die Klinik gehuscht. Ohne Erfolg. Nicht nur die Pforte war geschlossen, auch alle nicht möblierten Balkone in den Fluren. Weder im Keller, noch im obersten Stockwerk fand sie eine Tür oder ein Fenster, das nicht mit einer Alarmanlage gesichert war. Nach einer halben Stunde ging sie zurück in ihr Zimmer. Und erschrak fast zu Tode: Vor der Tür hatte sich Schwester Ingeborg aufgebaut. Mit verschränkten Armen.

»Sie sind nicht im Bett.«

»Des weeß ich selbst!«

»Ab dreiundzwanzig Uhr ist Nachtruhe.«

»Kontrolliern'Se etwa, ob alle brav in der Heia lieg'n?«

»Es gibt klare Regeln.« Mit diesen Worten hatte sich Ingeborg verabschiedet. Für den ersten Abend. Seitdem kam sie jede Nacht mindestens einmal in Suses Zimmer.

»Ich würd gern mol durchschlafen«, stöhnte sie.

»Ich würde gern mal runter vom Gelände.« Frank schob den halb vollen Teller von sich.

»Geh doch einfach«, schlug Schrödinger vor.

»Darf ich nicht.«

»Selber schuld«, kommentierte Vera auf ihre staubtrockene norddeutsche Art.

»Na, eben wegen dem blöden Erstgespräch bei dem ich gesagt hab, dass ich abends gern mein Feierabendbierchen genieße«, erinnerte Frank. »Im Sommer meist gemischt mit Limonade. Trotzdem gelte ich seitdem als der harte Alkoholiker und muss beweisen, dass ich nicht jeden Tag im Vollsuff unterwegs bin. Eine Spritztour in die Stadt wäre da echt das Schlimmste überhaupt. Dann wird der Zeiger sofort zurück auf Null gestellt, egal, ob ich was getrunken hab oder nicht.«

»So wie bei der da«, wisperte Vroni und deutete auf eine hochtoupierte Blondine. »Christina. Die geht jeden Abend nach Bad Mergentheim. Weiter als bis zum Kiosk an der

Bushaltestelle kommt sie nie. Die hat *wirklich* ein Alkoholproblem.«

»Jeden Abend kommt sie auf die letzte Sekunde mit dem Taxi zurück.«

»Schwankend …«

»Und mit ihrer Freundin im Schlepptau«, wisperte Suse und zeigte auf eine dralle Rothaarige.

»Madame Regina.«

Schrödinger hob fragend die Augenbrauen.

»Die ist scharf auf jeden Kerl«, grinste Johann.

»Vor zwei Wochen hat sie ihre neu gekauften Klamotten vorgeführt«, berichtete Vroni. »Mitten im Speisesaal. Ohne BH.«

Schrödinger musste dermaßen verdutzt aus der Wäsche geschaut haben, dass die fünf anderen in schallendes Gelächter ausbrachen.

»Willkommen auf der Waffelburg.« Frank klopfte ihm auf die Schulter. Und Schrödinger fragte sich zum wiederholten Male, wo er denn nur gelandet war.

Er beschloss, nach Horst zu sehen. Der, so hatte Michael es versprochen, würde im Zimmer auf ihn warten. Außerdem wollte er jetzt endlich mal wieder Marions Stimme hören. Für einen kurzen Anruf vor seiner Stunde bei dem Psychologen hatte er noch ein paar Minuten Zeit.

Horst

Schrödinger ist goldrichtig in der Waffelburg. Herrchen spinnt, wenn er denkt, dass ich mich über die in eine Serviette gewickelten zerkochten Karotten freue. Wurst.

Schnitzel. So was wäre angebracht. Wie lange kennen wir uns? Lange genug, damit er wissen müsste, dass ich Gemüse nicht mag. Und dass ich davon Blähungen bekomme.

Aber der hat ja nur seine Marion im Kopf. Geschieht ihm ganz recht, dass er nur ihre Mutter Hillu an die Strippe bekommen hat. Eigentlich hätte ich ihn mit einem Nasenstupser trösten sollen, aber ehrlich: Ich habe auch meinen Stolz, und wer mir mit Möhren kommt.... Nee.

Da ist die Frau Haferkant ein ganz anderes *Kaliber*. Die tut zwar gar nichts und sitzt nur rum, aber wegen ihr habe ich immerhin eine ganze Tüte getrocknete Entenleckerlis bekommen. Mir ist jetzt zwar ein bisschen flau im Magen, aber die Streicheleinheiten haben so, so gutgetan. Ich freue mich schon auf unsere nächste Therapiestunde.

Und auf eine Gassirunde mit Schrödinger. Jetzt. Mein Innenleben verlangt nach Leerung. Herrchen steht tatsächlich auf. Und ... geht. Ohne mich.

Der spinnt. Ich sag es gerne noch einmal.

Gut, dann leg ich mich eben ins Bett.

Oh.

Mir ist sehr flau.

Augen zu und durch.

Ah.

Aua.

Mein Magen unterhält sich mit der Ente.

Die Ente will raus.

Das Kissen sieht jetzt nicht mehr so schön aus.

Schlafe ich eben doch auf dem Boden.

Ach herrje.

Jetzt hab ich auch noch eine Pfütze gemacht.

Egal. Im aufgeklappten Koffer ist es auch weich.

Und an den Badelatschen knabbern macht richtig, richtig Spaß.

Schrödinger

»Tschautschau.« Christina alias Blondie winkte dem Therapeuten zum Abschied zu. Schrödinger stand vom Wartestuhl auf und betrat den Raum, an dessen Tür *Manfred Hahn, Psychologe*, stand. Er war noch nie bei einem Seelenklempner gewesen und erwartete eine längliche Couch zum Drauflegen und einen schrumpeligen alten Herrn im Tweedanzug, mit Fliege und Klemmbrett. Die Realität sah deutlich anders aus: Der Seelendoktor war schätzungsweise Ende vierzig und damit gerade mal zehn Jahre älter als Schrödinger selbst. Er hatte ein rundes Gesicht, dünne graublonde Haare und eine leicht rötliche Hautfarbe. Dazu trug er eine Brille mit goldenem Gestell und Gläsern, die es vom Umfang her fast mit einem Bierkrug aufnehmen konnten. Das allein machte ihn nicht unsympathisch, seine schweißklammen Hände und die leise Stimme hingegen schon. Bei der Begrüßung musste Schrödinger ganz genau hinhören, um den Mann überhaupt zu verstehen. Und das bei jemandem, der fürs Reden und Zuhören bezahlt wurde. Na, das konnte ja heiter werden.

Der Doc führte ihn zu einem billig aussehenden Ledersofa, das nicht mal ansatzweise lang genug war, um sich darauf auszustrecken. Hätte sich Hahn zu ihm gesetzt, wäre das schmale Ding bereits überfüllt gewesen. Zum Glück bevorzugte der Mann den Ledersessel ihm gegenüber.

»Vielen Dank für Ihr Kommen, Herr Schröder.«

»Schrödinger«, korrigierte Schrödinger.

Stirnrunzelnd griff der Doktor nach einer Aktenmappe auf seinem Schreibtisch und schaffte es dabei fast, den hochkant stehenden Bilderrahmen umzuwerfen. Die Frau auf dem Foto war im gleichen Alter, von ähnlicher körperlicher Statur und schien irgendwie diabolisch zu lächeln. Vermutlich handelte es sich bei ihr um Hahns Gattin – sozusagen die Henne. Sofort wanderte Schrödingers Blick zur rechten Hand des Psychiaters und fand den Beweis für seine Überlegung in Form eines gelbgoldenen Eherings. Ein Wunder, dass der bei den feuchten Pfoten nicht ständig runterrutschte.

Inzwischen hatte der Psychologe die Mappe aufgeschlagen und zog die darin stehenden Daten zurate. »Sie sind hier wegen einer Tibiakopffraktur.«

»Einer was?« Schrödinger hatte nicht viel verstanden, aber das Wort Fraktur war darunter gewesen, und das kannte er nur als medizinischen Begriff für einen Bruch. Deswegen war er definitiv nicht hier.

»Eine Tibiakopffraktur«, wiederholte Hahn nur geringfügig lauter. »Das ist ein … äh …« Er las kurz nach: »Ein Schienbeinkopfbruch.«

»So was hab ich nicht. Hier, sehen Sie, dem Schienbein geht es gut.« Er hob den Oberschenkel und schwang den Unterschenkel hin und her. Als sich im Gesicht des Psychologen rein gar nichts tat, stand er auf, streckte ihm das angewinkelte Bein entgegen und stützte sich anschließend darauf ab.

»Da steht, dass Sie eine Tibiakopffraktur haben.«

»Dann ist das wohl falsch.«

»Vielleicht haben Sie es nicht gemerkt.«

»Dass ich mir das Schienbein oder Knie gebrochen habe? Ernsthaft?« Schrödinger fiel es schwer, ruhig zu bleiben. »Ja, so was übersieht man ja auch leicht. Ich habe mich schon gewundert, warum ich beim Laufen immer so leicht wegknicke. Aber jetzt, wo Sie es sagen, leuchtet mir das natürlich ein. Wieso bin ich nicht früher darauf gekommen?« Kopfschüttelnd sank Schrödinger auf die Couch zurück.

Der Doktor sah nicht so aus, als hätte er den Witz verstanden. »Haben Sie keine Schmerzen gespürt?«

Am liebsten wäre Schrödinger sofort wieder aufgesprungen. »Im Bein? Nein. In der Bandscheibe: Ja. Dort sticht es mächtig und gewaltig.«

»Und das zieht runter bis zum Schienbein?«

»Nicht, dass ich wüsste.«

Das war wohl auch für den Doktor zu viel. Irritiert blickte er auf seinen Aktenvermerk und schien einen Moment lang nicht weiterzuwissen. Schrödinger deutete es so, dass der Psychologe das Missverständnis nun offenbar eingesehen hatte, doch weit gefehlt: »Wie kann Ihnen die Bandscheibe wehtun, wenn Sie Knieprobleme haben?«

Vielleicht war das ein perverser Psychotest und der Mann versuchte absichtlich, ihn auf die Palme zu bringen. Aber so leicht würde er es ihm nicht machen. Schrödinger atmete tief durch, bevor er antwortete: »Ich habe keine Knieprobleme. Hatte ich noch nie. Ich bin hier wegen meiner Bandscheibe. Das ist die am Rücken, verstehen Sie? Sie haben da eine falsche Information in Ihren Unterlagen stehen.«

»Demnach glauben Sie, Sie sind wegen Ihrer Hüfte hier.«

Das stimmte zwar, klang aus dem Mund des Psychos aber trotzdem falsch. »Ich *glaube* es nicht nur, ich weiß es. Ich lag am Boden, es stach im Rücken, ähnlich wie bei einem Hexenschuss, und ich konnte mich nicht rühren.«

»Interessant. Wie lange haben Sie diese Symptome schon?«

Symptome. Noch so ein Wort, das irgendwie falsch klang. »Die Rückenschmerzen plagen mich schon einige Jahre, mal mehr, mal weniger. Im Sommerurlaub zum Beispiel war fast gar nichts.«

»Es tritt also eher auf, wenn Sie arbeiten müssen?«

»Ja. Nein. Da belaste ich die Wirbelsäule zumindest mehr. Im Urlaub versuche ich zu relaxen.«

Der Doc notierte sich das in seiner Akte. »Tauchen die Schmerzen immer sofort auf, wenn Sie arbeiten, oder schleichen sie sich allmählich ein?«

»Da schleicht nichts. Es genügt eine falsche Bewegung und zack, geht es mir schlecht.«

»Bewegung im Sinne von ›Betreten des Arbeitsplatzes‹?«

Die Worte waren wieder so leise, dass er sie kaum verstehen konnte. Entsprechend schwammig fiel auch seine Antwort aus: »Es tut immer dann weh, wenn ich viel zu tun habe und nicht auf meinen Rücken achte.«

»Wenn Sie viel zu tun haben«, wiederholte Hahn und notierte auch das. Er tat es mit einer Arschruhe, die Schrödinger gleich noch mehr auf die Palme brachte. Am liebsten hätte er dem Psycho die Akte aus der Hand geschlagen.

»Hören Sie, ich habe das Gefühl, wir reden komplett aneinander vorbei. Ich bin hier wegen eines Bandscheibenvorfalls und nichts anderem!«

»Das sagten Sie bereits. Ich versuche nur, mehr über die Hintergründe aufzudecken.«

»Da gibt es nichts aufzudecken! Ich Aua. Sie helfen.«

Wieder murmelte er etwas, was Schrödinger nicht verstand. Oder verstehen wollte. Hahns trantütiger Blick allein genügte, ihn vom Sofa aufspringen zu lassen. Wie aufs Stichwort stach es wieder in seiner Hüfte.

»Bin ich hier bei der versteckten Kamera?«, fauchte er mit schmerzverzogener Miene.

»Ist das wieder Ihre Bandscheibe?«, fragte Hahn, dem das Leiden seines Gegenübers offenbar nicht entgangen war.

»Ja, verdammt noch mal!«

»Aber Sie befinden sich doch jetzt gar nicht an Ihrem Arbeitsplatz.«

Schrödingers Hände ballten sich zu Fäusten. Es kostete ihn Überwindung, nicht auf den Mann loszugehen. »Es hat auch nichts mit meiner Arbeit zu tun, verfluchtnocheins!«

»Bleiben Sie ruhig, Sie brauchen nicht so zu schreien, ich verstehe Sie sehr gut.«

»Das Gefühl habe ich nicht!«

»Sind Sie oft so aufbrausend?«

»Ich. Bin. Nicht. Aufbrausend.«

»Sind Sie sicher? Ich habe den Eindruck, dass Sie sich nur schwer im Zaum halten können.«

»Das ist personenbezogen.«

»Könnten Sie das näher ausführen?«

»Eigentlich bin ich ein friedliebender Mensch. Es gibt jedoch Personen, da schwillt mir der Kamm.«

»Und das führt dann zu besagten Rückenproblemen?«

»Also, das ist …« Wie gerne hätte er dem Kerl eine runtergehauen. Aber wahrscheinlich hätte der Psycho nicht mal das begriffen. Deshalb atmete er abermals tief durch und verließ ohne weitere Worte oder Aktionen das Büro. Seine Bandscheibe pochte bei jedem Schritt mehr. Es war ihm egal.

Er war froh, dass ihm auf dem Korridor niemand entgegenkam. Bei einer flapsigen Bemerkung – egal von wem – hätte er für nichts garantieren können. Schrödinger hatte das Gefühl, vor Wut zu beben. Was bildete sich dieser Psychoheini überhaupt ein? Ihm zu unterstellen, er würde sich die Schmerzen bloß einbilden – oder simulieren, um sich vor der Arbeit zu drücken! Eine Frechheit war das!

Und überhaupt: Wie konnte man dermaßen neben der Spur sein? Er hatte ja schon viele schräge Typen kennengelernt, aber so verpeilt wie Hahn war noch keiner gewesen. Das konnten selbst die vielen kuriosen Gestalten nicht mithalten, mit denen er im Getränkemarkt in Hannover zu tun gehabt hatte. Und darunter waren einige wirklich bizarre Zeitgenossen gewesen.

Mit zusammengebissenen Zähnen blickte er auf die Armbanduhr. Durch seinen verfrühten Abbruch des Psychologiegesprächs blieb ihm etwas Zeit, bevor der nächste Kurstermin anstand. Was sollte er mit der gewonnenen Freizeit anstellen? Im hauseigenen Fitnessstudio die überschüssige Energie abbauen? Oder sich ein paar Minuten ins Auto setzen und die Musik laut aufdrehen?

Nach kurzem Abwägen der Möglichkeiten beschloss er, lieber bei Horst vorbeizuschauen. Sein vierbeiniger Freund hatte es deutlich besser als er. Gerade mal eine Therapiestunde hatte er heute überstehen müssen. Da konnte man schon neidisch werden. Zumal der langhaarige Pfleger Michael und Frau Haferkant eine deutlich angenehmere Gesellschaft waren als Hahn. Aber es brachte nichts, sich weiter darüber aufzuregen.

Wie erwartet, hatte es sich der Boxer in der Unterkunft gemütlich gemacht. Badehosen zum Zerfetzen gab es diesmal zum Glück keine, und mit den Knabberspuren an den Badelatschen konnte man leben. So was kannte er daheim auch von zig anderen Schuhen. Streng genommen besaß er sogar bloß noch ein einziges Paar Schuhe ohne Kratzer. Das allerdings waren ein paar Sneakers, die er mal bei einem Auftritt von Green Day in Hannover getragen und auf die ihm ein Betrunkener unmittelbar nach Konzertbeginn gekotzt hatte. Trotz mehrmaliger intensiver Waschvorgänge hielten sich der säuerliche Geruch und einige Flecke im Stoff hartnäckig. Weggeschmissen hatte er die Treter bloß deshalb nicht, weil sie eine Erinnerung an ein tolles Konzert waren. Es war das erste nach der Scheidung von seiner Ex gewesen.

Deutlich unangenehmer als die angenagten Badelatschen war allerdings die gelbe Pfütze auf dem Boden. So, wie die roch, war da nicht bloß eine Blumenvase umgefallen. Zumal es hier so was eh nicht gab.

»Mensch, Keule, das hätte echt nicht sein müssen!«, ermahnte er den Boxer, während er die Sauerei mit Klopapier aufwischte. »Ich dachte, du machst eine Verhaltenstherapie!«

Horst legte den Kopf schief und schaute ihn mitleidig an. Wie konnte man ihm da noch böse sein?

»Oder hast du es einfach nicht mehr ausgehalten?«, fragte Herrchen mitleidig. »Na los, komm, wir drehen eine Runde.«

Am besten geeignet für einen Spaziergang war natürlich der klinikeigene Park. Um möglichst rasch dorthinzugelangen, beschloss Schrödinger, seiner Intuition zu folgen. Mit dem Aufzug hinab ins Erdgeschoss lief noch alles bestens, dort allerdings bog er irgendwo falsch ab und steuerte auf einmal auf den Kiosk anstatt auf die Eingangshalle zu.

Das war so nicht geplant, überlegte er, während er die drei vor dem Schaufenster stehenden Frauen musterte. Vom Alter her bewegten sie sich alle in dem riskanten Graubereich zwischen Mitte vierzig und Ende fünfzig, wo man sich mit einer falschen Jahresschätzung schnell mal eine Ohrfeige einfangen konnte. In den Händen hielten sie grünliche Fitnessgetränke und trugen auch die entsprechende Kleidung dazu. Natürlich wanderte ihr Blick sofort zu Horst. Auf verzückte Bemerkungen verzichteten sie zum Glück jedoch.

Schrödinger nickte ihnen im Vorbeigehen zu und stapfte weiter, bis er sich zwei Abbiegungen später tatsächlich in der Eingangshalle wiederfand. Seine Freude wuchs, als er sah, dass der Raum menschenleer war. So würde ihn zumindest niemand auf den Boxer ansprechen.

Doch halt! Ganz hinten in der Ecke, halb versteckt von den Pflanzen in den wuchtigen Blumenkästen, hielt sich jemand auf. Zu sehen war anfangs niemand, dafür hörte er ein vergnügtes Kichern und leises Schmatzen. Letzteres klang, als würde ein Kind an einem dicken Lolli herumschlecken. Dazu hätte auch das Lachen gepasst.

Die Wahrheit unterschied sich nur unwesentlich davon. Es waren keine Knirpse, die sich hier zum heimlichen Verzehr von Süßigkeiten versteckt hatten, sondern zwei Erwachsene. Es war auch kein Lolli, mit dem sie beschäftigt waren, sondern es waren die Lippen des jeweils anderen. Und wer weiß, wo sich die Finger Sekunden davor noch befunden hatten.

Als Schrödinger auf sie zuging, hatten sie die Hände bewusst sinken lassen und es irgendwie sogar geschafft, die Münder voneinander zu lösen. Der verschmierte Lippenstift und die derangierte Bluse der blonden Frau ließen allerdings keinen Zweifel daran, was hier nur wenige Sekunden zuvor abgelaufen war.

»Lasst euch von mir nicht stören, ich bin nur auf der Durchreise«, entschuldigte er sich. Erst in dem Augenblick dämmerte ihm, dass er die Frau kannte.

Es war die hochtoupierte Blondine Christina, die er vorhin im Speisesaal und danach noch mal beim Psycho-Doc gesehen hatte. Ihr Begleiter war ein Typ in den Vierzigern mit dunklem Bürstenschnitt und Dreitagebart. Die obersten zwei Knöpfe seines Poloshirts schienen standardmäßig immer offen zu stehen und entblößten ein funkelndes Goldkettchen. Den Burschen hatte Schrödinger bisher nirgends getroffen, was nach zwei Tagen aber auch keine große Kunst war. Sicherlich waren in der Waffelburg noch mindestens hundert weitere Leute unterwegs, die er bisher nicht bewusst wahrgenommen hatte.

Christina schüttelte beschwichtigend den Kopf und stand auf. »Wieso, bleib doch. Ist ein freies Land. Wir wollten eh gerade gehen. Der nächste Kurs fängt gleich an.«

Das klang so plausibel wie das Politikerversprechen, sämtliche Steuern zu senken. Der Goldkettchentyp blieb auch bewusst noch einige Sekunden länger sitzen, bevor er ebenfalls aufstand. Vielleicht hatte vorher noch etwas abschwellen müssen. Ein dickes Knie oder so …

Schmunzelnd sah Schrödinger den beiden hinterher. Auf den ersten Metern über den Flur liefen sie noch züchtig nebeneinander. Dann gingen Goldkettchens Finger auf Wanderschaft und kniffen Christina vergnügt in den Po. Sie schob seine Hand beiseite, kicherte aber wie ein Schulmädchen.

»Muss ja ein toller Kurs sein, zu dem ihr da geht«, murmelte Schrödinger auf dem Weg zum Ausgang. »Dreht sich vermutlich um Zwischenmenschliches. Oder Biologie. Oder beides.«

Er vermisste Marion. So blöd die Situation eben auch gewesen war, sie hatte ihm deutlich aufgezeigt, was die zwei Turteltauben hatten und er nicht. Da konnte man schon mal ein bisschen neidisch werden.

Im klinikeigenen Park atmete er daher tief durch und scheuchte alle Sehnsüchte beiseite. Das klappte anfangs eher schlecht als recht. Nachdem Horst allerdings gleich das erste Gebüsch zum Absetzen eines riesigen Haufens nutzte, ging es ganz gut. Derartige Dinge wirkten auch für die romantischsten Gefühle wie ein Dolchstoß.

»Vielen Dank«, sagte er und ging mit einem Hundekotbeutel in die Hocke. Große Lust auf das Entfernen des noch dampfenden Haufens verspürte er nicht, aber in Anbetracht der Tatsache, dass es in der Waffelburg genau einen einzigen Hund gab, wäre die Zahl der Verdächtigen einfach viel zu klein zum Herausreden gewesen. Außerdem gehörte das Beseitigen der Hinterlassenschaften für Tierhalter schlichtweg dazu.

Sie schritten auf den runden Pavillon in der Parkmitte zu. Bei normalen Parks gab es alle fünfzig bis hundert Meter metallene Abfallkübel, in denen man die warmen Beutel loswerden konnte. Hier natürlich nicht. Was Schrödingers Laune nicht unbedingt hob. Dabei konnte er der Klinik technisch gesehen nicht mal einen Vorwurf machen. Da hier eigentlich keine Hunde zugelassen waren, brauchte man sich auch keinerlei Gedanken um die Entsorgung von Hundehaufen machen.

Er überlegte ernsthaft, den Beutelinhalt im Wald zu entsorgen. Ein kleines Loch hinter einem Busch wäre schnell ausgehoben und würde sicher niemandem auffallen. Blöd wäre es nur, dabei erwischt zu werden. Letztes Mal war er hier schließlich auch nicht allein unterwegs gewesen. Also folgte er missmutig dem offiziellen Pfad zwischen den Bäumen hindurch und bemerkte so unweit des Klinikgebäudes einen schmalen Abzweig, der ihm letztens gar nicht aufgefallen war. Ging es hier zum besseren Teil des Parks? Zum Beispiel einem weitläufigen Areal mit Spielplatz, Würstchenbude und Eiscafé?

Nein, leider nicht.

Nur eine von ordentlich gestutzten Hecken umgebene Zeile mit einem vielleicht zwanzig Meter langen Kneippbecken darin war zu sehen. Noch eines. Als ob das eine in der

Klinik nicht genügt hätte! Aber wenigstens befand sich dort zwischen zwei Parkbänken ein runder Abfallkorb.

Herrlich. Manchmal waren es doch die kleinen Dinge des Lebens, die einen erfreuten.

Mit wieder freien Händen überlegte Schrödinger, die Gunst der Stunde für eine kleine Kneipptour zu nutzen. Ein Temperaturtest mit der Mülltütenhand brachte ihn allerdings schnell auf andere Gedanken. Horst war da weniger wählerisch und schlabberte das Wasser so gierig in sich hinein, als hätte er seit Stunden nichts zum Trinken bekommen. Eventuell stimmte das sogar.

Schrödinger ließ dem Boxer seine Zeit und nahm sich vor, den Pfleger Michael vor der nächsten Therapiestunde auf das Thema anzusprechen. Dass Horst hier nichts zu trinken bekäme, wäre ein Unding sondergleichen.

Ein leises Rülpsen verkündete, dass der Vierbeiner die Wasseraufnahme beendet hatte. Das genügte als Signal dafür, ins Haupthaus zurückzukehren. Sie wählten denselben Weg wie vorhin und kamen auch diesmal wieder am Kiosk vorbei. Die drei Sportdamen hatten sich zwischenzeitlich verzogen, verwaist war der Bereich dadurch jedoch nicht.

Mit mächtig viel Wut im Gesicht schob der Hausmeister einen Schrubber über den Boden und murmelte unverständliche Liebenswürdigkeiten in seinen buschigen weißen Schnauzer. Die Frage, was der Handwerker gerade machte, ersparte sich Schrödinger. Genauer gesagt wollte er jedweden Dialog mit dem Choleriker vermeiden. Aber da hatte er die Rechnung ohne den Wirt gemacht.

Dem Zorngiebel war ihre Anwesenheit natürlich nicht entgangen. Als sie sich noch zehn Meter entfernt befanden, musterte er sie grimmig. Seine Augen waren zu Schlitzen verengt. »Warum bin ich jetzt nicht überrascht? Kaum gibt es irgendwo eine Sauerei, sind Sie beide nicht weit.«

»Ernsthaft? Wie zum Geier kommen Sie darauf, dass die Pfütze von mir oder meinem Hund stammt?«

»Sehen Sie hier sonst noch jemanden?«

»Das ist kein Argument. Wir kommen gerade aus dem Park.«

Er ging auf ihn zu, so als wollte er ihm entweder den Schrubber in die Hand drücken oder ihm damit eins überziehen. »Faule Ausrede. Wie heißt es so schön: Der Täter kehrt immer zum Tatort zurück.«

»Unsinn!« Schrödinger ging beiseite und schüttelte demonstrativ den Kopf. Kurz überlegte er, ihn zu fragen, wonach die Flüssigkeit denn roch, und ihm von den drei Sportfrauen zu erzählen, die er vorhin dort gesehen hatte. Aber warum sollte er? Der Alte würde ihm sowieso nicht glauben. Also sah er lieber zu, dass er Horst und sich weiter an ihm vorüberschoben.

Was den Hausmeister offenbar erst recht auf die Palme brachte. So folgte nur einen Atemzug darauf eine Geste, die Schrödinger aus Dutzenden Filmen kannte: Der Hausmeister zeigte mit dem Daumen auf sich, wies dann mit Mittel- und Zeigefinger auf seine Augen und richtete den Zeigefinger im Anschluss direkt auf den Hundebesitzer. Das international gültige Zeichen dafür, dass man jemanden im Auge behält.

O Mann, noch so ein Psycho, schoss es Schrödinger durch den Kopf. Er beeilte sich umso mehr, Land zu gewinnen. Die Schmerzen in der Hüfte waren auch diesmal kein wirklich triftiges Argument.

Nachdem er den Hund abgesetzt hatte, stand Hockergymnastik auf dem Programm. Nach wie vor hatte er keinen Plan, was ihn dabei erwarten würde. Unterwegs dorthin malte er daher sich aus, wie er mit der Kraft seiner Muskeln irgendwelche Stuhlbeine zu verbiegen versuchte. Was selbst in seiner Phantasie ein ziemlich kurioses Bild abgab und nicht unbedingt zur Steigerung der Motivation beitrug. Ebenso wie seine Rückenschmerzen. Bei jeder Bewegung zwickte und zwackte es da hinten.

Menno! War er nicht hier, um das behandeln zu lassen? Vielleicht mit irgendwelchen deftigen Massagen oder Schulungen, die man die Bandscheibe nicht überbelastete? Stattdessen tapste er hier von einem Deppentermin zum nächsten. Kein Wunder, dass er etwas frustriert war.

Wenigstens entdeckte er gleich beim Betreten des Übungsraums ein bekanntes Gesicht: Links hinten im Stuhlkreis saß Tischnachbar und Mittöpfer Frank auf einem der Hocker. Auch er wirkte wenig begeistert davon, jetzt hier sein zu müssen. Insbesondere, da ein Großteil der anderen Anwesenden die Fünfzig bereits weit überschritten hatte. Als er Schrödinger bemerkte, hellte sich seine Miene schlagartig auf. Er rückte sogar ein Stück zur Seite, um seinem Leidensgenossen einen Platz neben sich zu verschaffen. Bei einer solchen Einladung sagte Schrödinger nicht Nein.

Er scannte kurz den mit vielen Fenstern versehenen Sportraum und entdeckte drei unbenutzte Hocker, die ganz hinten neben den Isomatten aufgestapelt waren. Als er den obersten davon anhob, stach es erneut in seinem Rücken. Schrödinger biss die Zähne zusammen und schleppte den Schemel zu Frank.

»Tagchen, Alter, lange nicht mehr gesehen«, begrüßte dieser ihn. Eine scharfe Tabakwolke umgab ihn, doch das war Schrödinger im Moment egal. »Und ganz schön spät dran bist du auch.«

»Ich war kurz mit dem Hund draußen. Außerdem hat mich der Hausmeister aufgehalten. Ein echter Charmebolzen ist das. Geht es nur mir so, oder hat der Mann ernsthafte psychische Probleme?«

Frank begann zu grinsen. »In der Waffelburg gibt es zwar mehrere Handwerker, aber ich glaube, ich weiß, wen du meinst.«

»Weiße Haare. Schnurrbart. Sieht aus wie der Schauspieler Sam Elliott aus *The Ranch*. Die beiden sind auch ähnlich grantig drauf. Mann, wie alt ist der Kerl überhaupt? An die Hundert? Müsste er nicht längst in Rente sein?«

»Vielleicht reicht ihm die Kohle nicht. Oder seine Angetraute ist ein echter Drache, weshalb er lieber weiter arbeiten geht.«

»Ich glaube eher, der kann gar nicht anders. Er braucht das einfach, täglich die Leute zur Schnecke zu machen. An dem ist ein prima Gefängnisaufseher verloren gegangen.«

Franks Schmunzeln wurde breiter. Bevor er jedoch zu einer Antwort ansetzen konnte, wurde er durch ein lautes Zischen der Gymnastiklehrerin unterbrochen. Sie war Mitte, Ende zwanzig und hatte ein paar Sommersprossen auf ihrer Stupsnase. Ihre braunen Haare hielt sie zu einem Pferdeschwanz zusammengebunden, was ihre sportliche Note weiter unterstrich. Sie trug blaue Leggins und ein eng anliegendes grünes Oberteil, das zweifelsfrei bewies, dass sich an ihrem Körper kein Gramm Fett zu viel befand.

Nicht schlecht, fand Schrödinger. Von so einer ließ er sich gerne ermahnen. Allemal lieber als von dem Tattergreis vorhin.

»Nachdem wir nun endlich vollständig sind ...« Sie warf einen mahnenden Blick zu ihm, den er mit einem Lächeln konterte. »... können wir ja loslegen. Als Erstes möchte ich, dass Sie alle sich frei machen. Also nicht von Ihren Klamotten, sondern Ihren Kopf.«

Schade, fand Schrödinger und stellte sich unweigerlich vor, wie die Frau ohne Kleidung aussehen würde. Mit Sicherheit wäre es kein schlechter Anblick. Eher das Gegenteil.

Sie begannen mit Übungen zur Lockerung der Hüftmuskeln und leichten Gesäßbewegungen hin und her. Anschließend ging es um stabile Rumpfhaltungen gegenüber den Bewegungen von Armen und Beinen.

Obwohl es für seine Bandscheibe teilweise ziemlich schmerzhaft war, machte Schrödinger gerne mit. Nicht unbedingt wegen der Lehrerin – zumindest nicht in erster Linie –, sondern weil er das Gefühl hatte, dass es hier um *echte* Behandlungsmethoden ging, die etwas bewirken konnten.

Entgegen seiner ersten Befürchtung drehte sich der Kurs weder um das Massieren von Hockerbeinen und Sitzflächen, noch um das Hochheben der Stühle. Nein, die Hocker waren für sie vielmehr Mittel zum Zweck. Zum Abstützen, um sich darauf auszustrecken und zu verrenken. Schon nach wenigen Minuten begann er zu schwitzen und zu keuchen, aber auch das nahm er bereitwillig in Kauf.

Nach einer Dreiviertelstunde war sein Sportshirt klatschnass und er hatte das Gefühl, dass seine Zunge am Boden klebte. Er bereute es, keine Wasserflasche mitgenommen zu haben. Viele andere Kursteilnehmer waren da cleverer – weil erfahrener – gewesen. Zum Glück erwies sich Frank auch hier als treuer Kamerad und teilte seinen Sprudel bereitwillig. Ohne ihn wäre Schrödinger wohl innerlich vertrocknet.

Deswegen führte sein erster Weg nach Unterrichtsende auch zurück zum Kiosk, um sich noch mehr Trinkbares zu besorgen. Er hatte das Gefühl, ein ganzes Fass leeren zu können. Frank begleitete ihn und sagte nicht Nein, als Schrödinger ihm als Dank für seine Hilfe vorhin eine Cola spendierte.

Gemütlich schlenderten sie weiter zur Raucherecke, wo der Kumpel ihm auch jetzt gerne seine Fluppen hinhielt. Schrödinger lehnte dankend ab. Es genügte die Erinnerung an den Rauchversuch heute früh, damit sich sein Magen wieder verknotete. Nee, darauf konnte er getrost verzichten. Aber er blieb gerne mit im Rauchereck stehen und genoss die kleinen Anekdoten über den Klinikalltag und die Sorgen mit manchen Pflegern und Ärzten. Über Dr. Orhan sprachen sie nicht viel, ein gewisser Psychologe allerdings kam auch bei den anderen Patienten nicht besonders gut an. Vroni bezeichnete Dr. Hahn als Windbeutel und Flachpfeife. Keiner wollte da widersprechen. Zumal auch keiner zu Wort gekommen wäre, denn nun legte Schrödingers Tischgenossin erst so richtig los. Unterbrochen wurde der Redefluss mit erkennbar fränkischem Dialekt immer nur dann, wenn sie hastig an der Zigarette zog.

Vroni war im echten Leben Altenpflegerin. Ein Job, der Schrödinger absoluten Respekt abverlangte. Er erinnerte sich, der Verdrängung geschuldet, nur noch schemenhaft an die letzten Wochen und Tage im Leben seines dementen Vaters. Einst ein Bär von einem Mann, war aus dem breitschultrigen Lebemann binnen Monaten ein tattriger Greis geworden. Ihn selbst schauderte es bei dem Gedanken, seinen Vater zu rasieren, zu waschen oder ihm gar die Windeln zu wechseln. Die Pfleger taten dies besonnen und würdevoll, obwohl ihnen kaum Zeit blieb, ehe sie zum nächsten Patienten hasten mussten.

Vroni erzählte, wie sie eines Nachts einen Bettflüchtigen wieder auf die Matratze wuchten musste. Dabei kamen beide ins Straucheln, und der nicht gerade dünne Mann fiel auf sie. Schrödinger zuckte automatisch zusammen – Vroni war so zierlich wie ein Püppchen. Irgendwas verschob sich bei dem Sturz in ihrer Wirbelsäule, und seitdem fühlte sich ihre linke Seite so an, als würden Tag und Nacht Ameisen unter der Haut krabbeln.

»Und was macht der Hahn?« Vroni pustete Rauch in die Luft. Frank gab ein leises Krähen von sich. Alle grinsten.

»Schickt mich in den Wald. Ich soll Ameisen suchen.«

»Wieso das denn?« Schrödinger war baff.

»Weil ich angeblich eine Ameisenphobie habe.«

Frank lachte schallend.

»Das bringt mich auf eine Idee«, sagte er diebisch grinsend. »Ich erzähl dem, dass ich Schiss vor Bier hab. Dann muss ich aus Konfrontationsgründen in die Kneipe.« Vroni kicherte.

Plötzlich wurde es im Rauchereck ganz still. Schrödinger verstand es zunächst nicht und nahm an, jemand hätte etwas Falsches gesagt. Dabei war es weniger eine Frage des Was als des Wer. Frank nickte mit dem Kinn in Richtung Park, und Schrödinger drehte sich irritiert um.

Den breiten Pfad zum Eingangsbereich kamen zwei Personen hinaufgelaufen. Eine davon war der Hausmeister. Den stechenden Blick und das schneeweiße Haar hätte er überall erkannt. Neben ihm lief eine Frau mit der Statur von Cindy aus Marzahn: groß, wuchtig und mit Dauerwelle. Allerdings mit einem deutlich besseren Klamottengeschmack.

»Wer ist das denn?«, fragte Schrödinger.

»Das ist Nachtschwester Ingeborg.«

Schrödinger zuckte ehrfürchtig zusammen und hatte sogleich das belauschte Erlebnis gestern Abend im Hinterkopf. Wie um diese Erinnerung Lügen zu strafen, lachten die beiden Angestellten auf einmal herzhaft auf. War denn das die Möglichkeit? Die beiden wirkten regelrecht vergnügt. Diese beiden? War das ein erstes Zeichen für den bald drohenden Weltuntergang? Würde es gleich Lava vom Himmel regnen?

Skeptisch blickte er aufwärts, doch über ihm sah alles unverändert aus.

Dennoch blieb die Situation bizarr. Nicht, dass sich Hausmeister und Nachtschwester verstanden. Das war bei genauerer Betrachtung sogar zwingend logisch. Aber dass die beiden zu so etwas wie guter Laune überhaupt fähig waren … wer hätte das gedacht? Doch wer wusste schon, worüber sie sich unterhielten, dass sie so gut gelaunt waren.

Vielleicht ging es in ihrem Gespräch ja um perverse Foltermethoden.

Trotz des Lächelns warfen sie im Vorbeigehen skeptische Blicke auf die Leute im Rauchereck. Schrödinger hatte das Gefühl, dass ihn der alte Mann ganz besonders musterte. Angenehm war anders.

Kaum waren die Drachen im Gebäude verschwunden, ging ein erleichtertes Raunen durch die Menge. Augenblicklich wirkten die Raucher auch wieder entspannter. Nach ein paar Sekunden fingen die ersten Mutigen neue Gespräche an. So unbekümmert wie zuvor war es trotzdem nicht mehr.

Sinnigerweise fand die *Einführung in den Sportbereich* erst am Nachmittag des ersten Behandlungstages statt. War ja auch logisch, so etwas erst *nach* dem Wassertreten und der Hockergymnastik zu veranstalten. Aus dem Grund überlegte Schrödinger ernsthaft, den Termin einfach sausen zu lassen. Eine Anwesenheitspflicht gab es sicher nicht. Oder doch?

Das schlechte Gewissen überredete ihn schließlich zur Teilnahme und sorgte für eine erneute Odyssee durch die labyrinthartigen Gänge. Geschlagene zwanzig Minuten irrte er von Ost nach West und von unten nach oben. Seine Freude stieg im Minutentakt.

Dabei war das Ganze technisch gesehen sogar seine Schuld. Immerhin hatte er ja nicht auf den Plan geschaut, sondern schlichtweg angenommen, dass die Einführung, wie der Name vermuten ließ, irgendwo im Sportbereich stattfinden würde. Für ihn war das logisch gewesen, weshalb er einfach davon ausgegangen war, er bräuchte bloß zurück zum Gymnastikraum gehen und würde sich dann schon zurechtfinden.

Pustekuchen.

Die *Einführung in den Sportbereich* fand in einem der Seminarräume im Erdgeschoss statt, die sich in der hintersten Ecke des Gebäudekomplexes befanden. Die Minuten verstrichen, und schließlich rannte er sogar durch die Flure, um endlich die passende Zimmernummer zu finden. Als er dabei mit etwas zu viel Schwung um die Kurve bog, rannte er um ein Haar jemanden über den Haufen.

»Nun mal langsam mit den jungen Pferden«, rief eine Männerstimme. Schrödinger schaute auf und erkannte den Goldkettchentypen von vorhin. Diesmal war er ohne Christina unterwegs, aber mit ihrem roten Lippenstift hatte sie eine deutliche Spur am Kragen seines Poloshirts hinterlassen.

»Sorry«, rief Schrödinger, ohne anzuhalten. Er hätte ohnehin nicht gewusst, was er mit dem Burschen hätte bereden sollen. Vor allem nicht jetzt.

Wichtiger war der Kurs, der natürlich längst begonnen hatte, als er den Seminarraum betrat. Um das Fettnäpfchen perfekt zu füllen, wurde die Einführungsveranstaltung auch nicht von irgendwem, sondern vom Klinikchef persönlich gehalten.

Der missbilligende Blick von Dr. Heinrich sprach Bände, und Schrödinger hatte das Gefühl, auf dem Weg zu den letzten freien Plätzen ganz hinten im Saal zu schrumpfen. Außerdem schnaufte und schwitzte er durch den Dauerlauf, als hätte er zuvor eine völlig andere Körperertüchtigung absolviert. Sein Sitznachbar rutschte vorsichtshalber gleich mal ein Stück beiseite. Auch die anderen wirkten teils perplex, teils angewidert.

Wenn es lief, dann lief es eben.

Lass dich davon nicht beirren, ermahnte er sich selbst. Am wichtigsten war, dass er hier war. Er ging ohnehin nicht davon aus, dass er im Kurs viel Neues erfahren würde. Teilweise behielt er Recht. Ihm wurden die bereits bekannten Sportbetätigungen vorgestellt, dazu allerdings auch einige neue wie das hier sehr gern zelebrierte Walken, das allmorgendliche und in Gruppen organisierte Joggen durch den angrenzenden Wald sowie diverse Ballspiele inklusive Volleyball, Tischtennis und Kicker. Der Billardtisch im Vorraum zur Kunsttherapie fand keine Erwähnung.

Eine ganz besondere Freude schien dem Chef die Vorstellung des klinikeigenen Schwimmbads inklusive Saunabereich zu sein. Bilder dazu wurden über ein Notebook und einen daran angeschlossenen Projektor an die weiße Wand projiziert. Und wirklich, auf den Fotos sah das Bad mit seinem großen Becken und den vielen Außenfenstern tatsächlich nach einem Highlight aus. Auf jeden Fall um Längen besser als der ebenfalls zur Klinik zählende Park, den Dr. Heinrich in seiner Vorstellung sämtlicher Möglichkeiten selbstverständlich nicht unerwähnt lassen konnte. Für Spaziergänge und gemütliches Beisammensein wäre er laut ihm schier ideal. Ebenso wie die Wanderrouten, für deren Start- und Treffpunkt ebenfalls der Park diente.

Ein weiterer Höhepunkt war die Vorstellung der verschiedenen Massagebehandlungen in der Waffelburg, von denen Schrödinger laut Plan für morgen früh die erste bevorstand.

In Hinblick auf seinen schmerzenden Rücken sah er dem Termin gleichermaßen ängstlich wie hoffnungsvoll entgegen.

Nach dem Seminar, sah er zu, dass er versteckt zwischen den anderen Kursteilnehmern nach draußen huschen konnte, bevor ihn der Klinikchef wie einen säumigen Schüler nach dem Unterricht zu sich zitieren konnte. Vermutlich war das abwegig und völlig übertrieben. Darauf ankommen lassen wollte er es trotzdem nicht.

Außerdem gab es zwei wichtigere Personen, die er keinesfalls warten lassen wollte. Die eine war Horst, der beim Betreten der Unterkunft sofort freudig bellend auf ihn zueilte. Die Begeisterung hielt allerdings bloß so lange, bis der Hund begriffen hatte, dass Herrchen ihm nichts zum Essen mitgebracht hatte. Danach wandte sich der Vierbeiner demonstrativ ab und stapfte zu seiner vorherigen Schlafstätte zurück.

»Na, vielen Dank auch«, beschwerte sich Schrödinger und suchte den Zimmerboden nach etwaigen Protestpfützen oder –tretminen ab. Er fand keine, blieb aber auf dem Weg zum Telefon auf der Hut. Horst war immer für eine Überraschung gut. Gerne auch nachträglich.

Die zweite Person begrüßte ihn ebenso euphorisch – und blieb es im Laufe des langen Telefonats auch. Marion wollte haarklein aufgelistet bekommen, was er seit seiner Ankunft alles erlebt hatte. Schrödinger erzählte ihr gerne davon, obwohl er viel lieber der Stimme seiner Liebsten gelauscht hätte, wie sie von ihrem Alltag berichtete. Auf die Frage, was sich bei ihr und den Kindern ereignet hatte, antwortete sie schlicht mit »Nichts« und überhäufte ihn dann weiter mit allen möglichen Fragen. Erst am Schluss folgte die wichtigste: Ob es dabei bleiben würde, dass sie ihn in den nächsten Tagen in Bad Mergentheim besuchen könnte.

»Selbstverständlich«, bestätigte Schrödinger sofort. Die Zeit bis dahin kam ihm schon jetzt so ausgedehnt vor wie die Milchstraße. Er sehnte sich danach, Marion in die Arme zu schließen, ihre Nähe zu spüren, ihr durch die Haare zu fahren, den Duft ihres Parfüms zu riechen und einfach nur eine vertraute Seele zu sprechen. Schon während des Telefonats fühlte er sich einsam und vermisste sie. Er konnte es kaum erwarten, sie endlich wiederzusehen.

Als er eine halbe Stunde später zum Abendessen aufbrechen wollte, schaute ihn Horst dermaßen sauer an, dass Schrödinger sofort ein schlechtes Gewissen bekam. Dabei blieb unklar, ob ihm der Boxer übelnahm, dass er ihn schon wieder alleine ließ oder dass Herrchen sich von allen Orten in der Klinik ausgerechnet in den Speisesaal verabschiedete. Er ließ sich erst milde stimmen, als Schrödinger ihm erstens versprach, sich zu beeilen, und zweitens, ihm was Leckeres von unten mitzubringen.

Im Erdgeschoss traf er auf Vera, die ebenfalls ziemlich zügig unterwegs war. Der Grund fand sich vermutlich in dem lauten Magenknurren seiner korpulenten Tischnachbarin. Es klang bedrohlicher als das, was er von Horst kannte. Und das wollte was heißen.

Entsprechend schnell fanden sie sich auch am Buffet wieder. Schrödinger ließ Vera gerne den Vortritt, hatte er so doch Gelegenheit, in aller Seelenruhe das reichhaltige

Angebot zu prüfen und sich noch dazu heimlich drei Paar Wiener Würstchen in die Hosentasche zu stopfen. Neben verschiedenen Sorten Brot, Wurst und Käse gab es auch heute einen Bottich voll mit Möhreneintopf sowie Rohkost in allen möglichen Variationen. Selbst in den Glasschüsseln mit den vorgefertigten Salatportionen stachen zwischen Tomaten und Rucola eindeutig die orangefarbenen Raspeln hervor. Für Schrödinger auch diesmal das K.O.-Kriterium schlechthin. Mit Roggenbrot, Salami, Gouda und Diätmargarine ausgestattet, ging er weiter zu seinem Platz.

»Schmuggelst du da Essen in deiner Tasche oder freust du dich so, mich zu sehen?«, begrüßte ihn Frank am Gemeinschaftstisch. Zunächst verstand Schrödinger nicht, dann fielen ihm die Würste in seiner Hosentasche ein und er setzte sich mit hochrotem Kopf. »Ich … äh … das … ist nur der zusammengerollte Tagesplan«, versuchte er sich herauszureden. Es klang wenig glaubhaft und kam wohl auch genauso an.

Umso froher war er, dass sich Susanne nur Augenblicke später halb über den Tisch beugte und verschwörerisch die flache Hand an den Mund hielt. »Wisst ihr schon das Neuste? Angeblich is' eener der Trainer von jetzt auf gleich freigestellt worden, weil er aufm Klinikgelände mit Drogen gedealt hat.«

»Is nich wahr!«, platzte es aus Johann heraus. »Das ist ja wie im Krimi. Wer denn?«

»Na ja, der Patrick. Das is dieser eene Typ, bei dem ich meinen Aerobic-Kurse hab. Grad den fand'sch recht sympathisch.«

»Der und Drogen?« Johann runzelte die Stirn. »Fällt mir schwer, das zu glauben. Was für Zeug soll er denn vertickt haben?«

»Was für Zeuch, weeß ich nich. Sind eh alles bloß Gerüchte. Angeblich hat der Boss schon die Polente informiert. Der kriegt jetzt richt'sch viel Ärgorr. Gut, ist ja oh selbst schuld, der Typ. Ich find's bloß bleed, dass ich jetzt wahrscheinlich die bleede Zimtzicke aus deim Kurs krieg, Frank.«

»Welche Zimtzicke?« Frank legte die Stirn in Falten. »Ach, du meinst die Tittenmaus vom Hockersport?« Plötzlich ging ihm ein Licht auf, und er zwinkerte Schrödinger zu. »Solange die bei uns nicht abgezogen wird.«

»Typisch Kerle«, schimpfte Vera. »Denken immer nur an das eine.«

»Unsinn, es geht ausschließlich darum, dass sie eine tolle Trainerin ist. Die bringt sogar Lahme zum Gehen.«

»Ja, ja, in ihrem Fünfziger Ford. Du kannst mir viel erzählen.«

»Mach ich doch.« Sie grinsten einander an, bevor es die restliche Dauer des Abendessens am Tisch darum ging, sich verschiedene Drogendealszenarien auszumalen und über das perfekte Verbrechen zu sinnieren. Schrödinger fand zwar, dass man schön blöd sein müsste, ausgerechnet in einer Klinik wie der Waffelburg zu dealen, aber sowohl Susanne als auch Johann meinten, dass hier der ideale Platz dafür wäre. Wenn man einen der Mitarbeiter mit ins Boot holen würde, säße man sogar direkt an der Quelle. Dennoch blieb Schrödinger unschlüssig, was er von alldem halten sollte.

Andererseits – er kannte diesen Patrick nicht und konnte sich gut vorstellen, dass der eine oder andere Patient nicht allein wegen Kopfwehtabletten etwas überkreuz aus den Augen guckte. Manch einer schlurfte ja durch die Gänge, als hätte er eben einen Joint geraucht oder sich bunte Pillen eingeworfen. Schließlich war das hier eine psychosomatische Klinik. Also quasi der Schmelztiegel für Depressionen, Ängste und Phobien aller Art. Wer konnte schon wissen, was in einem Menschen vorging, dem die üblichen Rezepturen der Pharmazie nicht halfen? Schrödinger kaute nachdenklich auf seinem Brot vom Vortag. Allein die vielen Möhren und das salzfreie Essen wären auch für ihn ein guter Grund gewesen, sich mit nicht ganz legalen Mitteln zu versorgen. Schönsaufen konnte man sich die Waffelburg ja schlecht.

Schlecht war mutmaßlich auch die Bezahlung des Personals hier. Hörte man ja immer wieder, dass es im Pflegebereich keine Managergehälter gab. Warum sollte das ausgerechnet in dieser Klinik anders sein? Gut möglich also, dass einer, der medizinisches Wissen hatte, sich Zugang zu gewinnbringenden Substanzen verschaffte. Kunden liefen schließlich ausreichend hier herum.

Bei seiner Rückkehr zur Unterkunft kam Horst abermals freudig auf ihn zugeeilt, und diesmal hatte Herrchen auch etwas bieten, das dem pummeligen Vierbeiner zusagte. Das erste Paar Wiener schien der Boxer gleich im Ganzen zu schlucken. Auch das zweite verschwand so schnell, als hätte er es inhaliert. Beim dritten holte er zumindest zwischendurch mal kurz Luft. Sättigungserscheinungen zeigte er allerdings auch danach keine. Aber mit so was taten sich Hunde ja im Allgemeinen recht schwer, und Horst ganz besonders. Schrödinger schob noch einen halben Napf des üblichen Trockenfutters nach. Horst sah halb zufrieden aus und schlabberte zum Abschluss die halbe Wasserschüssel leer.

Als Schrödinger vorschlug, dass sie draußen noch einige Runden drehen könnten, sah der Boxer ihn an, als hätte er einen unlustigen Witz gemacht.

»Ich meine das ernst«, versicherte Herrchen daher gleich noch mal.

Verärgert wandte Horst sich ab und machte Anstalten, zu seinem Schlafplatz zurückzukehren. O nein, das durfte Schrödinger nicht zulassen! Wenn sich der Hund dort einmal niedergelassen hätte, wäre es gelinde ausgedrückt schwierig, ihn zum Gassigehen zu motivieren. Daher schlug er aus purer Verzweiflung vor, ihm gleich nach ihrer Rückkehr noch eine Dose Hundefutter aufzumachen. Augenblicklich hielt Horst inne, ließ sich den Gedanken auf der Zunge zergehen und folgte dann seinem Herrchen bereitwillig in den Park hinaus.

Draußen war die Dämmerung längst vorüber. Genau wie gestern lagen der verwaiste Pavillon und die Bäume im angenehmen Halbdunkel. Das einzige Licht stammte aus den zahllosen Klinikfenstern, und die spendeten genug Helligkeit, um nicht vom Weg abzukommen. Schrödinger genoss die Ruhe und dass außer ihnen gerade niemand unterwegs war. So konnte er den zurückliegenden Tag Revue passieren lassen, während Horst parallel dazu mal wieder damit beschäftigt war, jeden zweiten Busch mit seiner persönlichen Reviermarkierung zu versehen. Als er damit im Park fertig war, gingen sie weiter bis in den Wald hinein. Der Duft der Nadelbäume kroch Schrödinger in die Nase und trug noch mehr zur Entspannung bei. Kurz dachte er an die beiden Leute, die er gestern hier beobachtet hatte. Heute herrschte hier komplett tote Hose. Keine geheimen Treffen, keine heimlichen Dates. Selbst die Waldtiere hatten sich zurückgezogen. So war das nun mal in einem Kurort.

Es dauerte nicht lange, dann schlug die Ruhe in Langeweile um und Schrödinger vermisste sein Viertel in Hannover. Dort war zu jeder Tages- und Nachtzeit was los. Das war nicht immer gut, andererseits aber auch nie so öde und ereignislos wie hier. Bei Marion in Tuttlingen steppte zwar ebenfalls nicht unbedingt der Bär, doch im Vergleich zur Waffelburg war es eine pulsierende Metropole. Außerdem hätte er bei seiner Liebsten dank der zwei Kinder Marlene und Max sowie der Schwiegermutter Hillu genug Trubel. Vermutlich mehr, als ihm lieb war.

Der Gedanke an sie trieb ihm ein wehmütiges Lächeln ins Gesicht, und er verscheuchte die Erinnerungen schnell, bevor sie ihn noch einsamer stimmten.

Gerade als er Horst das Zeichen zur Rückkehr ins Haus geben wollte, fielen ihm zwischen den Bäumen und Sträuchern einige flackernde, grellweiße Lichter auf. Nicht nur, dass sie hin und her schwenkten, als würden sich da hinten zwei Jedi-Meister duellieren, sie schienen auch stetig näher zu kommen. Dazu knackte und raschelte es bedrohlich im Unterholz.

Was um alles in der Welt war das?

Einige Sekunden lang stand er völlig perplex da und versuchte, einen Sinn in dem Unsinn auszumachen. Doch trotz des letzten Rests von Helligkeit aus der Klinik war es ihm ganz unmöglich, etwas Genaueres zu erkennen. Instinktiv wich er einige Schritte zurück und wäre dabei um ein Haar über den hinter ihm herumstreunenden Horst gestolpert.

Der Boxer brummte erbost, und Schrödinger wich spontan nach rechts aus. Dort wuchsen einige besonders kratzige Sträucher, die ihn nicht nur durch den Hosenstoff piekten, sondern fast noch zu Fall brachten. Nur mühsam behielt er das Gleichgewicht.

Dadurch war er einige Sekunden abgelenkt. Als er wieder aufschaute, waren die Lichter nah genug herangekommen, dass er sie als Stirnlampen bei einem halben Dutzend Waldläufer erkannte. Schrödingers erster Gedanke galt einem paramilitärischen Killerkommando, das im Schutze der Dunkelheit das Klinikgelände stürmen wollte. In seiner Phantasie sah er sie bis an die Zähne bewaffnet und zu allem bereit.

Die Realität war weit weniger spektakulär. Die sechs Waldläufer steuerten zwar tatsächlich auf die Waffelburg zu, wohl aber nur, um dorthin zurückzukehren, von wo sie aufgebrochen waren. Es waren lediglich Jogger, denen es offenbar gefiel, in der Finsternis über Wurzeln und Äste zu stolpern. Ihre Anführerin kannte er sogar. Es war die wohlproportionierte Sportlehrerin, die Frank vorhin sexistisch, aber treffend als *Tittenmaus* bezeichnet hatte.

Sie bemerkte ihn im selben Moment und winkte ihm im Vorbeilaufen mit einem freudigen Lächeln zu, bei dem

Schrödinger ein warmer Schauer über den Rücken lief. Eine Millisekunde war er drauf und dran, sich dem Joggertrupp anzuschließen. Doch selbst wenn er gewollt hätte, hätte er nicht folgen können. Er war schon froh, dass seine Bandscheibe im Augenblick mal nicht pochte. Außerdem war ihm ja sportliche Betätigung von Natur aus fremd.

Also beschränkte er sich darauf, ihnen hinterherzuschauen, bis sie aus seinem Sichtfeld verschwunden waren. Horst nutzte die Zeit, sich in die Büsche zurückzuziehen. Was genau er dort trieb, wollte Schrödinger lieber gar nicht wissen. Er war auf jeden Fall verdächtig leise. Zum Glück war es eh zu dunkel, um nachzusehen oder gegebenenfalls etwas aufzusammeln.

Sie kehrten in den noch immer komplett verwaisten Park zurück. Nein, stopp, sie waren nicht ganz allein. Im Pavillon saß jemand. Zwei Personen, um genau zu sein. Waren das die zwei von gestern? Beim Näherkommen verwarf Schrödinger diese Überlegung. Trotzdem kannte er die zwei. Das eine war Goldkettchen, das andere die toupierte Christina. Vermutlich wollten sie hier das fortsetzen, was sie vorhin im Aufenthaltsraum angefangen hatten.

Wobei … nach einer Neuauflage von *9 ½ Wochen* sah es bei ihnen gar nicht aus. Sie machte mit den Händen abrupte Bewegungen in der Luft und zischte noch dazu einige unverständliche, jedoch nicht besonders harmonisch klingelnde Worte. Anfangs versuchte ihr Begleiter, mit beruhigender Stimme auf sie einzureden. Als das nicht gleich fruchtete, schlug das Ganze schnell ins Gegenteil um, und er fauchte sie genauso an wie sie ihn.

Schrödinger probierte, sich näher heranzupirschen, um

herauszufinden, wo das Problem lag. Vielleicht könnte er ja intervenieren. Noch trennten sie fast fünfzig Meter. Was eine ganze Menge war. Hoffentlich würden die beiden nicht gleich aufeinander losgehen. Heftig genug sah der Clinch dafür allemal aus.

In dem Moment begann Horst lautstark zu bellen. Schuld daran war vermutlich eine weit über ihm fliegende Fledermaus. Schrödinger reagierte mit einem mahnenden Blick. Unbedingt jetzt hätte das Bellen nicht sein müssen. Die beiden Streithähne hingegen zuckten zusammen und wichen zurück, als wären sie beim heimlichen Knutschen ertappt worden. Außerdem war es das Signal dafür, dass Christina mit eingezogenen Schultern und selbst im Halbdunkel deutlich sichtbar zornesrotem Kopf davonstapfte. Schrödinger wagte lieber nicht, sie anzusprechen, sondern ging auf Goldkettchen zu, der noch immer im Pavillon saß.

»Alles klar bei dir?«, fragte er vorsichtig.

Der Mann funkelte ihn grimmig an. »Ja, alles bestens. Sieht man doch!«

Mit diesen Worten stand er auf und stapfte ebenfalls davon, allerdings in die entgegengesetzte Richtung wie Christina. Zurück blieben nur Hund und Herrchen, die nicht wirklich einen Plan hatten, was da gerade passiert war.

In der Unterkunft herrschte ein erheblich harmonischeres Klima. Damit das von der Hundeseite her gar nicht erst umschlagen konnte, deutete Schrödinger Horsts auffordernden Blick sofort richtig und kam seinem Versprechen nach. Er füllte die Näpfe des Boxers mit einer neuen Portion Dosenfutter und frischem Wasser auf und betrachtete fasziniert, wie sich der Hund gierig auf beides stürzte. Als hätte er seit Tagen nichts zu fressen und zu trinken bekommen.

Trotz oder gerade wegen seiner gefräßigen Art mochte er Horst. Er war wie eine vierbeinige Extremversion von Schrödinger selbst. Und teilweise vielleicht auch sein Paradebeispiel. Wie toll musste es sein, den ganzen Tag ähnlich wie Garfield bloß mit Essen und Schlafen verbringen zu können? Keine ständig neu aufkeimenden Alltagssorgen über zu wenig Geld in der Tasche, schlechte Bedingungen im Job oder unfähige Politiker? Das Leben könnte so einfach sein.

Der Futternapf leerte sich in bemerkenswerter Schnelligkeit und wurde von einem skeptischen Ist-das-schon-alles?-Blick in Herrchens Richtung begleitet. Schrödinger nahm es mit einem Lachen zur Kenntnis und schubberte übermütig über Horsts Rücken. Was sich der Boxer gerne gefallen ließ und ihn zu einigen Neckereien animierte. Schrödinger stieg gerne darauf ein. Er fand, nach den täglich vielen Stunden ohne ihn hatte sich das die Fellnase mehr als verdient.

Sie tollten herum, bis Hund und Herrchen müde wurden. Während es sich der Wuffi erschöpft auf seiner Decke bequem machte, nahm sich Schrödinger vom Bett aus noch mal die Klinikbroschüre vor. Er überlegte, Marion anzurufen, aber die schlief vielleicht schon.

Plötzlich vernahm er ein Geräusch, das ihn aufhorchen ließ. Es klang wie gedämpfte Stimmen auf dem Flur. Konnte das sein? Um diese Zeit? Es ging mit großen Schritten auf elf Uhr zu, und dann würde die eiserne Regentschaft von Ingeborg der Schrecklichen beginnen. Welcher Mensch, der klar bei Verstand war, wollte das freiwillig riskieren?

Genau das war die Frage. Bei Schrödinger war sofort die Neugier geweckt, und er schlich auf Socken zur Zimmertür. Vorsichtig streckte er den Kopf zum Flur hinaus, aber das allein genügte nicht. Nichts und niemand war draußen zu sehen. Die Flüsterstimmen allerdings waren nach wie vor gut hörbar – obwohl sie sich langsam in Richtung der Aufzüge entfernten.

Jetzt oder nie, fand Schrödinger. Er lehnte die Tür an und flitzte los. Sehr weit konnten die anderen noch nicht gekommen sein.

Seine schuhlosen Schritte hallten dumpf über den Korridor. Eine runzlige Alte öffnete irritiert einen Spaltbreit die Zimmertür, drückte sie jedoch sofort ins Schloss, als sie ihn daran vorüberlaufen sah. Schrödinger ließ sich davon nicht aufhalten, aber zumindest ermahnen, nicht ganz so geräuschvoll über den Flurteppich zu stapfen.

Was sich gleich darauf erneut als gute Idee erwies: Die beiden Flüsterstimmen waren nämlich direkt vor dem Zugang zum Treppenhaus stehen geblieben. Und sie gehörten nicht irgendwem, sondern Frank und Johann.

Irritiert blieb Schrödinger stehen. Was hatten denn seine Tischnachbarn hier verloren? Befanden sich ihre Unterkünfte ebenfalls auf diesem Stockwerk? Allerdings glaubte er sich zu entsinnen, dass Frank irgendwann erwähnt hatte, irgendwo in der zweiten Etage untergebracht zu sein.

Vielleicht suchen sie ja nach mir, überlegte er weiter, doch auch diese Idee ergab wenig Sinn. Da sie seine Zimmernummer nicht kannten, hätten sie, um ihn zu finden, an jeder einzelnen Tür klopfen müssen. Das war wenig logisch, vor allem nicht zu so später Stunde und mit der Gefahr, der Nachtschwester dabei in die Arme zu laufen. Ein Szenario, auf das auch Schrödinger lieber verzichten wollte. Deshalb versuchte er sich mehrmals selbst gut zuzureden, dass er besser zu Horst zurückkehrte. Alles andere wäre Unfug. Doch die Neugier war deutlich stärker als die Vernunft. Daher ging er bloß hinter der nächsten Wand in Deckung und wartete ab, was weiter geschah. Seine Vorsicht war nicht übertrieben. Nur einen Atemzug später schaute sich Johann nervös um. War es wegen Schwester Ingeborg oder jemand anderem? Anhand seiner Miene ließ sich das nicht eindeutig beurteilen.

Frank murmelte etwas, das nach »Nun mach schon« klang. Ob er damit seinen Kumpel oder jemand anderen meinte, blieb ungewiss, aber wenige Sekunden darauf wurde die Tür zum Treppenhaus aufgerissen und ein pummeliger Mittdreißiger mit krausen Locken und Dreitagebart stürmte herein. Schrödinger musterte den Neuankömmling und war sich sicher, ihn nie zuvor gesehen zu haben.

»Na endlich«, flüsterte Frank, nun deutlich hörbarer.

Gemeinsam schlichen die drei weiter. Der Neue bildete dabei die Vorhut und lief halb geduckt und mit nach hinten ausgestreckten Armen, so als erwartete er jeden Moment einen Hinterhalt. Was völlig übertrieben und befremdlich wirkte. Wieso gaben sich seine Tischnachbarn mit so jemandem ab? Fast war er so weit, sie genau das zu fragen. Aber wenn sie ihn – in was auch immer – hätten einbinden wollen, hätten sie es sicherlich getan. Er für seinen Teil sah jedenfalls keinen Grund, das jetzt nachzuholen. Ein bisschen Stolz besaß er ja ebenfalls.

Er ließ ihnen lieber einige Meter Vorsprung, bevor er nahe an der Flurwand entlang hinterherschlich. Noch immer wusste er nicht, was er von der ganzen Sache halten sollte. War er einem neuen Geheimnis auf der Spur? Oder war es einfach ein riskanter Nonsens? Eventuell ein abendlicher Streich, so wie er in Studentenverbindungen gerne mal durchgezogen wurde? Schrödinger spürte, wie er zu schwitzen begann. Sein Herz pochte im leicht erhöhten Takt.

An der nächsten Kreuzung blieben die drei kurz stehen und lugten unsicher auf den vor ihnen liegenden Korridor, bevor sie nach links abbogen. Schrödinger folgte ihnen nur wenige Sekunden darauf, doch als er um die Kurve bog, sah er gerade noch, wie der letzte der Männer in einem Zimmer weiter vorn im Flur verschwand.

Na toll. Was nun?

Unschlüssig schlich er weiter, bis er das Zimmer erreichte. Es hatte die Nummer 4312. Das sagte ihm ebenfalls nichts. Vorsichtig presste er das Ohr gegen die Tür, vernahm dahinter jedoch bloß gedämpfte Stimmen. Unmöglich, etwas Genaueres zu verstehen.

Schrödinger trat einige Schritte zurück und wog seine Möglichkeiten gab. Im Grunde genommen hatte er gar keine. Anklopfen wollte er nicht, und ganz sicher würde er nicht hier warten, bis seine Kumpels wieder nach draußen kamen. Also machte er sich auf den Rückweg zu seinem Zimmer.

Erst jetzt wurde ihm bewusst, dass er vorhin die Zimmertür bloß angelehnt hatte. Horst war clever genug, sie zu öffnen. Womöglich stromerte er schon längst durch die Flure. Schrödinger riss erschrocken die Augen auf. Mit Grauen malte er sich aus, wie er das ganze Stockwerk nach dem Hund absuchte. Und wie der Boxer mit einigen beherzten Bellern die halbe Bewohnerschaft auf den Plan rief. Ein Albtraum, der mit jeder Sekunde an Grauen zunahm. Er wollte sich nicht einmal ausmalen, was solch eine besondere Ruhestörung für Folgen nach sich ziehen könnte.

»Wo wollen wir denn hin?«, donnerte in diesem Moment eine Frauenstimme hinter ihm.

Schrödinger zuckte zusammen. Um ein Haar hätte er aufgeschrien. Einen Atemzug lang überlegte er, sich schlafwandelnd zu stellen. In den Cartoons, die sich Marions Kinder anschauten, funktionierte das immer. Hier allerdings hegte er berechtigte Zweifel.

Langsam wie ein Revolverheld im Western drehte er sich um. Am Ende des Korridors, keine zehn Meter von ihm entfernt, stand sie: die Nachtschwester. Ihre wulstige Oberlippe zuckte wütend. In ihren Augen glühte Lava.

»Ich … war … nur kurz … Geräusche … mein Hund«, stammelte er.

Schwester Ingeborg kam auf ihn zu. Bedrohlich wie Godzilla beim Angriff auf Tokio.

Ängstlich tastete Schrödinger sich an der Wand entlang zurück.

»Sie kennen unsere Regeln, oder?«

»Ja …« Seine Kehle war wie zugeschnürt.

»Und Sie verstehen auch, was sie bedeuten?«

»Ja.«

»Und warum treiben Sie sich dann um diese Zeit hier herum? Nachtruhe bedeutet, dass nachts Ruhe herrscht. Das ist mir heilig. Kein Laufen auf den Gängen. Kein Ich-schau-mal-kurz-bei-meinen-Freunden-vorbei. Kein Schlendern zu den Aufenthaltsräumen. Kein Gar nichts!« Sie baute sich vor ihm auf. Ihre voluminöse Gestalt schien zu wachsen und zu wachsen.

»Ja, aber …«

»Es gibt kein Aber! Das hier ist ein Rehazentrum und keine lustige Jugendherberge. Leute kommen hierher, um sich zu erholen. Um zu genesen. Und zur Ruhe zu kommen. Deshalb haben wir Regeln. Regeln sind wichtig. Wer sie nicht einhält, bekommt Ärger. Ärger mit mir. Wollen Sie Ärger mit mir?«

»N-nein!«

»Das will ich Ihnen auch geraten haben! Seien Sie froh, dass ich heute gute Laune habe.«

»G-gute Laune?«

Ihre Augen verengten sich zu Schlitzen. »Sie wollen mich nicht erleben, wenn ich einen schlechten Tag habe.«

Das glaubte er aufs Wort. Rasch nickte er.

»Sie sind neu im Klinikum. Vielleicht haben Sie die Einführungsbroschüre noch nicht vollständig gelesen. Vielleicht ist Lesen auch nicht so Ihre Stärke. Wie auch immer. Diesmal lasse ich Ihnen das Versehen durchgehen. Dieses Mal! Sollte ich Sie noch einmal nach dreiundzwanzig Uhr mitteleuropäischer Sommerzeit auf dem Flur erwischen, gibt es richtig Ärger. Verstehen Sie das?«

»Ja.«

»Dann gehen Sie jetzt. Und wehe, ich höre auch nur das leiseste Geräusch von Ihnen. Wenn Sie auf dem Gang husten müssen, verkneifen Sie es sich. Wenn Sie einen Krampf im Bein bekommen oder sich was brechen, heulen und jammern Sie bitte erst in Ihrem Zimmer. Wenn es nicht um Leben oder Tod geht, hat es Zeit bis morgen früh. Habe ich mich klar ausgedrückt?«

Er nickte abermals und tapste mit gesenktem Haupt davon. Jeden Moment rechnete er damit, von irgendwo Horsts Bellen zu hören, der letzten Endes doch noch dafür sorgte, dass der brodelnde Vulkan ausbrach. Wider Erwarten blieb alles ruhig. Der Boxer schien sich seit vorhin keinen einzigen Millimeter bewegt zu haben, sondern lag immer noch an der gleichen Stelle. Erleichtert und äußerst behutsam schloss Schrödinger die Zimmertür hinter sich.

Dritter Tag

Horst

Schrödinger ist ein Schnarchzapfen. Er weiß genau, dass mich morgens gewisse Bedürfnisse plagen. Und trotzdem pennt er in einer Arschruhe, dass es buchstäblich kaum auszuhalten ist. Aber hey, seine passive Art bin ich inzwischen gewohnt und weiß auch, wie ich damit umzugehen habe. Zuerst springe ich auf sein Bett und kitzle ihn mit der Schnauze an den Füßen. Nachdem das nichts bringt, fange ich an, ihm das Gesicht abzulecken. Menschen finden das irgendwie eklig, obwohl es eigentlich ein Zeichen für Zuneigung ist. Sollte das mit dem Abschlecken nichts bringen, könnte ich immer noch rabiatere Methoden ausprobieren. Etwas annagen zum Beispiel. Oder lautstark bellen. Wobei das ja einen ordentlichen Kraftaufwand bedeuten würde. Was nicht ratsam ist, wenn es im Unterleib gewaltig drückt. Nicht, dass da aus Versehen was entfleucht.

Diesmal ist nichts dergleichen nötig. Die alte Schlafmütze wacht auf und versucht, mich von seinem Gesicht wegzuschieben. Schafft er natürlich nicht. Notgedrungener Weise erhebt er sich und weiß meinen Weckruf richtig zu deuten.

Keine zehn Minuten laufen wir mehr oder minder motiviert durch den Klinikpark. Schrödinger kaut mürrisch auf einem Pfefferminzkaugummi und lässt mir all den Freiraum, den ich brauche. Ist doch super. Ich schlag mich in die Büsche, verscheuche dort eine Ratte und setze einen ordentlichen Haufen ab.

Hach, tut das gut.

Apropos Haufen. Irgendwas riecht hier komisch. Meine feine Hundenase lotst mich in die entsprechende Richtung. Es geht da hinten hin, wo diese merkwürdige Wasserstraße ist. Irgendwas mit Kneipe hatte Herrchen es genannt.

Der Gestank ist gleichermaßen unangenehm wie vertraut. An irgendwas erinnert er mich. Wenn ich bloß draufkäme, an was! Dann fällt es mir wie ein Floh aus dem Pelz und ich weiß, woher ich das kenne. O nein, nicht schon wieder!

Schrödinger

Gerne hätte er noch länger geschlafen. Sich nicht zu bewegen tat der Bandscheibe gut. Zumindest, solange er auf dem Bauch lag und den Rücken nicht belastete. In genau der gleichen Position würde er sich zwar auch nachher bei seinem Massagetermin befinden, er bezweifelte allerdings, dass er dabei so entspannt wie in seinem Bettchen liegen würde. Nicht, wenn ihm vermutlich irgendeine männerhassende Wuchtbrumme im Format von Schwester Ingeborg die Wirbel so zärtlich massierte, als würde sie ein Feld umpflügen.

Während Horst sein Geschäft erledigte, fiel Schrödinger auf, dass er nicht mal wusste, bei wem er sich nachher wegen des Massagetermins melden sollte. Geschweige denn, wo. Auf den Irrtum, die Räumlichkeiten bei den Turnhallen zu vermuten, würde er nicht noch mal reinfallen. Sofort ermahnte er sich, im Zimmer nach dem *Mutterpass* zu sehen und noch einmal genau nachzulesen, wann er wohin musste. Am besten gleich zweimal, um sicherzugehen.

Mit einem erleichterten Bellen kehrte der Fellfreund aus den Büschen zurück. Schrödinger wollte gerade eine Abfalltüte zücken, da riss ihn der Boxer auf einmal mit sich, und zwar auf ungewohnt energische Art. Das kannte er von Horst bisher nur, wenn es irgendwo etwas zu essen gab oder eine schicke Hundedame promenierte. Hier war weit und breit nichts dergleichen zu sehen.

Das Ganze irritierte ihn dermaßen, dass er dem Vierbeiner ohne Widerworte folgte. Möglicherweise hatte Horst ja etwas Interessantes entdeckt. Sein Häufchen jedenfalls würde auch in ein paar Minuten noch hinter den Sträuchern liegen.

Der Hund führte ihn den offiziellen Pfad zwischen den Bäumen hindurch, bis zu dem schmalen Abzweig, der ihnen erst gestern aufgefallen war. Hinter den gestutzten Hecken lag das Kneippbecken. Plagte den armen Vierbeiner schon wieder akuter Flüssigkeitsmangel? Möglicherweise hatte er sich ja bei seinem Geschäft in den Büschen massiv verausgabt.

Schrödinger war es einerlei. Wenn der Boxer aus dem Becken mit dem alten Fußwasser schlürfen wollte, warum nicht? Sie konnten genauso gut dorthin gehen, statt eine weitere Runde durch den Minipark zu drehen.

Völlig ahnungslos bog er um die Kurve, und die Welt veränderte sich. Im ersten Augenblick begriff er die Situation gar nicht.

Wieso lag da jemand halb kniend und mit dem Kopf voran in der Mitte des Kneippbeckens? War das Wasser um diese Jahreszeit nicht viel zu kalt für derartige Erfrischungen? Andererseits gab es auch alljährlich einige schmerzfreie Verrückte, die am Neujahrstag splitternackt in die Ostsee sprangen.

Als Nächstes fiel ihm auf, dass sich die Person nicht rührte. Das konnte Zufall und eine gerade ungünstige Momentaufnahme sein. Vorsichtshalber erkundigte er sich, ob alles in Ordnung wäre.

Keine Antwort.

Horst zog ihn weiter energisch auf die regungslose Gestalt zu. Schrödinger ließ sich bereitwillig mitziehen. Beim Näherkommen fiel ihm etwas Vertrautes auf. Die Jeanshose. Das Poloshirt. Augenblick mal, war das nicht der Goldkettchentyp, den er gestern gleich dreimal getroffen hatte? Der Typ, der mit Christina erst herumgemacht und später gestritten hatte?

Eine Sekunde darauf erreichte er den Mann und riss dessen Kopf an den Haaren aus dem Becken. Keinen Zweifel, es war der Typ. Er trug sogar dieselben Klamotten wie gestern Abend.

Und er starrte ihn aus hohlen Augen an.

Der Mann war tot. Mausetot.

Scheiße.

Vorsichtshalber suchte er am Hals nach einem Puls. Vergebens. Alles, was er spürte, war kalte, nasse Haut.

Große Scheiße.

Schrödinger ließ los. Der Kopf tauchte erneut ins Wasser. Benommen taumelte er rückwärts, den Blick weiterhin starr auf die Leiche gerichtet. Seine Gedanken überschlugen sich. Parallelen zum Fall am Bodensee kamen ihm in den Sinn. Auch da war es Horst gewesen, der sie darauf gebracht hatte. Obwohl die Umstände in Bad Mergentheim völlig andere waren, kam es ihm wie eine Wiederholung der Sommer-Ereignisse vor. Haftete ihnen vielleicht ein Fluch an, dass sie es ab sofort an jedem neuen Ort mit einem Toten zu tun bekamen?

Seine Überlegungen schweiften ab. Dabei war aktuell nur eines wichtig: die Polizei zu verständigen, damit die sich um alles Weitere kümmerte. Sowie ihm das dämmerte, spurtete er mit Horst im Schlepptau los. Diesmal war es der Boxer, der bereitwillig folgte. Ja, sogar rannte.

Erstaunlicherweise verirrte er sich jetzt auf dem Weg zur Rezeption kein einziges Mal. Die Frau am Empfangstresen war die gleiche wie bei seiner Ankunft. Als sie ihn mit schnellen Schritten auf sich zueilen sah, riss sie erschrocken die Augen auf.

»Polizei! Leiche! Garten!« Keuchend hielt er sich am Tresen fest und schnappte gierig nach Luft.

»Was ist los?«, fragte die Frau verwirrt. Ein einbeiniger Rentner im dunkelblauen Trainingsanzug, der sich zufällig in der Halle aufhielt, kam mit Krücken auf sie zu gehumpelt. Seine Ankunft war für Schrödinger das Zeichen, einen erneuten Erklärungsversuch zu starten. Inzwischen war er auch wieder zu Atem gekommen.

»Draußen im Park liegt ein Toter. Bei der Kneippanlage. Wir müssen die Polizei verständigen.«

Die Frau hob unschlüssig die linke Augenbraue.

»Das ist kein Witz. Bitte rufen Sie an.«

»Nun mal langsam«, mischte sich der Einbeinige ein. »Was denn für ein Toter? Woher wissen Sie das überhaupt?«

»Weil ich ihn gefunden habe. Es ist ein Mann. Er hing kopfüber im Wasserbecken.«

Langsam fing die Empfangsdame an, ihm zu glauben. Es stand ihr deutlich ins kalkweiße Gesicht geschrieben.

»Okay. Ganz ruhig. Ein Notfall. Ich weiß genau, was jetzt zu tun ist«, sagte sie mehr zu sich, als zu den beiden Patienten. Mit zitternder Hand griff sie zum Telefonhörer und schaffte es, sich beim Eingeben der 110 dreimal zu vertippen.

»Ganz ruhig.« Schrödinger legte sanft seine Hand auf ihre. Zuerst schien sie sie wegziehen zu wollen. Dann schaute sie ihn hilflos wie ein Reh im Scheinwerferlicht an, und er sah ein, dass er die Sache übernehmen musste. Schrödinger nahm ihr den Hörer ab und wählte den Polizeinotruf. Auch sein Puls hämmerte wie verrückt, aber er hatte sich genug unter Kontrolle, um der Frau von der Telefonzentrale die wichtigsten Eckdaten durchzugeben und sämtliche ihrer W-Fragen nach dem Wer, Was und Wie zu beantworten. Sie dankte dafür und versprach, gleich ihre Kollegen vorbeizuschicken.

Gleich dauerte zwanzig lange Minuten. Dann traf ein Streifenwagen mit zwei ernst dreinblickenden Uniformierten an der Rehaklinik ein. Eventuell aus dramaturgischen

Gründen oder aus Bequemlichkeit parkten sie im Halteverbot direkt vor dem Haupteingang und kamen breitbeinig ins Foyer geschritten.

»Wir kommen wegen des Notrufs«, erklärte der dickere der zwei. Er hatte ein Gesicht wie mit einem Zirkel gezeichnet. Selbst die Nase und der Oberlippenbart besaßen rundliche Züge. Das Alter des Mannes lag in den Fünfzigern.

»Es soll hier einen Toten geben«, fügte sein Kollege hinzu. Er mochte um die Vierzig sein, mit blonden Haaren und stahlblauen Augen.

Vielleicht war es dem ähnlichen Alter geschuldet, aber Schrödinger fand den jüngeren Polizisten auf Anhieb sympathischer. Deshalb antwortete er auch an ihn gewandt: »Ich habe ihn gefunden und die Meldung abgesetzt.«

»Wo ist er?«

»Kommen Sie, ich führe Sie hin.« Er nickte der noch immer blassen Rezeptionsdame kurz und mitfühlend zu, dann ging er mit Horst an der Leine voraus. Unterwegs dachte er abermals an den ermordeten Jens am Bodensee und kam sich fast wie ein gewiefter Profi vor, der tagtäglich mit Ermittlungen in Todesfällen zu tun hatte. Deshalb verspürte er im Moment auch keinerlei Bammel, dass er gleich wieder den Leichnam sehen würde. Es war schlichtweg etwas, was Horst und er tun mussten. Und nachdem sie den Toten vorhin gefunden hatten, waren sie dafür besser geeignet als jeder andere.

Beim Marsch durch den Park setzten ihm die Ereignisse dann aber doch zu. Er erinnerte sich an die im Wasser aufgedunsene Haut, die herausquellenden wässrigen Augen und den leichten Fäulnisgeruch. All diese makabren Einzelheiten hatte er vorhin zwar registriert, aber nur unterschwellig. Jetzt prasselten sie wie saurer Regen auf ihn nieder. Schrödinger wurde es übel, und mit jedem Schritt näher zum Kneippbecken wurde er langsamer. Die letzten Meter schleppte er sich förmlich dahin.

An der gestutzten Hecke blieb er stehen und nickte auf den dahinter liegenden Bereich. Er achtete tunlichst darauf, nicht in Richtung des Wasserbeckens zu schauen. »Dort ist es.«

»Haben Sie etwas angefasst?«

»Nur den Toten. Ich habe ihn aus dem Wasser gezogen, weil ich dachte, ihm wäre noch zu helfen. Aber da war kein Puls und kein Nix. Bei dem kommt jede Hilfe zu spät.«

»Solche Einschätzung überlassen wir lieber dem Notarzt. Der kommt gleich«, widersprach der alte Polizist.

Der jüngere nickte Schrödinger nur kurz zu, zog sich Gummihandschuhe über und machte sich an die Tatortbesichtigung.

In den darauffolgenden Minuten sammelten sich immer mehr Menschen an. Zuerst einige Patienten der Klinik, denen die Anwesenheit der Straßensheriffs nicht entgangen war, später folgten dann aber noch mehrere Mitarbeiter der Kriminalpolizei Tauberbischofsheim. Unter ihnen eine energisch auftretende Kriminaloberkommissarin von schätzungsweise Anfang fünfzig, die sich Schrödinger gegenüber als Yesim Hepsengenc vorstellte. Ihr schwarzer Pferdeschwanz zeigte einige graue Strähnen, war aber immer noch bemerkenswert dunkel. Sie trug eine beigefarbene Hose und einen dazu passenden Blazer, in dem sie ziemlich geschäftsmäßig wirkte.

»Kannten Sie den Toten?«, fragte sie, nachdem Schrödinger ihr noch einmal berichtet hatte, wann und wie er ihn gefunden hatte. Nebenbei kniete sie neben Horst nieder und kraulte ihm den Rücken. Offenbar eine Tierfreundin.

»Kennen wäre zu viel gesagt. Man läuft sich zwangsweise über den Weg. So groß ist das Rehazentrum nicht.«

»Wann haben Sie ihn zuletzt gesehen?«

Schrödinger machte den Mund auf zum Antworten, hielt dann aber inne. Unter Umständen war er einer der letzten, die Goldkettchen lebend gesehen hatte. War es klug, ihr das zu sagen? Andererseits hatten die Jogger im Wald ihn gesehen. Und Christina im Park. Es brauchte nur einen davon, und schon befände er sich im Kreis der Verdächtigen. Da war es gut, gleich von Anfang an reinen Tisch zu machen. »Gestern Abend. So gegen sieben. Ich war mit dem Hund draußen. Er saß mit einer anderen Patientin gerade im Pavillon. Es klang so, als würden sie streiten. Sie ist gegangen, er ist geblieben.«

»Name?«

»Ich weiß nicht, wie er heißt.«

»Ich meine den Namen der Patientin aus dem Pavillon.«

»Ach so. Christina, glaube ich. So lange bin ich noch nicht hier. Ich kenne noch nicht jeden mit Namen.«

»Das kann man sowieso nicht.« Hepsengenc stand auf und reichte ihm eine Visitenkarte. »Halten Sie sich bitte für weitere Fragen bereit. Und falls Ihnen noch etwas Wichtiges einfällt, geben Sie mir bitte Bescheid.«

Sie verabschiedete sich und ließ Schrödinger und Horst hinter den rot-weißen Absperrbändern zurück.

Einige Zeit trieben sie sich unschlüssig im Park herum. Nachdem die Polizisten jedoch alle genug mit ihrer Arbeit zu tun hatten und dank der Hecken der Kneippbereich praktisch komplett verdeckt war, kehrten sie in die Unterkunft zurück. Der Massagetermin – bei Physiotherapeut Detlev, wie der Plan verriet – war inzwischen längst vorüber. Aber Horsts Verhaltenstherapie war noch eine ganze Weile im Gange.

»Dann wollen wir mal«, sagte er daher und übergab den Boxer in die pflichtbewussten Hände von Pfleger Michael und der heute etwas zerknautscht aussehenden Frau Haferkant. Anschließend ging er weiter zum Behandlungsbereich, wo er einem solariumgebräunten Endzwanziger mit blondierten Gelhaaren und weißer Mitarbeitertracht in die Arme lief. Die Chance musste er nutzen: »Entschuldigung, ich suche den Physiotherapeuten Detlev.«

Blondie hob skeptisch die linke Augenbraue und sprach mit ungewöhnlich sanfter Stimme. »Da bist du genau richtig. Ich bin Detlev. Mit wem habe ich denn das Vergnügen?«

Erst in diesem Moment bemerkte Schrödinger die schwarz lackierten Fußnägel, die aus den Römerlatschen hervorblitzten.

»M-mein Name ist Schrödinger. Wir hatten vorhin einen Massagetermin. Aber mir ist was dazwischengekommen.«

»Die Sache im Park?« Er presste sich theatralisch die gespreizte Hand gegen die Brust. »Das ist ja alles so schrecklich.«

»Genau. Ich wollte nur Bescheid geben, dass ich unser Treffen nicht absichtlich versäumt habe.«

»Das ist ja mal akkurat. Gefällt mir. Weißt du was: Wenn du so anständig zu mir bist, bin ich es auch zu dir. Zeig mir mal deinen Tagesplan.«

Schrödinger tat, wie ihm geheißen. Die leicht homoerotische Ader des blonden Detlev irritierte ihn etwas. Sie passte einfach zu sehr zum restlichen Erscheinungsbild. Selbst der Name des Mannes war ja Klischee pur.

»Da, schau. Wenn du gleich nach dem Mittagessen kommen willst, kann ich dich noch reinschieben. Es wird eng, aber wir können das schaffen.«

War das bewusst zweideutig oder interpretierte er hier etwas falsch? Zögernd stimmte er dem Vorschlag zu. Einerseits freute ihn der kurzfristige Termin. Andererseits spürte er sogleich wieder seine alte Sorge um die Bandscheibe hochkochen. Die sich wie auf Stichwort mit einem leisen Pochen meldete.

Sein Töpferkurs hatte mittlerweile ebenfalls begonnen, aber dorthin ging er bewusst nicht. Auf einen Nachholtermin da konnte er getrost verzichten. Eigentlich sogar auf die gesamte Kunsttherapie. Daher nutzte er die Gelegenheit, in seinem Zimmer die Füße hochzulegen und pünktlich zur Mittagspause im Speisesaal aufzuschlagen. Als er sah, dass es Karotten-Hühnchen-Auflauf gab, wünschte er, sich nicht so sehr beeilt zu haben. Am liebsten hätte er den Plastikdeckel sofort wieder auf den am Platz bereitstehenden Teller geknallt.

Beim Mittagessen gab es natürlich nur ein Thema: die Leiche im Park. Wer hatte was gesehen? Wer wusste, um wen es sich handelte? Wie war der Mann zu Tode gekommen? Die Gerüchteküche brodelte und reichte vom Attentat auf den Klinikchef über einen illegalen Organhandel, in den Trainer Patrick verwickelt war, bis hin zu einer mysteriösen Seuche, die nach und nach die gesamte Belegschaft dahinraffen würde.

Aus den Spekulationen hielt sich Schrödinger absichtlich raus. Teilweise fand er es sogar recht amüsant, den immer wüsteren Theorien zu lauschen. Irgendwann bemerkten die Tischnachbarn sein Schweigen und fragten direkt, was er von alledem hielt. Was ihn in eine kleine Zwickmühle brachte. Sagte er gar nichts und es käme später raus, dass er den Toten gefunden hatte, wäre er bei Vera und den anderen unten durch. Erzählte er ihnen alles, was er wusste, könnte er sich Ärger mit der Kommissarin einfangen. Und die sah nicht aus, als sollte man sie gegen sich aufbringen. Er entschied sich für den goldenen Mittelweg: »Ich weiß nur, dass ein Patient tot im Kneippbecken lag. Keine Ahnung, wer er ist oder woran er starb.«

Gelogen war das nicht.

»Wahrscheinlich wurde er ersäuft«, überlegte Susanne. »Oder's war was Komisches im Wasser drin …«

»Ist auf jeden Fall ne üble Sache«, resümierte Vroni. »Erinnert mich ein wenig an diesen Rotkäppchenmord vor ein paar Jahren.«

Schrödinger warf ihr einen fragenden Blick zu und sie winkte ab. »Darüber habe ich mal was gelesen. Eine alte Dame wurde tot in einem Kaufhof von Bad Mergentheim aufgefunden. Einzelheiten kenne ich natürlich nicht. Aber der Fall dürfte damals wie ein Stromschlag durch die Region gegangen sein.«

Auch hier hielt sich Schrödinger zurück. Er musste eh

zusehen, dass er mit seinem Essen fertig wurde. Was bei den vielen Möhren im Auflauf gar nicht so leicht war. Doch wie hieß es so schön: Der Hunger treibt es rein.

Als er aufstand, hoben die anderen irritiert die Köpfe. »Du willst jetzt schon los?«, fragte Johann.

»Ja, ich hab noch einen Termin zur Rückenmassage.«

»Beim Detlev?«, fragte Susanne.

»Ja, genau.«

Johann zeigte auf seine Uhr. »Dann halt dich ran. Wir haben nachher das Seminar *Prävention Rücken*.«

Als wenn er das nicht wüsste.

»Pass uff, der is ne ziemliche Klatschbase«, warnte Susanne. »Aber wenn'de enmal dort bist, frog ihn mal, was der Buschfunk über die Beurlaubung vom Trainer Patrick trommelt. Wenn eener was drüber gehört hat, dann der Detti.«

Mit diesen Worten im Ohr flitzte Schrödinger so schnell es seine lädierte Hüfte zuließ los zum Behandlungsbereich. Der solariumgebräunte Massagist wartete an der gleichen Stelle wie vorhin. Hatte er sich zwischenzeitlich überhaupt bewegt? Mit einer weichen Handbewegung lotste er ihn ins Innere des Therapieraums und bat ihn, auf einer breiten Lederliege Platz zu nehmen. Ein dünnes weißes Tuch lag darauf. Im Zimmer roch es dezent nach Duftöl, was vermutlich auch nötig war, um andere Körpergerüche zu überdecken.

»Mach dich schon mal locker, ich leg nur noch ein bisschen Musik zur Entspannung auf.« Mit vergnügten Bewegungen schlenderte Detlev an ihm vorbei zu einer kleinen Stereoanlage auf der Anrichte. Schrödinger schaute ihm skeptisch hinterher. Was würde jetzt wohl folgen? Barbra Streisand oder Abba? Nein, weit gefehlt! Nur Sekunden darauf zerrissen die elektronischen Bässe eines Scooter-Lieds die Stille. Okay, damit hatte er nicht gerechnet.

»Huch, ist doch ein bisserl lauter als gedacht.« Detlev reduzierte die Lautstärke minimal. »Ich dachte, ich mach uns was Flottes an. Passt doch, oder?«

Alles besser als Abba oder Schlager. Schrödinger reckte zustimmend den Daumen und biss die Zähne zusammen, als der Physiotherapeut neben ihn trat und ihm das T-Shirt hochschob. Er erwartete massive Schmerzen in den unteren Rückenpartien – und wurde nicht enttäuscht. Schon beim ersten Drücken hatte er das Gefühl, Detlev hätte eine durch ihn verlaufende Starkstromleitung getroffen. Tränen schossen ihm in die Augen, und er verkrampfte sich.

»Nur die Ruhe. Du bist ganz schön verspannt.« Der Masseur sprach mit routinierter Stimme. Wahrscheinlich erzählte er derartige Dinge zwanzigmal am Tag.

Schrödinger versuchte, sich zu entspannen, aber so recht klappen wollte das nicht. In seiner Not krallte er sich an den Metallbeinen der Liege fest und presste die Zähne noch stärker zusammen.

Detlev hingegen sprach einfach unbekümmert weiter. Zuerst von Verspannungen, dann vom sogenannten Hüftschnupfen, bei dem sich die Hüfte bakteriell entzündete und einem ein bis zwei Wochen lang massive Schmerzen bescherte, und anschließend von weiteren kuriosen Rückenerkrankungen. Es war nicht wirklich das, was Schrödinger gerade hören wollte. Zumal der Mann über ihm in dem

Thema wirklich aufzugehen schien. Als würde er daraus Kraft schöpfen. Unfassbar, so was.

Aus blanker Not heraus und um sich selbst ein bisschen abzulenken fing er daher an von seinen ersten Tagen in der *Waffelburg* zu berichten. Bei seinen Erfahrungen mit anderen Klinikmitarbeitern lenkte er das Gespräch geschickt auf Aerobictrainer Patrick. Der Plan ging auf und Detlev bereitwillig auf das Thema ein.

Selbstverständlich hatte er von den grassierenden Gerüchten gehört, seiner Meinung nach waren die jedoch allesamt ausgemachter Blödsinn. »Mit Drogen hat der überhaupt nichts am Hut. Das kannst du total vergessen. Patrick ist ein Gesundheitsfanatiker, der schon bei Obst aus dem Supermarkt kräftig die Nase rümpft. Mir hat er mal erzählt, dass er seine Sachen ausschließlich in kleinen Geschäften und Bioläden kauft, die mit den Bauern aus der Region zusammenarbeiten. Damit genau feststeht, woher die Sachen stammen.«

»Aber wegen irgendwas scheint er suspendiert worden zu sein«, bohrte Schrödinger weiter.

»Nicht unbedingt. Vor Kurzem hat er mir erzählt, dass es seiner Oma nicht gutgeht. Wahrscheinlich hat er deshalb beim Klinikchef um ein paar Tage frei gebeten. Selbst wenn er wegen was beurlaubt worden wäre, dann eher wegen was ganz anderem. Neulich hat er sich mit einem der Patienten massiv in die Haare gekriegt. Die haben sich richtiggehend gefetzt. Wären ich und einige andere nicht dazwischengegangen, hätte es richtig gekracht.«

»Klingt heftig. Welcher Patient war denn das?«

»Keine Ahnung, wie der heißt.«

»Und worum ging es in dem Streit?«

»Tja, wenn ich das wüsste! Vielleicht um eine Frau? Na ja, irgendwann kommt das schon raus. Kommt es ja immer. Hier in der Klinik bleibt nichts lange geheim. Deshalb verrat mir deine Geheimnisse gleich, sie kommen eh alle ans Tageslicht.«

War das als Scherz oder Drohung gemeint? Schrödinger wusste es nicht und bekam keine Gelegenheit, darüber nachzudenken. Eine neue Welle des Schmerzes überrollte ihn. Diesmal war es direkt an der Bandscheibe. Es fühlte sich auch gar nicht wie eine Massage, sondern eher wie ein medizinischer Eingriff ohne Betäubung an. Eventuell war Detlev ja gerade dabei, ihm einige Wirbel herauszuoperieren.

Was fast noch schlimmer war: Während er ihm weiter den Rücken malträtierte, summte der Mann vergnügt das gerade laufende neue Scooterlied mit. Er schien in der Musik vollständig aufzugehen. Sein Patient hingegen wusste kaum mehr, wie er noch atmen sollte.

Nach zwanzig schweißtreibenden Minuten verschwanden die Höllenqualen auf einmal. Schrödinger wusste nicht, ob das gut oder schlecht war. Gut möglich, dass Detlev ihn an den Rande der Ohnmacht gebracht hatte oder er von der Hüfte abwärts gelähmt war.

»So, das war's für heute«, sagte dieser stattdessen.

Schrödinger konnte es gar nicht fassen. Vorsichtig erhob er sich. Wider Erwarten reagierten seine Gliedmaßen, wie sie sollten, und es fühlte sich sogar gut an. Genauer gesagt, wummerte seine Bandscheibe urplötzlich gar nicht mehr. Wie war das möglich? Er beschloss, es lieber nicht wissen zu wollen.

»Bis zum nächsten Mal«, rief Detlev ihm nach. Aber da befand sich Schrödinger schon unterwegs zum Verhaltenstherapiekurs. Er genoss die wiedergewonnene Mobilität in vollen Zügen. Fast fühlte er sich wieder wie Anfang zwanzig. Schon jetzt bedauerte er es, dass dieser Zustand wohl leider nicht lange anhalten würde.

Als er bei Pfleger Michael eintraf, schaute Horst sehnsüchtig auf und schien sich dann mit letzter Kraft zu seinem Herrchen zu schleppen.

»Wir haben ihn heute ein bisschen körperlich gefordert«, erklärte der langhaarige Klinikmann. »Laufen, Strecken, Rollen, Klettern. Ich glaube, es hat ihm gefallen.« Frau Haferkant hinter ihm machte eine Kopfbewegung, die man durchaus als Nicken deuten konnte. Außerdem schien sie zu lächeln.

Wunder über Wunder.

Der Boxer trottete hinter seinem Herrchen her, und Schrödinger war froh, dass der Lift schnell kam. Denn wenn Horst sich beim Warten hinlegen würde, wäre nicht mehr daran zu denken, ihn zu bewegen. Und tragen wollte er das stattliche Tier im Interesse seiner Bandscheibe auf gar keinen Fall. Im Zimmer bediente sich der Hund nur kurz am Wassernapf, bevor er sich erschöpft auf seiner Decke niederließ. Nicht einmal sein Essen im Napf rührte er an.

»Meine Güte, die haben dich offenbar echt hart rangenommen.«

Aber das hörte der Vierbeiner wahrscheinlich gar nicht mehr. Ein leises Schnarchen drang aus seiner Richtung, das

Schrödinger ein freches Grinsen entlockte. Leise schloss er die Tür wieder und hetzte zurück zum Fahrstuhl. Der nächste Termin wartete bereits.

Das Seminar *Prävention Rücken* fand im gleichen Saal statt wie die Einführung in den Sportbereich. Diesmal wusste er von Anfang an, wohin er zu gehen hatte, und traf sogar einige Minuten vor Kursbeginn ein. Vor der Eingangstür tummelten sich noch mehrere Patienten, zwei davon waren vertraute Gesichter: Johann und Frank. Sie standen mit dem Rücken zu ihm und waren in eine Unterhaltung vertieft. Johann beschwerte sich über einen gewissen Tommi, der sie ohne Begründung versetzt hatte, und dass dies nicht die feine englische Art sei. In dem Moment drehte sich Frank um und begrüßte lautstark den neuen Sitznachbarn. Auch Johann fuhr sofort herum. Das vorherige Gespräch war dadurch natürlich hinfällig. Beide schienen froh über die Ablenkung zu sein und fragten, wie es bei der Rückenmassage gewesen war.

»Schmerzhaft, aber erstaunlich gut.«

Johann nickte wissend. »Detlev weiß genau, was er tut. Er ist ein Gott mit seinen Fingern.«

Das ließ Schrödinger mal so im Raum stehen. Er folgte seinen Kumpels in den Seminarraum, wo die Anwesenheitsquote relativ hoch war. Selbst die hinterste Reihe war bis auf den letzten Platz besetzt. Na toll, und nun?

»Da vorne ist was frei.« Frank pochte ihm mit dem Ellbogen sanft in die Seite und streckte dann die Hand aus. Skeptisch schaute Schrödinger in die angegebene Richtung. Mit *vorne* meinte er tatsächlich vorne. Ganz vorne. In der ersten Reihe. Puh …

Jede Menge unangenehme Erinnerungen an seine Schulzeit erwachten, als er zu den letzten freien Plätzen ging. Er sah sich im Mathematikunterricht unter dem kritischen Auge des Lehrers in der ersten Reihe sitzen. Der war ein ebenso hagerer wie mieser Hund gewesen, der schon herumgemosert hatte, wenn Schrödinger sich nur am Kinn kratzte. Von allen Schülern schien er ihn besonders auf dem Kieker zu haben. Ständig hatte er ihn die fiesesten Gleichungen aufdröseln und vorrechnen lassen. Was jedes Mal ein sehr unschönes Erlebnis gewesen war, da Mathe noch nie sein Glanzfach gewesen war. Gelinde ausgedrückt.

Er hoffte inständig, dass er heute nicht ebenfalls für irgendwelche Übungen herhalten musste. Bei einem Seminar, wo es um den Rücken ging, war Schmerz praktisch vorprogrammiert. Das konnte er jetzt, wo es seiner Bandscheibe gerade besser ging, echt nicht gebrauchen. Vielleicht hätte er sich vorhin bei Therapeut Detlev für alle Fälle ein entsprechendes Attest ausstellen lassen sollen.

Oder er fragte ihn jetzt gleich direkt.

So entspannt, als käme er gerade vom Yoga, trat der solariumgebräunte Pfleger vor das Rednerpult. Na toll – dass er diesen Kurs leitete, hätte der Mann durchaus mal erwähnen können.

»Entschuldigt bitte die kleine Verspätung. Mir war kurzfristig was dazwischengekommen.« Während er sprach, zwinkerte Detlev ihm zu. Allerdings auf eine dermaßen verschmitzt lächelnde Art, dass Schrödinger sämtliches Blut ins Gesicht schoss. Frank nahm es gleich zum Anlass, ihm einen weiteren Ellbogenstupser zwischen die Rippen zu verpassen. Was die Situation nicht unbedingt angenehmer gestaltete.

Zum Glück hielt sich der Massagist nicht lange mit der Vorrede auf, sondern schwenkte schnell zum Thema Rücken und Rückenschule um. Er demonstrierte leichte Dehnübungen, die jeder machen konnte, um seine Wirbelsäule zu entlasten. Gott sei Dank holte er sich dafür niemanden nach vorne. Vielleicht war es sogar von Vorteil, dass Detlev das Seminar leitete. Zumindest wusste er, wie wenig sinnvoll es wäre, jetzt Schrödingers Rücken zu belasten. Damit würde er ja seine eigene Arbeit zunichtemachen.

Genau wie vorhin bei der Massage schien der Pfleger auch hier sofort in seinem Element zu sein. Rücken hier, Rücken da. Er zeigte spezielle Übungen, stellte Ausdauersportarten wie Radfahren, Walken und Rückenschwimmen vor. Und erklärte, dass Bettruhe nur in sehr wenigen Fällen wirklich hilfreich war. Stattdessen sollte man die Gesundheit der Wirbelsäule lieber mit gezielter Ernährung fördern, Wellness und Kuren unternehmen oder sich mit sanften Hausmittelchen helfen. Es war wirklich interessant und durch Detlevs bewusst theatralische Art überaus lustig.

Nach dem Seminar folgte Schrödinger seinen Kumpels auf den Flur hinaus. Er überlegte gerade, welcher Termin als nächster anstand, da brachte ihn ein Blick aus dem Fenster auf völlig andere Gedanken. Draußen sah er den Hausmeister mit der Nachtschwester aus dem Park zurückkommen. Genau wie gestern. Drehten sie dort jeden Tag ihre Kontrollrunde? Oder hatten sie nur der Polizei auf die Finger sehen wollen? Wieso war die Nachtschwester um diese Zeit überhaupt schon da? Ihre Schicht dürfte doch erst in etlichen Stunden beginnen.

Er wollte seine Tischkameraden darauf ansprechen, aber die waren längst in andere Themen vertieft. Es ging um die Abendgestaltung und irgendeine Partie, die meist recht lustig war. Das erinnerte Schrödinger sofort an gestern Abend und seinen misslungenen Verfolgungsversuch. Sollte er sie darauf ansprechen oder es lieber für sich behalten? Bevor er sich entscheiden konnte, platzten die Worte schon aus seinem Mund heraus: »Ich hab euch gestern Abend gesehen. Als ihr im dritten Stock über den Flur geschlichen seid.«

Beide schauten ihn irritiert an. Frank runzelte die Stirn. »Okay, und was genau soll uns das jetzt sagen?«

Schrödinger zuckte mit den Schultern und tat bewusst beiläufig. »Ich hab mich nur gewundert, wohin ihr verschwunden seid. Von einem zum anderen Moment wart ihr weg.«

»Bist du uns etwa gefolgt?«

»Quatsch. Ich kam nur gerade von einer späten Gassirunde zurück.«

Johann nickte. »Genau aus dem Grund haben wir dich auch nicht gefragt.«

»Mich was nicht gefragt?«

Die zwei tauschen einen verschwörerischen Blick aus, bevor Frank antwortete: »Wir haben uns am Abend mit einigen anderen zum Pokern getroffen. Das machen wir gelegentlich. Ist eigentlich keine große Sache. Aber nachdem ab elfe Nachtruhe ist, hängen wir es nicht an die große Glocke.«

»Und was hat mein Gassigehen mit Horst damit zu tun?«

»Na deswegen dachten wir, du würdest Nein sagen, und haben gar nicht erst gefragt«, antwortete Johann. »Einer muss ja auf den Hund aufpassen.«

»Den hätte ich mitnehmen können.«

»Und wenn er in nem anderen Zimmer bellt? Meinst du nicht, dass das sofort den Oberfeldwebel auf den Plan rufen würde? Die Nachtschwester hört sogar die Flöhe husten.«

»Ich hätte Horst auch in meinem Zimmer lassen können.«

»Und wenn er dort rumkläfft? Dann klopft Darth Vaders Schwester an der Tür, und keiner macht auf. Nee, nee, das lassen wir mal lieber.«

»Kannst du überhaupt Poker spielen?«, warf Frank ein.

»Selbstverständlich. Ich hab meine Pokerkünste erst im Sommer aufgefrischt und seither die eine oder andere Online-Runde mit meinen Kumpels gespielt. Mit Mikael und Marius. Wenn ihr wieder mal so was plant, gebt mir Bescheid. Notfalls zocken wir bei mir.«

»Das ist doch mal ein Wort.« Johann reckte anerkennend den Daumen in die Höhe. Langsam gingen sie weiter.

»Wie war eigentlich eure letzte Runde?«, erkundigte sich Schrödinger. Die geheimen Treffen faszinierten ihn. Weniger wegen des Kartenspiels, sondern viel mehr wegen dem Hauch des Verbotenen, der über allem lag. Das war wie heimliches Paffen auf der Schultoilette. Und irgendwie fühlte er sich hier in der Waffelburg ein wenig wie im Internat oder Landschulheim.

»Eigentlich wie immer. Blöd war nur, dass uns einer versetzt hat. Keine Ahnung, was Tommi hatte. So gesehen, hätten wir dich durchaus brauchen können.«

»Siehste!«, bestätigte Schrödinger. Und vermutete, dass besagter Tommi wohl nie wieder eine Karte in der Hand halten würde. Er hatte auf einmal eine ziemlich genaue Ahnung, warum der Kumpel gestern seine Spielkameraden versetzt hatte.

Horst

Schrödinger ist eine Flachpfeife. Sitzt wie ein Haufen Elend auf dem Bett und starrt an die Wand, nachdem er in den Hörknochen gesprochen hat. Zunächst hat Herrchen gestrahlt wie eine läufige Hündin, kaum dass er seine Marion am anderen Ende hatte.

Und dann ist ihm das Gesicht entglitten.

Und zwar gründlich.

»Sie kommt nicht«, hatte er tonlos gesagt, nachdem er nicht mehr in den Hörer gesprochen hatte. Mir ist das ja ehrlich gesagt egal. Aber Schrödinger scheint sich tatsächlich in Marion verknallt zu haben. Okay, sie kann ganz gut streicheln und ja, sie hat genau den einen Punkt an meinen Ohren getroffen, an dem sich bei mir alle Rückenhaare aufstellen. Sie ist ein Weibchen.

Mit Welpen.

Und die haben die große Kotzerei. Vorne raus. Hinten scheinen die auch nicht ganz dicht zu sein. Schrödinger hat was von »Norovirus« gefaselt. Und ist sofort blass geworden. Nach dem Telefonat hat er sich an die Wampe gefasst. In sich hineingehorcht. Vermutlich einen nicht durch die letzte Windung passenden Pups gespürt. Und ist auf dem

Klo verschwunden. Er hatte nicht mal Zeit, die Tür zu schließen. Ich bekomme alles live mit. Samt Tönen.

Als ob sich Viren neuerdings durchs Telefon übertragen würden! Aber der war ja schon immer komisch. Wenn er im Fernsehen eine Sendung über Schlaganfälle gesehen hat, ist er gleich zum Arzt gerannt, weil ihm der Arm eingeschlafen war. Dass er völlig verknotet auf der Couch lag, das hat er natürlich verdrängt.

Und vor lauter eingebildeter Kackeritis wohl auch den Kadaver aus dem Kneippbecken. Ziemlich blöd, dass er mich da weggezogen hat. Ich hab nämlich an dem Unlebenden einen Geruch festgestellt, der mir noch nie unter die Schnauze gekommen ist. Und das hätte ich schon ganz gerne näher beschnüffelt.

Schrödinger stöhnt auf dem Klo.

Es klingt nach etwas Großem.

Sehr Großem.

Aber ehe ich die Tür mit der Schnauze aufstoßen kann, öffnet sich die Zimmertür, und eine Frau im weißen Kittel platzt herein.

Ich gehe am besten in Deckung.

Für Schrödinger ist das zu spät.

Schrödinger

Schrödinger hatte Druck. Buchstäblich und rückwärtig. Die vielen Möhrchen. Detlev. Magendarm im Hause Marion. Ein würgender kleiner Max und eine flitzkackende Marlene verursachten ihm allein in seiner Vorstellung Übelkeit und Blähungen. Und dazu noch eine Leiche. Das war zu viel. Sein Darm rebellierte. Er schnellte vom Bett hoch und hastete in die Nasszelle. Noch im Laufen nestelte er den Gürtel auf und schaffte es gerade so, sich auf die Brille zu setzen, ehe die vorangegangene Mahlzeit seinen Körper rückwärtig wieder verließ. Er stöhnte erleichtert.

»Das trifft sich ja gut!« Eine weibliche Stimme brachte ihn kurz vor dem Endspurt aus dem Konzept.

»Was zum …«, rief er. Und verstummte. Im Türrahmen des kleinen Bades tauchte Schwester Ingeborg auf. Er erstarrte, und das, was eben noch das Licht der Kloschüssel hatte erblicken wollen, ebenfalls.

»Da komme ich ja genau richtig.« Die Nachtschwester lächelte ihn an und zeigte dabei eine Reihe nicht ganz gerader, aber erstaunlich weißer Zähne.

»Ich … äh …« Schrödinger war alles andere als prüde. Aber Besuch beim großen Geschäft bekam er ungern. Er sprang auf und hangelte zeitgleich nach dem Klopapier.

»Nicht spülen!« Ingeborg klang wie ein General. Unschlüssig ließ der Angesprochene das Papier in der Luft baumeln und versuchte gleichzeitig, mit der freien Hand seine um die Füße geringelte Hose hoch zu ziehen. Das Blut schoss ihm ihn den Kopf.

»Nur keine Scheu.« Die Schwester trat einen Schritt näher. »Ich mache das jeden Tag bei meinem Schichtbeginn.«

»Was?« Endlich gelang es Schrödinger, die Hose vor sein Gemächt zu ziehen. Immerhin.

»Stuhlvisite.« Schwester Ingeborg beugte sich über die Keramik.

»Stuhl… was bitte?«

»Auf Anordnung von Dr. Orhan.« Die Frau verzog keine Miene und studierte Schrödingers Hinterlassenschaft. Nun erklärte sich ihm auch die merkwürdige Form der Toilette. Die Einbuchtung war also eine Art Fangschale, die dafür sorgte, dass die Häufchen nicht sofort in der Kanalisation verschwanden. Horst hatte sich angeschlichen und schielte um die Ecke. Hätte Schrödinger es nicht besser gewusst, er hätte gedacht, dass der Boxer sich ins Pfötchen lachte. Mit einer Handbewegung scheuchte er ihn weg.

Der Hund trollte sich, die Schwester leider nicht. Sie zückte aus den Untiefen ihres blütenweißen Kittels einen Block und einen Kugelschreiber, machte »Hm« und »Aha« und sich Notizen. Gerne hätte der Produzent des Haufens sich mit dem Klopapier über die nun schweißnasse Stirn gewischt. Aber das traute er sich nicht.

Nach einer gefühlten Ewigkeit wandte Schwester Ingeborg sich vom Klo ab.

»Alles klar«, sagte sie und verstaute den kleinen Block in der Tasche.

»Klar«, stammelte Schrödinger.

»Dr. Orhan will Sie gleich sehen«, schob Ingeborg nach.

»Klar.« Schrödinger sah sein eigenes Spiegelbild über dem Waschbecken. Und schämte sich.

»Sie können jetzt wischen und spülen.« Das klang beinahe fröhlich.

»Ich … äh …« Die Schwester machte keinerlei Anstalten, den Raum zu verlassen. Noch einmal lugte der Boxer um die Ecke. Der Hund sah tatsächlich so aus, als würde er sich das Lachen verkneifen. Schwester Ingeborg schien sich an Schrödingers misslicher Lage regelrecht zu weiden. Ganz so, als wollte sie ihn für die nächtliche Begegnung strafen.

»Zu Zeiten von Ludwig dem Vierzehnten war es ein Privileg, dem König beim Kacken zuzusehen«, sagte die Schwester mit einem süffisanten Grinsen.

Schrödinger starrte auf den Keramikthron. Er fühlte sich alles andere als königlich. Als Zepter hätte ihm höchstens das Klopapier dienen können.

Er schluckte trocken und straffte die Schultern, was mit auf Halbmast hängender Hose so einfach nicht war.

»Ich gehe gleich zu Dr. Orhan. Also jetzt. Sofort«, sagte er.

»Gut.« Ingeborg nickte. Und endlich, endlich wandte sie sich zum Gehen.

»Blöde Kuh«, knurrte Schrödinger und beendete endlich, endlich seinen Toilettengang. Wäre er Raucher gewesen, hätte er erst mal eine Beruhigungszigarette paffen müssen. Nach dem Händewaschen ließ er sich von Horst mit einem sanften Nasenstupser trösten und machte sich auf den Weg zum Arzt.

Wie schon bei seinem ersten Termin staunte er über das zu einer mehr behelfsmäßig eingerichteten Praxis eingerichtete ehemalige Patientenzimmer. Er klopfte an, und dieses Mal ertönte tatsächlich das »Herein!« des Arztes.

Dr. Orhan saß hinter dem Schreibtisch und drehte, als sein Patient eintrat, den Monitor nach rechts. Mit einem

Kopfnicken bat er den Gast, sich auf der gegenüberliegenden Seite zu setzen. Der Besucherstuhl war aus derselben Serie wie die Sitze im Veranstaltungsraum. Schrödinger war sich sicher, dass irgendwann vor dreißig Jahren, zur Blütezeit des hier vorherrschenden Stils, eine Möbelfabrik den Umsatz ihres Lebens gemacht haben musste.

Der Arzt griff nach einem Zettel. Der stammte vom Block der Nachtschwester, bei der Schrödinger sich wieder einmal fragte, ob diese Frau jemals die Klinik verließ und schlafen ging. Ehe sein Gehirn eine krude Theorie von Aliens, Robotern oder Zombies im weißen Kittel spinnen konnte, räusperte sich der Arzt. Und zwar in genau dem Ton, den Schrödinger aus den Fernsehserien kannte – dazu der Blick aus den dunklen Augen, die zwischen Patient, Zettel und Computer hin und her sausten.

Schrödinger wurde flau im Magen. Im Fernsehen kommt an solchen Stellen die tödliche Diagnose. Sein Magen krampfte sich zusammen. Sein Herz setzte einen Schlag aus, ehe es wie wild zu puckern begann. Er schluckte trocken und klammerte sich an der ohnehin schon abgegriffenen hölzernen Stuhllehne fest. Gleichzeitig kam ihm der Gedanke, dass sich die Schwester seine Hinterlassenschaft lediglich mit prüfendem Blick vorgenommen hatte. Wie aussagekräftig konnte das schon sein?

»So.«

In diesen beiden Buchstaben, dieser einen Silbe, meinte Schrödinger, sein ganzes künftiges Schicksal herauszuhören. Dr. Orhan musterte seinen Patienten und drehte den

Monitor so zurück, dass er den Bildschirm sehen konnte. Schrödinger rutschte auf dem abgesessenen Stuhl aus den Achtzigern hin und her. Der Arzt tippte etwas in die Tastatur und starrte angestrengt zwischen Zettel und Bildschirm hin und her.

»Langsam«, murmelte er.

Schrödinger brach nun endgültig in Panik aus. Würde er langsam vor sich hin verenden?

»Das Internet ist viel zu langsam hier«, sagte Dr. Orhan dann an seinen Patienten gewandt.

Puh. Also erst mal nur ein technisches Problem.

Der Todgeweihte atmete tief durch, während der Arzt sich im Drehstuhl nach hinten rollte und im Sitzen einen kleinen Kühlschrank öffnete, der zwischen zwei Aktenschränken eingeklemmt war. Schrödinger erhaschte einen Blick auf den Inhalt. Neben Wasserflaschen und Tupperdosen lagerten dort kleine Ampullen. Dr. Orhan bediente sich am Wasser, nahm einen großen Schluck direkt aus der Flasche und stellte sie zurück. Als er wieder zum Bildschirm zurückgerollt war, sagte er zufrieden »Jetzt!« und begann zu lesen.

»Langsam«, dachte Schrödinger, der seine Diagnose am liebsten sofort gehört hätte. Wenn er schon sterben musste, dann wollte er jede Sekunde der ihm noch verbleibenden Zeit nutzen. Zum Beispiel auch, um herauszufinden, was es mit dem bereits toten Tommi auf sich hatte.

»Ihre Verdauung scheint ein wenig langsam zu sein«, gab der Arzt schließlich bekannt.

»Krebs?«

Dr. Orhan musterte ihn über den Rand des Bildschirms in einer Mischung aus Frage und Erstaunen.

»Vom Stuhlbild her nicht. Kein Blut.«

»Oh.« Schrödingers Herzschlag verlangsamte sich.

»Holen Sie sich im Schwesternzimmer das ab«, sagte der Arzt und kritzelte ein paar Buchstaben auf ein Blatt.

Schrödinger nickte stumm und stand auf. Seine Knie zitterten noch ein wenig. Aber er lebte. Er nahm den Zettel und wandte sich zum Gehen. Dr. Orhan vertiefte sich wieder in den Bildschirm. Kurz bevor Schrödinger die Tür schloss, erhaschte er einen Blick auf den Computer. Die aufgerufene Seite sah ziemlich genau so aus wie die der Internetpraxis, in welcher er selbst üblicher Weise nach Symptomen suchte.

Das von Dr. Orhan verordnete Präparat entpuppte sich als ein bitter schmeckendes Pulver. Was genau darin steckte, erfuhr Schrödinger nicht, denn die Schwester rührte noch an Ort und Stelle den Inhalt des kleinen Tütchens in ein Glas. Er kippte es vor ihren Augen auf Ex und hatte danach nur noch einen Wunsch. Oder eigentlich zwei. Raus hier und ein Bier. Auch wenn es dieses in der Waffelburg nur in der alkoholfreien Version aus dem Automaten im Kellergeschoss gab. Der stand genau gegenüber dem Wassertretbecken. Schrödinger fiel siedend heiß ein, dass er den täglichen Besuch *Bitte gehen Sie zum Wassertreten* völlig verschwitzt hatte. Das Becken war nur am Vormittag geöffnet, seine Venen würden also warten müssen.

Er strebte dem Lift zu. Dass dieser gerade auf dem Weg

nach oben war, wie die Anzeige verriet, wertete er als gutes Zeichen. Sein Glück schien im hold, denn der Aufzug stoppte auf seiner Etage. Die Tür glitt auf.

»Merhaba!« Yesim Hepsengenc strahlte ihn an.

»Hallo«, piepste Schrödinger, der am Blick aus den forschenden Augen der Kommissarin las, dass er seinen kühlen Gerstensaft erst einmal vergessen konnte.

»Das trifft sich gut, dass ich Sie sehe.« Sie trat aus dem Lift und strecke Schrödinger die Hand hin. Der Druck war genauso energisch wie ihre Stimme.

»Haben Sie Zeit?«, erkundigte sich Hepsengenc in einem Ton, der außer einer Notoperation am offenen Herz keine Chance zu einem Nein ließ.

Schrödinger nickte.

»Ich brauch ein Bier.«

Dieser Satz aus dem Mund der trotz ihrer wohl fünfzig oder ein paar Jahre mehr und der grauen Strähnen im schwarzen Pferdeschwanz fast faltenfreien Frau ließ Schrödinger die Augen aufreißen.

»Ich auch«, bekannte er.

Hepsengenc drückte auf den Knopf. Die Lifttür öffnete sich.

»Hier gibt's das nur in bleifrei, schätze ich?« Sie streifte ihr Jackett von den Schultern.

»Leider ja.« Schrödinger seufzte.

»Wissen Sie was? Sie holen den Hund, und ich entführe Sie beide nach Bad Mergentheim.«

»Im Dienst?«

»Ich habe Gleitzeit.« Die Kommissarin zwinkerte ihm zu. »Ich warte im Auto auf Sie.«

Schrödinger schwankt. Nicht wie ein Kahn auf Hochsee, aber immerhin so stark, dass er sich an meinem Halsband festhalten muss. Ich recke extra meinen Kopf, damit er sich nicht zu sehr bücken muss. Und ich achte auf jede einzelne Kurve, die uns den steilen – mit Verlaub: sehr steilen! – Berg zurück in die Waffelburg leitet. Ich wäre ja mit dem Taxi gefahren, aber Herrchen hat das mit seinen Promille im Blut nicht mehr auf die Reihe bekommen.

Runter ging es geschmeidig im Wagen der Kommissarin. Die riecht extrem lecker nach Seife aus Olivenöl-Extrakten.

War mir aber eigentlich egal. Denn ehrlich gesagt hatte ich buchstäblich die Plattschnauze voll von den immer gleichen Gerüchen rund um die Waffelburg. So eine heroische Boxernase wie die meinige braucht schon ein wenig Abwechslung im Hundealltag. Und das bisschen Bespaßung von der Frau Haferkant ist auch nicht der Weisheit letzter Schluss. Zumal der langhaarige Pfleger das mit den getrockneten Entenbrüsten nicht kapiert. Die schmecken zwar wunderbar, blähen aber extrem.

Schrödinger bläht es ebenfalls. Die paar Gläser Hefeweizen haben seinem Darm ordentlich zugesetzt, und ich bin mir sehr sicher, dass die Ärzte und besonders die nach schalem abgelaufenem Joghurt riechende Nachtschwester meinem Herrchen sofort anriechen werden, dass der gegen die doofen Klinikregeln verstoßen hat. Die sind strenger, als unser geschiedenes Frauchen war. Und das will echt was heißen.

Immerhin habe ich im Kiosk am Bahnhof eine große

Portion Döner ohne alles bekommen. Schrödinger hat sich zunächst eine glibbrig-süße türkische und garantiert alkoholfreie Limo bestellt. Als dann aber die Kommissarin ein genüssliches »Hach!« von sich gegeben hat, kaum dass der erste Schluck Gerstensaft in ihre Kehle geflossen war, hat er sich ebenfalls für Bier entschieden.

Die beiden haben ganz schön lange miteinander gesprochen. Und kein Auge oder Ohr für die Geschehnisse am Nachbartisch gehabt, denke ich mal. Dort saß nämlich diese Christina mit dieser Regina. Beide waren schon nicht mehr ganz vertikal unterwegs. Und die Blonde hat geheult. Ich glaube, die war so was wie die läufige Hündin von dem Kerl im Wasserbecken. Sie roch jedenfalls noch ganz schwach nach dem Toten. Komischer Weise aber nicht nur die. Auch die Rothaarige hatte den Geruch vom Thomas an sich. Nicht mehr ganz so frisch, aber noch deutlich genug.

Schrödinger und der Kommissarin war das aber völlig wurscht. Die haben nicht mal wirklich bemerkt, dass die beiden Grazien ebenfalls im Kiosk waren. Oder doch? So genau weiß man das ja bei den Zweibeinern nie.

Oha.

Herrchen ist gestolpert.

Zum Glück fängt Frank ihn auf. Der raucht verbotener Weise noch eine letzte Zigarette direkt vor dem Eingang der Klinik, ehe die Nachtschwester in ein paar Minuten die Schotten dicht macht. Frank bietet Schrödinger eine Kippe an. Frank ist ein bisschen sauer, weil seine Pokerpartie ausgefallen ist. Er erzählt was von einem fehlenden Mann. Schrödinger schweigt. Ich auch.

Die beiden stehen da und grinsen, als eine Minute vor elf ein Taxi vorfährt.

»Showtime!«, lacht Frank und schnippt die Kippe weg. Wir sausen durch die Tür und bringen uns hinter einer Stellwand in Deckung.

Schrödinger

Natürlich hatte Schrödinger nicht wirklich damit gerechnet, in einem Streifenwagen samt Blaulicht und Tatütata runter in die Kurstadt chauffiert zu werden. Aber mit dem Gefährt überraschte ihn die Kommissarin nun doch. Sie lehnte an einem im Rondell vor dem Haupteingang abgestellten Trabant. Die DDR-Karre kam aber nicht im üblichen Schlumpfblau daher, sondern war in knalligem Pink lackiert. Hepsengenc musste sein Erstaunen bemerkt haben. Sie grinste.

»Der Trabbi war ein Hochzeitsgeschenk«, erklärte sie und ließ Horst auf die vermutlich neu gepolsterte und im selben Pink bezogene Rückbank klettern. Der Hund schnupperte und nahm dann mit hoheitlichem Blick Platz.

»Ah so.« Schrödinger klemmte sich auf den Beifahrersitz. Zur mageren Innenausstattung wollte das Funkgerät am Armaturenbrett nicht so ganz passen.

Die Kommissarin startete den Motor. »Das Auto ist absolut zuverlässig. Was man von meinem Exmann nicht behaupten konnte.« Sie legte den Gang ein. Mit einem sanften Ruckeln setzte sich das Gefährt in Bewegung.

Schrödinger genoss die kurze Fahrt hinunter nach Bad

Mergentheim. Hepsengenc schwieg, und so konnte er die vielen Kliniken entlang der kurvenreichen Straße betrachten. Aus einer Kehre hatte er einen regelrechten Panoramablick über das Städtchen. Der Kurpark präsentierte sich wie eine grüne Oase und er nahm sich vor, dort mit Horst einige ausgedehnte Spaziergänge zu unternehmen, ehe sie beide den Klinikkoller bekämen.

Sie kamen an weiteren Kliniken vorbei. Schrödinger grinste. Mit der Waffelburg hatte er es zumindest von der Lage her besser getroffen als die Patienten im Diabetikerzentrum. Das lag direkt an der Hauptstraße, und die Raucher mussten sich quasi auf dem Gehsteig drängen.

»Zum Glück hab ich keinen Zucker«, murmelte er.

»Wie bitte?« Hepsengenc setzte den Blinker und reihte sich in die Linksabbiegerspur ein.

»Ach, nichts.«

Die Kommissarin warf ihm einen Seitenblick zu, ehe sie Gas gab und das auffällige Gefährt eine Brücke über das Flüsschen Tauber überquerte. Am Ufer flanierten Menschen. Die meisten, vermutete er, waren wie er zur Reha hier.

Mit einem schnittigen Manöver klemmte Yesim Hepsengenc wenig später die Plastikkarre in eine Parklücke gegenüber einer Bank.

»Respekt!«, kam Schrödinger nicht umhin, die millimetergenaue Zirkelei zu loben. Er selbst hätte es niemals gewagt, auf diesem Handtuch zu parken.

Die Kommissarin stellte den Motor ab und zuckte mit den Schultern. »Ja. Ich habe meinen Führerschein in Ankara gemacht. Da lernt man so was.«

Schrödinger lachte und folgte der Kommissarin mit Horst an der Leine um einen kleinen Pavillon herum, der als öffentliches WC diente. Dahinter warb ein Dönerladen mit greller Schrift. Hepsengenc ging an dem kleinen Häuschen vorbei und betrat einen kleinen Biergarten, der hinter einer mannshohen Hecke lag.

Horst schnupperte. Erst auf dem Boden, dann hob er die Plattschnauze in die Luft und kräuselte sie. Schrödinger folgte dem Blick seines Hundes. Am vordersten Tisch schlief ein Mann unbestimmbaren Alters im Sitzen vor einer halbvollen Flasche Bier. Neben ihm standen zwei Krücken. Vermutlich war er Patient in einer der chirurgischen Rehakliniken. An seinem Nebentisch hielt ein Teenagerpärchen Händchen und teilte sich eine Portion Pommes. Die beiden schienen die ganze Welt vergessen zu haben. Für einen winzigen Moment dachte Schrödinger an Marion. Horst ruckelte an der Leine. Das Zeichen des Hundes, der Kommissarin und vermutlich einem unwiderstehlichen Duft zu folgen.

Ganz hinten, beinahe in die Hecke gequetscht, saßen zwei Frauen vor jeweils einem halb geleerten Bierglas. Horst hob erneut die Schnauze und nahm grunzend Witterung auf. Auch der Kommissarin waren die beiden nicht entgangen. Sie steuerte einen Tisch in Sicht-, aber außer Hörweite der Damen an. Schrödinger zögerte, ehe er sich der Polizistin gegenüber an den vom dunkelblauen Werbeschirm einer Brauerei behüteten Tisch setzte. Seine Bedenken waren umsonst: Christina heulte in ein Taschentuch. Regina klopfte ihr wieder und wieder auf die Schulter. Von den neuen Gästen nahm keine der beiden Notiz.

»Wie gesagt, ich habe Gleitzeit.« Yesim Hepsengenc warf den schwarzen Pferdeschwanz über die Schulter und zwinkerte Schrödinger zu. Dieser wollte etwas erwidern, kam aber nicht dazu, denn im selben Moment trat ein Mann an den Tisch. Offensichtlich kannten er und die Kommissarin sich. In atemberaubendem Tempo warfen die beiden sich türkische Worte um die Ohren. Schrödinger verstand »Merhaba« und »Bu acil bi durum.« Letzteres hatte er vor einer nie angetretenen Reise in die Türkei gelernt, für den Fall, dass er im Schlepptau seiner Exgattin ausgeraubt würde. Die Reise war wegen der Trennung nie zustande gekommen. Ein paar Worte aus dem Internet hatte er aber gespeichert.

Der Kellner nickte und machte sich von dannen.

»Ich hab für Sie mitbestellt«, sagte die Kommissarin und lehnte sich zurück. Sie schloss die Augen und gähnte herzhaft.

»War sicher ein langer Tag?«, mutmaßte Schrödinger.

»Geht so.« Hepsengenc musterte ihn unter halb geöffneten Lidern. »Die Nacht war schlimmer.«

»Noch ein Mord?« Schrödinger beugte sich vor.

»Hunderte. Sozusagen.« Die Polizistin lachte. »Meine Schwester hat mir die neue Staffel von *The Walking Dead* geschickt.«

»Zombies?«

»Genau. Ich liebe das. Vor allem, wenn die Köpfe der Untoten gespalten werden.« Sie setzte an, ihm die Details der letzten Folge zu erklären, als der Kellner mit einem übervollen Tablett an den Tisch trat. Unter dem Tisch trat Horst seinem Herrchen mit den Krallen in die Zehen. Der

Hund hatte das Lammfleisch gerochen und stieß gierige Schmatzlaute aus.

»Prost!« Die Polizistin schnappte sich eines der beiden bis fast über den Rand gefüllten Biergläser. Schrödinger nahm das andere und prostete der Polizistin zu. Dann nahm er einen vorsichtigen Schluck.

»Alkohol?«, fragte er fast schüchtern.

»Stehen Sie in der Waffelburg auf dem Index?« Hepsengenc trank erneut.

»Nein«, sagte Schrödinger.

»Dann Prost und Mahlzeit … rein damit!« Die Frau rülpste leise hinter vorgehaltener Hand. Schrödinger zögerte. Und beschloss dann, zwei, drei und ein paar mehr kräftige Schlucke zu trinken. Schließlich war das ja irgendwie ein polizeilicher oder staatlicher Befehl. Der Gerstensaft kühlte seine Kehle. Er seufzte wohlig.

»Wuff!« Unter dem Tisch beschwerte sich Horst. Dessen Herrchen ließ den Blick über das Tablett schweifen. Mit Tomaten wäre der Hund nicht zufrieden. Die Pommes lachten ihn an. Auf einem Teller entdeckte er fetttriefendes Lammfleisch mit Joghurtsauce. Daneben Fladenbrot. Gefüllte Weinblätter. Krautsalat. Auberginenpaste.

»Greifen Sie zu«, munterte die Kommissarin Schrödinger auf. Und fügte, als dieser zögerte, hinzu: »Geht aufs Spesenkonto.«

Horst wuffte zweimal. Wie auf ein Stichwort erschien der Kellner erneut. Dieses Mal hatte er zwei silberne Blechnäpfe dabei. Der Boxer schoss schwanzwedelnd unter dem Tisch hervor und stürzte sich, kaum stand er vor ihm, auf den mit Fleisch gefüllten Napf, als hätte er seit Tagen nichts gefressen. Der Kellner verschwand lachend.

Da Schrödinger keine Lust hatte, während des Essens über halb verweste Zombies und deren heraushängende Gedärme zu sprechen, lenkte er das Thema auf unverfängliches Terrain, wie er hoffte. Denn auch der Tote im Wasserbecken schien ihm kein geeignetes Tischgespräch zu sein.

»Wohnen Sie schon lange hier?«, erkundigte er sich zwischen zwei Bissen des butterzarten Lammfleischs.

»Im Kiosk?« Die Kommissarin lachte. »Auch wenn ich hier Stammgast bin, nein. Wenn Sie wissen wollten, ob ich schon lange in Bad Mergentheim wohne, dann lautet die Antwort Ja. Obwohl es davor einige berufs- und scheidungsbedingte Umzüge gab.«

Schrödinger grinste. Und dachte an seinen eigenen bevorstehenden Umzug zu Marion. Er konnte nur hoffen, dass der Tote von sich aus ins Wasser gefallen war und niemand anderer dabei nachgeholfen hatte. Denn ein Mord würde den geregelten Ablauf in der Waffelburg und damit seinen Therapieplan und die Heilung seiner Bandscheibe ganz sicher gehörig durcheinanderbringen.

Der Kellner erschien mit zwei weiteren Bieren. Schrödinger, dessen Glas noch halb voll war, wollte schon protestieren, doch die Bestellung ging an den Nachbartisch zu Christina und Regina. Aus dem Augenwinkel sah er, dass Yesim Hepsengenc die Szene genau beobachtete. Vermutlich machte sie sich innerlich Notizen.

Unvermittelt sah sie ihren Gast zwischen einem Bissen Fladenbrot und einem Happen eines Fleischbällchens an.

Schrödinger zuckte zusammen, obwohl es dafür gar keinen Grund gab. Außer vielleicht Horst, der unter dem Tisch lautstark vor sich hin schnarchte und den Betonboden unter seiner Plattschnauze vollsabberte.

»Kannten Sie den Toten?«, wiederholte die Kommissarin die Frage vom Vormittag und sah mit einem Mal sehr geschäftsmäßig aus. Irgendwie erinnerte sie ihn an eine Bankerin, die einem mit einem süffisanten Lächeln mitteilte, dass die Exgemahlin das gemeinsame Konto bis auf den letzten Cent geleert hatte.

»Nein«, wiederholte der Gefragte. »Nicht wirklich.«

»Aber schon so ein bisschen?«, insistierte die Polizistin.

Schrödinger brach ein Stück Brot ab und tunkte es in den Auberginenbrei. Der Knoblauch kratzte an seinem Gaumen.

»Ein bisschen, ja«, krächzte er. Er spülte den scharfen Geschmack mit Bier hinunter. »Aber nicht wirklich persönlich«, musste er zugeben.

»War er mit der Dame dort zusammen?« Das letzte Wort fasste sie mit den Fingern in Gänsefüßchen ein.

Hepsengenc nickte in Richtung der heulenden Christina und der biertrinkenden Regina. »Also mit der Blonden?«

Schrödinger nickte. Schüttelte dann den Kopf. Zuckte mit den Schultern. Die Kommissarin grinste.

»Kurschatten. So kitschig und abgegriffen. Aber scheinbar immer wieder schön.«

Schrödinger mochte sich täuschen, aber er meinte, ein bisschen Wehmut in der Stimme der Kommissarin zu hören. Vor seinem inneren Auge ploppte das Bild von Marion auf. Und verblasste sofort wieder, als die Kommissarin per

Handzeichen eine weitere Lage Bier bestellte. Hinter der Hecke ratterte ein Regionalzug in den nahe gelegenen Bahnhof ein.

»Weswegen sind Sie hier?« Solche direkten Fragen mochte Schrödinger eigentlich nicht und musste sich zwingen, hinter der Fassade seiner Gastgeberin die Beamtin zu sehen. Er nahm den letzten Schluck Bier und hatte kaum das leere Glas abgestellt, als schon ein frisches Helles vor ihm auftauchte.

»Wegen der Bandscheibe«, sagte Schrödinger.

»Auf der Waffelburg?« Hepsengenc hob fragend die Augenbrauen. »Das ist doch eine psychosomatische Klinik.«

Schrödinger spürte, dass er knallrot anlief. »Ich hab nix an der Waffel!«, rief er und friemelte zum Beweis den Zettel mit dem verordneten Medikament aus der Hosentasche. »Da!« Er reichte das Blatt über den Tisch.

»Ja? Was ist das?«

»Ein Rezept. Also, ein von Dr. Orhan verschriebenes Medikament.« Er hoffte, dass die Kommissarin nicht nach den Symptomen fragen würde. Allein der Gedanke an die sogenannte Stuhlvisite ließ ihn innerlich in einem regelrechten Tümpel der Scham versinken. Hepsengenc holte ihr Smartphone aus der Jackentasche und tippte auf den Bildschirm. Kniff die Augen zusammen. Und hielt ihm dann das Handy vor die Nase.

»Sie haben Husten?«

»Wie bitte?« Schrödinger fixierte den Bildschirm. Dort stand schwarz auf weiß das Ergebnis der Internetsuche. Der Arzt hatte ihm einen Hustenstiller aufgeschrieben.

»Äh. Nein. Ich … eigentlich geht es um die Verdauung …«

Yesim Hepsengenc riss Augen und Mund auf und lachte so schallend, dass Horst unter dem Tisch aus seinem Schlummer erwachte.

»Das erinnert mich an den Witz, wo ein Mann zum Arzt kommt und Durchfall hat …«

Allerdings war das ein Witz. Nur konnte Schrödinger darüber nicht lachen. Er hätte auch gar keine Zeit gehabt, denn in dem Moment fiel hinter ihm ein Stuhl krachend um. Die Kommissarin verstummte. Horst schoss unter dem Tisch hervor und starrte wie sein Herrchen zum hintersten Tisch.

Regina war aufgesprungen und riss sich die weit ausgeschnittene rote Bluse vom Leib. Darunter erschien ein knapper, knallroter BH, dessen Spitze alle Maschen voll zu tun hatte, um den mächtigen Busen einigermaßen im Zaum zu halten.

»Das wollte er! Das! Immer wieder!«, kreischte die Rothaarige.

Horst ruckelte an der um das Tischbein gebundenen Leine. Schrödinger wollte den Blick abwenden, konnte aber nicht. Christina heulte auf wie eine Sirene.

»Hör auf! Hör doch auf!« Ihre Stimme klang nicht mehr ganz nüchtern, und auch Regina schwankte ein bisschen, als sie die Bluse in hohem Bogen von sich warf. Der rote Stoff flatterte zu Boden. Das knutschende Pärchen stand auf und schlich davon. In ihrer Welt fand offensichtlich außer rosa Wolken nichts anderes statt.

Horst knurrte. Hepsengenc lehnte sich zurück und verschränkte die Arme vor der Brust. Ihr diebisches Grinsen entging Schrödinger nicht.

Christina rappelte hoch, was wohl nicht so einfach war, denn sie musste sich auf dem Tisch abstützen. Schließlich stand sie Regina Auge in Auge gegenüber. Die beiden sandten sich Giftblitze zu.

»Dich wollte er nie!« Die Stimme der Blondine überschlug sich.

»Ha!« Regina reckte kampfeslustig das Kinn. Ihre Hände sausten hinter ihren Rücken. Im Nullkommanichts hatte sie die Haken des Büstenhalters aufgefriemelt und schlüpfte aus den Trägern. Die Brüste sackten ab. Regina schien das nicht zu stören. Sie ließ den BH über ihrem Kopf kreisen.

»Das hast du nicht!« Die Rothaarige lachte triumphierend. Christina versuchte, nach dem Dessous zu greifen. Beinahe hätte sie es geschafft, doch dann flutschte der Träger von Reginas Finger. Schrödinger sah das knallrote Ungetüm auf sich zufliegen. Er wollte sich ducken. Horst machte einen Satz. Der Tisch rutschte hinter der Leine her. Der Boxer sprang in die Höhe. In dem Moment, als das rote Spitzenteil in seinem Maul landete, kippte der Tisch um. Gläser, Schalen und Teller landeten krachend auf dem Boden.

Eine halbe Stunde später war die Sauerei behoben, die zeternden Frauen hatten sich beruhigt, und Schrödinger kaufte am Bahnhofskiosk drei Flaschen Bier. Jeweils eine alkoholische für sich und Frank sowie eine alkoholfreie für den leberkranken Johann.

Wie er die Pullen unbemerkt in die Waffelburg schmuggeln sollte, wusste er noch nicht. Aber im leicht angeheiterten Zustand war das nichts, was ihm allzu großes Kopfzerbrechen bereitete. Die Idee, etwas Alkohol mitzubringen, kam ihm im Gegenteil grandios vor. Allein schon, weil es verboten war. Und wenn er die heiße Ware dann noch im Dienstwagen einer Polizistin transportieren konnte … das war der Stoff, aus dem Legenden gemacht wurden.

Dafür mussten sie in dem Trabbi allerdings erst mal vom Fleck kommen. Gerade als Yeşim Hepsengenc den Motor anlassen wollte, brummte ihr Smartphone. Als korrekte Staatsdienerin nahm sie sofort die Hand vom Zündschlüssel und schaute, wer sich zu so später Stunde noch auf ihrem Diensttelefon meldete. Schrödinger kam es sehr gelegen, er plagte sich noch immer damit, den Verschluss seines Sicherheitsgurts in die dafür vorgesehene Halterung zu stecken. Irgendwie wollte das Mistding da einfach nicht reinpassen. War es seit der Hinfahrt auf geheimnisvolle Weise gewachsen? Trotzdem linste er mit einem Auge neugierig auf den Bildschirm der Kommissarin. Offenbar hatte sie eine Mail aus der Gerichtsmedizin erhalten. Es ging um den vorläufigen Untersuchungsbericht für einen gewissen Thomas Schischkalov. Im ersten Moment sagte ihm der Name nichts. Er wollte sich schon wieder dem Gurt zuwenden, als es ihm siedend heiß einfiel: Tommi, die Koseform von Thomas. Natürlich! Sofort stieg Schrödingers Interesse sprunghaft an.

Viel Neues erfuhr er allerdings nicht. Weil auch der Rechtsmediziner noch nicht viel Neues wusste. Als Todesursache hatte er »unbekannt« angegeben. Es gab keinerlei äußere Anzeichen für eine Gewalttat, und auch die Überprüfung des Mageninhalts hatte bisher kein entsprechendes Ergebnis gehabt. Zur Abklärung hatte er Urin-, Blut- und Gewebeproben ins forensische Labor geschickt, um detaillierte Untersuchungen vornehmen zu lassen. Unter anderem wollte er das mittlere Volumen von roten Blutkörperchen, Gamma-Glutamyl-Transferase sowie das karbohydratdefiziente Transferrin messen lassen. Das Ergebnis der toxikologischen Tests würde allerdings noch einige Zeit auf sich warten lassen. Daher konnte er zum gegenwärtigen Zeitpunkt weder Ertrinken noch Hirnschlag oder Herzinfarkt als Todesursache ausschließen. Einen Mordverdacht konnte er deshalb weder bestätigen noch entkräften. Alles war möglich.

Schöne Scheiße, dachte Schrödinger.

»Ha siktir!«, sagte Hepsengenc und packte das Handy weg. Sie wirkte frustriert.

»Schlechte Nachrichten?«

»Wie man's nimmt. Ist auf jeden Fall kein Grund zum Jubeln. Aber es ist Arbeit, und die ist für heute Abend erledigt. Soll ich Sie und den Hund zurück zur Klinikum bringen oder haben Sie …« Sie nickte in Richtung der Bierflaschen. » … heute Abend noch was Anderes vor?«

»Die Bierfl... ach, die sind für zwei Freunde von mir. Einer darf die Klinik nicht verlassen.« Er spürte, wie er errötete, und wandte sich hastig dem Gurtverschluss zu, damit sie es nicht bemerkte. Dabei hielt er die Flasche alkoholfreies Bier alibihalber so, dass die Kommissarin das Etikett zwangsweise sehen musste.

»Dann sind Sie also eine Art guter Samariter?«

»Wenn Sie es so ausdrücken möchten. Ich …«

Sie sah, dass er mit dem Gurt nicht zurechtkam, und ging ihm zur Hand. Nur eine Sekunde darauf war der Verschluss eingerastet und die Fahrt konnte losgehen.

»Danke.« Schrödinger hatte das Gefühl, auf seinem Sitz zu schrumpfen. Bei so was Simplem wie dem Sicherheitsgurt zu scheitern! Was für eine Peinlichkeit. Das war fast genauso schlimm, wie beim ersten Mal mit einer neuen Flamme im Bett zu versagen. Da wollte man liebsten vor Scham im Boden versinken.

Deshalb schwieg er die nächste Zeit lieber und lauschte der leisen Musik aus dem Autoradio. Ein Popsong der Band Superior lief. Nicht ganz seine Kragenweite, aber allemal besser als Stille. Das fand wohl auch die Kommissarin und bewegte den Kopf im Takt des Liedes hin und her. Vielleicht war es aber auch bei ihr, um das unangenehme Schweigen zu übertünchen. Auch sie wirkte recht froh, als der Trabbi bald darauf in die Einfahrt zur Waffelburg einbog.

»Vielen Dank fürs Mitnehmen. Und viel Glück mit Ihrem Fall«, verabschiedete Schrödinger sich. Kaum hatte er die Trabbitür hinter Horst und sich zugeworfen, machten sich die zuvor getrunkenen Hefeweizen bemerkbar. Und das ziemlich deutlich. Nicht nur, dass seine Blase drückte, auch die Welt schien auf einmal ziemlich wackelig geworden zu sein.

Als wäre das alles nicht übel genug, verhedderte sich Schrödinger nach den ersten Schritten in Horsts Hundeleine. Verdammte Axt!

Mit einigen abgehackten Ausfallschritten versuchte er noch, das Gleichgewicht zu halten, doch der Sturz schien unaufhaltsam. Schrödinger biss die Zähne zusammen und machte sich auf Schmerzen und dank der Bierflaschen unter seinem Arm auch auf einiges an Lärm gefasst. Die Katastrophe war praktisch vorprogrammiert.

Doch in diesem Moment tauchte wie aus dem Nichts Frank auf. Es ging so schnell, dass Schrödinger nicht mal wusste, wie ihm geschah. Gerade befand er sich noch im freien Fall, dann erkannte er das Gesicht seines Tischnachbarn direkt vor sich. Sah die glimmende Zigarette schief in dessen Mundwinkel hängen. Nahm den intensiven Tabakgeruch wahr. Und verstand überhaupt nichts. In dem Moment verhinderten zwei kräftige Arme das Schlimmste.

»Sachte, Mann, nicht so eilig«, sagte Frank mit einem Grinsen und nahm ihm im gleichen Atemzug noch eine Bierflasche ab. Die er im Anschluss eingehend musterte. »Ist die für mich? Sozusagen als Dankeschön?«

»Wie? Was? Ach so …« Er brauchte einen Moment, um die Fülle an Ereignissen zu verarbeiten. Hatte sein Freund vor dem Eingang verbotenerweise ein Zigarettchen geraucht? Das war bestimmt auch zu dieser späten Stunde nicht ohne Risiko.

»Die wäre so oder so für dich«, sagte Schrödinger schließlich und winkte noch kurz der Kommissarin zum Abschied. Gleich darauf knatterte der Trabant davon.

»Oh, wie komm ich denn zu der Ehre?« Frank hatte Schwierigkeiten, sein Grinsen im Zaum zu halten.

»Na, wenn du nicht zum Bier gehen kannst, muss das Bier eben zu dir kommen.«

»Das ist so herrlich philosophisch. Vielen Dank. Du darfst gern öfters stolpern, wenn du so was dabeihast. Aber bitte nur, wenn ich in der Nähe bin. Für wen sind die anderen zwei Pullen?«

»Für Johann ist die unalkoholische und für mich die andere. Ich dachte, wir machen uns noch nen schönen Abend.« Während er sprach, befreite er sich aus der Hundeleine. Was dank Horsts beharrlichem Zerren gar nicht so leicht war.

»Du wirst mir immer sympathischer«, sagte Frank. »Und Johann sicher auch. Der schiebt nämlich gerade mächtig Frust.«

»Wieso?«

»Na ja, wegen Tommi. Der Tote, der gefunden wurde. Das war unser alter Pokerkumpel. Ist das zu fassen? Man denkt ja immer, es trifft bloß Leute, die man nicht kennt. Aber ihn hab ich in den letzten Wochen praktisch täglich gesehen. Vor allem abends zum Kartenspielen. Ich bin auch noch völlig fertig deswegen.« Er hielt Schrödinger die offene Schachtel Zigaretten hin, die dieser aber dankend ablehnte.

»Wie habt ihr davon erfahren?«

»Von Vera. Sie hat es bei einem Kurs gehört, den sie mit Tommi zusammen hatte. Was für eine Scheiße.« Er schüttelte betrübt den Kopf und trat seine halb aufgerauchte Kippe aus. Dann sah er auf die Uhr. »Wir sollten langsam reingehen. Es ist gleich elf.«

Wie auf Stichwort hörten sie, wie sich ein Auto der Einfahrt näherte. Sogleich wurde Franks Grinsen wieder breiter. »Showtime!«

Schrödinger verstand mal wieder bloß Bahnhof, aber dies war nicht der richtige Moment zum Nachhaken. Sein

Kumpel lief zum Eingang und gab das Zeichen, ihm zu folgen. Da wollte er nicht widersprechen. Horst bellte zustimmend und flitzte allen voran ins Klinikgebäude. Drinnen liefen sie jedoch nicht weiter, sondern versteckten sich hinter einer breiten Stellwand im Foyer. Auch das war ziemlich seltsam, die Erklärung folgte jedoch nur wenige Sekunden darauf in Form eines hell elfenbeinfarbenen Autos mit gelbem Dachschild, das direkt vor der Klinik hielt. Aus dem Taxi stiegen zwei Personen, die er vor noch nicht allzu langer Zeit an anderer Stelle getroffen hatte: Christina und Regina.

Beide sturzbesoffen, torkelnd, lallend, johlend, singend. Die Meinungsverschiedenheit am Kiosk war inzwischen entweder behoben oder dank Unmengen Alkohol vertagt worden. Ihre rote Bluse trug Regina mittlerweile zwar wieder, allerdings hatte sie nicht mal die Hälfte der Knöpfe geschlossen, sodass ihre dralle Oberweite darunter deutlich sichtbar war. Aber auch ihre Begleiterin wirkte reichlich derangiert.

»Junge, Junge«, freute sich Frank. »Da wird ja der Mops in der Pfanne verrückt. Oder vielmehr: die Möpse. Du kannst über sie sagen, was du willst, eine Augenweide sind sie.«

»Du scheinst ein echter Feminist zu sein«, sagte Schrödinger, gestand sich aber insgeheim ein, dass er Reginas Busen ebenfalls nicht schlecht fand. Wäre die Frau nüchtern und er nicht glücklich liiert, ihre gewaltige Oberweite wäre durchaus ein triftiges Argument für ein näheres Kennenlernen gewesen. Selbstverständlich wären ihm auch die inneren Werte wichtig, aber nachts um elf durfte man auch schon mal nach anderen Prioritäten urteilen.

Nachdem die Schnapsdrosseln an ihnen vorübergegangen waren, gab Frank ihnen noch einen kurzen Moment Vorsprung und folgte ebenfalls. Sie hielten genügend Abstand, dass die Frauen sie nicht bemerkten, er ihnen aber trotzdem beim Laufen noch auf die Hintern glotzen konnte. Einige Sekunden lang machte er sogar Reginas wellenartige Hüftbewegungen nach.

Der Lift hielt an. Die Türen glitten genau in dem Moment auf, als Nachtschwester Ingeborg durch das Treppenhaus in die Halle kam. Sie ging ins Pförtnerhäuschen und drehte sich einmal kurz zu den Aufzügen um, doch da waren die Damen schon auf dem Weg nach oben. Die Schwester betätigte die Schließanlage. Wer jetzt noch Einlass begehrte, der würde klingeln müssen. Und dem Nachtdrachen gegenübertreten. Der ganz sicher mit einer Pustetüte dastand. Die Schwester hielt sich quälend lang in ihrer Pförtnerloge auf, blätterte in einigen Papieren und kratzte sich hingebungsvoll am Kinn.

»Die hat bestimmt einen Bart«, wisperte Frank. Johann gluckste. Endlich, endlich machte Ingeborg sich von dannen. Und direkt danach die Herren.

»Und dafür hast du draußen vor der Tür gewartet?«, fragte Schrödinger im Lift. »Das war das ganze Spektakel?«

Frank zuckte mit den Schultern. »Na und? Ich bin auch nur ein Mann. Warum soll ich auf meine allabendliche Peepshow verzichten? Ist besser als die Sexy Sportclips im Fernsehen.«

»O Mann.« Schrödinger verdrehte die Augen. »Wie machen wir das jetzt mit dem Bier? Und vor allem: wo?«

»Lass das mal meine Sorge sein. Ich würde vorschlagen,

du kehrst mit deinem Wauwau aufs Zimmer zurück und siehst zu, dass dich die alte Drachenlady nicht erwischt. Ich komme in wenigen Minuten mit Johann nach.«

Schrödinger wusste nicht, ob ihm dieser Vorschlag gefiel. Vor allem der Teil mit der bestimmt schon patrouillierenden Nachtschwester bereitete ihm Sorge. So viel mutiger hatten ihn die Hefeweizen anscheinend nicht gemacht. Aber in Ermangelung einer besseren Idee stimmte er zu. Mit einem Nachtrag: »Bring bei der Gelegenheit gleich mal die Karten mit. Zimmer vier-zwo-vier-zwo. Wer sagt denn, dass die Pokerrunde heute Nacht ausfallen muss?«

Frank hob anerkennend beide Daumen. In der zweiten Etage tänzelte er förmlich aus dem Lift heraus.

Als sich im dritten Stock die Fahrstuhltüren öffneten, herrschte Totenstille. War das gut oder schlecht? Schrödinger warf Horst einen fragenden Blick zu, aber der Boxer reagierte nicht darauf. Wahrscheinlich befanden sich seine Sensoren längst auf DEFCON 3.

Vorsichtig und darauf gefasst, schnell den Knopf zum Schließen der Lifttüren zu aktivieren, linste er auf den Korridor hinaus. In beiden Richtungen keine Menschenseele zu sehen oder zu hören. Es beruhigte ihn trotzdem nur marginal.

Behutsam und mit angehaltenem Atem schlich er bis zur nächsten Flurecke. Horst flitzte neben ihm, sicherlich ebenfalls darauf bedacht, keinen Laut zu verursachen. Schrödinger kam sich vor wie in einer Folge *Scooby Doo*. Er war Shaggy und Horst die Deutsche Dogge. Fehlten nur noch die verkleideten Gespenster oder Monster.

Aber die ließen genauso auf sich warten wie andere Patienten oder Lady Vader. Also liefen sie weiter zur nächsten Ecke, um dort das Spiel zu wiederholen. Dann zur übernächsten und zum Schluss zur Zimmertür. Unterwegs zückte er bereits den Türschlüssel und schob ihn geräuschlos ins Schloss.

Nachdem sie die Tür hinter sich verschlossen hatten, fiel die Nervosität von ihm ab wie die alte Haut bei einer Schlange. Er fühlte sich wie von der sprichwörtlichen Zentnerlast befreit. Schreckhaft blieb er trotzdem und zuckte sofort zusammen, als es wenige Minuten darauf an der Zimmertür klopfte.

Obwohl er eigentlich genau wusste, wer davorstehen würde, öffnete er sie zunächst nur einen Spaltbreit. Frank und Johann blickten ihn betont gelangweilt an.

»Lass dir ruhig Zeit«, ermahnte ihn Johann. »Wenn wir noch warten, können wir den Nachtschreck gleich persönlich fragen, ob er Lust auf ein Bier hat.«

»Er?«, fragte Schrödinger bei vollständig geöffneter Tür.

»Er. Sie. Es. Wer weiß das bei Ingeborg so genau? Mich würde nicht mal wundern, wenn rauskäme, dass sie ein Terminator ist.«

Die Vorstellung klang so plausibel, dass Schrödinger unweigerlich nickte.

»Nett hast du es hier«, bescheinigte Frank drinnen. »Da fühlt man sich direkt heimelig.« Wie bei einer Wohnungsbesichtigung lugte er kurz ins Bad und schaute sich dann weiter im Schlaf- Schrägstrich Wohnzimmer um. Vor Horsts Schlafplatz blieb er schließlich stehen.

»Sieht es bei euch nicht genauso aus?«, fragte Schrödinger irritiert.

»Ja, doch, schon.« Frank nickte. »Ich hab noch nen Picasso an der Wand hängen und edlen Wein im Kühlschrank, aber ansonsten gibt es da durchaus Gemeinsamkeiten. Die Aussicht ist bei dir besser. Direkt auf den opulenten Park. Da hast du echt Glück. Ich darf bloß zur Straße rausgucken. Das ist nicht so spannend. Und ziemlich fies, wenn man das Klinikgelände nicht verlassen darf.«

»Jammer nicht, ich seh auch nichts anderes«, widersprach Johann. »Wir sind ja auch nicht wegen des Strandfeelings hier.« Unter Horsts skeptischem Blick setzte er sich auf den Boden neben dem Bett und schaute sehnsüchtig zum Schreibtisch, auf dem die Bierflaschen wie eine kriegsbereite Drei-Mann-Armee standen. Frank gesellte sich zu ihm und rückte noch weiter zu Horst auf. Was der Hund sogleich als Aufforderung verstand und zu ihnen aufschloss, um sich das Fell kraulen zu lassen. Nach ein paar Nasenstupsern gegen Franks Oberschenkel kam dieser der Bitte auch prompt nach.

Schrödinger beobachtete das Treiben einen Moment lang amüsiert, bevor er sich mit Bier und Karten gegenüber seinen Freunden niederließ und jedem eine Flasche reichte. Den Kartenstapel in seiner Hand betrachtete er stirnrunzelnd. »Wie wollen wir das hier handhaben?«

Johann stellte sein Bier ab und streckte die Hand aus. »Gib mal her. Wir spielen meist Seven Card Stud. Kannst du das?«

»Logo.«

»Hervorragend. Dennoch würde ich sagen, dass wir erst mal trocken loslegen. Ein, zwei Runden zum Aufwärmen. Mal schauen, wie es läuft und wie lange wir durchhalten.

Bei unseren Pokerabenden spielen wir meist um Centbeträge. Es geht ja nicht um die Kohle, sondern um den Spaß.«

»Sagt er, der regelmäßig mit einer Hosentasche voll Kupfermünzen zu seinem Zimmer geht«, warf Frank ein. »Das scheppert und raschelt bei jedem Schritt. Wie beim Schrotthändler.«

»Wer hat, der kann.« Johann fing an, die Karten zu mischen. Es ging so schnell, dass kein Zweifel bestand, dass sie es hier mit einem Profi zu tun hatten. Fast erwartete Schrödinger, dass er schon hier einige Tricks zum Besten gab, ähnlich wie Terence Hill in manchen seiner Westernfilme. Aber Johann übte sich in Bescheidenheit und beschränkte sich darauf, die verdeckten und offenen Karten zu verteilen. Gleich darauf begannen die Setzrunden. Schrödinger versuchte, am Ball zu bleiben, aber nachdem sich auch Frank als eiskalter Zocker entpuppte, war das deutlich schwieriger als gedacht. Vor allem mit einem gewissen Alkoholpegel, der ihn ständig aufstoßen ließ und gleichzeitig sein Gedärm in Aufruhr versetzte. Bevor er sich versah, war das erste Spiel vorüber. Und das nicht unbedingt zu seiner Zufriedenheit.

Die nächste Runde lief nicht viel besser und bewies deutlich, dass sowohl die Runden mit Mikael und Marius im Urlaub am Bodensee als auch das Online-Pokern ein völlig anderes Kaliber gewesen waren. Entsprechend schnell ließ seine Begeisterung nach, und er unternahm lieber Neckereien mit Horst, anstatt sich aufs Spiel zu konzentrieren. Zum Glück sahen das auch seine Kumpels nicht so eng und quasselten nebenbei über schnelle Autos, die Rundungen einer gewissen wohlproportionierten Sportlehrerin und den Niedergang der deutschen Fernsehkultur. Es war das übliche Geplänkel, wenn ein paar Männer zusammenhockten. Vermutlich würden auch bald die Bundeskanzlerin und die Flüchtlingspolitik als Themen folgen. So war es doch immer und überall.

Entgegen seiner Erwartung schwenkte das Gespräch von schlechten Dokusoaps irgendwie zum toten Tommi. Augenblicklich wurde auch Schrödinger hellhöriger. »Mir hat er mal erzählt, dass er leidenschaftlich gern verreist ist«, sagte Johann gerade. »Besonders in die warmen Ecken vom Globus. Türkei, Bulgarien und all die anderen Länder rund ums Schwarze Meer. Dort war er ziemlich oft.«

»Und hat es ordentlich krachen lassen«, fügte Frank hinzu. »Der gute Tommi war ein Weiberheld, wie er im Buche stand. Hugh Hefner, ein Dreck dagegen. Was Tommi uns für Geschichten aufgetischt hat. Da bekommst du rote Ohren. Einmal will er es sogar mit Mutter und Tochter gleichzeitig gemacht haben.«

»Na ja, erzählen kann man viel. Wer weiß, wie viel davon tatsächlich stimmte.«

»Ich glaub, ich hab ihn neulich Abend hier auch mit ner Frau gesehen«, warf Schrödinger ein.

»Nicht nur du«, bestätigte Frank. »Der hatte es faustdick hinter den Ohren. Wundert mich echt, dass ihm keiner die Eier abgeschnitten hat. Der Zorn von so nem gehörnten Ehemann kann mächtig sein. Würde einer meine Frau angraben, würde ich dem Hurensohn ordentlich den Hintern versohlen.«

»Was ja vielleicht auch einer gemacht hat.«

Schrödinger runzelte die Stirn. »Ich dachte, Tommi ist ertrunken.«

»So erzählt man sich.« Johann nickte. »Aber wenn jemand deinen Kopf lange genug unter Wasser drückt, ist das kein harmloses Ertrinken, sondern Mord.«

»In so einem Fall müsste es aber Spuren eines Kampfes geben. Niemand lässt so was freiwillig über sich ergehen«, widersprach Schrödinger. Fast hätte er noch hinzugefügt, dass er am Tatort keine solche Spuren gesehen hatte, besann sich jedoch rechtzeitig eines Besseren. Es stand ja nicht mal fest, dass der Tote tatsächlich direkt an der Kneippanlage gestorben und nicht erst später dahin geschleift wurde. In der Hinsicht wäre es echt hilfreich gewesen, einen Blick in den Bericht der Spurensicherung zu werfen. Sollte er sich bei Yesim Hepsengenc danach erkundigen? Vermutlich würde ihm die Kommissarin allein für die Frage ordentlich was husten und anschließend zum Kreis der Verdächtigen addieren. Sofern das nicht längst geschehen war. Wer wusste schon, aus welchem Grund sie heute Abend tatsächlich mit ihm essen gehen wollte.

Frank schüttelte den Kopf. »Ich glaube, der Hallodri hat es einfach übertrieben. Wenn du die ganze Zeit am Limit lebst, bezahlst du irgendwann dafür. Immerhin war Tommi keine zwanzig mehr. Wahrscheinlich wollte er bloß kurz die Zehen ins kalte Wasser halten und das war nach den ganzen Exzessen – er hat ja auch gerne mal gesoffen – einfach zu viel für den Kreislauf.« Mit den Worten präsentierte er seine Karten. Ein Straight Flush, dem keiner was entgegensetzen konnte. Noch eine Runde, die Schrödinger grandios versemmelt hatte.

Grmpf!

»Nein! Du alter Hund, du!«, entfuhr es Johann. Er sprach so laut, dass Horst zusammenzuckte. Als Johann es bemerkte, wirkte er etwas verlegen und sprach mit deutlich weniger Dezibel weiter: »Da verwickelst du uns zur Abwechslung in eine Unterhaltung und haust dann so ein Blatt raus. Das ist schon ein fieser Trick.«

Frank grinste: »Wie sagtest du vorhin: Wer hat, der kann.«

Im gleichen Augenblick hämmerte es dumpf an der Zimmertür. Jeder erstarrte in seiner Bewegung.

»Ruhe da drinnen! Reißen Sie sich gefälligst zusammen, Schrödinger!«, zischte die Nachtschwester von der anderen Seite der Tür. »Es herrscht Nachtruhe. Noch ein Mucks, und ich hol mir die nächste Stuhlprobe direkt aus Ihrem Hintern!«

Die Drohung verfehlte ihre Wirkung nicht. Auf einen Schlag war er wieder nüchtern. »Ja. Natürlich. Entschuldigung. Kommt nicht wieder vor.«

Die anderen schienen ihren Schreck hingegen ziemlich schnell verdaut zu haben. Noch während er sprach, begannen sie zu feixen. Mit Kommentaren hielten sie sich aber wohlweislich noch einige Zeit zurück.

»Mit dem Feldwebel ist nicht zu spaßen«, sagte Johann schließlich im Flüsterton. »Wenn der in den Krieg zieht, macht er – oder sie – keine Verwundeten.«

»Wollt ihr den totalen Krieg?«, zitierte Frank übermütig. Er fand das alles ungemein witzig.

Schrödinger hingegen konnte darüber überhaupt nicht lachen. »Bedeutet das, wir hören mit unserer Pokerpartie auf oder unterhalten uns bloß noch per Handzeichen?«

»Sowohl als auch«, antwortete Frank mit verschmitztem Lächeln. Dann erzählte er ihnen von einer verrückten Idee, die nicht ganz ungefährlich war, ihnen aber eine Menge Spaß bereiten könnte. Jeder von ihnen war sofort ganz Ohr.

Im Grunde genommen war die Umsetzung ziemlich simpel. Zuerst nahmen sie hinter der verschlossenen Badezimmertür Horsts Kläffen mit Franks und Johanns Mobiltelefonen auf, dann spielten die Handybesitzer das Bellen an mehreren Stellen des Stockwerks ab. Die Nachtschwester würde natürlich wie von der Tarantel gestochen auf den Lärm zu rennen, jedoch weit und breit niemanden entdecken. Zwei, drei Mal würde sie den Spaß sicher mitmachen. Wenn sie die Nase voll hatte, würde sie völlig entnervt an Schrödingers Zimmertür pochen und dort das längst tief und fest schlummernde Herrchen und seinen braven Boxerhund vorfinden. Mit etwas Glück würde das der guten Ingeborg das letzte bisschen Verstand rauben. Glaubte man Johann, war in der Hinsicht sowieso nicht mehr viel zu verlieren.

Sie beschlossen, mit der Umsetzung des Plans noch zu warten, bis im ganzen Haus Ruhe eingekehrt war. Die Zeit bis dahin verbrachten sie mit dem Leeren ihrer Bierflaschen und einer tatsächlich komplett stumm gespielten Partie Poker – die Schrödinger zu seiner Überraschung sogar gewann. Er hegte allerdings den Verdacht, dass sich seine Freunde absichtlich zurückgehalten hatten.

Pünktlich fünf Minuten vor eins startete die Operation *Ghost Dog*. Mit einem Lächeln von einem Ohr zum anderen verabschiedeten Hund und Herrchen ihre Gäste und machten sich bettfertig. Bald darauf lagen sie in der Koje und lauschten gespannt in die Stille der Waffelburg. Einmal war Schrödinger, als hörte er in einiger Entfernung ein Bellen, war sich aber nicht sicher, ob die Laute nicht von irgendwo außerhalb des Klinikgeländes stammten. Wenig später bellte es abermals, diesmal näher. Irgendjemand stöhnte wütend auf und stapfte mit schweren Schritten über den Flur. Schrödinger hielt sich die Bettdecke vor den Mund, um nicht lauthals loszulachen. Selbst Horst am Fußende gab ein wohliges Brummen von sich.

Jemand anderes auf dem Flur hingegen schien sich mittlerweile auf hundertachtzig zu befinden. Mit stampfenden Schritten, als wäre draußen ein ausgehungertes Nilpferd unterwegs, kam jemand auf sein Zimmer zugelaufen. Gleich würde es losgehen.

Schrödinger vergewisserte sich, dass der Boxer auf seiner Schlummerdecke lag und drehte sich so halb auf den Bauch, wie er gerne mal abends einschlief. Keine Sekunde zu früh. Es gab kein Anklopfen oder Rufen. Kaum hatte er die Augen geschlossen, flog die Zimmertür auf und prallte mit einem lauten Scheppern gegen die Wand. Die schweren Schritte stapften direkt auf sie zu. Begleitet wurden sie von einem atemlosen Keuchen und dem Schnauben eines feuerspeienden Drachen.

»Schrödinger, Sie Mistratte! Hab ich Sie endlich! Sie und Ihr verdammter Köter! Tun Sie nicht so, als würden Sie schlafen! Ich hab Sie genau gehört.«

Als er nicht gleich reagierte, rüttelte jemand grob an seiner Schulter.

»Wie? Was? Wie spät ist es?« Er blinzelte theatralisch und rieb sich die Augen. »Schwester Ingeborg. Was tun Sie hier? Sie kommen jetzt aber nicht zum Kuscheln, oder?«

Die Frau stieß ihm ihren sauren Atem ins Gesicht. Offenbar hatte es Wurst und Zwiebeln zum Abendessen gegeben. »Das soll wohl witzig sein? Hören Sie auf damit und erzählen Sie keinen Scheiß. Ich weiß, dass Sie das waren!«

»Dass ich was war?«

»Das wissen Sie genau. Man hat mich vor Ihnen gewarnt.«

»Vor mir gewarnt? Wovon reden Sie überhaupt?«

»Von dem verfluchten Bellen draußen auf dem Flur! Wovon denn sonst?«

»Was denn für ein Bellen? Ich höre nichts.«

»Jetzt natürlich nicht. Jetzt sind Sie und der Köter ja hier.«

»Hä? Träume ich noch? Oder Sie?«

Die Nachtschwester knurrte so wütend, dass sie damit sogar Horst in seinen Hochzeiten Konkurrenz machte. So hatte der Boxer nicht mal geklungen, als ihm ein Nachbarsjunge einen Ring Jagdwurst stibitzen wollte.

»Jetzt hören Sie mir mal aufmerksam zu: Ich weiß nicht, was der Scheiß soll. Aber seien Sie sich einer Sache sicher: Ich mag diese Art von Humor nicht. Noch mal so was und ich melde das der Klinikleitung.«

»Aber ich habe doch überhaupt nichts gemacht! Ich bin die ganze Zeit über hier, in meinem Bett. Und Horst schläft dort vorne. Da, schauen Sie.«

Ingeborg schaute tatsächlich. Erst zu Horst, der sie mit den allertreuesten Hundeaugen ansah, die kein Wässerchen zu trüben vermochten. Dann zu Schrödinger. Man konnte förmlich dabei zusehen, wie die Verwirrung der Nachtschwester dabei wuchs und wuchs. Mit einem Mal war sie sich ihrer Sache überhaupt nicht mehr sicher. Ihr Kartenhaus aus Wut und Behauptungen zitterte massiv.

In dem Moment passierte das, was das Kartenhaus vollständig zum Einstürzen brachte: Draußen auf dem Flur ertönte das Bellen erneut. Nicht in der Nähe, aber dennoch unmissverständlich und deutlich hörbar. Die Augen der Schwester weiteten sich. Ihre Pupillen pulsierten. Dampf stieg ihr aus der Nase. Sie grollte wie aufziehender Donner, machte auf dem Absatz kehrt und stürmte wortlos aus dem Zimmer hinaus. Die Tür zog sie mit einem Krachen hinter sich zu.

Vierter Tag

Horst

Schrödinger stöhnt und reibt sich müde die Schläfen. Sein Gesicht ist das eines Faltenhundes kurz vor der Rente. Vermutlich fühlt er sich auch genauso. Ein begeisterter Frühaufsteher ist er ja noch nie gewesen. In der Regel braucht er seine sieben bis acht Stunden Schlaf, um zu hundert Prozent zu funktionieren. Gesteht er aber weder sich noch anderen gegenüber ein. Dass er gestern Nacht bis in die Puppen wach geblieben ist, rächt sich jetzt natürlich. Zugegeben, auch ich armer Boxer hatte schon bessere Morgen, aber im Vergleich zu Herrchen bin ich das blühende Leben. Der kriegt nicht mal mit, dass ihn und mich einige Leute auf dem Stockwerk schief von der Seite angucken. So als hätte wir sie um ihre Nachtruhe gebracht. Wegen des kleinen Scherzes mit der Nachtschwester. Also wirklich!

Während ich draußen in den Büschen vom Park mein Geschäft erledige, schielt Schrödinger ständig zu dem komischen Wasserbecken, an dem wir gestern die Leiche gefunden haben. So ist es keine Überraschung, dass wir nach getaner Arbeit dort vorbeischauen. Das heißt, zumindest soweit es die rot-weißen Absperrbänder der Polizei zulassen. Einige Momente lang studiert er den dahinterliegenden Platz und zieht mich dann müde mit sich.

»Keine Kampfspuren«, murmelt er. Als wenn mir das irgendwas sagen würde. In der Hinsicht sind die Menschen eh seltsam. Immerzu werfen sie irgendwelche zusammenhangslosen Kommentare in den Raum, manchmal sogar bloß Einwortsätze wie »Sitz!« oder »Platz!« Wenn ich gute Laune habe, komme ich solchen Aufforderungen nach. Meist habe ich aber Besseres vor. Bin ja schließlich kein Roboter.

Am Waldrand treffen wir auf eine Reihe von Joggern. Noch so eine komische Angewohnheit – der Herrchen Gott sei Dank nicht frönt. Zu viel Bewegung ist sowieso ungesund. Vorneweg läuft eine für Menschenverhältnisse durchaus wohlproportionierte Frau mit braunen Haaren, die ihn grüßt und ihm ein »Bis gleich« zuruft. Wie eine Drohung sieht das nicht aus, wenn ich Herrchens Lächeln richtig deute.

Bevor es für mich zu Frau Haferkant und Pfleger Michael geht, darf ich mir erst mal ein ausgiebiges Mahl gönnen. Ist aber auch bitter nötig, bevor mich der langhaarige Leuteschinder wieder durch die Mangel dreht. Dieses ständige Rollen und Klettern ist ja eigentlich überhaupt nichts für mich armen Boxer, doch nach meiner Meinung fragt ja keiner. Mal schauen, ob ich mich dafür bei Gelegenheit nicht mal gebührend revanchieren kann.

Schrödinger

Der Spaziergang durch den Park hatte gutgetan und die restliche Müdigkeit aus seinem Körper getrieben. Auf die nächste Stunde Hockergymnastik hätte er gleichwohl verzichten können. Seiner latent pochenden Bandscheibe waren die Übungen sicherlich nicht besonders zuträglich. Zum Glück stand nachher ein Termin bei Massagist Detlev auf dem Plan. Der könnte dann das richten, was nach den Übungen sicherlich noch mehr schmerzen würde.

Beim Betreten des Übungsraums wanderte sein Blick vom leeren Platz der Lehrerin zu dem von Frank. Sein Kumpel war zwar anwesend, sah jedoch genauso zerknirscht aus, wie Schrödinger sich nach dem Aufstehen gefühlt hatte. Die Miene seines Freundes hellte sich merklich auf, als er ihn auf sich zukommen sah.

»Es war eine kurze Nacht, aber sie war es wert«, versicherte er im Flüsterton, damit die Nachbarn nicht alles mithörten. Möglicherweise waren ja auch jemand von der dritten Etage darunter.

Nachdem Schrödinger sich gesetzt hatte, berichtete Frank brühwarm, wie Johann und er beim dritten Bell-Streich um ein Haar von der Schwester erwischt worden wären. »Es war echt verflucht knapp. Wäre sie nur einen Moment früher um die Kurve gebogen, dann hätte sie uns bestimmt gesehen. Zum Schluss hatte die einen Affenzahn drauf. Ging ab wie Schmidts Katze.«

»Davor hatte sie mir einen verbalen Einlauf verpasst. Der war auch nicht von schlechten Eltern.«

»Papperlapapp. Zerbrich dir darüber nicht den Kopf. Solange sie dir – oder uns – nichts beweisen kann, ist alles in Butter. Die Ingeborg muss man nur zu nehmen wissen. Das ist wie bei einem Stier: Manchmal macht es einfach Spaß, ihn zu reizen und an den Hörnern zu packen. Du musst nur wissen, wann du besser damit aufhörst.«

»Du gibst wirklich seltsame Lebensweisheiten von dir.«

»Seltene, meinst du. Ich bin ein wandelndes Expertenlexikon.« Er schaute auf seine Armbanduhr. »Apropos reizen: Wo bleibt denn heute unsere Tittenmaus? Es ist schon fast fünf nach. Sonst ist sie immer pünktlich. Nicht, dass sie heute fehlt.«

»Da brauchst du dir keine großen Hoffnungen zu machen. Ich hab sie vorhin gesehen. Die kommt sicher gleich.«

Das wandelnde Expertenlexikon verzog die Miene, aber Schrödinger schätzte, dass seine Enttäuschung nicht besonders lange anhalten würde. Dafür dürfte seine Vorfreude auf ein paar tiefe Einblicke viel zu groß sein.

»Habe ich gerade Tittenmaus gehört?«, fragte der Sitznachbar zu ihrer Linken. Es war ein blonder Hüne mit gelockten Haaren und schmierigem Grinsen.

»Ja, warum?«, wollte Frank wissen.

»Meint ihr damit das Ärzte-Lied oder eine gewisse Professionelle aus München?«

»Eigentlich weder noch, aber du machst mich neugierig. Was denn für eine Professionelle aus München?«

Blondi beugte sich zu ihm herüber. »Na, diese eine Tussi, die im Speisesaal so gerne die Hüllen fallen lässt. Wie man hört, macht sie das nicht nur gerne, sondern auch beruflich.«

»Die ist Stripperin?« Sofort sah Schrödinger vor seinem geistigen Auge, wie sich Regina gestern Abend die Kleider vom Oberkörper gerissen hatte. Eine gewisse Routine oder Erotik war dabei nicht so richtig erkennbar gewesen, aber die für einen solchen Job notwendige fehlende Scham besaß sie zweifelsohne.

»Das und vielleicht noch einiges mehr. Deshalb wollte

ich ja wissen, ob es um sie ging. Kann ja sein, dass ihr mehr über sie wisst. Was sie verlangt, und so.«

Frank setzte sein übliches Grinsen auf, behielt die sicherlich schmutzigen Gedanken jedoch für sich. Einen Moment später tauchte die ursprünglich erwähnte Tittenmaus auf und das Thema war vom Tisch. Sie trug denselben blauen Trainingsanzug wie heute Morgen beim Joggen und wirkte etwas gehetzt.

»Entschuldigt bitte. Ein Kollege hat mich aufgehalten«, erklärte sie und klatschte im nächsten Atemzug auffordernd in die Hände. Es war wie das Schlüsselumdrehen in einem Sportwagen, bevor man das Gaspedal durchtrat. Genau das tat sie nämlich.

Schrödinger ahnte, was ihnen bevorstand, und stöhnte schon mal prophylaktisch. Er behielt Recht. In der nächsten Stunde saßen sie, standen sie, hockten sie. Mit Stab, ohne Stab. Zum Schluss sogar mit einem Gummiband. Bei allem legte sich die Lehrerin heftig ins Zeug und erwartete das auch von sämtlichen Kursteilnehmern, um so die verlorene Zeit wieder aufzuholen. Schrödinger fühlte sich wie bei einem Drill Sergeant. Selbst die Anfeuerungskommentare waren ähnlich. Eine schmerzende Bandscheibe war da kein Argument, sondern laut ihr bloß eine faule Ausrede, um sich vor der körperlichen Ertüchtigung zu drücken.

Als die Sportstunde vorüber war, sank er kraftlos auf den Hocker zurück. Am liebsten wollte er für immer hier sitzen bleiben. Jede einzelne Bewegung verursachte Stromschläge. Nicht bloß im Rücken, sondern ebenso in den untrainierten Beinen und Armen. Sogar der Nacken und die Schultern taten weh.

Irgendwie – er wusste selbst nicht genau wie – schaffte er es, aufzustehen und sich bis zum Behandlungsbereich zu schleppen, wo ihn Physiotherapeut Detlev erwartete. Der solariumgebräunte Endzwanziger schob ihn mitfühlend zur Massageliege und half ihm beim Ausstrecken. Schrödinger kam sich vor wie ein alter Opa kurz vor der Beisetzung.

Mit den Worten »Einen Moment noch« kippte Detlev flink die Fenster an und kümmerte sich um die musikalische Untermalung der Rückenbehandlung. Nur Sekunden darauf wurde unter mächtigen Elektronikbässen gefragt, wie viel der Fisch kostete. Egal. Schrödinger plagten andere Sorgen. Der Therapeut musste mit seinen Fingern bloß in die Nähe seiner Bandscheibe kommen, und schon zuckte Schrödinger schmerzgepeinigt zusammen.

»Hier ist aber jemand verspannt«, tadelte Detlev mit weicher Stimme. »Mach dich locker. Ich beiße nicht.«

»Würde ich ja gerne. Aber ich war gerade bei der Hockergymnastik und fühle mich mehr tot als lebendig.«

»Ja, ja, die werte Kollegin. Was sie im Aussehen zu viel hat, hat sie im Mitgefühl zu wenig. Diese Frau ist echt erbarmungslos.«

»Das unterschreib ich auf Anhieb. Tolle Mitarbeiter habt ihr hier.«

Detlev seufzte theatralisch. »Hach ja. Spielst du damit auf einen gewissen suspendierten Trainer an?«

Eigentlich hatte er zwar die Nachtschwester gemeint, nickte aber trotzdem. Während aus den Boxen Technobeats wummerten und Detlev knetete, zerrte und ruckelte, ließen die Schmerzen allmählich nach, und Schrödinger glitt in einen Zustand, der dem kurz vor dem Einschlafen glich.

Sein Behandler erzählte ihm dabei eine Gute-Nacht-Geschichte, die es in sich hatte. Die Hauptfigur hieß Patrick und war bis vor Kurzem Detlevs Kollege gewesen.

»Aber nahe standen wir uns nie«, schnurrte der Masseur. Schrödinger entging die Doppeldeutigkeit nicht. Er musste grinsen, als er durch das Guckloch in der Massageliege einen Blick auf die nackten, in Sandalen steckenden Füße des Gesundarbeiters warf. Heute zierte ein blasses Lila die Zehennägel. Er schloss die Augen und lauschte der sonoren Stimme.

Patrick habe in den letzten Arbeitswochen in der Waffelburg immer und immer wieder gelbe Zettel abgegeben.

»Die Krankmeldungen lagen am Morgen im Hauptbriefkasten«, wusste Detlev zu berichten. »Also hat er die eingeworfen.«

»Oder jemand anderer?«, gab Schrödinger zu bedenken.

»Möglich, aber glaube ich nicht. Der kannte kaum Leute in Bad Mergentheim. War ja noch nicht lange hier. Und ganz ehrlich, wenn einer krank ist, dann kann der nicht aus dem Haus. Sollte er jedenfalls nicht.«

Detlev veränderte die Position und ließ die Hände über Schrödingers Steißbein kreisen.

Merkwürdig an den Krankmeldungen sei gewesen, dass die erste von Dr. Orhan ausgestellt wurde. Für eine Woche. Dann trudelten in gewisser Regelmäßigkeit gelbe Zettel von Internisten, Orthopäden, Zahnärzten und weiteren Fachrichtungen ein.

»Nur beim Gynäkologen war er nicht«, kicherte Detlev.

Schrödinger hatte indes nichts zu lachen. In dem Moment traf der Masseur nämlich exakt den Nerv oder Wirbel oder die Muskeln, die ihn peinigten. Alles in ihm verkrampfte sich, und er gab ein unwilliges Grunzen von sich, das auch von Horst hätte stammen können. Detlev blieb davon völlig unberührt und quatschte weiter. Darüber, dass sich Patienten über Patrick beschwert hätten.

»Nicht fachlich, da ist der super. Aber menschlich ist der Kerl dann doch eher einer Flachpfeife.« Was sich auch auf das Verhältnis mit den Kollegen ausgewirkt habe. Mal einen Kaffee in der Pause gemeinsam trinken? Nach Feierabend einen Absacker nehmen? Nicht mit Patrick. Der sei eher der Typ Einzelgänger gewesen. »Der Einzige, mit dem er gelegentlich abhing, war Dr. Orhan. Aber auch das war nicht besonders innig. Ich glaube, mit Menschen hat es Patrick einfach nicht so. Doch wehe, einer sagte was gegen die Natur.«

Zum Abschluss der Behandlung rotierte Detlev mit den flachen Händen über seinen Rücken. Dann klatschte der Masseur in die Hände. Seine Art, die kostbaren zwanzig Minuten Wohlbefinden zu beenden.

»Und was steht als Nächstes in deinem Mutterpass?«, erkundigte sich der Masseur, während er zum Waschbecken ging, um sich das Öl von den Händen zu waschen. Schrödinger rappelte sich mühsam auf und staunte, wie – verhältnismäßig – gut seine Wirbelsäule sich verhielt.

»Psychotherapie«, sagte er. »Doktor Hahn.«

»Wie nett!« Detlev grinste. »Dann können wir ja gemeinsam nach oben gehen. Ich muss auch zu ihm.«

Das Zwinkern bemerkte Schrödinger nur am Rande, er steckte mitten in seinem verkrumpelten Pullover. Erst nach dem zweiten Anlauf gelang es ihm, den hellgrauen Sweater mit der nichtssagenden und verwaschenen Aufschrift über den Kopf zu ziehen. Dunkel erinnerte er sich an den Kauf des Pullovers kurz nach der Trennung von seiner Exfrau.

Was er dann wieder sah, war der betrübte Blick des Masseurs, als er sich über den Ausdruck mit den Patiententerminen beugte. Detlev griff zu einem Bleistift, zögerte und strich dann doch den Namen durch. Über seine Schulter sah Schrödinger die Buchstaben. Thomas Schischkalov. Er schluckte trocken. Als Detlev sich ihm zuwandte, waren seine Augen glasig.

»Ganz, ganz schlimm ist das.«

Detlev ließ die Schultern hängen. Schrödinger war versucht, den Mann in den Arm zu nehmen, ließ es aber beim Anblick der lackierten Fußnägel doch lieber bleiben.

»Wie lange war dieser To… Thomas schon dein Patient?« Schrödinger konnte sich gerade noch auf die Zunge beißen, um nicht »dieser Tote« zu sagen.

»Seit gut drei Wochen. Vertebra cervicalis sieben.«

Was klang wie ein Fluch, war wohl eine Bezeichnung für den Toten gewesen. Detlev zeigte auf Schrödingers fragenden Blick hin auf die Schautafel eines menschlichen Skeletts an der Wand. »Siebter Halswirbel. Macht verdammte Probleme mit Kribbeln in den Armen und so. Da kann auch eine gute Physio nicht immer helfen.«

»Hatte er mal einen Unfall?« Schrödinger ging neben Detlev durch die Lobby. Der steuerte wie von der Klinikleitung angewiesen das Treppenhaus an.

»Keine Ahnung, ich glaube nicht.« Detlev erklomm die Stufen mit federleichten Schritten. Schrödinger fiel immer mehr zurück und hatte bis zum vierten Stockwerk eine halbe Etage Abstand. Detlev war so nett, oben zu warten, und hielt ihm die Glastür auf, die zum Flur vor Dr. Hahns Sprechzimmer führte. Die beiden Wartestühle waren leer.

»Dauert nicht lange.« Detlev klopfte an. Dann trat er, ohne auf ein »Ja?« zu warten, ein. Die Tür schloss sich, und ein Schlüssel wurde umgedreht.

Schrödinger seufzte und setzte sich. Auf einem Tischchen lagen abgegriffene Prospekte über Bad Mergentheim. Er blätterte lustlos im erstbesten. Er erfuhr, dass er an der sogenannten romantischen Straße kurte. Dass es ein paar Kilometer weiter einen Wildpark mit dem angeblich größten Wolfsrudel Europas und mit vielen Bären gab. Er nahm sich vor, dort mal mit Horst und hoffentlich auch mit Marion hinzugehen. Die Vorschläge für Nordic-Walking-Touren überblätterte er rasch. Eher sprachen ihn die Heilquelle und die Therme an. Ins heiße Wasser würde er den Boxer zwar nicht mitnehmen können, dafür aber Marion. Er schielte auf die Uhr an der Wand. Es lohnte sich nicht, ins Zimmer zu gehen und sie anzurufen. Sein Termin beim Psychologen hatte vor drei Minuten begonnen. Drei Minuten, in denen Detlev ihn davor bewahrte, sich komischen Fragen stellen zu müssen. Er hoffte, dass der Masseur noch ganz lange im Zimmer bleiben würde.

Die Hoffnung zerschlug sich vier Minuten später. Schrödinger hatte sich soeben darüber informiert, dass seine Heimatstadt auf Zeit ein Deutschordensmuseum im alten Schloss beherbergte und dass die Tochter des Dichterfürsten Mörike, dessen Werken er vor langer Zeit in der Schule begegnet war, auf dem hiesigen Friedhof bestattet war.

Noch immer gäbe es Menschen, die zu der jungen Toten pilgerten und sich um die Grabpflege kümmerten. Er wollte eben weiterblättern, als die Tür aufging und Detlev mit einem breiten Grinsen auf den Flur trat. Der Masseur winkte Schrödinger zu. Dieser wunderte sich über die Knitterfalten im weißen Kittel des Mannes. Waren die ihm vorhin nicht aufgefallen? Er erhob sich und trat ein. Zu seinem Erstaunen muckten weder Bandscheibe, noch Hüfte. Der Masseur hatte ganze Arbeit geleistet.

Dr. Hahn saß am Schreibtisch und fuhr sich mit den Händen durch die Haare. Ohne Kamm hatte er keine Chance, die braungrauen Locken ließen sich nicht bändigen. Die Frisur gab dem Psychologen das Aussehen eines verwirrten Wissenschaftlers. Hätte er seinem Patienten die Zunge herausgestreckt, Schrödinger hätte sofort an Albert Einstein gedacht. Er nahm im Stuhl Platz. Der Psychologe räusperte sich und blätterte in Schrödingers Akte.

»So, haben Sie sich beruhigt?«, begann der Nervenarzt das Gespräch.

»Ich war nie nicht ruhig«, konterte Schrödinger und spürte, wie sich grünbittere Gallensäure in seinem Magen bildete. Er atmete tief ein und aus.

Ein.

Aus.

Ein.

»Worüber wollen Sie heute sprechen?« Dr. Hahn taxierte ihn von Kopf bis Fuß.

Aus. Ein.

Ihm wollte nichts einfallen, worüber er mit diesem Mann, der ihm cholerische Züge zugeschrieben hatte, reden wollte. Er wollte mit diesem Menschen ja nicht mal im selben Zimmer sein. Er schwieg also.

»Gut.« Dr. Hahn fuhr sich erneut durch die Haare, auch dieses Mal mit keinem nennenswerten Ergebnis. Dann machte er lange nichts. Schließlich »Hm.«

Schrödinger hm-te zurück.

»Macht Ihnen der Tod des Mitpatienten zu schaffen?«

Schrödinger wunderte sich über das plötzliche Mitgefühl in der Stimme des Psychologen. Es klang nicht ganz aufrichtig. Eher wie eine schon an der Uni eingeübte Stimmlage. Aber er war froh, dass er sich nicht irgendwelche Probleme aus der Nase ziehen musste, und nickte.

»Der Tod ist immer ein Trauma.« Auch das klang wie der Satz aus einem Lehrbuch. Schrödinger senkte den Blick, um sein Grinsen zu verbergen. Dr. Hahn deutete das wohl als ein Stichwort, den wunden Punkt des Patienten gefunden zu haben. Der ließ sich das nur zu gerne gefallen. Und staunte, als der Doktor sich erhob, um den Schreibtisch ging und im zweiten Besucherstuhl ihm gegenüber Platz nahm. Ohne Klemmbrett.

Dr. Hahn stützte die Ellbogen auf die Knie und sah ihn unverwandt an. Als Schrödinger weiter schwieg, sagte der Psychologe: »Ich habe gesehen, dass Sie mit der Polizei am Wasserbecken waren.«

Schrödinger wandte sich um. Tatsächlich. Der Blick aus dem Fenster hier in der vierten Etage ging direkt auf den kleinen Park und das Kneippbecken. Die rot-weißen Bänder flatterten wie eine stumme Erinnerung an den Toten träge im kühlen Wind.

»Hm.« Schrödinger atmete. Ein. Aus. Er dachte an den gestrigen Abend und das Bier mit der Kommissarin. Marion würde der Kiosk sicher auch gefallen. Schrödinger lächelte.

»Finden Sie den Tod angenehm?« Der Psychomann machte sich Notizen.

»Natürlich nicht!«, rief Schrödinger.

»Und was finden Sie am Sterben so faszinierend?« Dr. Hahn sah über Schrödingers Kopf hinweg.

»Gar nix.«

»Werden Sie bei dieser Frage wütend?«

»Nein.« Schrödinger knirschte mit den Zähnen.

»Es ist ganz menschlich, dass man sich mit dem Sterben auseinandersetzt. Besonders ab einem gewissen Alter.« Dr. Hahn nickte bekräftigend.

»Was hat das mit meinem Alter zu tun?« Schrödinger ballte innerlich die Fäuste. Äußerlich versuchte er, ein Pokerface zu wahren. Er hatte keine Lust, sich von diesem Psychoheini irgendeinen Schaden am Hirn aufschwatzen zu lassen. Er hatte auch so schon genügend Probleme. Der anstehende Umzug nach Tuttlingen. Das Zusammenleben mit einer Familie, quasi von null auf hundert. Frau, zwei Kinder, Schwiegermutter.

Und zwischendrin Horst. Die beiden waren ein eingespieltes Duo. Würden sie mit der neuen Situation tatsächlich klarkommen? Je näher der Termin rückte, desto mulmiger wurde ihm. Im Volksmund nannte man das wohl Torschlusspanik. Schrödinger beschloss, bei nächster Gelegenheit noch mal bei Marion durchzuklingeln. Ihre Stimme würde seine Zweifel ganz sicher zuverlässiger beseitigen als

Meister Propper die Schlieren auf den Fliesen. Von netten Worten aus Tuttlingen war er allerdings noch weit entfernt. Der Therapeut fixierte ihn. Vielleicht sah er auch durch ihn hindurch, wer wusste das schon so genau bei Seelenklempnern.

»Sie sind jetzt in einem Alter, in dem Sie, statistisch gesehen, als Mann die meiste Lebenszeit bereits hinter sich haben.«

Sie auch, dachte Schrödinger. Schwieg aber.

»Sie kommen in die Klinik, um gesund zu werden«, sagte der Psychologe.

Nein, ich bin hier, weil ich muss, dachte Schrödinger. Schwieg aber weiterhin.

»Und dann begegnen Sie Gevatter Tod.« Dr. Hahn nickte Richtung Fenster.

»Ich nicht. Der Tote ist dem Sensenmann gegenübergetreten.« Das nun sagte Schrödinger laut. Sein Gegenüber kritzelte etwas auf dem Blatt und machte: »Hm. Hm.«

»Sensenmann.« Der Psychologe betonte jede einzelne Silbe. »Das klingt wie im Märchen. Als ob sie der absoluten Endlichkeit etwas Kindliches gegenüberstellen wollten. Sensenmann. Gevatter Tod.«

Innerlich verdrehte Schrödinger die Augen. Äußerlich blieb er ruhig.

»Von mir aus können Sie auch sagen, dass der Mann ins Gras, oder in dem Fall ins Wasser gebissen hat.«

»Sie werden schon wieder aggressiv.« Dr. Hahn lächelte milde.

»Ich. Bin. Nicht! Aggressiv!«

Die rechte Augenbraue des Psychologen schnellte nach oben. Schrödinger seufzte. Eine, zwei oder vielleicht drei Minuten schwiegen die beiden Männer. Schrödinger dachte an seinen Folgetermin bei Dr. Orhan und ob er diesen auf dessen Fauxpas mit dem Hustenstiller ansprechen sollte.

»Sind Sie hier, weil Sie Frührente beantragen wollen?«, fragte der Therapeut unvermittelt. Schrödinger riss die Augen auf.

»Weil ich WAS will?«

»Die meisten Patienten hier haben, Verzeihung, keine Lust mehr auf ihren Job und machen einen auf Bandscheibe oder psychische Probleme. Oder eben beides.«

»Äh.« Schrödinger holte Luft. Frührente? Jetzt, wo er eine Familie bekommen würde? Daran hatte er im Traum nicht gedacht. Erstens. Zweitens mochte er seinen Job im Getränkemarkt. Marion hatte bereits ihre schönen Fühler ausgestreckt und sich nach ähnlichen Arbeitgebern für ihn in der Donaustadt umgehört.

»Ich arbeite gerne«, sagte Schrödinger mit Nachdruck.

»Auch das höre ich ständig. Ich habe den Fragebogen ausgewertet.« Endlich kam der Psychologe auf den Punkt. Am Anreisetag hatte der Patient in seinem Postkasten neben den Tagesplänen auch einen sechs Seiten umfassenden Fragebogen bekommen. In so klein gedruckter Schrift, dass Schrödinger an seiner Sehkraft gezweifelt hatte. Auf der ersten Seite hatte er noch brav alles auf einer Skala von eins bis sechs bewertet. Wie gut er schlief, wie es um sein Sexleben stand, wie hoch sein Stresspegel sei. Dann hatte ihn die Geduld verlassen und er hatte willkürlich Kreuzchen gemacht. Hauptsache fertig werden mit dem Kram war seine Devise gewesen.

»Aha«, machte er nur.

»Es gibt einige Punkte, die ich nach der Anamnese mit Ihnen abarbeiten sollte.«

»Abarbeiten. So. Welche Punkte denn?«

»Sie müssen sich hier nicht verstellen. Was im Raum geschieht, bleibt im Raum. Auch ich unterliege der Schweigepflicht.« Das klang ernst. Schrödinger hatte allerdings keine Ahnung, was den Raum nicht verlassen sollte. Er hatte keine großen Geheimnisse, und wenn er welche hätte, würde er sie diesem Typen ganz bestimmt nicht anvertrauen. Ein Bier unter Männern. Das war seine Therapie. Und bislang war er, vom Debakel seiner Scheidung mal abgesehen, ganz gut damit gefahren.

»Ich habe im Sekretariat schon Bescheid gegeben, dass Sie ab der kommenden Woche täglich eine Sitzung bei mir haben.« Dr. Hahn lächelte. Schrödinger nicht. Dieser zweite Termin ging ihm schon gegen den Strich.

»Warum?«

»Weil ich denke, dass wir mit zwei Gesprächsstunden in der Woche nicht weit kommen.« Dr. Hahn blätterte in den Akten. »Ich würde gerne mit Ihnen über das Thema latente Homosexualität sprechen. Außerdem haben Sie anscheinend häufiger Suizidgedanken. Zwar kommt Emetophobie bei Männern äußerst selten vor, doch ist diese gut behandelbar. Als erstes würde ich aber gerne Ihren Waschzwang angehen.«

Einatmen.

Ausatmen.

»Ich bin was? Ich habe was?« Schrödinger war fassungslos. Und hätte sich selbst ohrfeigen können über seine Schludrigkeit beim Ausfüllen des Fragebogens.

»Emetophobie. Sie haben panische Angst davor, sich zu erbrechen.«

»Im Moment in der Tat«, entfuhr es Schrödinger. Bei dem ganzen Müll, den der Seelenklempner verzapfte, hätte er ihm gerne vor die Füße gereihert.

Dr. Hahn zog triumphierend die Augenbrauen nach oben.

Schrödinger stand auf.

»Die Stunde ist noch nicht um.« Der Psychologe wurde etwas lauter.

»Für mich schon. Ich muss hier raus.« Er rannte zur Tür und riss sie auf.

»Klaustrophobie ist nur eine Begleitangst!«, rief der Seelendoktor. Schrödinger knallte die Tür zu und stürmte mit großen Schritten den Gang entlang. Seine Sohlen quietschten auf dem Linoleum.

»Der hat sie doch nicht alle!«, rief er erzürnt und bog um die Ecke.

Etwas Rotes tauchte direkt vor ihm auf. Er konnte nicht mehr bremsen. Prallte dagegen, verlor den Halt und taumelte nach links. Verfing sich im Schnürsenkel, der offen war, und polterte zu Boden.

Das weiche Rote kreischte und warf einen durchsichtigen Plastikbecher in hohem Bogen von sich. Schrödinger stützte sich reflexartig mit der linken Hand ab. Ein stechender Schmerz fuhr ihm ins Handgelenk. Er schrie auf. Der Becher landete neben seiner Hand. Der farblose Inhalt ergoss sich auf den abgetretenen Boden.

»Was ist denn hier los?«, Pfleger Michael kam aus der anderen Richtung. Horst, der sein Herrchen am Boden liegen sah, war nicht mehr zu halten. Er riss sich los, die Leine schleifte hinter dem Boxer über den Boden. Horst gab Gas und wollte Schrödinger trösten. Doch bei der Pfütze angekommen, erstarrte der Hund. Schnupperte mit Abstand an der Flüssigkeit. Und machte einen erschrockenen Satz nach hinten.

Er prallte gegen die Schenkel von Yesim Hepsengenc, die, vom Geschrei aufgeschreckt, das Zimmer des Verstorbenen verlassen hatte, wo sie die Habseligkeiten des Toten durchgesehen hatte.

»Ich soll das trinken!« Regina deutete mit den spitzgefeilten und lila lackierten Fingernägeln auf die Pfütze. »Und dann soll ich mich sofort ins Bett legen und ausruhen!« Sie strich sich theatralisch nicht vorhandenen Schweiß von der Stirn. Schrödinger registrierte winzige rote Pünktchen, die wie Einstichstellen aussahen.

Schrödinger betastete sein Handgelenk. Es knirschte nichts. Tat aber trotzdem höllisch weh.

»Leck es halt auf«, knurrte Schrödinger so leise, dass es nur die Kommissarin, die ihm beim Aufrappeln unter die Arme griff, hören konnte. Einem Impuls folgend zerrte er auf halber Höhe ein Papiertaschentuch aus der Hosentasche und tunkte es in die Flüssigkeit.

»Haben Sie eine Tüte?«, fragte er die Kommissarin. Diese griff in ihr heute gelbes Jackett und reichte ihm eine. Sie sah ihn fragend an, hielt das Plastik aber dennoch so, dass Schrödinger das feuchte Tempotuch hineingeben konnte.

Horst

Schrödinger ist manchmal ein echter Haubentaucher und Nichtschecker, aber manchmal eben auch ein Blitzmerker, wie er im Buche steht. Wie er das mit der komischen Flüssigkeit geschnallt hat, ich bin immer noch völlig baff. Und sogar ein bisschen stolz auf ihn.

Mit meiner sensiblen Hundenase war mir ja gleich von Anfang an klar, dass da was faul im Staate Dänemark war. Um sicherzugehen hatte ich noch mal an der Pfütze geschnüffelt. Danach wusste ich es mit endgültiger Sicherheit: Denselben Geruch wie am Boden habe ich auch an der Leiche am Kneippbecken bemerkt. Wenn ich Herrchen auf solche Details hinweise, schnallt er es in der Regel nicht gleich.

Diesmal aber hat er nicht nur Eins und Eins richtig zusammengezählt, sondern hatte auch noch die gute Idee, ein Taschentuch in die Lache zu tunken und dann der Kommissarin mitzugeben. Die hat ja Leute mit Apparaturen, die so was untersuchen können. Danach dürfte die Auflösung des Falls eigentlich ein Kinderspiel sein. Ich für meinen Teil habe meine Schuldigkeit getan und kann mich jetzt entspannt zurücklehnen.

Buchstäblich meine ich das. Der Sport mit Pfleger Michael und Frau Haferkant ist nämlich jedes Mal ziemlich anstrengend. Als wenn ich oder die alte Frau so was überhaupt bräuchten. Aber gut, gehört nun mal leider dazu. Danach ist ein Mittagschläfchen jedenfalls mehr als überfällig. Zuvor steht allerdings noch was anderes auf dem Plan.

Essen.

Gleich nach unserer Ankunft im Zimmer kümmert sich Schrödinger darum. Gibt mir heute extra viel Futter in meinen Napf. Ich glaube, er ist auf mich ebenfalls mächtig stolz. Hach, Hundsein kann so schön sein. Vor lauter Glückseligkeit übersehe ich auch gerne, dass Herrchen wenig später schon wieder verduftet. Weil er ebenfalls Kohldampf hat. Na ja, soll er sich was zum Beißen holen. Und wenn er dabei was für mich einsteckt, soll mir das umso rechter sein. Ich kümmere mich jetzt erst mal um meinen Napf. Oh, wie verführerisch der mich anlächelt. Ich komme ja schon …

Schrödinger

Zuerst trieb ihn der Hunger vorwärts, dann brachte ihn die Abscheu ins Stocken. Er hatte sich so auf das Mittagessen im Speisesaal gefreut. Doch das war gewesen, bevor er gesehen hatte, was heute auf dem Speiseplan stand: Fisch-Möhren-Dill-Ragout.

Er war ja von jeher kein großer Fischfreund, zwängte sich das Grätentier aber gelegentlich rein, weil es ja angeblich so gesund und voller Eiweiß war. Aber Kabeljaufilet zusammen mit Karotten und noch dazu Dill? Das klang wie ein Garant für einen flotten Otto gepaart mit Würge- und Brechreiz. Um das Vakuum in seinem Bauch zumindest halbwegs zu stillen, entschied er sich für eine kleine Portion und begann bereits auf dem Weg zu seinem Sitzplatz damit, den Fisch, die Kartoffeln und das restliche Gemüse auf verschiedene Stellen des Tellers zu verteilen.

Am Gemeinschaftstisch tauschten seine Tischnachbarn gerade ihre Erinnerungen an den gestrigen Toten aus. Scheinbar gab es momentan kaum ein anderes Gesprächsthema mehr. Susanne erzählte von Tommis plumpen Anmachversuchen bei ihr und wie er sich nach der Abfuhr in Rekordzeit in den Armen einer anderen getröstet hatte. Frank und Johann berichteten noch einmal von ihrer Pokerrunde mit ihm und wie er da immer mit seinen Weibergeschichten geprahlt hatte.

»Was für ein herber Verlust für die Damenwelt«, befand Vera mit stoischer Miene. Der ironische Unterton in ihrer Stimme verriet, dass es wohl trotzdem nicht ganz ernst gemeint war.

»Die eene oder andere is bestimmt traurig«, stimmte Susanne zu. »Wenn er wollte, konnte er een richt'scher Scharrmör sein.«

Vroni nickte. »War er zuletzt nicht mit dieser Christina zusammen? Die ist seinetwegen ziemlich geknickt. Vorhin hat sie eine Pflegerin angepflaumt, weil die irgendwelche Sachen von ihm wegräumen wollte. Dabei hat sie das gestern Nachmittag selbst getan. Ich hab sie gesehen, wie sie nach dem letzten Kurs zu den Müllcontainern gegangen ist und dort ne Jacke wie die vom Tommi reingeworfen hat. Waren vermutlich zu viele schmerzhafte Erinnerungen. Anschließend ist sie weggegangen und hatte Tränen in den Augen. Die Arme.«

Was denn für eine Jacke, wollte Schrödinger fragen, doch bevor er die Gelegenheit hatte, ergriff Johann das Wort: »Ich hab sie heute Morgen gesehen. Da wirkte sie recht gefasst.«

»Alles Fassade«, widersprach Vroni und schob sich eine braune Haarsträhne aus dem Gesicht. »Man will ja schließlich nicht jedem zeigen, dass man leidet wie ein Hund. Aber glaub mir, eine falsche Bemerkung und sie explodiert förmlich oder heult Rotz und Wasser. Ich hab schon überlegt, ob ich nachher nicht zu ihr gehe, um für sie da zu sein. Sie tut mir echt leid.«

»Kümmert sich darum nicht ihre Freundin Regina?«

»Regina?« Susanne lachte auf. »Die is so sensibel wie'n Klappspaten. Mit der kannste vielleicht gut Party machen, aber wenn de een poar ernsthafte Gespräche suchst, biste bei ihr an der falschen Adresse. Da kannste dich och mit Frank unterhalten. Der ist genauso einfühlsam.«

»He, mal langsam, bitte. Das ist aber nicht nett.«

»Und trotzdem die Wahrheit.« Susanne schüttelte den Kopf. »Ist ja och keen Vorwurf. Es kann ja nich jeder so'n Frauenversteher sein.«

»Willst du damit sagen, dass ich euch nicht verstehe? Ha, so schwer ist das nicht! Wie sagte der große Jack Nicholson in einem Film mal auf die Frage, wie er so gut über Frauen schreiben könnte: Er stellte sich einfach einen Mann vor und subtrahiere Verstand und Zurechnungsfähigkeit. So einfach ist das.«

»Du kommst dir wohl besonders witzig vor …« Susanne schnaufte aufgebracht.

»Ich bin vorhin mit ihr auf dem Flur zusammengestoßen«, sagte Schrödinger, um die Situation zu entspannen. Nebenbei stocherte er in seinem Essen herum. Die Kartoffeln hatte er schon verputzt, und auch der Fisch war fast weg. Hunger hatte er immer noch. »Also mit Regina, meine ich. Da wirkte sie recht gefasst. Zumindest in der Hinsicht. Ich glaube, sie nimmt Tommis Tod wirklich nicht so schwer.«

Darauf sprang Susanne sofort an: »Genau das meen'sch doch. Für die zählen einfach andre Dinge.«

»Schnaps zum Beispiel«, warf Frank leise ein, blieb aber unbeachtet.

»Jeder geht mit Trauer auf seine Weise um«, sagte Vroni. »Die einen leiden öffentlich, die anderen still in ihrem Kämmerchen. Wenn bei Regina alles bestens wäre, würde die nicht ständig nen Striptease hinlegen.«

Frank war deutlich anzusehen, dass ihm auch dazu eine Bemerkung auf der Zunge lag, doch er war klug genug, die Klappe zu halten. Niemand wollte im Moment was über Oberweiten und Ärsche wissen.

Einige Sekunden lang herrschte Schweigen, und Schrödinger stocherte weiter auf seinem Teller herum. Er konnte die Möhren hin und her schieben, wie er wollte, darunter kam leider nichts anderes zum Essen mehr zum Vorschein. Als sein Blick sehnsüchtig zu Johanns und Franks halb leeren Tellern wanderte, überlegte er, sich noch einmal für eine zweite Portion anzustellen. Doch erstens war die Schlange vor der Küche gerade besonders lang, und zweitens war das Essen eigentlich nicht gut genug, dass es einen Nachschlag rechtfertigte. Nee, nee, das würde der Küche nur vollkommen falsche Signale senden.

Da lief er auf dem Weg zum Fahrstuhl lieber am Kiosk vorbei. Ein paar Butterbrezeln oder Wurstsemmeln würde es dort sicherlich geben. Notfalls sogar ein paar Cracker oder Kartoffelchips.

Die Idee war gut, scheiterte jedoch an den Öffnungszeiten des kleinen Ladens. Ausgerechnet von 13 bis 14 Uhr war er geschlossen. Verfluchtnocheins!

In seinem Zimmer fand er einige Vollkornkekse, die Marion ihm als Proviant für die Fahrt von Hannover hierher gekauft hatte. Die Verpackung war schon offen und die Kekse inzwischen entsprechend weich. Trotzdem schlang er sie rein, bis ihm der Teig den Gaumen verklebte. Missmutig gab er dem ausgestreckt auf seiner Decke liegenden Horst ein Zeichen und drehte mit ihm eine Runde durch den Klinikpark. Diesmal ohne Zwischenfälle.

Was in dem Fall eher von Nachteil war. Danach stand für Schrödinger nämlich ein neuer Kurs auf dem Plan: Atemyoga. Das Ganze entpuppte sich als genauso spannend, wie es sich anhörte. Alles drehte sich um Entspannungsübungen, bei denen er Mühe hatte, nicht einzuschlafen. Zweimal musste ihn Frank sogar leicht an der Schulter rütteln, um ihm am Wegdösen zu hindern.

Da waren der anschließende Gang zum Kiosk, um eine Cola auszugeben, und ein Abstecher zum Rauchereck beinahe obligatorisch. Selbst als Nichtraucher gehörte Schrödinger dort mittlerweile fast zur Stammbesetzung. Was ja nicht schlecht war, um den neuesten Klatsch und Tratsch aufzuschnappen. Heute ging es um die vielen Regeln und dass das früher mal nicht ganz so streng gehandhabt worden war.

»Vor einigen Jahren ging es hier abends angeblich zu wie in Sodom und Gomorrha«, wusste ein schnauzbärtiger Kahlkopf namens Horst-Dieter zu berichten. »Saufgelage nach Sonnenuntergang, exzessive Zockerei. Drogenmissbrauch. Strip-Poker. Gerüchten zufolge soll es zum wiederholten Male regelrechte Orgien gegeben haben. Gangbang vom Feinsten mit bis zu einem Dutzend Beteiligten. Die Klinikleitung hat dem dann einen Riegel vorgeschoben und diese eisernen Vorschriften eingeführt. Und Schwester Ingeborg ist diejenige, die für die Einhaltung verantwortlich ist. Sie war damals schon da, als es zu den Vorfällen kam. Ob das während ihrer Dienstzeiten passierte, weiß ich nicht, aber sie und einige andere sind haarscharf an einer Kündigung vorbeigeschrammt. Seither versteht sie in der Hinsicht absolut keinen Spaß mehr. Andere ihrer Kollegen hatten weniger Glück und durften ihren Hut nehmen. War keine schöne Zeit damals. Hat die Klinikleitung auch einiges gekostet, das aus der Presse rauszuhalten.«

»Woher weißt du das alles?«, fragte Schrödinger, der sich das mit den Orgien und Alkoholgelagen gleich ziemlich deutlich ausmalte. Ihm war so etwas noch nie passiert. Nicht, dass er scharf darauf wäre, er fragte sich lediglich, wieso er von derartigen Sachen immer nur über zig Ecken erfuhr. Nie gab es jemanden, der direkt involviert war und dessen Einladung er dankend ablehnen konnte.

»Mein Bruder hat früher mal hier gearbeitet«, verriet Horst-Dieter. »Er hatte damals auch mit Ach und Krach seine Stelle behalten. Meinte, dass es danach auch beim Personal nie wieder so war wie früher. Da hat während der Arbeitszeit keiner mehr gelacht. Und wenn doch, ging er dazu in den Keller. Mein Bruder war jedenfalls sehr froh, als er vor zwei Jahren in Ruhestand gehen konnte. Jetzt ist er passionierter Bienenzüchter und versucht, am liebsten gar nicht mehr an die Waffelburg zu denken. Verdenken kann ich's ihm nicht.«

Ich würde am liebsten auch nicht mehr daran denken, lag es Schrödinger auf der Zunge. Bisher hatte er in der Rehaklinik nicht viel Positives erlebt. Dabei dachte er nicht mal speziell an den Todesfall. Eher an manche der obskuren Mitarbeiter. Und noch mehr an die gruseligen Kurse. Wie der, der als Nächstes bei ihm auf dem Plan stand: Eine weitere Stunde Kunsttherapie. Das brauchte er ungefähr genauso dringend wie ein Loch in der Handfläche. Wobei er dort zumindest durchschauen könnte. Bei der Kunsttherapie hingegen kam absolut nichts Sinnvolles heraus. Okay, Schrödingers handwerkliche Fähigkeiten wurden nur noch von seinem Interesse unterboten, dennoch bezweifelte er stark, dass irgendein Schreiner- oder Töpfermeister hier mit Ton oder Speckstein viel bessere Ergebnisse erzielt hätte. Und selbst wenn, wie viele Vasen oder Aschenbecher konnte ein Mensch brauchen? In der Regel hielten solche Sachen ewig. Oder waren für wenige Euro neu zu bekommen.

Wenigstens blieb Frank an seiner Seite und lockerte die Zeit mit einigen Zoten und Grimassen auf. Leider verabschiedete er sich gleich nach Kursende, weil er noch einen anderen Termin hatte. Schrödinger kehrte zu Horst zurück und beschloss, eine weitere Runde durch den Park zu drehen. Was sollte man hier auch sonst machen?

Nach wenigen Metern sah er eine Putzfrau in blauer Kittelschürze einen Wagen mit zwei prall gefüllten Plastiksäcken aus dem Gebäude schieben. Das erinnerte ihn an etwas, und er folgte der Frau mit gebührendem Abstand über den gepflasterten Weg. Horst murrte unerfreut und gab erst Ruhe, nachdem sie einen Zwischenstopp an den Büschen eingelegt hatten. Das baute den Vorsprung der Frau weiter aus. Was nicht gut war, da Schrödinger nicht genau wusste, wo sich der Müllplatz überhaupt befand. Dies war eines der Dinge, auf die er bisher nicht geachtet hatte.

Deshalb war er umso erstaunter, dass sich die Abfallcontainer gerade mal zwanzig Meter Luftlinie von der Raucherecke entfernt befanden. Okay, dazwischen befand sich ein mehrstöckiger Gebäudeflügel, dennoch war er überrascht, wie nah er bereits dran gewesen war, ohne es zu ahnen.

Er wartete hinter der nächsten Hausecke und tat so, als müsste er etwas an Horsts Halsband richten. Nebenbei streichelte er den Boxer, um ihn so wegen der Gassirunde zu vertrösten. »Das machen wir gleich«, versprach er.

Dann hatte die Putzfrau ihre Müllfuhre abgeliefert und schob den jetzt leeren Wagen scheppernd über die Pflastersteine zurück. Hund und Herrchen würdigte sie dabei keines einzigen Blickes, weil sie viel zu sehr mit dem Smartphone aus ihrer Kittelschürze beschäftigt war.

Schrödinger sollte es recht sein. Er zog Horst mit sich zum Müllplatz, wo drei eckige und mehrere runde Metallcontainer standen. Die runden waren weiß, braun und grün und damit sicherlich für Glasflaschen gedacht. Die ließen sie genauso außen vor wie die links an der Hauswand stehenden kleinere Plastikbehältnisse für Papier und Biomüll. Interessant waren die nur wuchtigen Container in der Platzmitte, die so groß und schwer waren, dass man sie selbst im Leerzustand nur mit einem Lastwagen transportieren konnte. Als Schrödinger die Klappe des ersten öffnete, schlug ihm eine derartig aufdringliche Kakophonie an Gerüchen entgegen, dass er angewidert zurücktaumelte. Dass es hier nicht nach Veilchen duften würde, war ihm klar gewesen, doch hier roch es gleichzeitig süßlich, bitter, faulig und nach Fäkalien. Selbst Horst flüchtete sofort so weit, wie es die Hundeleine zuließ.

Mit angehaltenem Atem wagte Schrödinger einen erneuten Anlauf. Im Inneren des Containers erblickte er volle Kaffeefilter, Medikamentenverpackungen, Windeln, Damenbinden, zerbrochene Keramik (vielleicht aus der Kunsttherapie?), Bürsten, alte Bettbezüge und vieles mehr. Erst kürzlich entsorgte Kleidungsstücke waren auf Anhieb jedoch keine zu entdecken.

Das war schlecht. Noch schlechter war, dass am Müllplatz weder Besen noch andere Hilfsmittel mit langem Stiel zur Verfügung standen. Es half nichts; er würde sich in den Container hineinbeugen müssen, um nach der Herrenjacke zu suchen. War er wirklich bereit dazu, das zu tun? War Tommis Jacke wirklich wichtig für die Ermittlungen? Möglicherweise ja, möglicherweise nein. Es gab nur einen Weg, um auf Nummer sicher zu gehen.

Komm schon, es muss ein, versuchte er sich selbst zu ermuntern. Es klappte eher schlecht als recht. Nur die Gedanken, sich nachher eine ausgiebige Dusche zu gönnen und dass es hier eventuell um einen wichtigen Hinweis zur Aufklärung des Falles ging, stimmten ihn schließlich um.

Mit abermals angehaltenem Atem kletterte er zur Containeröffnung. Mit dem Bauch stützte er sich an der Verschlusskante ab und beugte sich hinein. O Gott, war das eklig. Er hatte das Gefühl, dass sich der Gestank mit jeder

Sekunde unwiderruflich mehr in seiner Haut und seinen Haaren festsetzte. Seine Klamotten würde er später wahrscheinlich verbrennen müssen. Er kämpfte gegen Übelkeit und Erbrechen. Am liebsten wäre er sofort wieder hinabgesprungen.

Doch er hielt tapfer durch und begann mit Hilfe eines angebrochenen Küchentabletts, den Unrat umherzuschieben. Alte Konservendosen, eine löchrige Socke mit Bayern-München-Emblem, halbleere Wurstverpackungen, Essensreste mit weißgrünen Schimmelaugen, eine zerknickte Pralinenschachtel – hier gab es alles. Nur keine Jacke.

»Ich hätte es wissen müssen«, brüllte in diesem Moment eine Stimme hinter ihm. Schrödinger erschrak dermaßen, dass er den Kopf nach oben riss und gegen die Abdeckung knallte. Es polterte dumpf und sein Schädel dröhnte. Verdammt, tat das weh!

Mit Sternen vor den Augen schob er sich aus dem Container heraus und sprang zum Boden zurück. Unten erwartete ihn die hier unpassendste Person überhaupt: der Hausmeister. Und sein Blick war alles andere als erfreut. Die Augen hatte er zu Schlitzen verengt, gleichzeitig fletschte er die Zähne und fuchtelte mit dem Zeigefinger angriffslustig durch die Luft.

»Ihnen ist auch nichts zu peinlich!«, spie der Mann ihm nach einigen Sekunden entgegen.

»Ich hab … also … wollte nur …«

Der Hausmeister schüttelte den Kopf. »Ist mir egal. Ich will gar nicht wissen, was Sie hier vorhatten oder schon getan haben. Geht mich nichts an und müssen Sie mit Ihrem Gewissen vereinbaren. Wenn Ihnen solche Dinge Freude bereiten, dann ist das eben so. Mir müssen Sie da nichts erklären. Nur so viel: Ich bin nicht im Mindesten überrascht. Das ist alles so typisch für Sie. Und nun sehen Sie zu, dass Sie Leine ziehen, bevor ich offiziell Beschwerde gegen Sie einreiche.«

Schrödinger hatte das Gefühl, mit jedem Wort weiter zu schrumpfen. Wieso nur hatte er immer dieses Pech? Er warf einen verärgerten Blick zu Horst, der ihn eigentlich hätte warnen müssen, dass jemand kam. Doch der treulose Patron wirkte, als könnte ihn kein Wässerchen trüben.

Mit gesenktem Haupt zog Schrödinger an der Hundeleine und ging los.

»Eins noch«, rief der Hausmeister ihm hinterher und wartete, bis er sich zu ihm umgedreht hatte. »Lassen Sie sich hier nicht mehr blicken. Das ist ab sofort Sperrgebiet. Es wird ohne Vorwarnung geschossen.«

Schrödinger nickte stumm und zog von dannen. Fast genauso schlimm wie der peinliche Moment war der Gestank, der ihn umgab. Schrödinger konnte sich selbst nicht riechen. Und das alles für absolut nichts. Das wurmte ihn am allermeisten.

Unter der Dusche drehte er den Temperaturregler bis fast auf Anschlag, um so den Schmutz und Mief buchstäblich herunterzubrennen. Obwohl es wehtat, blieb er unter dem hinabprasselnden Wasser stehen, bis seine Haut krebsrot war und kurz davorstand, Blasen zu werfen. Das Anziehen gestaltete sich entsprechend schmerzhaft, doch das nahm er gerne in Kauf, um sich wieder rein zu fühlen.

Da bis zum Abendessen noch eine reichliche halbe

Stunde Zeit war, beschloss er, das nachzuholen, was er vorhin einem gewissen Boxer versprochen hatte. Um das Rauchereck und alle dahinter befindlichen Bereiche machte er bewusst einen großen Bogen und entschied sich absichtlich für den Ausgang durch das Foyer.

In dem gefliesten Vorraum allerdings traf er nicht nur auf Frau Haferkant in ihrem Rollstuhl, am Tresen sah er auch Dr. Orhan stehen und sich mit der Rezeptionsdame unterhalten. Beide nickten ihm grüßend zu, unterbrachen ihr Gespräch aber für keine Sekunde. Es ging um irgendwelche Formblätter, die der Arzt angeblich schon vor Urzeiten bestellt hatte, die aber nach wie vor nicht eingetroffen waren.

Schrödinger fand das Thema wenig interessant und wandte sich lieber der alten Frau zu, die mit ihrem Rollstuhl links neben der hinteren Sitzgruppe stand. Von Pfleger Michael war weit und breit keine Spur.

»Hallo, Frau Haferkant«, grüßte Schrödinger.

Worauf die bestimmt Siebzigjährige nicht mal mit einem Augenaufschlag reagierte. Als Horst allerdings seinen Kopf auf ihren Schoß legte, begann sie lächelnd dessen Fell zu streicheln. Wirklich erstaunlich.

Schrödinger ging vor ihr in die Hocke und schaute ihr direkt in die Augen. Es war, als würde er eine Puppe anschauen. Da war absolut kein Anzeichen von Wiedererkennen oder sonst einer Reaktion in ihrem Blick. Wie das sein konnte und mit Horsts Rückenkraulen zusammenpasste, verstand er nicht. Er hätte Dr. Orhan danach fragen können, aber was medizinische Belange betraf, war er bei diesem Arzt äußerst vorsichtig geworden. Beim Verschreiben der richtigen Medikamente besaß er jedenfalls kein gutes Händchen. Wer wusste schon, ob er im Erstellen von Diagnosen besser war.

Schrödinger richtete sich auf und wollte gerade Horst das Zeichen zum Aufbruch geben, als ein lautstarker Aufschrei die Stille zerriss. Er stammte zweifellos von einer Frau, und er schien von draußen zu kommen. Schrödinger wirbelte herum. Orhan und er sahen sich erschrocken an. Dann stürmten beide durch den Haupteingang hinaus. Der Boxer und die Rezeptionsdame folgten direkt dahinter.

Horst

Menno. Unten in der Eingangshalle hatte Frau Haferkant gerade meinen Wohlfühlpunkt an der Ohrmuschel gefunden. Stundenlang hätte ich so dastehen können, den Kopf auf ihrem Schoß, ihre Finger an meinem Hörorgan. Aber nein. Hier kommt man ja nie zur Ruhe.

Reha. Von wegen. Wenn Schrödinger und ich aus der Waffelburg rauskommen, sind wir reif für eine ausgiebige Kur. Was wohl nichts wird, denn dann ziehen wir um. Zu Marion. Mit der telefoniert Herrchen gerade in unserem Zimmer. Er sitzt dabei mit dem Rücken gegen die Wand auf dem Bett. Die Beine lang. Kein Platz für mich.

Dann eben ab ins Körbchen. Da liegt eine alte Socke von Schrödinger drin. So was brauche ich manchmal zum Kuscheln. Nur Herrchens Socken haben den perfekten Kuschelmief. Ich parke mein Kinn auf dem verwaschenen Strumpf. Den zweiten konnte ich nicht mopsen, den hat Schrödinger im Bad liegen lassen und die Tür ist zu. Nun ja, man nimmt, was man kriegen kann. Vielleicht kann ich mir später das Sportshirt von der Stuhllehne ziehen. Mit dem schmuse ich ganz gerne.

Schrödinger quatscht und quatscht und quatscht. Erzählt jedes Detail wieder und wieder.

Langweilig für mich.

Ich war ja schließlich dabei.

Käsefußgeruch.

Ich muss gähnen.

Und außerdem bin ich beleidigt. Ich habe um ein Fellhaar ein Leberwurstbrötchen verpasst.

Habe fertig für heute.

Gute Nacht erst mal.

Schrödinger

»Der schäumt ja!« Frank wich entsetzt einen Schritt zurück. Johann lag auf dem Boden, die Augen grotesk zum Himmel gedreht. Der Mann schnappte nach Luft, griff mit den wild rudernden Armen ins Leere. Einen halben Meter neben ihm lag eine angebissene Semmel. Schrödinger folgte einem Impuls und trat das Leberwurstbrötchen in hohem Bogen ins Gebüsch. Horst hatte schon Witterung aufgenommen und wollte das Vesper fressen. Der Boxer setzte sich mit einem beleidigten Gesichtsausdruck auf den Hintern und sah pikiert dem Flug des Leckerlis zu.

Für seinen Hund hatte Schrödinger in diesem Moment keinen Kopf. Er ging neben Johann in die Knie. Der sah ihn mit verdrehten Augen an und japste nach Luft.

»Alles gut«, sagte Schrödinger, obwohl er sah, dass gar nichts gut war. Er nahm Johanns Kopf zwischen beide Hände und hoffte, dass er den Mann damit ein wenig beruhigen konnte.

Johanns Atem kam pfeifend aus den Lungen. Seine Augen wurden weiter und weiter.

»Arzt! Hol mal jemand einen Arzt!« Schrödingers Stimme überschlug sich. Eine Sekunde lang verfluchte er Dr. Orhan. Als sie aus dem Haus gelaufen waren, war der Doc zusammen mit der Rezeptionsdame nach links und Schrödinger nach rechts gerannt, weil sie nicht genau wussten, woher der Schrei gekommen war. Schrödinger war es gewesen, der sich für die richtige Seite entschieden hatte. Oder eben für genau die falsche. Ansichtssache.

Von den Umstehenden machte keiner Anstalten, sich zu bewegen. Alle starrten wie gelähmt auf den am Boden liegenden Johann, dessen Arme nun zu krampfen begannen. Schäumender Speichel trat aus dessen weit aufgerissenem Mund. Der Atem rasselte. Es schien, als würde Johanns Lunge blubbern. Die Lippen wechselten im Bruchteil einer Sekunde von einer rosigen auf eine blassblaue Farbe.

»Jetzt bewegt euch doch, verdammt!«, brüllte Schrödinger und kramte in seinem Gedächtnis nach dem vor Urzeiten im Erste-Hilfe-Kurs für den Führerschein Gelernten. Wie war das noch mal mit der stabilen Seitenlage?

»Scheißegal!« Er wuchtete den Krampfenden auf die linke Seite. Schaum triefte aus dessen Mund auf den Betonboden vor dem mit Buchsbäumen verzierten Rondell.

Horst wuffte leise. Der Hund stand auf und näherte sich seinem Herrchen, als wollte er ihm beistehen. Einen halben Meter neben Schrödinger zögerte der Boxer, schnüffelte an der Stelle, an der das Leberwurstbrötchen gelegen hatte und trat einen Schritt zurück.

»Der hat was im Hals«, sagte Schrödinger zu sich selbst und zögerte eine Sekunde lang. Dann riss er mit beiden Händen Johanns Kiefer auseinander und steckte seinen Zeigefinger in dessen Mundhöhle. Fühlte den Gaumen. Das Zäpfchen. Johann gab ein Geräusch von sich, das wie das Luftablassen aus einer Strandmatratze klang. Schrödinger spürte keinen Widerstand. Kein Brot. Nichts.

Er zog den Finger zurück und starrte in die Augen seines Rehakumpels.

»Oh … oh …«, würgte dieser hervor.

Die Augäpfel schienen aus den Höhlen zu treten.

»Alles wird gut«, brüllte Schrödinger Johann an.

Der glotzte ihn an. Verdrehte die Augen, bis nur noch das Weiße zu sehen war. Dann erschlaffte er. Der letzte Atemzug entwich mit einem leisen Zischen seinen Lungen. Johann starrte Schrödinger aus toten, nach oben gerichteten Augen an.

Schrödinger ließ sich auf den Hintern fallen. »Scheiße. Scheiße. Scheiße«, murmelte er. Horst kam mit zwei sanften Schritten auf ihn zu und legte ihm die Plattschnauze auf die Schultern.

»Ach du Kacke.« Frank ging neben Schrödinger in die Knie. In dem Augenblick zwängte sich Dr. Orhan durch die Menge. Sein geöffneter weißer Kittel flatterte. Der Arzt ging neben Johann in die Knie. Prüfte den Puls am Handgelenk. An der Schlagader. Schüttelte den Kopf und schloss Johann mit einer ungelenken Handbewegung die Augen.

»Exitus«, sagte der Arzt und wischte sich mit beiden Händen über das bartstoppelige Gesicht.

»Reanimation! Mach was!« Schrödingers Stimme kippte. Am liebsten hätte er den Arzt geohrfeigt. Die Gaffer mit einem Kinnhaken zu Boden gebracht. Doch letztere wichen angesichts des Todes zurück. Und der Mediziner schüttelte nur stumm den Kopf.

»Er ist tot.« Dr. Orhan rappelte sich auf. Er machte Anstalten, das Handy aus seinem Kittel zu ziehen, aber Schrödinger kam ihm zuvor. Er puffte Frank mit dem Ellbogen an.

»Eins eins null. Jetzt!«

Sein Kumpel verstand. Nestelte das Mobiltelefon aus der Hosentasche und drückte die drei Ziffern.

»Wie Sie meinen.« Dr. Orhan warf einen letzten Blick auf den toten Johann, dessen Mund noch immer offen stand. Dann machte er auf dem Absatz seiner blank polierten Schuhe kehrt und verschwand in der Klinik.

Es dauerte eine geschlagene Stunde, ehe nach dem Streifenwagen Kommissarin Hepsengenc in der Waffelburg eintraf. Die Polizisten hatten in der Zeit immerhin die Schaulustigen vertrieben und eine provisorische Sichtschutzwand aus weißen Tüchern um den Toten aufgebaut. Schrödinger und Frank saßen auf der nächstbesten Bank. Frank qualmte eine Kippe nach der anderen weg. Schrödinger hielt sich quasi am Halsband seines Hundes fest.

Yesim Hepsengenc tippte sich zur Begrüßung an die Stirn und sagte, in Richtung Schrödinger gewandt, ein stummes »Merhaba«. Dann verschwand sie hinter der Absperrung.

»Netter Hintern.« Frank schnippte die Asche ab.

»Pfff«, machte Schrödinger. Klar war ihm aufgefallen, dass die schwarze Jeans sehr eng am Hintern der Beamtin saß. Aber ihm steckte immer noch der Schaum aus Johanns Mund buchstäblich in den Knochen. Die rot-weiße Absperrung dehnte sich träge im Wind, als sei nie etwas passiert. Die Tücher erinnerten Schrödinger an die Bettlaken, die seine Mutter an schönen Tagen im Hof des Hannoveraner Reihenhauses zum Trocknen und Bleichen aufgehängt hatte. Wie lange war das her? Ein ganzes Menschenleben. Und hinter den Tüchern vor seiner Nase war eben ein Leben zu Ende gegangen. Er schauderte. Frank hielt ihm zum wiederholten Mal die Zigarettenpackung hin. Er schüttelte auch jetzt ohne nachzudenken den Kopf.

Dann endlich teilte sich der weiße Vorhang und die Kommissarin trat hervor. Erst jetzt bemerkte Schrödinger, dass sie zur knallengen schwarzen Jeans ein pinkfarbenes Top trug, das entweder bewusst eng gewählt oder aber im Wäschetrockner eingegangen war. Er wischte sämtliche nicht der Situation angemessene Gedanken beiseite und stand auf. Hepsengenc nickte ihm zu. Frank murrte, schnippte den Zigarettenstummel ins Gelände und schnappte sich auf Schrödingers Blick hin die Leine des Hundes.

»Ich muss dann wohl mal Gassi gehen, quasi auf staatliche Anweisung hin«, knurrte er mit vibrierendem Backenbart.

Die Kommissarin nickte. Horst und sein Spaziergänger trotteten von dannen.

»Setzen wir uns?«, schlug die Kommissarin vor. Schrödinger nickte und sah seinem Hund nach. Horst hob am nächstbesten Buchsbaum das Hinterbein und strullerte seine Markierung. Frank starrte stur geradeaus.

»Sie sind polizeibekannt.« Hepsengenc fixierte ihn mit blitzenden schwarzen Augen. Schrödinger wurde es heiß und er merkte, dass er rot wurde. Sein Hirn ratterte wie eine alte Rechenmaschine. Hatte er versehentlich etwas ausgefressen? Ja gut, die Strafzettel, die bezahlte er meistens erst nach der zweiten Erinnerung per Post. Aber sonst? Er zuckte mit den Schultern. Wenn er verhaftet würde, dann wäre es ihm nicht unrecht, wenn ihm eine so charmante Beamtin die Handschließen anlegte.

»Ich habe ein bisschen im Intranet geforscht«, gab die Polizistin zu. »Ein gewisser Kommissar Bohnert hält ziemlich große Stücke auf Sie.«

Schrödinger atmete erleichtert aus. Er hatte also nichts ausgefressen. Man wusste ja nie, was man selbst nach einem halben Kasten Bier, an den er ja dank seines Jobs im Getränkemarkt leicht rankam, so anstellte. Doch scheinbar sprach die Kommissarin seinen letzten Urlaub am Bodensee an. Dort war ein Gast des Campingplatzes nicht lebend davongekommen, und er und sein Hund hatten einen, wie er nicht ohne Stolz dachte, nicht geringen Anteil zur Aufklärung des Falles beigetragen. Außerdem hatte er in Friedrichshafen seine Marion kennengelernt. Schrödinger lächelte selig.

»Das Grinsen vergeht Ihnen vermutlich gleich.« Yesim

Hepsengenc sah Schrödinger unverwandt an. Der schluckte trocken.

»Ich werde Sie nicht verhaften.« Die Polizistin grinste ihn an.

»Gibt ja auch keinen Grund dafür«, entgegnete Schrödinger mit belegter Stimme. Und hoffte, dass dem auch so war.

»Nö.« Hepsengenc streckte die Beine von sich und stierte in den blauen Himmel. Schrödinger stierte ihr nach. Zwei fluffige Wölkchen trieben über der Kurstadt. In einer meinte er, einen Fuchs zu erkennen. Vielleicht auch einen Wolf. Ehe er sich der Betrachtung der Himmelsgebilde weiter widmen konnte, erklärte die Kommissarin ihm die Sachlage. Und zwar ohne Umschweife.

»Ich brauche Sie. Dich.«

Als der Wagen des Bestattungsunternehmens vom Gelände fuhr, standen die meisten Patienten der Waffelburg vor dem Gebäude. Ein stummes Spalier, gesenkte Köpfe. Die Polizisten begannen damit, den Sichtschutzpavillon abzubauen. Hepsengenc nickte ihrem neuen verdeckten Ermittler zu und klemmte sich hinter das Steuer des Trabants. Am liebsten wäre Schrödinger mitgefahren, aber er hatte einen klaren Auftrag. Der so ganz klar nicht war, denn ob es überhaupt etwas zu ermitteln gab in der Klinik, wusste die Kommissarin auch nicht.

»Mein Bauchgefühl«, begründete sie Schrödingers komplett inoffizielle Ernennung zum Hilfspolizisten.

Der war zu baff gewesen, um Nein zu sagen. Er hätte aber ohnehin nicht abgelehnt, denn was konnte gegen die gähnende Langeweile in der Kuranstalt besser helfen als ein paar Ermittlungen auf eigene Faust? Außerdem hatte ihm die schicke Türkin versprochen, ihn in allen weiteren Belangen die beiden Toten betreffend auf dem Laufenden zu halten. Was nicht ganz der Dienstvorschrift entsprach, ihr aber offensichtlich osmanisch-gelassen piepegal war.

»Glück gehabt.« Frank und Horst, dem die Zunge nach dem langen Marsch wie eine rote Krawatte aus dem Maul hing, traten neben ihn.

»Wieso?«

»Gerade ist die Nachtschwester hier mit prüfendem Blick durchgerauscht. Ihre Augen waren wie der rote Sensor beim Knight-Rider-Auto. Ich glaube, die suchte jemanden.«

»Das muss ja nicht zwangsweise ich sein.«

»Vielleicht aber doch.« Frank grinste.

Schrödinger verkniff sich den Kommentar darauf. Ein Blick in den Mutterpass, der in seiner Hosentasche steckte, verriet: Für heute hatte er Feierabend. Termine konnte er sich schon zu Hause nicht merken, und so warf er mehrmals am Tag einen Blick in das kleine Heft.

»Hunger?«, fragte Frank, als die meisten Patienten sich anschickten, in den Speisesaal zu gehen.

»Ja. Nein.« Schrödinger zuckte mit den Achseln.

»Wir könnten ja nach Bad Mergentheim runter«, schlug Frank vor.

»Von mir aus gern. Ich ertrage jetzt keine Möhren. Aber hast du nicht Ausgehverbot?«

»Das ist nach einem Tag wie heute so ziemlich das Letzte, worüber ich mir Sorgen mache. Ich geb ein karottenfreies Bier aus.«

Die beiden landeten im selben Kiosk, in dem Schrödinger auch mit Yesim Hepsengenc gesessen hatte. Von Regina und Christina war zum Glück nichts zu sehen. Sie bestellten zwei kühle Hefeweizen und hoben die Gläser.

»Auf Johann.«

»Auf Johann.« Schrödinger musste nun doch eine kleine Träne verdrücken. Er hatte seinen Mitpatienten zwar kaum gekannt, aber sehr gemocht. Frank wischte sich mit dem Handrücken über die Augen, die verdächtig glitzerten.

»Scheiße«, sagte er und schwieg, bis der Kellner zwei Döner mit allem und extra scharf für die Männer sowie Döner ohne alles außer Fleisch für Horst brachte.

»Johann mochte keinen Döner«, gab Frank bekannt und biss etwas lustlos ins gefüllte Fladenbrot. Ein Klecks Joghurtsauce blieb an seinem Kinn hängen.

»Ich kannte ihn kaum«, gab Schrödinger zu und musste an sein geheimes Spitzelamt denken. Und daran, dass nicht nur die Polizistin ein Bauchgefühl hatte. Auch in seinen Eingeweiden meldete irgendetwas, dass Johann und Thomas nicht einfach so von jetzt auf gleich ins Reich der Toten gekippt waren. Er konnte allerdings mit keinem Gedanken sagen, was das war. Unter dem Tisch hatte Horst seine Fleischportion in Sekunden Schnelle heruntergeschlungen und rülpste mit einem leisen Wuffen. Dann ließ sich der Hund mit einem Seufzen fallen und dämmerte in den verdienten Verdauungsschlaf.

»War das ein Herzinfarkt?«, wollte Frank wissen und griff sich unwillkürlich an die linke Seite der Brust.

»Ich habe keine Ahnung«, gab Schrödinger zu. »Allerdings wärst du der erste Mensch, der das Herz tatsächlich an der linken Seite hat.«

»Hä?« Frank orderte beim Kellner per Handzeichen eine weitere Lage Gerstensaft. Die ersten beiden Biere waren quasi verdunstet angesichts des Unglaublichen.

»Das Herz liegt mehr mittig«, dozierte Schrödinger. »Hab ich in einer Zeitschrift gelesen.«

Frank machte »Hm.« Und stierte vor sich hin.

»Der Johann war nicht richtig krank«, sagte er schließlich. »Dem ging es eigentlich bestens.«

»Und weswegen war er dann in Reha?« Schrödinger wusste wohl, dass diese Frage etwas provozierend klang. Sollte sie auch. Schließlich wusste er aus dem Fernsehen, dass Polizisten gerne mal provozierten. Verdeckte Ermittler sicher ebenfalls.

»Er hatte es mit der Leber.« Frank nahm das gebrachte Bier mit einem Kopfnicken in Empfang und trank fast gierig den ersten Schluck. Zur Joghurtcreme am Kinn gesellte sich nun auch ein kleines Schaumbärtchen. Schrödinger reichte seinem Kumpel eine Serviette aus dem Ständer. Frank wischte sich über das Gesicht.

»Meinst du, er ist deswegen … äh …« Schrödinger brachte das Wort »gestorben« nicht über die Lippen.

Frank senkte den Kopf und starrte kauend auf die Tischplatte. »Bin ja kein Arzt«, sagte er schließlich. Das brachte Schrödinger auf eine Idee. Er war auch kein Arzt. Nicht mal ansatzweise. Aber er hatte Augen im Kopf, und er konnte Eins und Eins zusammenzählen. Deshalb wurde er mit einem Male ziemlich hektisch. Die Reste seines Döners stopfte er sich förmlich hinein und gab seinem Freund Zeichen, sich ebenfalls zu beeilen. Kaum hatten sie auch das Bier heruntergestürzt, brachen sie auf.

Während der Rückfahrt zur Waffelburg rutschte Schrödinger unruhig auf dem Sitz umher. Obwohl er bereits deutlich schneller als die zulässige Höchstgeschwindigkeit fuhr, kam es ihm entschieden zu langsam vor. Als ihn ein quietschgrüner Fiat Panda dazu zwang, Strich fünfzig zu fahren, hätte er den Wagen vor sich am liebsten von der Straße geschoben. Von hektischen Handbewegungen ließ sich der Rentner in der italienischen Klapperkiste überhaupt nicht beeindrucken, sodass Schrödinger stark an sich halten musste, ihm beim Überholen nicht den Mittelfinger entgegenzustrecken.

Mann! Wenn man es einmal eilig hatte.

Kaum stand ihr Auto auf dem Parkplatz, zog er in einer fließenden Bewegung den Zündschlüssel ab und sprang aus dem Wagen. Mit Horst an seiner Seite rannte er los. Ob Frank hinterherkam, war erst mal zweitrangig und im Dunkeln ohnehin nicht zu sehen. Als er er die Beifahrertür zuschlagen hörte, hatte Schrödinger schon zwanzig Meter Vorsprung und verschloss das Auto mit der Funkfernbedienung, ohne sich umzudrehen.

Sein Ziel war die Stelle, an der er Johann vorhin gefunden hatte. Oder viel mehr die Büsche dahinter, in die er die Wurstsemmel gekickt hatte. Das Brötchen hatte er Yesim Hepsengenc gegenüber nämlich gar nicht erwähnt. Ebenso wie Tommis Jacke im Müllcontainer. Weil er in all dem Trubel schlichtweg gar nicht mehr daran gedacht hatte. Eigentlich peinlich, dass ihn erst eine Bemerkung beim Essen wieder daran erinnert hatte.

Obwohl die Polizei sowohl den Sichtschutzpavillon als auch sämtliche anderen Absperrutensilien abgebaut hatte, achtete Schrödinger darauf, sich möglichst vorsichtig und noch dazu bloß im großen Bogen dem Gebüsch zu nähern. Auf keinen Fall wollte er irgendwelche Spuren kontaminieren, die später vielleicht wichtig sein könnten. Zum Glück brannte in der Nähe eine Laterne und tauchte das gesamte infrage kommende Areal in hellgelbes Neonlicht.

Horst ahnte offenbar, worauf sein Herrchen aus war und brauchte nur wenige Sekunden, um das Leberwurstbrötchen zwischen den Ästen auszumachen. Es lag halb verdeckt hinter einem zerknüllten Papiertaschentuch und einer leeren Bifi-Verpackung. Als der Boxer mit der Zunge darüberschlecken wollte, zog ihn Schrödinger entschieden zurück.

»Lieber nicht. Wer weiß, was da drin ist.«

Der Hund knurrte verärgert und probierte sein Glück erneut. Herrchen zog ihn abermals zurück, und schließlich gab der Vierbeiner auf. Dafür beugte sich Frank jetzt neugierig zu ihm.

»Echt jetzt? Wegen einer angebissenen Semmel düsen wir mit so nem Affenzahn hierher? Ich hätte dir am Kiosk auch nen zweiten Döner ausgeben können. Du musst doch keine Abfälle essen.«

Schrödinger hob das Brötchen mit zwei Fingern vorsichtig aus dem Gebüsch. »Ich will das nicht essen, du Doofie!«

Franks Augenbrauen bildeten ein breites, buschiges V. »Sondern?«

»Das ist vielleicht ein Beweisstück.«

Er schien noch immer nicht zu verstehen. »Wofür?«

»Dafür, dass Johann nicht einfach so gestorben ist. Das Brötchen lag vorhin fast direkt neben ihm auf dem Weg. Es müsste schon mit dem Teufel zugehen, wenn er kurz vor seinem Tod nicht davon abgebissen hat.«

Endlich fiel der Groschen, und Frank wich erschrocken einen Schritt zurück, den Blick starr auf die potenzielle Mordwaffe gerichtet. »Was willst du jetzt damit machen?«

»Na was wohl: der Polizei übergeben.«

Mit der linken Hand hielt Schrödinger die Semmel fest, mit der rechten fischte er eine der durchsichtigen Plastiktüten aus der Tasche, die ihm die Kommissarin nach der Rekrutierung gegeben hatte. Er ließ das Beweisstück in den Beutel plumpsen und wischte sich anschließend die Hände mehrmals an der Hose ab. Genügen würde das sicherlich nicht, aber für den Moment ging es nicht anders. Er musste nur aufpassen, die Finger nicht aus Versehen in den Mund zu stecken – oder sie von Horsts Zunge abschlecken zu lassen.

»Hast du dein Handy dabei?«, fragte er an Frank gewandt.

»Ja, warum?«

»Weil ich damit gerne die Kommissarin anrufen würde.«

»Du? Mit *den* Fingern? Auf keinen Fall. Wer weiß, was für Bakterien jetzt daran kleben! Ebola ist wahrscheinlich ein Scheiß dagegen. Abgesehen davon: Woher kennst du überhaupt die Nummer der Bullenschnecke?«

»Die hat sie mir gegeben. Falls mir noch was einfallen sollte.« Technisch gesehen war das nicht mal gelogen.

Ein süffisantes Grinsen tanzte sich in Franks Gesicht. »Du alter Schlawiner lässt auch nix anbrennen. Von wegen, falls dir noch was einfällt. Das ist alles Tarnung, um die Alte klarzumachen.«

Schrödinger runzelte die Stirn. Es missfiel ihm, was sein Kumpel ihm hier zu unterstellen versuchte. Aber es hatte keinen Sinn, das mit ihm zu diskutieren. Bei Frank lief offenbar alles auf Sex hinaus. Wahrscheinlich sogar, wenn man irgendwo so was Harmloses wie eine Badehose kaufte. Schrödinger spielte kurz mit dem Gedanken, ihm die Visitenkarte zu zeigen und ihn dann Yesims Nummer wählen zu lassen. Doch wahrscheinlich würde er später damit nur irgendwelchen Schindluder treiben. Nein, da gab es andere Mittel und Wege.

Gleich am Anfang der Eingangshalle sah er einen Desinfektionsmittelspender stehen. Befand der sich schon immer da? Aufgefallen war er ihm bisher nicht, jetzt allerdings benutzte er ihn ebenso bereitwillig wie ausgiebig. Seine Hände badeten förmlich im Alkohol und rochen danach so intensiv, als hätte er überlegt, sie irgendwo für die Nachwelt in ein Glasgefäß zu packen.

Auf dem Weg zu den Aufzügen grübelte er, wie er Frank abwimmeln könnte, um alleine mit der Kommissarin telefonieren zu können. Zu seiner Überraschung verabschiedete sich sein Kumpel aber von selbst. »Es war ein anstrengender Tag«, nannte er als Grund dafür. Schrödinger war beeindruckt. Dass Frank sogar auf seine allabendliche Peepshow in der Eingangshalle verzichtete! Oder würde er später deswegen nochmals dahin zurückkehren? Im Moment war es ja gerade mal kurz nach neun.

Wie auch immer, in ihrem Zimmer im dritten Stock waren Horst und er jedenfalls alleine, und nur darauf kam es an. Die Beweismitteltüte verstaute er ganz oben in seinem Kleiderschrank, damit der Boxer unter keinen Umständen darankam. Dann streckte er sich auf seinem Bett aus und wählte Yesims Nummer.

Es klingelte. Und klingelte. Sie ging nicht ran. Na toll! Wo er unter Umständen bahnbrechende Neuigkeiten für ihren Fall gefunden hatte. Dann eben nicht. Zumindest nicht heute, sondern morgen.

Dafür bekam er Marion sofort an den Apparat und konnte ihr in aller Ausführlichkeit von den jüngsten Ereignissen berichten. Als er erwähnte, dass ihn die Kommissarin zu einem Undercover-Einsatz überredet hatte, fühlte er sich gleich wieder wie der britische Superagent James Bond. Oder in seinem Fall: Schrödinger Bond.

Es wurde noch besser: Nach seinem detaillierten und kaum ausgeschmückten Bericht und nachdem er ihr tausend Mal versichert hatte, sich nicht in Gefahr zu bringen, teilte Marion ihm mit, dass Marlene und Max ihren Virus so gut wie auskuriert hatten und sie deshalb plante, übermorgen zu ihm zu kommen. Natürlich nur, wenn er wollte.

Und ob er das wollte! Von ihm aus hätte sie auch gerne sofort kommen können.

Was leider unmöglich war. Aber sechsunddreißig Stunden ohne sie würde er schon noch überstehen. Zumal Schrödinger Bond eh genug andere Dinge um die Ohren haben würde. Die Frage war nur, womit er am besten anfing. Kurz vor elf und damit rechtzeitig, bevor die Verbindung gekappt worden wäre, verabschiedete er sich von seiner Liebsten und machte sich Notizen darüber, was er von Johann und dessen Tagesablauf wusste.

Viel war es nicht.

Damit, dass sein Kumpel wegen einer seltenen Lebererkrankung hier gewesen war und abends gerne Poker spielte, war sein Wissensfundus bereits ziemlich ausgeschöpft. Das Kartenspiel erinnerte ihn allerdings daran, dass es noch nicht mal einen Tag her war, dass er mit ihm und Frank zusammen hier gezockt hatte. Bei dem Gedanken daran bekam er eine Gänsehaut und fühlte sich traurig. Was noch schlimmer wurde, als ihm auffiel, dass mit Johann schon der zweite aus der ursprünglichen Pokerrunde ins Gras gebissen hatte.

Bloß ein Zufall?

Eine Sekunde lang war er drauf und dran, gleich jetzt noch mal zu Frank zu gehen und ihn über die restlichen Kartenspieler auszufragen. Aber da bereits Sperrstunde war und er wenig Lust auf zusätzlichen Nervenkitzel verspürte, verschob er auch das auf den nächsten Tag. Er bezweifelte stark, dass Frank aktuell ebenfalls in Lebensgefahr schwebte. Noch konnte sich diese eine dünne Verbindung tatsächlich als Zufall erweisen. Zumindest fiel ihm auch beim intensiven Nachdenken nichts ein, wie heimliche Pokerspiele zu einer Mordserie passen könnten.

Dafür besaß er entschieden zu wenige Anhaltspunkte. Sollte er allerdings weitere Hinweise darauf finden, würde er keine Sekunde zögern, seinen Kumpel unter Polizeischutz stellen zu lassen. Auf keinen Fall durfte Frank – oder jemand sonst – in der Waffelburg auch noch zu Schaden kommen. Zwei Todesfälle waren bereits zwei Todesfälle zu viel.

Fünfter Tag

Horst

Schrödinger ist eine Quasselstrippe. Hat er gestern Abend nicht schon genug telefoniert? Aber nein, kaum hat er heute Morgen die Augen aufgeschlagen, hat er den verdammten Hörer wieder in der Hand – und reißt mich gleich darauf mit seiner lauten Stimme völlig unvermittelt aus meinen schönen Träumen. Von einer gewissen Königspudeldame namens Priscilla vom Bodensee. Viel zu lange ist es her, dass ich dieses edle Frauenzimmer gesehen habe. In meinem Traum hatte sie mich genauso sehr vermisst wie ich sie – und mir das entsprechend deutlich gezeigt. Ach ja …

Schrödinger hat ebenfalls mit einer Frau telefoniert. Allerdings nicht mit seiner Marion, sondern seiner neuen besten Freundin Yesim. Sollte ich mir deswegen Sorgen machen? Vermutlich nicht. Beim Gespräch mit seiner Liebsten gestern Abend hatten seine Augen deutlich mehr geleuchtet als bei ihr. Dafür läuft er jetzt eher ruhelos im Zimmer herum. Na ja, soweit es das Telefonkabel zulässt. Dabei erzählt er was von einer Wurstsemmel und einer Jacke im Müll. Hat denn die Frau keine eigenen Sachen? Offenbar nicht, denn sie verspricht ihm sofort mit donnernder Stimme, gleich ein paar Männer dafür vorbeizuschicken. Für ein halbes Brötchen und eine Klamotte? Muss ich nicht verstehen und will ich auch nicht.

Viel interessanter ist da Schrödingers Aussage danach: Nämlich, dass uns heute keine Zeit für unsere komischen Kurse bleibt, weil wir Wichtigeres zu tun haben. Und dass er mich für eine Mission braucht. Na, das klingt ja schon mal nicht schlecht.

Schrödinger

Das Frühstück ließ er ausfallen, weil ihm der gestern so hastig verschlungene Döner immer noch schwer im Magen lag. Dafür duschte er lang und intensiv. Er schrubbte jede Stelle seines Körpers, um erstens eventuell noch vorhandenen Giftrückstände zu entfernen, und zweitens, um so jedes vielleicht nur halbfest hängende Haar loszuwerden. Nicht, dass es ihm im falschen Moment vom Körper fiel und er so irgendwo eine DNS-Spur hinterließ. Nicht erst seit *Tatort* und *CSI* wusste er, dass manchmal schon ein Haar genügte, um auf der Verdächtigenliste ganz nach oben zu klettern. Nicht, dass Yesim ihn im Verdacht hatte. Aber bei dem, was er vorhatte, war es enorm wichtig, absolut keinen Hinweis zurückzulassen. Für niemanden.

Drittens musste er eh abwarten, bis die Streife angekommen war und er das Leberwurstbrötchen aushändigen konnte. Bis dahin war er quasi abhängig von dem Telefon in seinem Zimmer. Dann endlich klingelte es. Dreimal und danach nicht mehr.

Das war das vereinbarte Zeichen. Schrödinger gab Horst ein Zeichen und eilte zum Haupteingang hinaus. Dort wartete ebenfalls wie besprochen ein blausilberner

Multivan. Eine blonde Mittdreißigerin mit Pferdeschwanz und Uniform stieg aus und nahm die heikle Ware entgegen. Als er noch einmal von dem Müllcontainer berichten wollte, winkte sie ab. Darüber wüsste sie hinreichend Bescheid.

Also gut. Dann eben nicht. Herrchen und Hund kehrten in die Waffelburg zurück und nahmen den Aufzug in den zweiten Stock. Wie erhofft, hielt sich weder im Fahrstuhl noch auf der Etage ein anderer Patient auf. Unliebsame Zeugen konnten sie im Moment nämlich überhaupt nicht brauchen.

Vom Telefonat mit Yesim wusste er, welche Zimmernummer Johann gehabt hatte, und auch, dass sich ihre Kollegen dort gestern Abend umgesehen hatten. Angeblich ohne etwas Verdächtiges zu finden. Doch da keiner der Beamten den Verstorbenen zu Lebzeiten gekannt hatte, war es gut möglich, dass sie etwas übersehen hatten. Schrödinger jedenfalls malte sich gute Chancen aus.

Aus den Fenstern rechts von ihm nahm er eine Bewegung wahr und sah hinaus. Genau richtig, um zu sehen, wie die blonde Polizistin und ihr Partner zum Platz mit den Abfalltonnen gingen und sich mit zögerndem Blick einen Behälter nach dem anderen vornahmen. Am liebsten hätte Schrödinger das Fenster aufgerissen, und ihnen von oben aus zugebrüllt, wohin genau sie gehen sollten. Aber das wäre zu auffällig gewesen. Außerdem waren die Beamten ja angeblich hinreichend instruiert worden.

Binnen weniger Sekunden hatten sie herausgefunden, welcher Container ihr Ziel war. Mit angewiderten Gesichtern kletterten sie hinein. Schrödinger wünschte ihnen stumm viel Glück und ging weiter. Die Beamten taten ihm leid.

Vor Johanns Unterkunft blieb er stehen. Versiegelt war die Tür nicht und auch sonst wies nichts auf die Polizeiuntersuchung hin. Ob das gut oder schlecht war, wusste er nicht. Er bedauerte lediglich, die Kommissarin nicht um den Zimmerschlüssel gebeten zu haben. Doch mit einer Plastikkarte aus seiner Brieftasche ließ sich das Versehen schnell und problemlos beheben. Yesims Leute hatten die Tür nicht abgesperrt, sondern bloß ins Schloss gezogen. Herrlich.

Drinnen sah es ganz anders aus, als er es von Raumdurchsuchungen aus dem Kino und Fernsehen kannte. Weder gab es achtlos zu Boden geworfene Gegenstände noch offen stehende Schubladen. Streng genommen sah es hier sogar erheblich ordentlicher aus als in Schrödingers Zimmer.

»So, mein Freund, jetzt beweis mir mal deine Spürnase«, sagte er an Horst gewandt. »Zeig mir alles, was verdächtig ist.«

Der Boxer sah ihn ausdruckslos an. Nicht, weil er nicht verstand. Eher, weil er keine Lust auf diese Arbeit zu verspüren schien.

»Na los, dafür gibt's später auch ne leckere Wurst.«

Das war ein ziemlich überzeugendes Argument, und der Boxer schnüffelte augenblicklich los. Als Erstes nahm er sich den Bereich unter dem Bett vor. Abgesehen von einigen Staubflusen und einem schnulzigen Heftroman mit Eselsohren fand er dort allerdings nichts.

Anders sah es beim Nachtschränkchen aus. Neben dem

Telefon lagen Broschüren über cholesterinarme Ernährung und wie man die Blutfettwerte senken konnte. Die hatte Johann vermutlich wegen seiner Lebererkrankung bekommen. In den Schubfächern fanden sie eine Packung mit alten Butterkeksen (die Horst sehr interessant fand) sowie weitere Liebesromane.

Stirnrunzelnd wich Schrödinger zurück und nahm sich das Bett vor. Aus eigener Erfahrung wusste er, wie leicht es passieren konnte, dass man zwischen Matratze und Bettritze etwas verlor und erst sehr viel später wieder darauf stieß. In Hannover legte er seine Hosen gerne und oft auf dem Bett ab. Einmal war ihm dabei das Portemonnaie aus der Hosentasche gerutscht. Was nicht weiter tragisch war. Aber beim Herumtollen mit Horst war die Geldbörse umhergeflogen, und ohne dass er es bemerkt hatte, war dabei der Führerschein herausgerutscht und zwischen Bettkasten und Matratze geraten.

Aufgefallen war es ihm erst Wochen später bei einer allgemeinen Verkehrskontrolle. Das hatte ihn ein ordentliches Bußgeld und später einiges an Nerven gekostet. Wiedergefunden hatte er den Schein natürlich erst, *nachdem* er längst einen neuen beantragt und erhalten hatte. Aber wenigstens hatte er seither die Wahl, ob er den alten rosa Lappen mit dem Jugendfoto oder doch lieber die Plastikkarte mit dem deutlich aktuelleren Lichtbild vorzeigte. In der Regel entschied er sich für Letzteres, um niemand beim Anblick des alten Fotos zum Schmunzeln zu bringen. An sein mehr als zwanzig Jahre jüngeres Gegenstück erinnerte sein jetziger Anblick nämlich kaum noch.

Er fuhr mit den Fingern die Bettritze ab – und siehe da –

wurde fündig. Eine Stempelkarte von einem hiesigen Friseur mit dem originellen Namen *Kaiserschnitt* steckte dort. Zwei freie Flächen darauf waren abgestempelt. Bei zehn bekäme man einen Haarschnitt gratis. Leider befand sich kein Datum darauf, durch das er wüsste, dass die Karte tatsächlich von Johann stammte. Trotzdem steckte er sie vorsichtshalber ein.

Horst führte ihn zum Kleiderschrank. Zwischen den Klamotten fanden sie nichts, aber in der Seitentasche von Johanns Reisetasche machten sie eine interessante Entdeckung: ein Set mit gezinkten Pokerkarten, die auf der Rückseite winzige Markierungen enthielten.

Das war eine Entdeckung, die Schrödinger erst mal sacken lassen musste. Johann, dieser Halunke, war ein Falschspieler gewesen! Das hieß: Wenn er diese Karten zu den abendlichen Spielen mitgenommen hatte. Er kramte kurz in seinem Gedächtnis, ob Frank oder Johann mal etwas darüber erwähnt hatten, konnte sich aber an nichts Entsprechendes erinnern. Bei ihrem Kartenspiel vorgestern Abend jedenfalls war ein anderes Set im Einsatz gewesen. Ob und was das mit den gezinkten Karten zu bedeuten hatte, wusste er nicht, steckte jedoch auch dieses mögliche Indiz vorsichtshalber ein.

Er wollte gerade die Reisetasche nach weiteren Fundstücken abtasten, als er auf dem Flur Stimmen hörte. Was sie sagten, verstand er nicht, aber sie kamen näher und schienen direkt vor der Zimmertür stehen zu bleiben.

O nein! Was nun?

Panisch schaute Schrödinger sich um. Der Kleiderschrank war als Versteck nicht groß genug. Unter dem Bett würden Horst und er sofort auffallen. Ein beherzter Sprung aus dem Fenster schied im zweiten Stock ebenfalls aus. Einen Balkon gab es nicht. Blieb noch das Badezimmer. Kurz entschlossen schnappte sich Schrödinger seinen Hund und stürmte los.

Drinnen sah er sich hektisch um. Die Nasszelle besaß eine durchsichtige Plastikwand und kam daher als Versteck nicht infrage. Sofern er sie beide nicht die Toilette herunterspülen wollte, blieb nur noch die Wahl, sich hinter der Badtür verstecken. Der Platz dort war eigentlich zu schmal. Aber ihm blieb keine Wahl. Mit Horst auf dem Arm presste er sich an die geflieste Wand und hielt den Atem an.

Die Tür vom Gang öffnete sich, und zwei Männer traten in eine Unterhaltung vertieft ein.

»Ich bleibe dabei: Connery ist und bleibt der beste«, sagte der eine gerade.

»Das ist nur, weil er die Doppel-Null zuerst gespielt und damit den Maßstab gesetzt hat«, sagte der andere. Keine der beiden Stimmen hatte Schrödinger zuvor schon mal gehört. »Ich glaube, jede Generation hat und braucht ihren eigenen Bond. In den Siebzigern und Achtzigern lief es mit Roger Moore galant und geschmeidig. Es gab zwar auch noch Lazenby und Dalton, aber die lassen wir mal besser außen vor. Danach folgte Brosnan, den ich persönlich ebenfalls nicht so gut fand. Weil er einfach zu aalglatt war. Sahen wahrscheinlich andere genauso. Deshalb fiel der Neustart mit Daniel Craig auch erheblich kantiger aus. Angeblich ist das sogar näher an Flemings Buchvorlage dran.«

Es raschelte hier und da, während sie im Raum umhergingen. Schubladen wurden geöffnet und geschlossen. Dann klang es, als würde jemand die Bettdecke anheben. Nebenbei sprachen sie weiter über James Bond. Ausgerechnet den! Schrödinger fasste es nicht. Er war in geheimer Mission unterwegs, und sie redeten über so was. Es war ja nicht so, dass er zu dem Thema nichts beizutragen hätte. Sein Lieblingsbond war ebenfalls der kantigere aktuelle. Aber davon wollten die Männer im Augenblick vermutlich nichts wissen.

»Worauf ich hinauswill«, sagte die zweite Stimme, als die Türen des Kleiderschranks geöffnet wurden. »Wer auch immer Craig mal beerben wird, wird der Marke Bond wieder eine ganz andere Note verpassen, um sich damit massiv vom vorherigen abzugrenzen. Das gehört bei dem Franchise einfach dazu. Damit hält man es am Leben.«

Die Männer kramten weiter herum, schienen jedoch nicht zu finden, wonach sie suchten. Schließlich näherten sie sich dem Badezimmer. Im Türrahmen und damit nur wenige Zentimeter neben Schrödinger blieben sie stehen. Dieser begann zu schwitzen. Jeder Muskel verkrampfte sich. Am liebsten hätte er Horst das Maul zugehalten. Das Hundehecheln klang in seinen Ohren so wahnsinnig laut, dass es die anderen deutlich hören müssten. Durch den Türspalt sah Schrödinger, dass die Männer weiße Klinikkleidung trugen und einer kurze schwarze Haare hatte.

»Also, hier ist nichts«, sagte Stimme Nummer eins. »Heinrich kann also ganz beruhigt sein, dass nichts auf uns zurückfällt. Gibt es noch irgendwelche Medikamente im Bad oder haben die Polypen alles eingesackt?«

Der zweite Mann ging einen Schritt auf das Waschbecken zu. »Alles weg. Wird wahrscheinlich im Labor untersucht. Im Müll liegt noch eine leere Verpackung von Jodtabletten. Aber die sind in etwa so tödlich wie ein Nutellabrot. Vielleicht ist die Schokolade sogar gefährlicher.«

»Dann lass uns abhauen. Hier ist alles sauber, das kannst du dem Chef sagen. Und was Bond betrifft: Ich fände es toll, wenn der nächste wieder mehr zu den Ursprüngen zurückkehren würde. Elegant und Frauenversteher und so.«

»Sprich: ein neuer Connery.«

»Genau.«

Die Stimmen entfernten sich und wurden zu einem dumpfen Grummeln, als sie nur noch durch die verschlossene Zimmertür zu hören waren. Schrödinger seufzte erleichtert und konnte sein Glück kaum fassen. Sie hatten ihn tatsächlich nicht bemerkt. Wie hoch waren die Chancen dafür gewesen? Vermutlich eins zu einer Milliarde.

Mit leisen Schritten verließ er das Badezimmer und setzte Horst auf dem Boden ab.

»Meine Güte, das war knapp«, flüsterte er. Laut zu sprechen wagte er noch immer nicht. Ebenso wie den Raum zu verlassen. Möglicherweise standen die zwei Pfleger noch irgendwo draußen auf dem Gang. Und eine Lizenz, sie zu töten, besaß er nicht.

Einige Minuten begnügte er sich deshalb damit, sich noch einmal gründlich in Johanns Unterkunft umzusehen. Dass er nichts Relevantes mehr fand, frustrierte ihn dermaßen, dass er das Handtuch warf und vorsichtig zur Zimmertür hinausspähte. Keine Menschenseele in Sicht. Diese Gelegenheit musste er nutzen. Mit Horst im Schlepptau eilte er zum Fahrstuhl.

Auf dem Weg zu seinem Zimmer suchte Schrödinger die Taschen nach Yesims Visitenkarte ab, fand aber nur die Stempelkarte von *Kaiserschnitt* in Bad Mergentheim. Ein Problem war das nicht, denn kaum hatte er die Tür geöffnet, begann sein Festnetzanschluss zu bimmeln. Mit wenigen Schritten war er am Apparat. Im gleichen Moment, wie er »Ja« in den Hörer japste, sah er, dass die Visitenkarte noch direkt neben dem Telefon lag.

»Ist das Asthma oder die Vorfreude, weil du wusstest, dass ich anrufe?«, fragte eine Frauenstimme.

»Yesim! Du! Das ist ja ein Zufall. Gerade habe ich an dich gedacht.« Hatte er tatsächlich.

»Bestimmt hast du dich gefragt, ob es schon Neuigkeiten gibt. Ein bisschen was hab ich tatsächlich: Das mit der Jacke war wohl ne Fehlanzeige. Die Kollegen haben sie zwar gefunden, aber abgesehen von ein paar frischen Joghurt- und Saftflecken gab es da bloß die Visitenkarte eines hiesigen Friseurs.«

»Friseur?« Schrödinger wurde hellhörig. »Welcher denn?«

»*Kaiserschnitt* heißt der. Was für ein geiler Name, oder? Wir haben den Laden schon überprüft. Ist absolut sauber und unverdächtig.«

»Vielleicht auch nicht.« Er erzählte ihr das mit der Stempelkarte aus Johanns Zimmer.

»Wahrscheinlich bloß Zufall«, überlegte Yesim. »So viele Haareschneider gibt es in Bad Mergentheim nicht. Da ist die Chance groß, dass viele zum selben gehen. Vielleicht liegen bei euch in der Klinik sogar diese Visitenkarten als Werbung rum. Ich wüsste jedenfalls nicht, wie das mit dem ersten Todesfall zusammenhängen könnte. Laut vorläufigem Bericht der Gerichtsmedizin starb Thomas Schischkalov nämlich durch das sogenannte *trockene Ertrinken.*«

»Bitte was?«, sagte Schrödinger. Für sein Verständnis schlossen sich diese beiden Begriffe gegenseitig aus.

Was die Kommissarin wohl erwartet hatte. »Normalerweise müsste der Mensch beim so genannten *trockenen Ertrinken* Würgemale oder Ähnliches am Hals haben. Also tot sein, ehe er ins Wasser fällt.«

Schrödinger machte »Häh?«

Die Kommissarin holte weiter aus. »Du weißt, dass Babys in Pfützen ertrinken können?«

Er nickte, obwohl die Beamtin es nicht sehen konnte.

»Das liegt nicht an der Tiefe des Wassers, da reichen ein paar Zentimeter. Der Körper gerät in eine Art Schockzustand.«

Für Yesim schien damit alles klar zu sein, während er noch immer Bahnhof verstand. Er hörte es nicht, wusste aber, dass die Fachfrau in der Kommissarin leise seufzte. Sie selbst setzte zu einer Erklärung an: Mit einer Stimme, die ihn an die aus dem Off erinnerte, die bei der *Sendung mit der Maus* als Tonspur aus dem Fernsehen kam.

»Also, mal angenommen, so ein kleiner Mensch fällt kopfüber ins Wasser. Da ist dann keine Luft mehr vor dem Mund. Es kommt zum sogenannten Stimmritzenkrampf, einer Art Reflex. Die Stimmritze verschließt sich und drückt den Hals zu, der Mensch erstickt. Die Natur hat das so gebaut, dass erst mal die Luft angehalten wird, wenn keine da ist. Was irgendwann nicht mehr geht. Aus die Maus, Exitus. Die komplette Muskulatur erschlafft, auch die im Schlund. Die Blockade löst sich, und das Wasser fließt in die Lunge.«

Schrödinger hatte das grausige Bild eines winzigen Babys vor Augen, das um sein Leben kämpfte. Er wischte es weg und hakte weiter nach. Yesim blieb ihm die Erklärung nicht schuldig.

»Irgendwie scheint bei Schischkalov laut Obduktionsbericht etwas anders zu sein. Keine verkrampfte Stimmritze. Das Wasser ist quasi sofort wie durch eine weit geöffnete Schleuse in seine Lunge geflossen. Er war schon in anderen Gefilden, als sein Mund sich mit dem Wasser aus dem Tretbecken gefüllt hat.«

»Okay, und was bedeutet das jetzt?«

»Dass Tommi Schischkalov offenbar keines natürlichen Todes gestorben ist. Weshalb beziehungsweise woran er allerdings ins Gras gebissen hat, da hält sich der Gerichtsmediziner noch mit Aussagen zurück. Er will erst die Untersuchungsergebnisse vom Labor abwarten.«

»Okay, und was bedeutet das jetzt?«, fragte Schrödinger wieder.

»Dass wir nichts Genaues wissen und weitermachen wie bisher. Sobald dir was Ungewöhnliches auffällt, meldest du dich. Und ich umgedreht genauso. Bezüglich deines Kumpels Johann oder der Wurstsemmel weiß ich übrigens noch nichts. Mal was anderes: Wieso zum Kuckuck besitzt du kein Handy? Jeder Mensch auf der Welt hat eines. Manche sogar mehrere.«

»Ich … äh … hatte schon … aber dann … also, meine Ex … ach, keine Ahnung.«

Er hörte sie durchs Telefon schnaufen. »Wie auch immer. Wäre auf jeden Fall mal ne Überlegung wert, dir mal wieder eins zuzulegen. Lass dir das mal durch den Kopf gehen. Hast du schon was rausgekriegt?«

»Höchstwahrscheinlich nicht.«

»Dann sollten wir höchstwahrscheinlich weiterermitteln. Halt die Ohren steif.« Mit diesen Worten legte sie auf und ließ Schrödinger ziemlich verwirrt zurück. Er ließ sich den Gesprächsverlauf noch einmal durch den Kopf gehen und zog als Resümee, dass die Kripo mit seiner Friseur-Spur nichts anfangen konnte. Oder wollte. Er hingegen war nicht sicher, ob das wirklich so irrelevant war. Bestimmt würde es nicht schaden, mal beim *Kaiserschnitt* vorbeizuschauen. Es war allemal besser, als hier Däumchen zu drehen oder – schlimmer noch – einen der fiesen Sport- und Kunstkurse zu besuchen. Abgesehen davon könnte er ohnehin einen neuen Haarschnitt gebrauchen, wenn ihn Marion morgen besuchen kommen würde.

»Los geht's, mein Freund«, sagte er an Horst gewandt, der sich gerade auf seiner Decke ausgestreckt hatte. »Ich bin dir noch eine leckere Wurst schuldig. Und so was gibt es nur in Bad Mergentheim.«

Sofort war der Hund wieder auf den Beinen.

Horst

So eine Kur hat auch ihre angenehmen Seiten. Dann nämlich, wenn ich entweder von Frau Haferkant gekrault werde oder wenn Herrchen mir eine Wurst verspricht.

Ansonsten gestaltet sich unser Aufenthalt hier ja eher kurios. Ich muss mich mit Schrödinger in einem Bad verstecken. Man stelle sich das mal vor! Ich, Horst, weltbester Boxer, soll mich verstecken! Die Welt hat einen Hund wie mich noch nie gesehen und mein Herrchen hat nichts Besseres zu tun, als sich und mich zwischen einer gekachelten Wand und einer Tür einzuklemmen?

Wenn er mir gesagt hätte, was genau er sucht, hätte ich ihm ja geholfen. Das nach ekligem, scharfem Haarspray riechende Papier habe ich schon von der Tür aus wahrgenommen. Unsere Ex hat dieselbe Marke benutzt und sich jeden Morgen mit dem Zeugs den Kopf eingenebelt. Ich bin dann immer in die Küche geflüchtet, damit meine Schnauze nicht zuklebt. Wi-der-lich.

Aber Schrödinger hat mal wieder geschwiegen. Und mir natürlich keinen der gefundenen Butterkekse abgegeben. Überhaupt ist es ein bisschen mau mit der Verpflegung hier. In Hannover habe ich jeden Abend frisches Essen im Napf gehabt. Da lässt sich mein Dosenöffner ja nicht lumpen. Kutteln. Gekochte Hühnerherzen. Schafshoden. Was der Türke um die Ecke ebenso im Angebot hatte. Ich glaube, der gute Mann denkt, mein Herrchen sei der passionierteste Innereien-Esser überhaupt.

Ich kann nur hoffen, dass es in Tuttlingen auch Markknochen, Lammleber oder andere Leckereien gibt. Und dass ich jetzt tatsächlich die mir versprochene Wurst bekomme.

Schrödinger

Bratwurst. Natürlich gab es in Bad Mergentheim Bratwurst. Zwar nicht so fein wie die in Hannover, aber das war Horst offensichtlich schietegal. Der Hund verschlang die erste, dann die zweite der leicht geräucherten Würste. Schrödinger hatte sich für ein Leberkäs-Weckle entschieden. Mit ganz viel Senf. Er schlemmte. Der Hund schlemmte. Direkt vor der Metzgerei in der malerischen Altstadt. Als hätten sie seit Tagen nichts zu essen bekommen. Was angesichts des Möhren-Überschusses in der Waffelburg auch beinahe stimmte. Den gestrigen Döner hatte er während seiner Geheimmission jedenfalls allemal verdaut.

Mit gut gefüllten Mägen machten sie sich auf den Weg. Vorbei am Schloss, den anschließenden Kurgarten ließen sie zum Bedauern des Hundes links liegen, über Kopfsteinpflaster und an einer Kirche vorbei. Dann und wann schnupperte der Boxer ausgiebig, und Schrödinger hatte Zeit, sich die Auslagen der Geschäfte anzusehen. Am Marktplatz bot ein Tabakhändler Touristenkram feil. Kurz überlegte Schrödinger, eine Postkarte für Marion und die Kinder zu kaufen, aber Horst zog ihn in die andere Richtung davon. In die sie sowieso gehen mussten, wie er dem am Busbahnhof hängenden Stadtplan entnommen hatte.

Sie passierten eine Buchhandlung. In deren Schaufenster entdeckte Schrödinger zwischen jeder Menge Kochbüchern über vegane Küche, steinzeitliche Ernährung und laktovegetarische Kuchen einen kleinen Korb, in dem Auberginen, Kartoffeln und jede Menge Möhren aus Plastik lagen. Er überlegte, bei Gelegenheit noch mal nachzufragen, ob er quasi als Erinnerung an seinen Aufenthalt in der Waffelburg ausnahmsweise eine dieser Dekokarotten erwerben dürfte. Für den Moment musste er sich aber erst mal um sein Haupthaar kümmern.

Den Salon fand er auf Anhieb. Und auch das Hinweisschild mit dem durchgestrichenen Hund. Immerhin: Neben der Tür vom *Kaiserschnitt* war ein Metallhaken, an den man die Tiere anleinen konnte. Darunter lag eine Bastmatte, neben der ein Wassernapf stand. Horst fixierte den Hundeplatz und seufzte ergeben, noch ehe sein Herrchen ihn dort installiert hatte.

»Ich bin gleich wieder da.« Schrödinger tätschelte den Kopf des Boxers. Der gähnte und sah ihm mit müdem Blick nach, als er den Salon betrat. Dann fixierte der Hund die Passanten. Er kannte das ja aus Hannover. Auch dort durfte er nicht in jeden Laden. Bei den Menschen, die ihm nett erschienen, legte der Hund den Kopf schief. Die meisten bissen an, kamen zu ihm und verpassten ihm ein paar Streicheleinheiten. Kaum hatte sich die Tür hinter ihm geschlossen, sah Schrödinger aus dem Augenwinkel, wie sein Hund von einer Dame mit Krückstock getätschelt wurde. Der alte Schlingel.

Das Rauschen der Föhne schlug ihm entgegen, untermalt von türkischer Dudelmusik, die ihm sofort auf den Keks ging. Die Luft war geschwängert von zu viel Haarspray und zu viel Duftstoffen in den Shampoos. Er hielt die Luft an. Erinnerte sich an erstickende Menschen und fügte sich in sein Schicksal. Schrödinger hasste den klebrig-beißenden Geruch aus der Spraydose. Seine Exfrau hatte allmorgendlich das gemeinsame fensterlose Bad damit vernebelt. Ihre Frisur hielt zwar den ganzen Tag bombenfest, seine Zunge schien dagegen bis fast mittags bitter zu kleben. Soweit er wusste, besaß Marion kein Haarspray. Er lächelte unwillkürlich.

»Merhaba!« Ein Mädchen, das seine Tochter hätte sein können, trat auf ihn zu.

»Äh«, sagte er und stopfte die Hände in die ausgebeulten Taschen seiner Jeans. Erstens sprach er kein Türkisch. Und zweitens irritierte ihn das Aussehen der jungen Dame. Ihre Haare hatte sie unter einem hellblauen Kopftuch verborgen. Oder war es ein Handtuch? Die schwarzen Augen waren mit schwarzem Kajal umrandet. An der rechten Augenbraue prangte ein silbernes Piercing, dessen Gegenstück unter der Nase hing und ihn an jene Ringe erinnerte, mit denen Stiere auf dem Bauernhof in der Nähe seines Elternhauses malträtiert worden waren. Das Mädchen strich sich eine nicht vorhandene Strähne aus der Stirn. Schrödinger folgte fasziniert der Handbewegung und den zentimeterlangen, spitz gefeilten pinkfarbenen Fingernägeln.

»Was kann ich für Sie tun?« Das nun wiederum war perfektes Deutsch mit einem leichten schwäbischen Einschlag.

»Haare schneiden?«, schlug Schrödinger vorsichtig vor. Eine Wurzelbehandlung an anderer Stelle als dem Kopf oder eine neue orthopädische Einlage würde der Friseur ja wohl kaum anbieten. Die junge Türkin nickte.

»Sorry, wenn es hier laut ist«, sagte sie und bugsierte ihren neuen Kunden zu einem Spiegel am hinteren Ende des Raumes. »Hülyja heiratet.«

»Ja, klar«, sagte Schrödinger, obwohl ihm nichts klar war. Von Hochzeiten, türkischen zumal, wusste er nicht viel. Er hatte mal gehört, dass es so was wie eine Hennaparty gab, bei der die Frauen sich rote Paste auf die Hände malten. Und dass türkische Bräute mehrmals während der Feier das Kleid wechselten. Das wusste er von einem Kunden im Getränkemarkt, der für die große Sause seiner Tochter jammernd ob des teuren Festes Cola und Limo für ein ganzes Bataillon besorgt hatte. Schrödinger hätte ihm ja vorgeschlagen, sich die Hochzeit schönzusaufen, aber das konnte ein Moslem wohl schlecht. Er bedauerte den Mann zutiefst.

Seine eigene Hochzeit war weitaus günstiger ausgefallen. Bei der schlichten Zeremonie im Standesamt war es im Wesentlichen darum gegangen, den Papierkram zu erledigen. Der Beamte mit der schief sitzenden Krawatte hatte eine Standardrede gehalten, während Schrödinger versucht hatte, sein Magengrummeln zu ignorieren. Damals hatte er es für Hunger gehalten. Heute war er sich nicht mehr so sicher, ob sein Gedärm ihn nicht hatte vor der im Nachhinein teuren Unterschrift warnen wollen. Er schüttelte den Gedanken an seine Exfrau ab. Soviel er wusste, war sie vor der Trauung nicht beim Friseur gewesen.

»Wir machen ein Probestecken«, sagte das Mädchen, das sich nun als Ayleen vorstellte.

Schrödinger nickte und nahm auf dem roten Kunstleder Platz. Mit einer flinken Handbewegung hüllte Ayleen ihn in einen schwarzen Umhang ein, den sie im Nacken zuhakte.

»Und noch so ein paar Sachen für den großen Tag in zwei Wochen.« Ayleen zwinkerte ihm zu. Schrödinger schwieg. Dieses ganze Brimborium war ihm fremd, und er war sich ziemlich sicher, dass Marion das Ganze ebenfalls ziemlich pragmatisch sehen würde, sollte es so weit kommen. Das hoffte er zumindest.

Aus dem Nebenraum, der durch eine zwischen zwei großen Spiegeln eingebaute Schiebetür abgeteilt war, erklang vielstimmiges Frauenlachen.

Im Stuhl zwei Plätze links von ihm saß eine ebenfalls in einen Umhang eingehüllte Frau, deren Kopf unter einer leise rauschenden Trockenhaube steckte. Die Frau blätterte in einer bunten Zeitschrift. Ihr Gesicht konnte Schrödinger wegen des wuchtigen Trockengeräts nicht erkennen.

»So, dann wollen wir mal.« Ayleen klatschte in die manikürten Hände und bat ihn, sich wieder zu erheben. Dabei hatte er es sich eben erst so einigermaßen gemütlich gemacht. Er folgte der Friseurin wie ein Lämmchen auf dem Weg zum Waschplatz. Als sie an der Schiebetür vorbeikamen, wurde diese aufgeschoben. Für den Bruchteil einer Sekunde erhaschte Schrödinger einen Blick in den Raum, ehe das Holzbrett hastig wieder zugeschoben wurde. Ein halbes Dutzend Frauen hatte Handtücher um den Kopf gewickelt und Sektgläser in der Hand. Alle bis auf eine saßen. Die Stehende hielt sich etwas Blaues, Kissenartiges gegen die Stirn.

Die Person mit dem breiten Mundschutz, die hastig die Tür auf und zu gemacht hatte, kam Schrödinger vage bekannt vor. Es war ein Mann mit schwarzen Haaren, der einen kleinen Schmerbauch hatte. Seine Hände steckten in hautfarbenen Gummihandschuhen.

Den kennst du!, meldete sich das für Personenfinden zuständige Areal von Schrödingers Gehirn. Woher denn?, fragte die Ratio. Der andere Gehirnteil zuckte mit den Zellen. Keine Ahnung.

Zum Nachdenken blieb ihm auch nicht viel Zeit, denn er musste in einem verstellbaren Stuhl Platz nehmen. Die

Coiffeurin legte ihm ein Handtuch um den Nacken, ruckelte seinen Nacken in der Ausbuchtung des Waschbeckens fest und ließ Wasser über seine Haare laufen. Dann massierte sie ein nach Kokosöl duftendes Shampoo ein. Schrödinger hätte beinahe vor Wonne gegrunzt. Er liebte diesen Teil der Friseurbesuche besonders und war erstaunt, wie sanft Ayleen trotz der waffenscheinpflichtigen Fingernägel seine Kopfhaut massierte. Er bekam Gänsehaut und wollte die Augen schließen. Doch er war ja nicht zum Vergnügen hier, und so schielte er ständig zur Schiebetür. Dahinter war es ruhiger geworden. Plötzlich quiekte eine Frau, dann wurde applaudiert. Der Rest der Geräusche ging im Rauschen des handwarmen Wassers aus dem Brauseschlauch unter.

Mit einem Handtuchturban auf dem Kopf wurde er zum Schneideplatz zurückgeführt. Irrte er sich oder war die orientalische Dudelmucke um ein paar Dezibel weiter aufgedreht worden? Er hätte zu gern einen Blick ins Hinterzimmer geworfen. Aber er fand absolut keinen Grund, der das vor der Friseurin plausibel gemacht hätte. Außerdem war das da drinnen wohl so eine Frauensache, die kein Mann der Welt jemals verstehen würde. Das war wie mit dem gemeinsamen Klogang in den Kneipen. Warum mussten plötzlich alle Damen in der Runde pinkeln, wenn eine sich auf die Toilette verabschiedete? Gab es da einen geheimen Code in den weiblichen Blasen? Füllten die sich alle gleich? Er nahm sich vor, dieses Phänomen gelegentlich genauer zu untersuchen. Jetzt galt sein Augenmerk dem Salon.

Ayleen rubbelte seinen Kopf trocken und warf ihm das feuchte Handtuch über die Schultern.

»Dann wollen wir mal«, sagte sie schaffensfroh und griff zu einem grobzinkigen Kamm. Dessen Lila biss sich mit dem Pink auf ihren Nägeln. Sie fuhr Schrödinger durch die verstrubbelten Haare. Der schielte zur Schiebetür, aber diese blieb wie mit Pattex verschlossen.

Plan B.

Er brauchte einen Plan B.

»Wie immer kann ich ja schlecht fragen, wenn Sie zum ersten Mal hier sind.« Ayleen stemmte die Hände in die Hüften. Beim Lächeln blitzte ihr Piercing in der Neonbeleuchtung auf.

»Na ja, kürzer eben«, sagte Schrödinger, was er immer beim Friseur sagte. Sein Haupthaar war ihm etwa so wichtig wie das Sexualleben von Lemuren.

»Sie haben schon sehr feines Haar.« Die Fachfrau ließ die pinkfarbenen Nägel über seinen Kopf gleiten.

»Habe ich?« Über Feinheiten, schon gar welche auf seinem Kopf, hatte Schrödinger sich noch nie Gedanken gemacht. Die lichter werdenden Geheimratsecken waren ihm zwar nicht entgangen, aber da es am Hinterkopf noch zu keiner Mönchstonsur gekommen war, blieb er hinsichtlich seiner Frisur nach wie vor hannoverisch entspannt.

»Sie könnten mit koffeinhaltigen Shampoos nachhelfen«, bekundete Ayleen. Für Schrödinger ein Stichwort.

»Kaffee? Ob ich wohl einen Kaffee bekommen könnte?«, fragte er und setzte sein nettestes Lächeln auf. In der Hoffnung, dass sich die Kaffeemaschine im Hinterzimmer verbarg und er noch einen Blick auf das dortige Treiben erhaschen konnte.

»Na klar.« Ayleen legte den Kamm auf den rollbaren Wagen mit allerlei Bürsten und Lockenwicklern zurück. »Milch? Zucker?«

»Alles, danke.« Schrödinger freute sich. Sein nicht geplanter Plan schien aufzugehen.

Im selben Moment, als sich die Friseurin von ihm abwandte, schrillte ein Kurzzeitwecker. Die Dame unter der Haube zuckte zusammen, als das Gerät auf dem vor ihrem Spiegel angebrachten Regal loslegte.

»Dauert noch etwas mit dem Kaffee, ich muss die andere Kundin abwaschen«, erklärte Ayleen. Ehe sie Schrödinger – kaffee- und ratlos wie zuvor – verließ, knallte sie ihm einen Stapel Zeitschriften hin. Er nahm die oberste und staunte. Erstens, weil das Blatt wusste, dass die englische Käthe angeblich schon wieder schwanger war, mit Zwillingen. Und zweitens, weil unter der Haube … Regina zum Vorschein kam. Mit all den rosafarbenen Dauerwellwicklern auf dem Kopf hätte er seine Mitpatientin kaum erkannt. Er hielt sich die Zeitschrift vors Gesicht und tat so, als würde er sich über die Hochzeit einer ihm völlig unbekannten TV-Größe mit einem Auto-Mogul interessieren. Tatsächlich aber fragte er sich, wie Regina dank der neuen Locken eine straffere Stirn als noch gestern haben konnte. Ob Ayleen die Plastikröllchen einfach zu fest eingedreht und damit die alternde Haut gestrafft hatte?

Regina jedenfalls erhob sich mit schwingenden Hüften aus dem Stuhl. Selbst unter dem unförmigen Umhang konnte Schrödinger die immensen Ausmaße ihres Vorbaus erkennen. Er errötete automatisch und starrte auf das sicherlich hundert Mal bearbeitete Foto von Sharon Stone, die seit Jahrzehnten gleich aussah.

Regina wuchtete sich auf den zum Waschbecken gehörigen Stuhl.

»An der Stirn bitte vorsichtig«, knarzte sie, was ein bisschen wie ein Pups klang. Womöglich aber war sie nur mit den nackten Schenkeln etwas unglücklich über das Kunstleder gerutscht.

Ayleen ließ das Wasser über die Wickler laufen und polkte einen nach dem anderen aus den Haaren.

Schrödinger stand auf und sagte leise: »Könnte ich bitte auf Toilette gehen?« Er hoffte, dass die Örtlichkeit hinter der Schiebetür war. War sie nicht, wie er nun selbst sah. Das Klo war hinter einer Tür, die halb hinter einem Werberegal verborgen war, auf dem allerlei Flaschen und Tuben zu vermutlich astronomischen Preisen standen. Er schlich zurück zu seinem Platz und war froh, dass die Friseurin ihn nicht gehört hatte. Er schämte sich ein bisschen; wirklich professionell war das nicht gewesen.

Er tröstete sich mit dem Anschauen von Fotos. Schöne Menschen in schönen Kleidern an schönen Orten. Die meisten Promis kannte er nicht. Als er auf einer der letzten Seiten unter der Rubrik *Legenden* endlich ihm bekannte Gesichter entdeckte – Pierre Brice, Romy Schneider und Frank Sinatra – stellte Ayleen die Minibrause ab. Schrödinger hielt sich das Heft vors Gesicht, wie es Angeklagte gerne mit den Akten im Gerichtssaal tun, wenn die Fotografen ihre Blitzlichtkakofonie lostreten. Seine Nase berührte den Busen von Sissi. Leider nur auf dem Papier.

»Du? Hier?« Die etwas schrille Stimme von Regina ließ ihn zusammenzucken. Seine Tarnung war wohl nicht die beste gewesen. Er ließ das Heft sinken und wandte den beiden Frauen den Kopf zu.

Regina sah ihn fragend, fast vorwurfsvoll an. Sie hatte die dick nachgezogenen Augenbrauen gehoben. Ihre Stirn zeigte keinerlei Regung. Was auch am straff um den Kopf gewickelten Handtuch liegen mochte.

Irgendwie hatte Schrödinger den Eindruck, dass seine Reha-Kollegin sich ertappt fühlte, denn sie trippelte von einem Fuß auf den anderen und machte nun wirklich nicht den Anschein, als wäre sie völlig entspannt nach der kleinen Kopfmassage. Ob niemand wissen durfte, dass ihre Locken aus dem Chemielabor stammten?

»Wie schön, Sie kennen sich«, freute sich Ayleen.

»Kennen, nun ja«, sagte Regina.

»Nun ja«, wieder Schrödinger. Und konnte es dann doch nicht lassen. »Wir haben schon eine ganze Menge gemeinsam.«

»Bitte?« Wieder schnellten Reginas Augenbrauen in die Höhe, ohne die darüber liegende Haut mitzunehmen. Dem Tonfall entnahm er, dass er nicht in ihr Beuteschema passte. Und das war ihm gerade recht.

»Gleiche Klinik, gleicher Arzt, und nun noch derselbe Stylist«, sagte Schrödinger und zwinkerte der perplexen Berufsstripperin zu.

Die klappte erstaunt den rosa geschminkten Mund auf. »Der gleiche Stylist«, flüsterte sie, als ob es das größte Geheimnis wäre, dass sich hier ein Friseursalon befand.

»Da kann man mal sehen, was?« Schrödinger lächelte süffisant. Ihm war danach.

»Der gleiche Stylist«, murmelte Regina noch einmal und schüttelte ungläubig den Kopf.

»Wollen wir?« Ayleen schielte auf die Wanduhr. »Ich muss Sie noch eindrehen.«

»Eindrehen. Ja.« Regina setzte sich in Bewegung.

»Denken Sie an meinen Kaffee?«, rief Schrödinger der Friseurin hinterher.

»Ach, stimmt!« Ayleen parkte Regina an deren vorherigem Platz und erkundigte sich, ob diese auch Durst hätte. Sie verneinte. Vermutlich, weil es hier keinen Gerstensaft oder Rotwein gab. Ayleen sah von Schrödinger zu ihrer Kundin. Sie dachte offensichtlich nach und kratzte sich mit den überlangen Gelnägeln am Kopftuch.

Man konnte dem Mädchen ansehen, was hinter dem gepiercten Gesicht vor sich ging. Drei Dinge auf einmal waren wohl zu viel.

Regina seufzte.

»Machen Sie dem Mann um Himmels willen seinen Kaffee.«

Schrödinger gab sich einen Punkt.

»Und nehmen Sie ihn vor mir dran, ich habe Zeit.« So generös hätte er Regina gar nicht eingeschätzt. Doch vielleicht war sie einfach froh, aus der Öde der Klinik zu entfliehen und sich in die Welt der Reichen und Superreichen zu flüchten, selbst wenn dies nur per Zeitschrift gelang.

Ayleen huschte zur Schiebetür. Sie klopfte dreimal kurz und dreimal lang. Das Kichern erstarb. Die Musik wurde leiser gedreht. Erst dann trat die Friseurin ein. Schrödinger verrenkte möglichst unauffällig seinen Hals. Er erhaschte einen kurzen Blick auf den Rücken einer klein gewachsenen Schwarzhaarigen, deren Haare sich zu einem atemberaubend monströsen Turm auf dem Kopf stapelten, in dem

Dutzende kleiner silberner Schmetterlinge klemmten. Kurz bevor die Tür sich schloss, kam der Mann von vorhin ins Bild. Das hieß, sein rechter Arm und die behandschuhte Hand. Schrödinger kniff die Augen zusammen, konnte aber nicht genau erkennen, was diese hielt. Etwas Längliches, Schmales. Einen Kugelschreiber? Einen Schminkstift?

Während Ayleen den Kaffee zubereitete, behielt Schrödinger die Tür im Blick. Und bemerkte ganz genau, wie Regina ständig zu ihm herüberschielte und ungläubig-staunend den Kopf schüttelte. Kurz darauf öffnete eine unsichtbare Hand die Tür. Ayleen trug ein kleines silbernes Tablett heraus. Hinter ihr huschte eine Blondine durch das Hinterzimmer. Dann war die Tür zu. Die Musik wurde wieder lauter.

Schrödinger nippte am Kaffee. Den Keks würde er später Horst gönnen.

»Was machen wir?«, fragte Ayleen und zupfte Schrödingers Haare.

Wir machen gar nichts. Ich sitze, du schneidest. Dachte er. Sagte aber, was er immer sagte, wenn er bei einem Coiffeur saß: »Kurz und praktisch.«

Ayleen legte den Kopf schief und taxierte den Kopf ihres Kunden. Schrödinger folgte ihrem Blick.

»Da war schon lange kein Schnitt mehr drin«, sagte die Profifrau.

»So kann man das auch nennen«, gab Schrödinger zu. Das letzte Mal war er vor dem Urlaub beim Haareschneiden gewesen. Die danach über die Ohren wachsenden Haare hatte er mit der Nagelschere im heimischen fensterlosen Bad gekappt.

Ayleen leckte sich über das Lippenpiercing und griff zur Schermaschine. Schrödinger schloss die Augen. Er mochte es nicht sonderlich, wenn er dabei zusehen musste, wie sich jemand an seinem Kopf zu schaffen machte. Er rümpfte die Nase, als feine Härchen von oben herabrieselten und pustete deren Kollegen von der Lippe. Die Maschine brummte. Ziemlich lange, wie er fand.

Dann hörte das Brummen auf. Im selben Moment wischte Ayleen ihm mit einem weichen Pinsel über das Gesicht und den Nacken. Schrödinger öffnete die Augen. Und hätte sie am liebsten sofort wieder geschlossen: Nacken und Seitenpartie waren so raspelkurz geraten, dass man die Kopfhaut durchschimmern sah. Obenrum war nur unwesentlich weniger stehen geblieben. Er schluckte trocken. Seine Frisur ging nur ganz wenige Millimeter an einer Skinheadglatze vorbei.

Scheiße.

Ayleen tauchte die Finger in einen Tiegel und zerstrubbelte die traurigen Reste seiner Haarpracht mit Gel. Immerhin gab die Pampe etwas Fülle zurück. Dafür stank sie zum Steinerweichen nach Zitrone. Er sah nun also nicht nur aus wie ein heruntergewaschener Klostein, er roch auch wie einer.

»Schick«, beschied Regina, als er an ihr vorbei zur Kasse ging. Er konnte nicht bestimmen, ob sie das so meinte oder ob da eine Menge Ironie dabei war. Er sagte nichts, sondern nickte ihr nur wortlos zu.

Hinter der Schiebetür erstarb die Musik. Stühle wurden gerückt, helle Frauenstimmen plauderten. Schrödinger hatte es auf einmal sehr eilig und zückte seine Geldbörse, noch ehe Ayleen den Betrag in die Kasse getippt hatte.

Die Schiebetür ging auf und die kleine, zierliche Frau streckte den Kopf heraus. Der Haarturm war nun unter einem schwarzen Kopftuch verborgen, was ihr das groteske Aussehen einer Figur aus einem Science-Fiction-Film verlieh. Beinahe hätte Schrödinger lauthals gelacht.

»Wir sind dann weg«, rief die Frau und war – zack – wie weggebeamt hinter der nun wieder geschlossenen Tür.

»Tschüs, Hülya!«, rief Ayleen. Sie brauchte eine gefühlte Ewigkeit, um die Kasse zu bedienen. Als sie Schrödinger den Betrag nannte, rauschte ein ganzer Trupp Kopftuch tragender Frauen am Schaufenster vorbei. Eine blieb kurz stehen und tätschelte Horsts Kopf.

Schrödinger nestelte das Geld aus der Börse. »Stimmt so«, sagte er zu einem eigentlich viel zu üppigen Trinkgeld und wollte schnell raus aus dem Laden. Aber da war Ayleen schneller. Sie hielt ihm eine Kundenkarte unter die Nase.

Will ich nicht, brauch ich nicht, mach ich nicht, hätte Schrödinger bei jeder anderen Gelegenheit gesagt. Er war weder im Besitz einer Karte, mit der man Punkte sammeln und diese später gegen unnötigen Tand eintauschen konnte. Noch hatte er je auch nur mit dem Gedanken gespielt, sich eine Stempelkarte des Bäckers aufschwatzen zu lassen, die in vollem Zustand den Gegenwert eines Brötchens darstellte. Derlei Ballast brauchte und wollte er nicht in seinem Geldbeutel.

Aber es schien etwas auf sich zu haben mit der Stempelkarte vom *Kaiserschnitt.* Also ließ er sich erklären, was es damit auf sich hatte (wusste er schon, war nicht allzu kompliziert) und schrieb seinen Namen in das dafür vorgesehene Feld. Ayleen drückte den ersten Stempel auf. Kaum hatte sie ihm die Karte gereicht, stürmte Schrödinger hinaus, leinte Horst ab und rannte ums Haus in die Richtung, aus der die Frauen gekommen waren.

Er sah einen schmalen Durchgang und linste um die Ecke. Entdeckte drei Mülltonnen und einen kleinen Metalltisch nebst zwei Stühlen. Auf dem Tisch stand ein Aschenbecher mit Drehmechanismus, daneben eine ziemlich schlaffe Geranie. Er fixierte die Hintertür des Salons. Nach fünf Minuten war ihm klar, dass niemand mehr herauskommen würde. Schrödinger zog an der Leine. Und sich selbst an den Ohren. Er hatte den ihm bekannt vorkommenden Mann verpasst.

Horst

Schrödinger ist manchmal echt eine lahme Schnecke. Von wegen, er geht mal kurz in Friseurladen und ist gleich wieder da. Über eine Stunde war er da drinnen! Vielleicht sogar länger. Okay, die Bastmatte und der Wassernapf vor dem *Kaiserschnitt* waren ein feiner Zug, aber auch die trösteten über die Langeweile nicht hinweg. Da passte es ganz gut, dass die Metallhaken zum Festmachen der Hundeleine ein Witz sind. Die braucht man nur einmal schief anzuschauen oder kräftig dran rütteln, und schon ist der Hakenverschluss offen.

Hat mich zunächst nicht interessiert, aber dann hab ich in der Ferne einige verdächtige Geräusche gehört und musste nachschauen. Als von Natur aus neugieriger Boxer geht das ja gar nicht anders. Außerdem könnte ja jemand in Not sein. Oder ein paar Gratis-Fleischhäppchen verteilen. Man weiß ja nie.

Also schlich ich ums Haus – genau dorthin, wo Schrödinger später mit mir ebenfalls noch mal hingerannt ist, als er die lustigen Frauen verfolgen wollte. Leider gab es im Hinterhof weder Wurst noch sonstige Häppchen. Nicht mal was zu essen. Zumindest nichts, was ich so bezeichnen würde. Dafür gab es Katzen. Eine auf den Mülltonnen, eine auf dem Boden davor.

Ich bin ja der eher friedliebende Typ, aber bei manchen Vierbeinern ist mein Geduldsguthaben einfach ziemlich schnell aufgebraucht. Insbesondere Katzen wissen ganz genau, welche Tasten sie bei mir drücken müssen, um mich von Null auf mindestens Hundertachtzig zu bringen. Allein die Art, wie sie immer jammern und fauchen. Und dann dieses arrogante Herumstolzieren! Diesmal versuchten sie es mit dem Katzenbuckel, der ebenfalls nicht gerade zur Entspannung beiträgt.

Aber einmal laut gebellt, schon erstarren sie in der Bewegung. Hach, was für ein Anblick! Einen Moment glotzen sie blöd, dann wetzen sie in einem Affentempo davon. Ja, einen solchen Respekt kann man nicht kaufen, den hat man oder hat ihn nicht.

Ich nutzte die Gelegenheit, um mich hier mal richtig umzusehen. Manchmal liegt ja bei den Mülltonnen irgendwas Brauchbares herum. Heute leider nicht. Dafür nehme ich was anderes wahr: Diesen komischen Geruch, den ich in der Klinik schon einige Male gerochen habe. Und auch bei dem toten Johann gestern. Was genau da meinem Nasensensor aufgefallen ist, weiß ich nicht. Als ich Schrödinger später darauf hinweisen will, merkt der mal wieder nix. Wie die Menschen mit so einem schwachen Riechorgan überhaupt an die Spitze der Nahrungskette gelangen konnten, ist mir echt ein Rätsel.

Na ja, nachdem es im Hinterhof nix Interessantes mehr gab, war ich zu meinem Platz auf der Matte zurückgekehrt. So ein Patrouillengang ist ja auch ziemlich anstrengend. Kaum hatte ich mich vorne wieder ausgestreckt, kommt so ein kleines Kind vorbei und versucht mich mit seinen klebrigen Schokoladefingern anzufassen. Ausgerechnet Schokolade! Weiß das Mädchen denn nicht, dass wir Hunde die nicht vertragen?

Nein, offenbar nicht.

Dafür wird die Helikoptermutter sofort panisch, als der Nachwuchs mich berühren will. Ja, hätte sie mal vorher aufgepasst und nicht bloß aufs Handy geglotzt! Mit einem Aufschrei hat sie die Kleine zurückgerissen und dann noch einen weiteren ausgestoßen, als sie sah, dass ich nicht mehr angeleint war. Musste sie auch gleich korrigieren. Als wenn das was bringen würde. Doch ich ließ sie machen. Einbildung ist schließlich auch eine Bildung.

Danach herrschte endlich Ruhe. Zumindest bis Herrchen aus dem Laden stürmte und mit mir wieder in die Gasse wollte. Für nix und wieder nix. Herrlich.

Schrödinger

Nach einer gescheiterten Ehe und einem auch sonst nicht ganz sorgenfreien Leben war Schrödinger Niederlagen und Rückschläge zwar gewöhnt, dennoch wurmte es ihn, dass er den Typen im *Kaiserschnitt* durch seine eigene Dummheit entwischen lassen hatte. Und dass er noch immer partout nicht darauf kam, woher er den Kerl kannte. Das Einzige, was er zuordnen konnte, war, dass Mister Unbekannt irgendwas mit der Waffelburg zu tun hatte. Deshalb führte sein nächster Weg auch direkt zurück zur Rehaklinik.

Laut seiner Armbanduhr herrschte gerade Mittagszeit. Den Weg zum Speisesaal verkniff er sich trotzdem, weil er jetzt erstens keine Lust auf die Unterhaltungen am Gemeinschaftstisch und zweitens nicht schon wieder ein widerliches Möhrengericht essen wollte. Da ging er, nachdem er Horst ins Zimmer gebracht hatte, lieber am Kiosk vorbei und hielt nebenbei Ausschau nach Mister Unbekannt.

Den fand er zwar nicht, lief dafür aber einem gewissen Massagisten in die solariumgebräunten Arme.

»Da bist du ja. Ich dachte schon, du hast unser Date vergessen.« Detlev stemmte theatralisch die Hände in die Hüften und betrachtete ihn mit tadelnder Miene.

»Was denn für ein Date?« Schrödinger riss die Augen erschrocken auf. Das Bild eines romantischen Dinners bei Kerzenschein und einem gemeinsamen Teller Spaghetti drängte sich förmlich auf.

»Na, unseren Termin um zwölf. Du, ich, die Massageliege. Body to body. Du verstehst schon.«

Er verstand durchaus, auch wenn ihm der zweideutige Unterton des Gesprächs nicht behagte.

»Was hast du überhaupt mit deinen Haaren gemacht?«

»Das … äh … war ein Unfall.«

»Ja, so sieht das auch aus. Ich persönlich stehe ja auf ganz glatt. Wieso hast du nicht gleich alles abrasieren lassen? Wäre auf jeden Fall praktischer gewesen.«

»Das … äh …« Schrödinger wusste nicht, was er darauf erwidern sollte, und folgte dem Therapeuten unwillig zu dessen Behandlungsräumen. Große Lust darauf verspürte er nicht. Aber zumindest würde die Massage bloß zwanzig Minuten dauern und seiner Bandscheibe guttun. Außerdem waren die Gespräche mit Detlev in der Regel ziemlich ergiebig.

»Also, jetzt mal raus mit der Sprache«, begann Detlev, kaum dass er mit dem Rückenkneten angefangen hatte. »Hast du eine Wette verloren oder warum sind deine Haare so kurz?«

»Morgen kommt mich meine Freundin besuchen und ich wollte gut für sie aussehen.«

»Oh …. na, das erklärt vieles. Wie lange seid ihr zusammen?«

»Ein paar Monate.«

»Uuuuuh … jetzt verstehe ich, dass du dich für sie ins Zeug legen willst. Ich hoffe nur, sie steht auf kurz.«

Es wäre immerhin das einzige an mir, das kurz ist, lag es ihm auf der Zunge. Er verkniff sich den typischen Prahlhans-Spruch, weil ein solches lautes Trommeln eh nicht sein Ding war. Zudem fürchtete er sich vor dem, was Detlev erwidern könnte. »Beim Friseur hab ich was Komisches gesehen.«

»Na, jetzt machst du mich neugierig.« Der Massagist drückte enthusiastisch an der Hüfte herum und erwischte eine besonders empfindliche Stelle. Schrödinger zuckte zusammen. Tränen schossen ihm in die Augen. Er brauchte einige Sekunden, um den Schmerz zu veratmen.

»Da war so eine Frau im Nebenraum«, sagte er dann. »Die hat sich ein kleines blaues Kissen gegen die Stirn gedrückt.«

»Ein Kissen? Bist du sicher? Oder war es eher ein Kühlakku?«

Schrödinger dachte einen Moment darüber nach. Eine neue Welle des Schmerzes durchzuckte ihn. Vielleicht erschien ihm die Möglichkeit eines Kühlakkus auch deshalb auf einmal sehr viel attraktiver. »Könnte auch sein.«

»Sah die Frau irgendwie derangiert aus?«

»Derangiert?«

»Na ja. War ihre Kleidung kaputt? Wirkte sie aufgelöst oder weinte sie?«

»Nein. Wieso?«

»Dann können wir wohl ausschließen, dass sie verprügelt worden ist. Dann fällt mir nur noch eine Erklärung ein.«

»Die da wäre?«

»Botox-Party.«

Schrödinger verstand mal wieder bloß Bahnhof. Was zum Geier sollte eine Botox-Party sein? So was wie eine Tupper-Party, nur mit Nervengift?

»Waren da noch weitere Frauen?«

»Ja, allerdings.«

»Gab es Sekt und/oder ein paar leckere Häppchen?«

»Ja.«

»Botox-Party. Ganz eindeutig. Du kennst so was nicht? Warum wundert mich das nicht? Das ist nix für den normalen Hetero-Zuchtbullen. Da treffen sich ein paar Freundinnen und lassen sich was in die Haut injizieren, damit sie für euch weiterhin knackig frisch erscheinen. Ab einem gewissen Alter will und muss die Haut gepflegt werden, um tip-top auszusehen. Spätestens ab dreißig ist das echt harte Arbeit. Ich sag nur Krähenfüße und Zornesfalten. Baustellen gibt es da viele.«

»Woher weißt du … Autsch! … so was?«

»Ich bitte dich! So was weiß man doch, wenn man auf dem heiß umkämpften Markt bestehen will. Ich bin zwar erst siebenundzwanzig, aber auch an mir geht das Alter nicht spurlos vorüber.«

»Siebenundzwanzig?«

»Ja, ich weiß, ich sehe jünger aus.«

Eher das Gegenteil, dachte Schrödinger, sprach es aber aus Rücksicht auf seine ohnehin pochende Bandscheibe nicht aus. Außerdem hatte ihn das ganze Botox-Thema ins Grübeln gebracht. Er war ja absolut kein Fachmann für so was. Und Yesim würde es ihm bestimmt wieder so erklären, als wäre sie Hochschulprofessorin und er ein besonders debiler Sonderschüler. Wenn es um Gifte ging, wäre eine Unterhaltung mit einem Arzt sicher keine schlechte Idee. Der einzige MediDoc, der ihm dazu spontan einfiel, war Orhan. Der war zwar vermutlich ein Quacksalber, wie er im Buche stand, doch bekanntlich fanden ja auch blinde Hühner mal ein Korn.

Detlev hatte wieder ganze Arbeit geleistet. Nach der Massage ließen die Hüftschmerzen sprunghaft nach, und Schrödinger fühlte sich flink wie ein junges Reh im ersten Morgenrot. Er beschloss, die neu gewonnene Vitalität gleich für den nächsten Punkt auf seiner To-Do-Liste zu verwenden. Das hieß, er versuchte es.

Inzwischen war für viele offenbar die Mittagspause vorüber. Auf den Klinikfluren war ähnlich viel los wie bei der Völkerwanderung der Germanen. Dadurch kam er nur mühsam vorwärts. Und brauchte nicht lange, um auf die nächsten bekannten Gesichter zu stoßen. Die in dem Fall Frank und Susanne gehörten.

»Meene Güde, wie siehst'n du aus? Biste unter'n Rasenmäher gekomm'n?«, fragte die blonde Sächsin.

»Oder willst du in Bad Mergentheim eine neue Niederlassung der NPD eröffnen?«, schob Frank hinterher.

Beide grinsten sie von einem Ohr zum anderen.

»Haha, ihr hattet offenbar einen Clown zum Mittagessen. War er wenigstens lecker?«

»Och, komm, hab dich doch nich so. Du weeßt doch: Wer den Schaden hat, braucht für'n Spott nich zu sorg'n.«

Das stimmte zwar, machte es aber nicht besser.

»Ich muss dann mal wieder«, verabschiedeter er sich deshalb im Gehen.

»Sehen wir uns nachher zur Gymnastik?«, rief ihm Frank hinterher.

Schrödinger drehte sich um, ohne stehen zu bleiben. »Keine Zeit. Ich habe einen anderen Termin.«

Oder auch nicht.

Zwar hatte er das Glück, Dr. Orhan direkt an der Tür zu seiner Praxis abzupassen, damit war sein Guthaben bei Fortuna für den Moment jedoch schon ausgeschöpft. Auf die Frage, ob er ihn mal kurz sprechen könnte, reagierte der Arzt mit einem tiefen Seufzer. »Geht es um den Vorfall gestern?«

»Nicht direkt. Es ist eher eine medizinische Sache.«

Kurioserweise wirkte der Weißkittel nun erst richtig überrascht. »Ach so, ja. Leider habe ich jetzt gerade keine Zeit. Mein nächster Patient kommt gleich.«

»Und später?«, fragte Schrödinger mit möglichst flehendem Blick. Er bewegte sich, als spürte er ein unangenehmes Jucken im Schritt und bräuchte dringend ärztliche Unterstützung. Bei so etwas konnte niemand mit dem hippokratischen Eid wegsehen.

Dr. Orhan zögerte trotzdem, bevor er abermals tief seufzte. »Also gut, was halten Sie von sechzehn Uhr?«

»Sehr viel. Danke, dann sehen wir uns nachher.«

Mit den Worten »Ich kann es kaum erwarten«, nickte ihm der Doc noch einmal zu, bevor er im Behandlungszimmer verschwand.

Um vier war zwar allemal besser als morgen oder übermorgen, ließ aber trotzdem ein größeres Zeitfenster offen, das Schrödinger erst einmal füllen musste. Theoretisch wäre er jetzt tatsächlich für den Gymnastikkurs verfügbar, doch lieber bettelte er die Klinikköche um eine doppelte Portion Karotten an, bevor er freiwillig zum Sport gegangen wäre. Irgendwie würde er die restlichen Stunden bis dahin schon rumkriegen.

Beim Thema Zeit-Absitzen kam ihm interessanterweise sofort Horst in den Sinn. Wenn sie im Moment eine Zwangspause einlegen mussten, konnte der Boxer doch noch ein wenig Zeit bei Frau Haferkant und Pfleger Michael verbringen. Vielleicht konnte Schrödinger dort ja auch ein wenig zuschauen. Er wollte sich ohnehin mal erkundigen, wie das Hund-Unfallopfer-Experiment lief. Die Idee begeisterte ihn mit jeder Sekunde mehr.

Der Boxer war schnell geholt und stellte sich gar nicht besonders widerstrebend an, als Schrödinger sich mit ihm auf den Weg zum Fahrstuhl machte. Ganz bewusst hatte er weder die alte Frau noch den Pfleger erwähnt, um Horst nicht zu verschrecken. Wenn es darauf ankam, verstand der Vierbeiner nämlich verblüffend viel. Und da Schrödinger nicht abschätzen konnte, wie es um die hündische Begeisterung für derlei Einsätze stand, wollte er lieber kein Risiko eingehen. Einen unwilligen und sich ständig windenden Boxer quer durch eine Rehaklinik zu schleppen, stand definitiv nicht auf seiner Wunschliste.

Außerdem kam es beim Verlassen des Aufzugs eh vollkommen anders, als er sich das gedacht hatte. Auch diesmal waren es bekannte Gesichter, die ihm einen Strich durch die Rechnung machten. Allerdings keine sympathischen.

Keine fünfzig Meter entfernt, am anderen Ende des langen Korridors, traten gerade der Hausmeister und die Nachtschwester auf den ansonsten menschenleeren Flur hinaus. Beide lächelten sie zufrieden, als hätten sie in dem Raum hinter der Tür entweder eine Nummer geschoben und sich heimlich einen Joint genehmigt. Schrödinger wusste nicht, welche der beiden Vorstellungen absurder war.

Er schüttelte den Gedanken angewidert ab und sah zu, dass Horst und er hinter einem Broschürenständer in Deckung gingen, bevor die beiden in ihre Richtung sahen. Seine Neugier war geweckt und er wollte unbedingt erfahren, was die zwei im Schilde führten. Nach einem ganz normalen Arbeitsgeplänkel sah das hier nämlich bei weitem nicht aus. Außerdem dürfte der Nachtdrachen wie üblich für seine Schicht einige Stunden zu früh dran sein.

Unglücklicherweise kamen die zwei direkt auf sie zugelaufen. Würde das Versteck genügen? Auf einmal war Schrödinger da nicht mehr so sicher. Vorsichtshalber ging er in die Hocke und nahm Horst auf den Schoß. Es war eine ähnliche Situation wie heute Morgen im Badezimmer. Auch jetzt betete er, dass der Hund keinen einzigen Laut von sich gab und kein Mensch zur falschen Zeit in die falsche Richtung schaute.

Und tatsächlich: Während Schrödinger bereits in seinem Repertoire nach der plausibelsten Ausrede durchforstete, bogen die zwei Frohnaturen an der Kreuzung nur wenige Meter vor ihm nach rechts ab.

Schrödinger seufzte erleichtert. Wartete ab, bis die anderen weit genug vorgegangen waren, und folgte dann. Zunächst in Richtung Aufenthaltsraum und Hinterausgang. Vielleicht wollten sie bloß ihre übliche Runde durch den Park drehen. Doch selbst dafür wären sie heute zu früh dran.

Auf einmal blieben sie vor einer Tür stehen. Schrödinger und Horst gingen hinter der nächsten Flurecke in Deckung. Derweil hatte der Hausmeister einen gewaltigen Schlüsselbund aus der Tasche gefischt und öffnete mit einer bemerkenswerten Seelenruhe das Schloss. Seine Begleiterin hingegen schaute sich einige Male unruhig um. Wie passte das denn zusammen? Gleich darauf schlüpften die beiden Drachen durch die Tür und zogen sie hinter sich zu.

Mist.

Was nun? Sie ziehen lassen und weiter zu Frau Haferkant gehen? Das wäre vermutlich das Klügste. Aber Schrödinger war nicht klug, sondern neugierig. Also wartete er auch diesmal einige Sekunden lang ab und öffnete dann ebenfalls die Tür.

Offenbar handelte es sich um den Kellereingang. Schwere Steinstufen führten in muffige, kaltfeuchte Dunkelheit. Ihnen da hinab zu folgen, fühlte sich noch viel weniger wie eine gute Idee an. Er kannte Horrorfilme, die genauso begannen. Horrorfilme von Leuten, die auf Nimmerwiedersehen verschwanden und von irgendwelchen Psychos zu Tode gefoltert wurden. Traute er den beiden Derartiges zu? Definitiv.

Dennoch konnte er nicht anders, als Horst abermals auf den Arm zu wuchten und sich leise an der rauen Zementwand hinabzutasten. Obwohl die Temperatur stetig abnahm, wurde Schrödinger immer wärmer. Möglicherweise lag es an der molligen Hundewärme an seiner Seite, eventuell auch an der ganzen Situation.

Unten brannte ein orangefarbenes Funzellicht. Zu sehen gab es nichts außer aufgestapelten Kartons, kaputten Möbelstücken und mit Dosen gefüllten Regalen. Dafür vernahm er gedämpfte, ausgelassene Stimmen. Der Hausmeister und die Oberfeldwebelfrau lachten und waren guter Dinge. Vermutlich war dies das Gruseligste überhaupt. Vielleicht befanden sich die zwei tatsächlich auf dem Weg zu einem Folteropfer und freuten sich darauf, ihm die nächsten Gliedmaßen zu amputieren. Auch hier sah Schrödinger vor dem geistigen Auge unweigerlich die dazugehörigen blutigen Bilder.

Mit einer Gänsehaut von Kopf bis Fuß ließ er Horst zu Boden und schlich den Stimmen hinterher. Ein leicht süßlicher Geruch erfüllte zunehmend die Luft, den Schrödinger nur schwer zuordnen konnte. Irgendwoher kannte er ihn, kam aber mal wieder nicht darauf, woher.

Die Stimmen lotsten ihn zu einem Raum am linken Flurende. Die Tür dazu war nur angelehnt, sodass er sich problemlos vorbeugen und einen Blick hineinwerfen konnte. Was er darin sah, verstand er zunächst gar nicht.

Auch diese Kammer war in diffuses Halbdunkel getaucht. Die befürchtete Blutlache und die abgetrennten Körperteile gab es nicht. Stattdessen eine uralte Maschine zwei bauchigen Kesseln, mehreren Rohren und einer schüsselförmigen Öffnung an der Oberseite des einen Bauteils. Der Hausmeister klopfte gegen eine runde Glasanzeige, die wie ein Tacho aussah, und murmelte etwas, das Schrödinger nicht verstand. Was immer der alte Mann dort sah, es dämpfte seine gute Laune. Er beschwerte sich über eine nicht konstante Temperatur, die das Brennen beeinträchtigen würde.

Brennen?

Endlich fiel der Groschen.

Der Hausmeister betrieb im Keller eine Schwarz- beziehungsweise vielmehr eher eine Geheimbrennerei. Er brannte heimlich Schnaps. Wie als Bestätigung dafür bemerkte Schrödinger hinter der Maschine ein breites Regal voller durchsichtiger Flaschen. Gut die Hälfte davon war mit einer bräunlichen Flüssigkeit gefüllt. Auf einmal ergab auch das mit dem süßlichen Geruch einen Sinn. Schrödinger kannte ihn aus dem Getränkemarkt von den hochprozentigen Sachen. Der alte Schlawiner hatte es offenbar faustdick hinter den Ohren.

Kurioserweise erschien ihm der Hausmeister dadurch sogar eine Spur menschlicher und sympathischer. Jedenfalls einen Moment lang. Dann sagte der Zorngiebel etwas, in dem das Wort *Schrödinger* vorkam. Gerufen hatten sie Herrchen und Hund jedoch nicht. Viel mehr drehte sich die Unterhaltung der beiden Schnapsbrenner um ihn.

»Wenn du mich fragst, ist er ein typischer Polizeispitzel«, sagte der Hausmeister. »Er wurde hier eingeschleust, um sich umzusehen und uns auffliegen zu lassen. Ist dir mal aufgefallen, wo der sich überall rumtreibt und wie er sich immer umschaut? Das macht niemand ohne Grund.«

»Quatsch«, widersprach die Nachtschwester. Sie klang noch immer vergnügt. »Der und Spitzel? Für so was hat er gar nicht das Zeug.«

»Dass du dich mal nicht täuschst! Stille Wasser sind bekanntlich tief und dreckig. Ich verfolge übrigens noch eine zweite Theorie. Vielleicht ist er auch ein Auftragskiller. Ja, ich weiß, er sieht nicht danach aus. Trotzdem, tu den Gedanken nicht so vorschnell ab. Überleg doch mal: Kaum ist der Kerl hier, gibt es zwei Todesfälle. Es würde mich nicht wundern, wenn bald noch jemand den Löffel abgibt. Und bei den Leichen war er immer irgendwie in der Nähe.«

»Du ziehst dir da was an den Haaren herbei. Jeder Patient hat irgendwie mit jedem anderen Patienten zu tun. Das ist an so einem Ort einfach so. In meinen Augen ist der Typ einfach eine Flachzange und genauso dämlich wie sein Hund. Ich meine, wer besteht denn darauf, Schrödinger genannt zu werden? Glaub mir, Bruderherz, der Mann kocht nur mit Wasser. Und auch das ist nur lauwarm.«

Bruderherz? Die zwei waren Geschwister? Das erklärte vieles, gleichzeitig aber auch gar nichts.

Schrödinger taumelte benommen zurück. Die Fülle an neuen Informationen ließ ihn schwindlig werden. In seinem Hirn überschlugen sich die Gedanken und Emotionen. Ihm war gleichermaßen nach irrem Lachen wie Kopfschütteln zumute. Und danach, die Stirn gegen die Wand zu hämmern. Wenigstens bei einer Sache war er sich nach wie vor sicher: dass die beiden eine ziemliche Macke hatten.

Gern hätte er einen Moment in Ruhe über alles nachgedacht. Doch ihm blieb keine Zeit dafür. Die zwei machten Anstalten, sich umzudrehen und den Raum zu verlassen.

Scheiße.

Er musste hier weg. Und das ziemlich pronto. Also rannte er los und probierte wahllos die anderen Türklinken aus. Gleich bei der zweiten landete er einen Volltreffer. Die Tür führte zum Heizungsraum und war nicht abgeschlossen.

»Los, komm«, zischte er Horst zu und versteckte sich hinter der gewaltigen Heizungsanlage.

Das klappte sogar besser als gedacht. Keiner der beiden schaute in diesen Bereich des Kellers. Sie gingen einfach weiter zur Treppe und dort hinauf zum Erdgeschoss. Hier allerdings zeigte sich ein ganz anderes Problem: Draußen zog der Hausmeister klirrend seinen Schlüsselbund hervor – und sperrte die Tür wieder ab.

Horst

Schrödinger ist eine Flachzange. Genauso, wie Schwester Ingeborg es gesagt hat. Anstatt gleich aus dem Keller rauszurennen, versteckt er sich – und mich – lieber in einem finsteren Loch und lässt uns einschließen.

Echt jetzt?

Was hat er denn gedacht, was die zwei Geschwister tun würden, nachdem sie ihren Kontrollgang bei der sicherlich verbotenen Alkoholmaschine beendet hatten? Es ist ja nicht so, als wäre der Zugang zum Keller nicht auch vorher abgesperrt gewesen.

Jetzt sitzen wir hier fest. Herrchen will es noch nicht wahrhaben und sucht sämtliche nicht abgeschlossenen Räume ab. Doch hier gibt es keine geheimen Sklaventunnel oder Fluchtwege über die Grenze. Hab ich schon erwähnt, dass wir hier festsitzen? Das ist ziemlich Kacke.

Schrödinger

Mit einem resignierenden Stöhnen sank er auf einen Bürostuhl mit der schiefen Lehne und den nur noch drei funktionstüchtigen Rollen. Er kippte leicht zur Seite, doch das war ihm egal. Ebenso wie die alten Aktenregale in dem Zimmer gegenüber der Schnapsbrennerei. Keiner der Ordner mit den über zwanzig Jahre alten Beschriftungen würde ihm hier weiterhelfen. Hinter einer der Mappen hatte er zwar einen bemerkenswerten Stapel alter Playboy-Ausgaben von Ende der Achtziger und Anfang der Neunziger gefunden, aber auch die *Baywatch*-Nixen auf den Covern und die vielen Erinnerungen an Schrödingers damit verbundene Jugendzeit trösteten ihn nicht über den aktuellen Rückschlag hinweg.

Wenn er wenigstens ein Handy besäße, hätte er Hilfe anfordern können, so aber blieb ihm keine andere Wahl, als abzuwarten und das Beste zu hoffen. Auf sein lautstarkes Hämmern gegen die Tür im Erdgeschoss jedenfalls hatte niemand reagiert.

Verdammte Axt!

Kopf hoch, verdursten wirst du nicht, versuchte er sich aufzumuntern. Einen Atemzug lang spielte er wirklich mit der Idee, sich nebenan einen hinter die Binde zu kippen. Es würde den Schmerz über den dämlichen Fehler zweifellos lindern. Gleichzeitig ermahnte sich Schrödinger, nüchtern zu bleiben. Mit einem Suffschädel würde er hier gleich dreimal nicht rauskommen.

Während er beobachtete, wie Horst skeptisch an den alten Kellermauern schnupperte, erinnerte sich Schrödinger an einen Zeitungsartikel, den er vor einigen Jahren gelesen hatte. Darin war es um einen Pater gegangen, der in einer badischen Kleinstadt ein Skelett in einem ähnlichen Keller wie diesem hier gefunden und dann den dazugehörigen Mord aufgeklärt hatte. Würde es ihm in der Waffelburg ähnlich ergehen? Statt dass er Detektiv spielte, nur noch irgendjemand seine sterblichen Überreste finden würde? Unsinn! Sicher würde der Hausmeister später noch einmal nach dem Rechten sehen. Immerhin war er ja mit der Anzeige seiner Maschine nicht zufrieden gewesen. Schade, dass der Apparat so alt war, dass es nirgendwo einen Alarm auslösen würde, wenn er irgendwas daran manipulieren würde. Von daher konnte er auch diese Idee vergessen.

Widerwillig stand er auf. Horst trat sofort an seine Seite, so als hoffte er, Herrchen wäre eine Lösung für ihr Dilemma eingefallen. Doch davon befanden sie sich noch immer kilometerweit entfernt. Missmutig schaute er sich noch einmal im Raum um. Links hinter der Tür standen mehrere alte Holzschreibtische übereinander. Die könnte man notfalls verfeuern, mehr allerdings nicht. Daneben stand ein fleckiger Wandspiegel. Auch der half ihm nicht weiter, brachte ihn aber bei einem Blick hinein erneut ins Grübeln.

Susanne, Frank und Detlev hatten recht: Die neue Frisur sah wirklich furchtbar aus. Was würde Marion dazu sagen? Sollte er ihr für morgen vielleicht lieber absagen und eine Ausrede vorschieben, damit sie ihn so nicht sehen musste? Auf einmal erschien ihm das Glück mit ihr äußerst fragil.

Aber traute er ihr ernsthaft zu, dass sie ihn wegen solch einer Nichtigkeit in den Wind schoss? Nein, dazu war seine Liebste gar nicht der Typ Mensch. Allerdings würde die Fast-Glatze vermutlich auch nicht unbedingt als Aphrodisiakum wirken. Was im Umkehrschluss bedeutete, dass er im schlimmsten Fall auf dem Trocknen sitzenbleiben würde. Doch das tat er ja in der Klinik sowieso. Ein großer Unterschied wäre es daher nicht.

Die Gedanken an Marion wärmten sein Herz. Wenn sie morgen in Bad Mergentheim anreiste und ihn nicht vorfand, würde sie Alarm schlagen. Spätestens dann würde jemand auftauchen und ihn retten. Bis dahin war zwar noch Zeit, aber die besaß er ja momentan eh im Überfluss, oder?

Zwei Stunden später hatte er die Playboys nach Erscheinungsdatum sortiert und die interessanten Interviews (selbstverständlich nur die Interviews!) und Reportagen durchgelesen. Außerdem war er auf einige durchaus passable wenn auch anzügliche Witze gestoßen.

Das Klirren eines Schlüsselbundes zerriss die Stille. Horst horchte auf und auch Schrödinger war mit einem Satz auf den Beinen. Nach kurzem Umschauen beschloss er, sich bei den Schreibtischen hinter der Tür zu verstecken. Dort wären sie bei einem flüchtigen Blick ins Zimmer nicht sofort zu entdecken.

Die Vorsicht erwies sich als unnötig. Schlurfende Schritte näherten sich über den langen Korridor und bogen zielgerichtet in den Raum mit der Schnapsbrennerei ab. Was auch endgültig die Frage klärte, um welchen Besucher es sich handelte.

Schrödinger zögerte nicht lange. Er packte sich den Boxer unter den Arm, schlüpfte zur Tür hinaus und flitzte so schnell es ging den Flur nach vorne. Bei den ersten Schritten achtete er noch darauf, möglichst leise zu sein. Zum Schluss rannte er, so flink ihn seine Beine trugen. Am Fuß der Treppe schaute er kurz über die Schulter. Kein Hausmeister in Sicht. Selbst wenn, wäre es ihm egal gewesen. Schrödinger rannte die Stufen hinauf und war noch nie so froh gewesen, Tageslicht zu sehen.

Die Ironie an der ganzen Sache war, dass er im Keller exakt die Zeit verbracht hatte, die er ohnehin überbrücken musste. Als Schrödinger auf dem tageslichterhellten Klinikflur auf seine Armbanduhr schaute, glaubte er es kaum:

Es war fünf Minuten vor vier. Wenn er sich beeilte, würde er es sogar noch pünktlich zum Termin mit Dr. Orhan schaffen.

Um den Hund zurück aufs Zimmer zu bringen, reichte die Zeit allerdings nicht. Aber so erleichtert, wie Schrödinger über seine Freilassung war, war das nichts, worüber er sich Sorgen machte. Wie erwartet, reagierte der Doktor auf Horst zwar anfangs etwas skeptisch, ließ sich mit der Erklärung »Den brauche ich als seelischen Beistand« aber erst mal besänftigen.

»Also, was für einen medizinischen Rat brauchen Sie denn?«, fragte Orhan, nachdem er in seinem Bürosessel Platz genommen hatte. »Sie machten vorhin Andeutungen über ein gewisses Jucken im Intimbereich?« Schrödinger saß auf der anderen Seite des Schreibtisches mit Horst direkt zu seinen Füßen. Auf den ersten Blick sah es tatsächlich so aus, als würde der Vierbeiner ihm Beistand leisten. Bei genauer Betrachtung vernahm man allerdings ein leises Schnarchen. Das Herrchen freilich wurde puterrot.

Selbst wenn er ein paar Kalamitäten in der privaten Region hätte, wäre Dr. Orhan ganz bestimmt nicht der Arzt, den er zu Rate ziehen würde.

»Machen Sie sich doch bitte mal frei«, wies der Arzt ihn an. Doch Schrödinger dachte im Traum nicht daran, seinen Schniepel freizulegen.

»Das … Jucken … ist verschwunden«, haspelte er.

»Von jetzt auf gleich?«

»Ja, also. Ja doch.« Er holte Luft. »War wohl nur eine Allergie.« Schrödinger starrte auf seine Hände. Und bereute das sofort, denn der amüsierte und scheinbar wissende Blick seines Geschlechtsgenossen war eindeutig.

»Man ist ja schon manchmal alleine in der Reha«, zeigte Dr. Orhan sich verständnisvoll und wollte sich erheben. Für ihn war das Thema damit offensichtlich durch. Für den nicht kranken Patienten allerdings nicht.

»Einen Moment bitte«, sagte Schrödinger.

Dr. Orhan setzte sich wieder. »Wo juckt es denn noch?«

Unter den Fingernägeln, dachte der frisch geschorene Patient. Sagte aber: »Ich … äh … habe einige Fragen zu Botox.«

Der Blick des Arztes verfinsterte sich. »Ach ja? Warum genau?«

Weil ich vorhin höchstwahrscheinlich Zeuge bei einer Botox-Party war und sonst auf die Schnelle niemanden fragen kann, der sich hoffentlich auskennt. Dachte Schrödinger. Sagte stattdessen aber: »Na ja, erst mal das Allgemeine. Stimmt es, dass es sich dabei um Schlangengift handelt?«

»Wo haben Sie das denn her?« Orhan klang beinahe amüsiert. Seine Finger flitzten über die Tastatur. »Botulinumtoxin – wie wir Fachleute sagen – ist ein synthetisch hergestellter Stoff. Ah, hier steht es: Ursprünglich entstand es vor allem in Wurstdosen, die zu lange gelagert wurden. Das hat einigen armen Soldaten vor allem aus England im Ersten Weltkrieg den Heldentod beim Futtern eingebracht. Mit irgendwelchen widerlichen Kriechtieren hat das nichts zu tun.«

Das hatte Schrödinger zwar in abgeschwächter Form schon gewusst, trotzdem war die Frage gut gewesen, um dem Mediziner einen Teil seiner Skepsis zu nehmen. Gleiches galt für die nächste Frage: »Wofür ist das Zeug überhaupt gedacht? Also, abgesehen von diesen Schönheitssachen.«

Ein weiterer irritierter Blick und weiteres Tastaturgeklacker. »In der Neurologie wird Botulinumtoxin primär zur Behandlung von Bewegungsstörungen verwendet. Zum Beispiel, wenn man einen spastischen Spitzfuß oder einen Patienten mit Zerebralparese hat.«

»Einen was?«, hakte Schrödinger nach, blieb aber unbeachtet.

»Außerdem wird es bei einem Lidkrampf oder Schiefhals eingesetzt. Weitere Anwendungsgebiete sind die Behandlung von Spannungskopfschmerzen und Migräne, einer Speiseröhrenengstellung oder von Analfissuren. Was genau davon plagt sie?«

»N-nichts. Ich bin nur neugierig.«

»Schon klar.«

»Wie kommt man an das Nervengift?«

»Sie stellen schon reichlich merkwürdige Fragen, wenn ich das mal so sagen darf. Wollen Sie eine eigene Praxis aufmachen?«

»Selbstverständlich nicht. Braucht man so was denn dafür?«

»Eine Praxis? Ja. Botox ist verschreibungspflichtig.«

»Wie ist das bei … äh … Kosmetikerinnen?« Um ein Haar hätte er *Friseurin* gesagt.

»Auf keinen Fall! Solche Injektionen dürfen nur *richtige* Ärzte durchführen. Nicht mal Zahnärzte sind dazu berechtigt. Und jeder andere macht sich ebenso strafbar.«

Diese Information musste er erst mal sacken lassen. Orhan

allerdings deutete sein Schweigen offenbar als Zweifel und schob hinterher: »Natürlich wird es trotzdem gemacht. Ich habe von Botox-Partys und sogar Sonnenstudios gehört, die so was anbieten. Damit begeben sich diese Leute in eine ziemlich finstere rechtliche Grauzone und handeln sich leicht Ärger mit den Ärztekammern ein. Von der Gesellschaft für Botulinum-Therapie ganz zu schweigen.«

Das Letzte sagte er sogar, ohne dafür Rücksprache mit dem Internet zu halten. Schrödinger wusste nicht, ob ihn das freuen oder noch mehr ins Grübeln bringen sollte. Da passte es recht gut, dass Horst in dem Augenblick fragend den Kopf hob.

»Wollen Sie sich verjüngen lassen?« Dr. Orhan kam auf den Punkt. Horst schnaubte unter dem Tisch. Vermutlich war es dem Hund piepegal, wie sein Herrchen aussah.

Schrödinger kratzte sich am Kopf und zuckte erschrocken zusammen, als seine Fingerkuppen die raspelkurzen Stoppeln berührten.

»Wenn es um Migräne geht, würde ich Sie an einen Kollegen verweisen.«

»Nein, ich habe keine Kopfschmerzen«, sagte Schrödinger. Nur wenn ich zu viel gesoffen habe. Aber auch das dachte er, wie so vieles, nur. Nicht, dass er noch genauso wie Frank in die Riege der Alkohol-Puster eintreten musste.

»Nervöses Lid? Analfissur?«, insistierte der Doktor weiter. Schrödinger verneinte. Auch alle sämtlichen weiteren im Angebot befindlichen Leiden.

Dennoch tippte der Arzt etwas in den PC. Sekunden später spuckte der Drucker ein Blatt aus.

»Ich habe Ihnen weitere Gespräche bei Dr. Hahn aufgeschrieben«, sagte Dr. Orhan und reichte Schrödinger dessen neuen Behandlungsplan. Ein kurzer Blick darauf genügte, und seine Laune war tiefer im Keller, als er es bis vor Kurzem selbst gewesen war. Er würde jeden, wirklich jeden einzelnen Tag der kommenden Woche eine Sitzung beim Psychologen ertragen müssen.

Horst stupste ihn gegen das Knie. Das Signal des Boxers, um seinem Menschen mitzuteilen, dass er gehen wollte. Womit er ganz genau auf der Linie seines Herrchens lag.

Der nächste Weg führte das Duo ins Zimmer. Horst schlabberte den ganzen Wassernapf leer, dann drehte er sich mehrfach im Kreis, ehe er sich seufzend auf den Boden sinken ließ, das Kinn auf die Pfoten legte und seinem Herrn dabei zusah, wie dieser es sich auf dem Bett bequem machte und nach dem Telefonhörer griff.

Yesim Hepsengenc meldete sich mit einem knackigen »Ja?«.

Er nannte seinen Namen und meinte, durch den Hörer zu spüren, wie sie sich aufrichtete, als könnte sie dadurch besser hören, was ihr inoffizieller verdeckter Ermittler sagen wollte.

Das war zunächst nur ein Wort: »Botox-Party!«

Am anderen Ende der Leitung wurde die Luft hörbar zwischen den Zähnen eingezogen.

»Schieß los«, forderte ihn die Kommissarin auf. Er hörte, wie sie sich während seiner Schilderung Notizen machte.

Er erzählte. Berichtete. Hoffte, kein Detail zu vergessen. Als er – unter Verschweigen seines Abstechers in den Keller – zum Ende gekommen war, fragte die Beamtin: »Hast du wenigstens eine gute Frisur gekriegt?«

Schrödinger wurde rot. »Äh. Nun ja. Sehr kurz.«

Hepsengenc kicherte. »O je, werde ich dich da nächstes Mal überhaupt wiedererkennen?«

Schrödinger musste ebenfalls lachen. Mit diesem Lachen fiel ein Großteil seiner Last von ihm ab.

»Ich hab den Laborbericht«, schwenkte die Kommissarin nun wieder auf die Profischiene um. »Schneller als gedacht.«

Schrödinger nickte wissend. Ihm war spätestens seit dem Mord im vergangenen Urlaub am Bodensee – *Mord mit Seeblick*, wie er das einmal in seinen Memoiren nennen wollte – klar, dass weder Labore noch Polizei so arbeiteten, wie im *Tatort* oder *Polizeiruf 110* gerne dargestellt. Aber dort mussten die Tötungen, Verdächtigungen und Verhaftungen nun mal in neunzig Minuten über die Bühne gehen.

»Auf dem Tuch war … halt dich fest!« Hepsengenc machte einen Trommelwirbel nach. Schrödinger hatte außer dem weiß bezogenen Kissen auf dem Bett, auf dem er saß, nichts zum Festkrallen. Also ließ er es.

»Bäääääämmmm! Tadaaaa!« Die Kommissarin machte es spannend.

»Botox?«, fragte ihr Gesprächspartner.

»Jupp. Jawoll. Ewet!«

»Aha.« Schrödingers Gehirnzellen kamen in Schwung, wurden aber von der nächsten Mitteilung angehalten.

»Auf dem Leberwurstbrot übrigens auch.«

»Oh.« Da er dank seines Besuchs bei Dr. Orhan wusste, dass sich die fiesen Bakterien gerne in Fleischwaren vermehrten, buchte er das von Johann verzehrte Brötchen als Zufall ab. Als einen sehr unglücklichen allerdings.

Hepsengenc schwieg einen Moment. Dann kicherte sie. »Vielleicht leg ich mir mal ein Leberwurstbrot auf die Stirn und werde dadurch zehn Jahre jünger.«

»Lass das lieber bleiben!«, rief Schrödinger so laut, dass der Hund erwachte und fragend den Kopf hob. Vielleicht hatte Horst auch nur das Wort *Leberwurst* gehört und bekam automatisch Hunger.

Den verspürte Schrödinger auch. Um deshalb das Gespräch abzukürzen, bat er die Kommissarin, den Doktor mal genauer unter die Lupe zu nehmen. Aber das hatte sie, nachdem feststand, dass es um ein verschreibungspflichtiges Medikament ging, ohnehin vor.

»Meinst du, er steckt hinter allem?«

»Meinen heißt nicht wissen. Ohne triftige Beweise lege ich mich bei gar nichts fest.«

Da wollte und konnte Schrödinger nicht widersprechen. Als er nichts sagte, holte Yesim aus und gab ihm noch einige Anweisungen, von denen er hoffte, sich alles merken zu können. Schließlich wollte er seinen inoffiziellen Job als verdeckter Ermittler so gut wie möglich machen.

Als er auflegte, war es fünf vor sechs. Sicherlich hatte sich vor den Türen zum Speisesaal bereits eine lange Schlange von Mitpatienten gebildet. Er schüttete Trockenfutter in Horsts Napf, was dieser mit einem Gähnen quittierte. Der Hund stand eher auf Hühnermägen (frisch gekocht), Kutteln (frisch gekocht) oder Schafshoden (frisch gekocht). Nichts von dem konnte er Horst anbieten und wollte es eigentlich auch nicht, denn alle drei Leibspeisen des Boxers stanken bei der Zubereitung zum Steinerweichen.

Auf die heute im Angebot befindliche Leberwurst verzichtete Schrödinger, als er seinen Teller am Buffet füllte. Vermutlich würde er nie wieder in seinem Leben so etwas essen können. Er griff zum üblichen Brot vom Vortag, dessen leicht labbrige und ausgetrocknete Konsistenz laut Ernährungsberatung verträglicher war als ein knusprig frisches Brötchen. Schippte fünf Miniportionen Butter dazu sowie drei Scheiben Käse. Um den Möhrensalat machte er einen ebenso großen Bogen wie um alles andere aus der Frischtheke. Ein Blick in den allabendlichen Suppentopf ließ seinen Hunger schnell vergehen. Zuletzt hatte er Grießbrühe als Kind gegessen, nachdem er gerade mal so eben eine Darmgrippe ausgekotzt hatte.

Mit seinem kargen Mahl auf dem Teller machte er sich auf den Weg an den Tisch. Wo, zu seinem Erstaunen, nur Frank saß.

»Mädelsabend. Die Damen schlagen sich heute einen Döner hinter die Kiemen«, sagte dieser und grinste schief.

»Döner.« Schrödinger seufzte und setzte sich Frank gegenüber. Der sah ebenso bekümmert auf sein Vesper wie er selbst.

»Wenigstens ein Bier wäre jetzt fein. War das letztens nett, oder?«, sinnierte Frank und biss in sein Salamibrot.

»Da hast du mehr als recht«, pflichtete Schrödinger ihm bei.

»Was hält uns davon ab?« Frank grinste diebisch.

»Die Nachtschwester?«

»Aber nicht vor elf.« Frank schon seinen Teller von sich und nippte am Kamillentee. Er verzog das Gesicht. Schrödinger zögerte, ehe er Käsebrot Käsebrot sein ließ.

»Ach komm, gegen einen Spaziergang durch den Kurpark kann keiner was haben.« Er zwinkerte Frank zu.

»Aber so was von nicht!«, rief der und stand auf. So schwungvoll, dass er seinen Stuhl gegen den seines Hintermannes stieß. Der hagere Kerl zuckte zusammen.

»Sorry«, rief Frank gut gelaunt. »Wir haben eine ziemlich eilige Anwendung.«

Horst

Mensch, Schrödinger.

Das hätte ich ihm gleich sagen können, dass eine *Kneipen-Kur*, wie dieser Frank meinte, im Desaster endet. Der Fußweg von der Klinik ins Tal war schön. Wirklich. Und auch der Abstecher in den Kurpark. Dort musste ich zwar an der Leine bleiben, aber irgendwann werde ich da nochmal hin. Die vielen Blumenbeete laden ja geradezu zum Buddeln ein. Und in dem riesigen aus Ästen gebauten Holzdings, in dem es nach Wald duftet, ist es angenehm kühl.

Danach war es aber aus für mich mit Spaß. Den restlichen Abend habe ich unter dem Tisch einer Pinte verbracht. Herrchen und Frank hatten mächtig viel Spaß, auch wenn beide mit steigendem Gerstensaftpegel auch ein bisschen jammerig wurden wegen Johann. Den Kummer haben sie mit Kirschschnaps runtergespült. Ein Gesöff, das Schrödinger nicht bekommt. Das hätte er eigentlich aus dem letzten Urlaub wissen müssen.

Zum Glück waren die beiden gemeinsam unterwegs und konnten sich auf dem Weg zum Taxistand am Bahnhof gegenseitig stützen. Und zum Glück hat Schrödinger noch einen blauen Schein extra in der Hose gehabt, sonst hätte man uns nicht chauffiert. Hund und Mietkarosse geht scheinbar nicht. Pah. Ich bin Horst. Es sollte jedem eine Ehre sein, mich zu fahren.

Zum Trotz hab ich im Taxi einen fahren lassen. Der Fahrer hat gleich alle vier Scheiben runtergelassen. Was meiner Hundenase auch recht war, Schrödinger und sein Kumpan haben gestunken wie eine Schnapsbrennerei. Fast so schlimm wie die im Klinikkeller.

Und er hat ordentlich Gas gegeben. Schrödinger ist von Kurve zu Kurve grüner um die Nase geworden. Und sofort aus dem Auto gesprungen, kaum dass wir direkt vor dem Haupteingang angekommen waren.

Er hat mit dem Kirsch den nächstbesten Busch gedüngt. Ich glaube nicht, dass ich gegen den noch mal pinkeln will. Jedenfalls hat Frank ihn sehr nervös aufgefordert, sich schneller zu übergeben. Weil es zwei Minuten vor elf war. Und weil der Nachtdrachen schon im Pförtnerhäuschen war und die Hand nach dem Schließknopf ausgestreckt hatte.

Zu unserem Glück kam noch ein Taxi. Aus dem sind Christina und Regina ausgestiegen. Die waren auch nicht viel gerader unterwegs, als Schrödinger und Frank. Und sind der Nachtschwester direkt in die Arme gelaufen.

Sechster Tag

Schrödinger

Zu seinem eigenen Erstaunen wachte Schrödinger ohne Brummschädel auf. Das Einzige, was im Zimmer brummte, war der noch schlafende Hund. Er musterte seinen Boxer und grinste. Er fand, er hatte das gestern Abend ziemlich gekonnt hinbekommen. Schrödinger Bond eben.

Na gut, eine Doppelnull wie James B. hätte seinen Drink niemals aus sich herausgeschüttelt. Aber das klammerte er aus, als er sich aus dem Bett schälte und als erstes die Keramikabteilung besuchte. Dort saß er zwar auch nicht gerade wie ein Geheimagent, konnte aber alles noch mal an sich vorbeiziehen lassen.

Frank hatte ihn am Jackenärmel vom Busch weggezogen, als das Taxi mit den beiden Schnapsdrosseln in die Einfahrt rollte. Schrödinger hatte zwar den Impuls, noch einmal seinen Magen zu leeren, aber der Schreck lähmte seinen Brechreiz. Der Nachtdrachen fegte aus der Tür. Sie hatten keine Chance mehr, sich hinter einem hier ohnehin nicht wachsenden Busch in Deckung zu bringen. Während Regina den Chauffeur zahlte, kletterte eine ziemlich derangierte Christina aus dem Fond des eierschalfarbenen Daimlers. Ihr blonder Zopf hing auf Halbmast, der Lippenstift war verschmiert und um die Augen hatte sich die Wimperntusche in dunkle Schatten aufgelöst. Regina machte einen etwas fitteren Eindruck, musste sich aber mächtig anstrengen, um kerzengerade vor die Nachtschwester zu treten.

»Guhdn Ahmbd«, nuschelte Christina und versuchte ein Lächeln.

»Hupps.« Regina schwankte nun doch und hakte sich bei ihrer Freundin unter. Aber auch auf vier Beinen wirkte das Duo nicht gerade sehr standhaft.

»Sie. Und Sie.« Ingeborg funkelte erst die Damen, dann Schrödinger und Frank an. »Und der da.« Sie sah den Boxer so abfällig an, dass es Schrödinger nicht gewundert hätte, wenn er der Frau die Zähne gezeigt hätte. Aber Horst sah eher gelangweilt aus.

»Sie ja auch«, kicherte Frank.

»Ich was?«

»Stehen nach der magischen Uhrzeit vor der Tür.« Frank lachte. Schrödinger musste aufstoßen.

Schwester Ingeborg schnupperte.

»Ich rieche Alkohol«, sagte sie mit einer Stimme, die an Freddy Krueger erinnerte, wenn dieser im Horrorfilm sagte: »Ihr seid jetzt alle meine Kinder geworden.« Der Gesichtsausdruck der Frau war auch nicht wesentlich freundlicher als der des Gruselmannes.

»Hupps.« Reginas Sprachschatz schien sich auf ein Wort zu beschränken.

»Die Hausregeln muss ich Ihnen wohl nicht noch mal erklären.« Ingeborg stemmte die Hände in die Hüften.

»Hupps.« Regina kniff die Augen zusammen. Vermutlich hatte sie Schwierigkeiten, nur eine Nachtschwester vor sich zu sehen.

»Njet.« Christina salutierte ungelenk.

»Abschreiben müssen wir die jetzt aber nicht, oder?« Frank grinste diebisch. Ihm war der Kirsch scheinbar ins Clownszentrum gestiegen. Schrödinger pufffte ihn in die Seite. Provozieren musste man den Nachtdrachen ja nun auch nicht. Die Gute war ja ohnehin schon auf hundertdrölfzig.

»Bitte benehmen Sie sich wie erwachsene Menschen«, pampte Ingeborg. Horst wuffte leise. Ging ja auch nicht, dass man ihn ausklammerte.

»Es. Ist. Nachtruhe.« Nun bedachte die Schwester den Boxer mit einem bösen Blick. »Das gilt für alle.«

»Hupps.« Regina legte den Kopf auf Christinas Schulter und schloss die Augen. Keine gute Idee, denn kaum hatte sie den Horizont aus dem Sichtfeld verloren, schwankte sie wie eine Fregatte auf hoher See. Schrödinger und Frank sahen sich an und kicherten.

»Sollen wir den Damen behilflich sein?«, boten sie sich an. Im Gegensatz zu den Mädels waren sie beide noch ziemlich geradeaus unterwegs. Schrödinger hoffte, dass sein eigener Zustand so verborgen bliebe und er darum herumkam, im Schwesternzimmer ins Röhrchen zu pusten. Das würde nämlich ganz schön weit ausschlagen – was wiederum tägliche Kontrollen nach sich ziehen würde. Was er ganz und gar nicht gebrauchen konnte, wenn er seine Marion in ein nettes Lokal in der Kurstadt ausführen wollte. Ein romantisches Dinner mit Fanta war in etwa so, als würde man in einen Ferrari Fahrradpedale einbauen. Da kam auch nichts in Fahrt.

Es gelang ihnen tatsächlich, die Damen durch die Schiebetür zu bugsieren.

»Sie bleiben da!«, befahl Ingeborg und verschwand im Pförtnerhäuschen. Einen Augenblick später machte es »Klack«, und der Mechanismus hatte die Tür verriegelt. Frank scharrte mit dem Fuß. Regina machte »Hupps«. Christina fixierte etwas, das wohl nur sie sehen konnte.

»Bitte folgen Sie mir ins Schwesternzimmer«, sagte Ingeborg, und Schrödinger hätte ihr am liebsten den Finger gegen die Brust getippt, so sehr triefte ihre Stimme vor Genugtuung. Auf einen solchen Moment hatte die Frau wohl schon lange gewartet, und nun sah sie ihre große Stunde gekommen.

»Mein Freund und ich würden lieber gerne die Nachtruhe einhalten«, sagte Schrödinger und war erstaunt, dass er ohne Zungenschlag sprach. Er straffte die Schultern.

»Das können Sie gleich.« Ingeborg reckte das Kinn vor.

Schrödinger seufzte, wie man das bei einem Kind macht, das einfach nichts verstehen will.

»Wir sind müde«, sagte er langsam.

»Das ist völlig unerheblich.« Ingeborg machte sich auf den Weg Richtung Treppenhaus.

An der Tür blieb sie stehen. »Wird's bald?«

Frank wollte sich in Bewegung setzen, aber Schrödinger hielt ihn zurück. Er wandte den Kopf überdeutlich zur Kellertür. Dann sah er Schwester Ingeborg mit hochgezogenen Augenbrauen an.

»Whisky bald? Habe ich Sie richtig verstanden?«

Ingeborg klappte den Mund auf. Ehe sie etwas sagen konnte, seufzte Schrödinger erneut. Dieses Mal sehnsüchtig.

»Ja, wenn man so was selbst brennen könnte.«

Frank sah ihn fragend an.

Ingeborg riss die Augen auf. »Sie … Sie …« Ihr Blick glitt von Schrödinger zur Kellertür und wieder zurück.

»Ein Bekannter von mir macht das im Keller«, setzte er nach. Ingeborg wurde rot. Schluckte trocken. Es war ihr anzusehen, dass sie scharf nachdachte.

Beim nächsten »Hupps« von Regina hob sie schwungvoll den linken Arm und sah auf ihre von einem schwarzen Lederband gehaltene Armbanduhr.

»Zimmer. Alle. Jetzt.« Sprach's und stapfte in den nächsten Stock nach oben.

»Holla die Waldfee.« Frank atmete erleichtert aus und half Christina, den Weg zum Lift zu finden. »Was war das denn?«

Schrödinger zuckte nonchalant mit den Schultern. Er würde Frank, so gern er ihn mochte, nicht in sein kleines Geheimnis – oder besser das große des Hausmeisters und seiner Schwester – einweihen. Wer wusste schon, ob er das alles nicht noch einmal gebrauchen könnte? Und ob die Schwarzbrennerei im Keller nicht eine entscheidende Rolle bei den Ermittlungen spielte?

Beschwingt nach einer ausgiebigen Dusche verabschiedete Schrödinger sich von Horst zum Frühstück und versprach dem noch immer schlafenden Hund, direkt danach einen großen Morgenspaziergang zu unternehmen. Sein erster Weg führte ihn zu den Brieffächern. Er schloss seinen Kasten auf und zog den roten Zettel heraus.

»Bitte melden Sie sich sofort im Sekretariat der Klinikleitung«, war darauf gedruckt. Darunter ein Kürzel, das er nicht entziffern konnte.

Frank trat hinter ihn und schielte über seine Schulter auf den roten Zettel.

»Oha, Kumpel«, sagte er. »Das klingt ernst.«

»Hast du das auch bekommen? Ist das wegen gestern?«

»Nö, hab ich nicht. Hast du sonst was ausgefressen?« Frank lachte.

»Keine Ahnung«, sagte Schrödinger, was der Wahrheit entsprach. Vom Klettern in Mülltonnen und dem Sortieren verblichener Zeitschriften im Keller konnte die Klinikleitung ja kaum Kenntnis haben. Vielleicht ging es um Horst?

»Mein Gewissen ist rein«, behauptete Schrödinger. Trotzdem blieb ein mulmiges Gefühl und er beneidete Frank, der sich zum Speisesaal aufmachen konnte. Sein erster Kaffee würde warten müssen.

Er ging durch ein schier endloses Labyrinth schmuckloser Flure, bog zwei Mal falsch ab und fand nach zehn Minuten die Tür mit der Aufschrift »Sekretariat«. In seinem Magen kribbelte es. Er hob die rechte Hand, um anzuklopfen, hielt jedoch mitten in der Bewegung inne. Mit einem Mal fühlte er sich wie zurückversetzt in seine Zeit als Schüler, wenn er als Einziger wegen eines Streiches aufgeflogen und beim Rektor antreten musste. Dass es um Kaugummi auf dem Stuhl des Mathelehrers oder einen in stinkendes Essigwasser getunkten Tafelschwamm ging, war unwahrscheinlich. Er holte tief Luft und pochte an.

»Herein!«, hörte er eine weibliche Stimme. Die gehörte zu einer Frau mit kantigem Kinn und straff nach hinten gebundenen grauen Haaren. Sie sah mit der goldumrandeten Brille und dem grauen Strickpullover so angestaubt aus wie das ganze Büro. Auf dem Schreibtisch stand neben vielen Akten ein den beiden Besucherstühlen zugewandtes Schild, das die Frau als *Sybille Urban* auswies. Schrödinger trat ein und wedelte mit dem Zettel.

»Ich soll mich melden?«

»Sieht so aus.« Frau Urban bot ihm keinen Stuhl an. Er setzte sich trotzdem, seine Knie zitterten leicht. »Ihr Name war?«

Schrödinger krallte sich innerlich fest. Er hasste diese Formulierung. Sein Name war nicht gewesen. Der lautete noch immer gleich.

»Schrödinger.«

Frau Urban griff nach der obersten Akte und klappte den Deckel auf. »Ah ja«, machte sie tonlos. »Sie haben nach unseren Aufzeichnungen noch an keiner Anwendung teilgenommen.«

»Bitte?«

Schrödinger verstand nicht. War er nicht brav zur Kunsttherapie gedackelt? Hatte sich auf dem Hocker verrenkt? Sich von Dr. Hahn eine Psychose andichten lassen und von Detlev wieder gerade biegen lassen?

»Natürlich habe ich das.« Er musterte die Frau perplex. »Ich habe …«

Frau Urban unterbrach ihn mit einer Handbewegung. »Es gibt immer wieder Patienten, die das hier mit einem Hotel verwechseln.« Sie ruckelte sich die Brille auf der Nase zurecht. Schrödinger registrierte eine schwarze Warze auf dem linken Nasenflügel. »Wir sind aber ein Rehabilitationszentrum. Unser Auftrag ist es, die Patienten zu therapieren.«

»Ist mir schon klar.« Schrödinger verstand noch immer nicht, worauf die Sekretärin hinauswollte.

»Es gibt Kollegen, die während der kompletten fünf Wochen gar nichts tun.« Sie schüttelte missbilligend den Kopf.

»Die wollen sich vielleicht nur erholen?« Das klang pampig.

»Dagegen ist ja auch nichts einzuwenden«, pampte Frau Urban zurück. »Aber finanziert werden muss unser Haus auch.« Wieder rückte sie die Brille zurecht.

»Das zahlt doch die Rentenversicherung.« Die hatte ihn immerhin hier eingewiesen.

»Richtig. Aber wir können nur abrechnen, wenn wir die Rehabilitationsmaßnahmen belegen können.«

»Ich bin doch hier.« Langsam wurde Schrödinger das zu blöd. Er sehnte sich nach Kaffee. Nach Marion. Horst musste raus. Und er hatte noch einiges vorzubereiten, ehe seine Liebste in Bad Mergentheim ankam.

»Und das kostet Geld.« Frau Urban stützte sich mit den Unterarmen auf der Akte ab. »Und kann nur belegt werden, wenn wir Ihre Barcodes bei jeder Therapie und Anwendung abrechnen können.«

»Barcodes?«

»In Ihrem Patientenheft finden Sie im hintersten Fach Aufkleber mit Barcodes. Die müssen Sie jedes Mal, wenn Sie eine Behandlung haben, in den bei der jeweiligen Therapie vor dem Zimmer ausliegenden Bogen kleben.«

»Oh.« Dunkel, sehr dunkel, erinnerte sich Schrödinger, dass er im Halbschlaf beim Einführungsvortrag etwas davon gehört hatte. Die kleinen Aufkleber sahen denen zum Verwechseln ähnlich, die die Arzthelferin bei seinem Hausarzt nach der Blutentnahme auf die Laborröhrchen klebte.

»Kann man das nicht nachkleben?«, schlug er vor.
»Das geht nicht. Wir rechnen täglich ab.«
»Und jetzt?«
»Ich habe mit Dr. Orhan gesprochen.« Der Hauch eines Lächelns huschte über das ungeschminkte Gesicht. »Damit wir wieder auf null kommen, hat er Ihnen einen neuen Behandlungsplan erstellt.« Sie griff in die Akte und reichte Schrödinger zwei DIN-A4-Blätter. Sie waren komplett bedruckt. Er überflog alles. Sein Pensum hatte sich verdoppelt. Und das ausgerechnet heute!
»Dafür hab ich doch gar keine Zeit!«, rief er entsetzt.
»Müssen Sie zur Arbeit?« Frau Urban klappte die Akte zu. Für sie war das Gespräch offenbar beendet. Schrödinger stand auf.
»Ich rate Ihnen dringend, keinen Termin ausfallen zu lassen«, sagte sie, als Schrödinger die Tür erreicht hatte.
»Sonst?«
»Werden wir Ihnen die Anwendungen in Rechnung stellen. Eine Stunde Psychotherapie veranschlagen wir mit achtzig Euro. Zum Beispiel.«
Hätte Schrödinger eine Brille getragen, wäre sie ihm jetzt von der Nase gefallen. Er überschlug die Termine. Kam auf einen exorbitanten Betrag. Er hatte keine Wahl. Er musste antreten.

Mit einem tauben Gefühl im Körper taumelte er durch die Flure. Sein Blick war noch immer auf den Plan mit den vielen Terminen gerichtet. Täuschte er sich, oder waren da sogar noch einige neue Anwendungen dazugekommen? Zumindest waren ihm vorher keine so kuriosen Übungen wie Ergometertraining oder Elektrotherapie aufgefallen.

Bei Letzterem dachte er unweigerlich an gruselige Elektroschock-Therapien, die er aus Horrorfilmen kannte und in denen Patienten buchstäblich das Gehirn geröstet wurde. Danach war keiner der Betroffenen mehr derselbe gewesen. Blühte ihm nun ebenfalls so etwas? Vermutlich nicht, aber um einen unliebsamen Schnüffler loszuwerden, wäre es haargenau die richtige Vorgehensweise.

Schrödinger nahm sich vor, diesen Termin entweder mit einer guten Ausrede irgendwie ausfallen zu lassen oder ganz genau aufzupassen, wer ihm da welche Körperstellen elektrisieren wollte. Fürs Erste stand allerdings mal Wassertreten auf dem Plan. Auch das weckte allerlei negative Assoziationen. Aus gewissen polizeilichen Gründen fand der Termin vermutlich auch nicht am Kneipp-Außenbecken, sondern nur noch im Untergeschoss der Klinik statt. Dort würde ihn hoffentlich keine neue Leiche erwarten.

Obwohl er selbst nicht genau wusste, wie er dahin gekommen war, erreichte er die Eingangshalle und folgte von da aus einer geschwungenen Treppe in die Etage darunter. Beim Anblick der Kaffee- und Limo-Automaten neben der Treppe erinnerte er sich dunkel, schon einmal hier gewesen zu sein. Trotzdem musterte er alles skeptisch. Zuerst die Getränkemaschinen, dann den daneben befindlichen Raum der Münzwäscherei, der ihm zuvor definitiv noch nie aufgefallen war.

Da die Tür nur angelehnt war, linste Schrödinger hinein und erblickte eine kleine weiß geflieste Kammer mit zwei mal zwei übereinander stehenden Waschmaschinen. Dahinter gäbe es bestimmt einige gute Plätze, um irgendwas zu verstecken. Allerdings waren direkt vor den Maschinen zwei Frauen in grauen Jogginganzügen in ein Gespräch vertieft und starrten ihn an, als wäre er ein angebrannter Bodensatz in einem alten Alukochtopf.

Nein, da verzichtete er lieber auf die genauere Untersuchung und schaute sich weiter um. Links führte ein Gang zur *Körperwahrnehmung*, zur Sauna und den medizinischen Bädern. Weiter vorn gab es einen ebenfalls gefliesten und von Glasfenstern umgebenen Raum. Der musste es sein. Auf einer weißen Bank saß dort eine Frau in den Fünfzigern. Hager, Kurzhaarfrisur und auch sonst ziemlich burschikos. Er konnte sich nicht entsinnen, sie jemals zuvor getroffen zu haben. Was offenbar auf Gegenseitigkeit beruhte.

»Wer sind Sie und was wollen Sie?«, fragte sie mit teilnahmsloser Miene. Ihre Stimme war ungewohnt tief. Ansonsten wirkte sie wie eine jüngere Schwester des Hausmeisters und der Nachtschwester. Was ihn gleich noch mehr irritierte.

»Ich … äh … mein Name ist Schrödinger. Ich bin hier, weil …« War das nicht eigentlich offensichtlich? Es widerstrebte ihm, es auch noch deutlich auszusprechen.

Zum Glück nickte die Frau, wenn auch tadelnd wie ein Oberlehrer. »Sie sind spät dran.«

»Ich war noch im Sekretariat.«

Das ließ die Frau ziemlich unbeeindruckt. »Sie wissen Bescheid, wie das hier abläuft?«

War das eine weitere Fangfrage? Was gab es beim Wassertreten groß Bescheid zu wissen? Rein ins Wasser. Raus aus dem Wasser. So kompliziert war das nicht. Die Frau allerdings deutete sein Zögern als Zweifel und wies auf die Tafel neben der Eingangstür.

»Ernsthaft?« Schrödinger riss die Augen auf. Wie weit musste es im deutschen Paragrafenland gekommen sein, dass sogar eine Richtlinie zur Benutzung eines Kneippbeckens existierte? Gemäß der Anleitung musste man sich vor dem Betreten des niedrigen Wasserbeckens die Unterschenkel frei machen und dabei darauf achten, dass man die Oberschenkel dabei nicht staute.

O Mann.

Schön war auch der zweite Punkt auf der Tafel: *Im Storchengang durchs Wasser laufen.* Offenbar ging man hier tatsächlich vom dümmstmöglichen Kurgast aus.

Unter dem strengen Blick der Trainerin krempelte Schrödinger die Hosenbeine hoch und trat ins angenehm warme Wasser.

»Ich hatte schon befürchtet, dass der Termin am Außenbecken wäre«, versuchte er das Eis zu brechen.

Keine Reaktion.

Schrödinger stapfte ins nächste Becken. Hier war die Wassertemperatur deutlich niedriger. Fast schon frostig. Da hob er ganz automatisch die Beine bei jedem Schritt möglichst weit in die Höhe. Trotzdem schien das mit jedem Meter beschwerlicher und unangenehmer zu werden.

»Bei so was kriegt man ja Schwimmhäute zwischen den Zehen«, probierte er abermals, ihr eine Reaktion zu entlocken. Abermals ein Fehlschlag. Die Frau zuckte nicht mal mit den Mundwinkeln.

Dafür bimmelte einige Sekunden darauf ein Handy mit einem Rocksong. Von Schrödinger konnte es nicht stammen, er besaß ja keines. In aller Seelenruhe hob die Trainingsfrau ein kleines schwarzes Gerät hoch, das neben ihr lag, schaute aufs Display und ließ das Telefon dann weiterschellen. Was nicht schlecht war, Schrödinger mochte die Musik und nickte den Takt unweigerlich mit.

»Cooles Lied«, bescheinigte er.

»Das ist *Headlong*.«

»Von Queen, ich weiß. Coole Band. Habe ich in meiner Jugend stundenlang gehört.«

Und ganz plötzlich bekam der Eispanzer doch Risse. »Oh, Sie sind vom Fach. Was ist Ihr Lieblingslied von ihnen?«

»Ist das eine Fangfrage? *Bohemian Rhapsody*, natürlich. Der Song hat einfach alles.«

»Das stimmt. Ihre frühen Kracher waren alle cool. Ich brauche nur die ersten Takte von *Don't stop me now* oder *You're my best friend* hören und schon geht die Post ab.«

Schrödinger wusste zwar nicht, in welcher Form bei ihr die Post abging, und wollte das auch nicht herausfinden. Aber dass diese Lieder Klassiker waren, war unbestreitbar. Bevor er sich versah, waren sie beide schon knietief in eine Unterhaltung über die unterschiedlichsten Musikstile der Band, über Mercurys Soloplatten und über Freddies Vermächtnis vertieft. Was hilfreich war, um Schrödinger die Kälte des Wassers nicht mehr ganz so intensiv spüren zu lassen. Ohne es zu merken, drehte er sogar einige Extrarunden durchs Becken.

Unterbrochen wurden sie erst, als das Handy ein weiteres Mal *Headlong* spielte. Die Trainerin – ihr Name war Erika, wie sie ihm verraten hatte – schaute diesmal nicht mal auf den kleinen Telefonbildschirm, sondern zeigte einfach mit beiden Mittelfingern darauf. »Der blöde Hahn kann mich mal.«

Hahn? Sofort fühlte sich das Wasser wieder drei Grad kälter an. »O je, hören Sie auf mit dem. Zum Psycho-Doc muss ich nachher auch noch.«

Sie grinste süffisant. »Kein Zuckerschlecken, oder?«

»Nicht mal ansatzweise.«

»Sie wissen ja, was man über Psychiater sagt: dass die alle einen an der Klatsche haben. Der Hahn ganz besonders. Bei unserem ersten Treffen hielt er mich für eine Patientin und wollte mir eine Arachnophobie attestieren. So ein Quatsch. Und das nur, weil ich neben ihm wegen so nem Achtbeiner zusammengezuckt bin. Aber nicht, weil ich Angst davor hatte, sondern weil ich einfach nicht damit gerechnet hatte, dass sich das Viech plötzlich neben mir runterhangelt. Doch dafür habe ich mich schon gerächt und ihm mal eine fette Vogelspinne in die Schreibtischschublade gelegt. Das hätten Sie erleben sollen. Wie aus dem Nichts macht er einen Satz zurück und quiekt wie eine Katze, der man den Schwanz in der Tür einklemmt. Danach war er richtig in Panik, hat gestottert und gesabbert und so. Von wegen, ich hätte so ne Phobie. Natürlich hat er nie rausgekriegt, dass ich ihm den Schrecken eingejagt hab. Aber danach hat ihm der Hausmeister Fliegengaze vor jedes Fenster machen müssen. Mal schauen, wenn der Hahn mich weiter so nervt, leg ich ihm mal wieder ein Spinnchen irgendwohin.«

»Womit nervt er Sie denn?«

»Er atmet. Reicht das nicht?«

»Mir schon.«

»Sehen Sie. Außerdem ist er ein alter Besserwisser. Wenn wir ne Betriebsversammlung machen, hat er immer das letzte Wort. Das geht mir vielleicht auf den Zeiger. Nachher haben wir wieder so was und wenn er mich anruft, will er bestimmt wieder irgendeine Petition oder so starten. Aber nicht mit mir. Bevor ich mit dem kollaboriere, gibt es einen Schneesturm in Ägypten.«

»Ich wünschte, ich könnte auch einfach so auf ihn verzichten. Leider geht das nicht ganz so leicht. Das Schlimmste daran ist, dass ich jetzt schon weiß, dass er mich bei unserem Termin nachher wieder auf die Palme bringen wird. Dafür hat er echt Talent.«

»Wo ist das Problem? Bevor er Sie auf die Palme bringt, tun Sie das doch mit ihm.«

»Und wie stelle ich das an?«

Ein diebisches Grinsen erschien in Erikas Gesicht. »Fingerdribbeln.«

»Hä?«

»Kennen Sie das nicht? Einfach mit den Fingern auf einer harten Oberfläche herumdribbeln. Das Geräusch geht ihm echt auf die Ketten. Binnen weniger Augenblicke dreht er da am Zeiger. Manchmal mache ich das, nur um ihn zu ärgern.«

Schrödinger nickte anerkennend. »Sie haben es echt faustdick hinter den Ohren.«

»Man tut, was man kann. Apropos: Mit dem Wassertreten sind wir fertig für heute. Kommen Sie raus aus dem Becken, und geben Sie mir den Barcode.«

Einer solchen Einladung konnte er selbstverständlich nicht widersprechen. Seine Beine fühlten sich ohnehin an, als hätte er sie in der vergangenen Stunde von einer Eisscholle baumeln lassen. Und das mit dem Aufkleber war gleich noch sein zusätzliches Bonbon.

Sein erster Strichcode in der Waffelburg.

Einen Atemzug lang betrachtete Schrödinger ihn stolz wie eine Urkunde, dann deprimierte ihn der Gedanke, dass dieser Code nur der erste von ungefähr hundert war, die ihm noch fehlten. Es würde einige Zeit dauern, die zusammenzukriegen. Aber wie hieß es in dem einen Sprichwort so schön: Auch die längste Reise beginnt mit dem ersten Schritt.

Horst

Schrödinger ist ein Hallodri. Nur weil ich noch etwas faul auf meiner Decke liege, bedeutet es nicht, dass ich nicht mitbekomme, was um mich herum passiert. Von wegen: »Ich geh mal kurz zum Frühstücken, und dann unternehmen wir einen großen Morgenspaziergang.«

Das ist jetzt über eine Stunde her, und noch immer keine Spur vor dem treulosen Patron. Kann mir keiner erzählen, dass er immer noch in der Kantine abhängt. Normalerweise ist er beim Essen nämlich ein ganz Fixer. Selbst den leckersten Braten schlingt er meistens rein, als würde ihm jemand davon was vom Teller klauen. Na gut, manchmal tue ich das sogar. Aber von was Gebratenem befinden wir uns in der Rehaklinik sicherlich meilenweit entfernt. Vor allem zum Frühstück. Wegen Cholesterin und all den komischen Begriffen, die sich die Menschen ausgedacht haben, um sich selbst das Essen zu vermiesen.

Einige Male gehe ich im Zimmer auf und ab. Die Blase drückt, das Herz schmerzt. Vor allem, da draußen strahlender Sonnenschein und ein für November bemerkenswert blauer Himmel warten. Es wäre der ideale Moment, um eine Runde an der frischen Luft zu drehen.

Aus lauter Verzweiflung nehme ich mir Schrödingers Turnschuhe vor. Strafe muss schließlich sein. Ich bin gerade mit der Gummisohle beschäftigt, da kommt Herrchen plötzlich durch die Tür gestürmt. Als hätte er es geahnt.

»Entschuldige, Kumpel. Mir kam was dazwischen.«

Erstaunlicherweise ist er gar nicht böse über den angenagten Sportschuh, sondern schnappt sich bloß meine Leine und gibt mir Zeichen, ihm zu folgen. Na, das lasse ich mir nicht zweimal sagen.

Schrödinger

Die Unterhaltung mit Erika hatte ihm nicht nur einen guten Tipp im Umgang mit Dr. Hahn, sondern dazu auch einen astreinen Ohrwurm verschafft. Woran auch immer er zu denken versuchte, Queens *Headlong* mischte sich immerzu darunter. Nur gut, dass das Wassertreten keine ganze Stunde in Anspruch genommen hatte. So hatte er noch ein bisschen Zeit bis zu seinem Termin mit dem Psycho-Doc. Warum diese Zeit nicht mit dem ohnehin versprochenen Spaziergang durch den Park vertrödeln?

Er trat gerade mit Horst aus dem Fahrstuhl, da sah er, wie Susanne, Vroni und Vera auf den Ausgang zusteuerten. Sein erster Impuls war, nach ihnen zu rufen, dann allerdings fiel das Schlagwort *Regina,* und Schrödinger verstummte, bevor er auch nur einen Ton von sich gegeben hatte. Wenn es um die stripfreudige Münchnerin oder deren Freundin Christina ging, wurde er sehr schnell sehr wissbegierig.

Und wirklich: Die Tischnachbarinnen zogen tatsächlich gerade kräftig über die beiden anderen Frauen her. Anfangs ging es um Reginas recht textilfreien Beruf, doch schnell wurde die Geschichte aufgebauscht und Worte wie *nymphomanisch* und *liebeshungrig* fielen. Sofort hatte Schrödinger dabei Frank vor Augen, der vermutlich allein bei der bloßen Andeutung aus dem Grinsen nicht mehr herausgekommen wäre.

»Wenn ihr mich fragt, ist Christina genauso eine Schlampe wie Regina«, sagte Vera, kaum dass sie die Eingangstür hinter sich gelassen hatte. Ihr weinroter Kurzhaarkopf wippte vergnügt hin und her. »Mit dem Strip-Job hat das nichts zu tun. Ich kenne auch Frauen, die als Altenpflegerinnen arbeiten und es mächtig krachen lassen. Manche Leute sind eben treu und bodenständig, und andere nicht.«

»Trotzdem sollte man doch ne gewisse eigene Anspruchshaltung haben.« Susanne ging kurz in die Hocke, um sich die Schnürsenkel zu binden. Die Frauen blieben alle stehen. Auch Hund und Herrchen blieben zurück.

»Auf jeden Fall. Es gibt Typen, da zieht sich bei mir alles zusammen«, sagte Vera.

Auch Vroni nickte zustimmend. »Der blöde Hahn zum Beispiel. Den könnte man mir nackig auf den Bauch binden, und nix würde passieren. Die gute Christina scheint da nicht so wählerisch zu sein. Neulich habe ich sie sogar mit dem blöden Psycho herumschäkern sehen.«

»Brrr«, machte Susanne und stand auf. »Vielleicht hat sie

versucht, ihn anzubaggern, aber wenn ihr mich fragt, beißt sie da auf Granit. Meiner Meinung nach ist der Kerl entweder schwul oder komplett asexuell. Oder beides. Bevor sie mit dem ausgeht, hat sie eher noch ein Date mit der Nachtschwester. Lieber lesbisch als *den* Typen.«

Sie schüttelte sich angewidert und ihre Freundinnen nickten zustimmend. Damit schien das Thema bis zur Erschöpfung durchgekaut zu sein, und sie wechselten im Weitergehen wieder von Christina zu Regina.

»Habt ihr gemerkt, wie aufgedunsen sie die letzten zwei Tage aussah? Wenn ihr mich fragt, hat sie sich hier liften lassen.«

»Das ist nicht geliftet, das ist aufgespritzt«, widersprach Vera. »Mit Botox oder Hyaluronsäure. Irgendso ein Anti-Aging-Dreck.«

Beim Stichwort *Botox* durchfuhr es Schrödinger wie ein Stromschlag. Das hatte er jetzt nicht erwartet. Und gleichzeitig doch. Eine Stimme ganz tief in seinem Hinterkopf versuchte ihn an etwas zu erinnern, was er bereits wusste. Konnte es sein, dass Regina irgendwie in die Mordfälle verwickelt war? Was war das überhaupt für ein Zeug gewesen, das sie vorgestern auf dem Flur verkippt hatte, als er aus Versehen gegen sie gestoßen war? Schrödinger hatte damals wie heute keine Ahnung, aber in einem Anflug von Geistesgegenwart hatte er nach dem Zusammenstoß ein Papiertaschentuch in die Pfütze getunkt und es dann Yesim Hepsengenc zum Untersuchen gegeben. Rein theoretisch dürften dafür auch schon die Untersuchungsergebnisse vom Labor vorliegen. Er nahm sich vor, die Kommissarin bei ihrem nächsten Gespräch darauf anzusprechen.

Als die Frauen zum Rauchereck abbogen, wechselten sie abermals das Thema und lästerten nun über die Trainerin, die Frank so liebevoll *Tittenmaus* genannt hatte. Ganz speziell ging es um deren angeblich viel zu enge Oberteile und ihren mächtig breiten Hintern.

So breit ist der gar nicht, fand Schrödinger. So reizvoll die aktuelle Unterhaltung auch war, ihn drängte etwas die Zeit. Deshalb beschloss er auch, die *Tittenmaus* für den Moment außen vor zu lassen. Diese Frau war ohnehin ein Thema, über das sich mit einem anderen Tischnachbarn deutlich besser fachsimpeln ließ. Außerdem zog es Horst in die entgegengesetzte Richtung. In den Park, den er ihm ja heute Morgen versprochen hatte.

Also stapften sie auf das karge Grün zu und hielten an jedem Strauch, an dem der Boxer seine Markierung setzen wollte. Während der Hund eifrig das Beinchen hob, dachte sein Herrchen weiter über Regina nach.

Das Gespräch eben hatte ihm noch einmal vor Augen geführt, was beziehungsweise wen er mal genauer unter die Lupe nehmen sollte. Es war gut möglich, dass Regina in die ganzen kriminellen Verstrickungen hier irgendwie verwickelt war. Die Frage war bloß, wie er diese Nachforschungen – und etwaige Verfolgungen – mit seinem eigenen straffen Terminplan unter einen Hut bringen sollte. Eventuell zwischendurch, in der Mittagspause und nach Feierabend? Sehr viele andere Möglichkeiten blieben gar nicht. Und würden mit Marions Ankunft heute Abend noch weiter eingeschränkt werden. Wie er das alles schaffen sollte, war ihm ein Rätsel.

Schuld an allem war diese blöde Barcode-Sache. Wieso

hatte er auch nicht früher darauf geachtet, nach jedem der bescheuerten Termine in der Waffelburg einen aufzukleben? Gesehen hatte er die Dinger schließlich im *Mutterpass*.

Am Waldrand vernahmen sie ein leises Knacken im Unterholz. Vermutlich ein Hase oder ein anderes aufgescheuchtes Tier. Selbstverständlich zog es Horst sofort in diese Richtung, doch ein Blick auf seine Uhr verriet Schrödinger, dass auch dafür momentan keine Zeit blieb.

Als er den Boxer zu dessen Therapiestunde brachte, wurde er bereits erwartet. Frau Haferkant schaute mit geradezu sehnsüchtigem Blick auf den Vierbeiner. Fehlte nur noch, dass sie die Arme nach ihm ausstreckte. Was sie natürlich nicht tat. Dennoch wirkte sie mittlerweile erheblich vitaler und aufgeweckter als früher. Woran das lag, konnte Schrödinger nicht ausmachen. Aber er war ja auch kein Therapeut, sondern nur ein Mitpatient, dem die alte Frau etwas weniger zusammengesunken erschien.

»Wenn Sie ein paar Minuten hätten, würde ich gerne was mit Ihnen besprechen.« Pfleger Michael trat neben ihn und betrachtete ihn mit ernster Miene, die gar nicht zu seinem sonstigen Sunnyboy-Gesicht passte.

»Von mir aus sofort. Ich wollte mich ohnehin mal nach dem Stand der Dinge erkundigen. Aber wenn ich nicht gleich bei Dr. Hahn aufschlage, schickt er die Klinikpolizei los. Sofern es so was gibt.«

»Dr. Hahn?! O ja, natürlich. Dann ein andermal.« Der langhaarige Pfleger wirkte geradezu ehrfürchtig, um nicht zu sagen eingeschüchtert, als er beiseitetrat, um den Weg zur Tür frei zu machen. Schrödinger hätte auch so durch die Öffnung gepasst, nickte aber trotzdem anerkennend. Dann flitzte er den Gang hinauf. Er war schon wieder zu spät dran.

An der Kreuzung bog er nach links ab, bei der nächsten nach rechts. Unterwegs wich er den Mitarbeitern einer Reinigungsfirma und mehreren Patientinnen aus. Er dachte echt, trotz der schnellen Schritte alles unter Kontrolle zu haben.

Pustekuchen.

Es kam, wie es kommen musste. Auf dem Korridor zum Psychologen-Zimmer – und damit schon unmittelbar vor der Ziellinie – bog auf einmal jemand aus dem Mittelgang zu ihm ein. Dummerweise ebenfalls nicht gerade im Schneckentempo. Schrödinger wich nach links aus. Der andere ebenso.

Sie prallten gegeneinander. Nur leicht, aber dennoch kein Grund für Jubelschreie. Schrödinger taumelte rückwärts. Erst jetzt sah er, dass es sich um den Massagisten Detlev handelte. Er trug khakifarbene Dreiviertelhosen, die einen wunderbaren Ausblick auf seine glattrasierten Beine und die schon wieder anders lackierten Fußnägel freigaben. Inzwischen waren die Nägel nicht mehr ein blasslila, sondern grün und rot im Wechsel. Es sah aus wie im Erdbeerbeet.

»Du bist mir ja ein ganz Wilder«, tadelte er mit den Händen in die Hüfte gestemmt. »Ganz schön stürmisch heute. Bist du auf der Flucht oder was?«

»Nicht ganz. Ich bin überfällig. Will sagen: Ich hab einen Termin beim Hahn.«

»Und deshalb so viel Aufregung? Der Manni ist doch ein ganz zahmer Gockel.«

»Mir kommt er eher vor wie ein sturer Hund.«

Detlev legte den Kopf schief und dachte einen Augenblick lang darüber nach. »Ja, auch das kann er gut. Bei bestimmten Personen. Soll ich vorgehen, und ihm sagen, dass ich dich aufgehalten habe? Dann hast du gleich ne passende Ausrede.«

Ein interessantes Angebot. Dennoch lehnte Schrödinger ab. Er verabschiedete sich und atmete noch einmal tief durch. Im Behandlungszimmer lümmelte der Seelendoktor an seinem Schreibtisch, den Ellbogen auf der Tischkannte und den Kopf abstützend.

»Ach, da sind Sie ja. Dachte schon, Sie kommen gar nicht mehr«, sagte er gewohnt leise. Allein für die Wortwahl klappte Schrödinger gleich wieder das Messer in der Hosentasche auf. Vermutlich war es pure Absicht, um ihn aus der Reserve zu locken. Da half nur, ruhig zu bleiben. Oder es wenigstens zu versuchen.

»Ich musste noch schnell was erledigen. Entschuldigung.«

»Kein Problem. Wir sind doch alle bloß Menschen.« Er lächelte gönnerhaft. »Und beim Friseur waren Sie auch. Ganz schön mutig, sich im Spätherbst einen so kurzen Schnitt zu verpassen. Da pfeift der Wind sicher ordentlich ums Hirn.«

Ihnen pfeift gleich was anderes, und zwar um die Backen, lag es Schrödinger auf der Zunge. Stattdessen ballte er kurz die Faust in der Tasche und ließ sich von Hahn zu dem billig aussehenden Ledersofa führen. Sonderlich bequem war das

Ding nicht, sodass er sich aus Rücksicht auf seine Bandscheibe bewusst vorsichtig darauf niederließ. Der Nervenarzt setzte sich wie gewohnt ihm gegenüber in den deutlich bequemer wirkenden Sessel und zückte seinen Notizblock.

»Dr. Orhan sagte mir, dass Sie sich bei ihm nach Verjüngungsmitteln erkundigt haben. Fühlen Sie sich alt, Herr Schrödinger?«

Er fuhr auf dem Sofa hoch. Im Rücken stach es sofort. Egal. »Es ging um Behandlungsmethoden im Allgemeinen. Außerdem bin ich bestimmt zehn Jahre jünger als Sie, Doktor Hahn!«

»Das war nicht die Frage, Herr Schrödinger. Man ist ja bekanntlich immer so alt, wie man sich fühlt. Bei mir wäre das fünfundzwanzig. Und bei Ihnen?«

Zwanzig, wollte er erwidern, doch seine pochende Bandscheibe ließ ihn die Antwort noch mal überdenken. »Vierundzwanzig.« Hauptsache jünger als der Psycho.

»Ganz wie Sie meinen. Weswegen sind Sie gleich noch mal in der Klinik?«

Schrödinger ahnte, worauf der Mann hinauswollte. Doch so leicht wollte es ihm nicht machen. »Weil die Krankenkasse es so wollte.«

»Aber so was kommt ja nicht von ungefähr. Da gibt es immer eine Aktion und eine Reaktion. Niemand wird grundlos auf Reha geschickt.« Wieder sprach er so leise, dass man ihn kaum verstand.

Der Stresslevel stieg, und Schrödinger wusste sich keinen anderen Rat, als mit den Fingern auf der Lederoberfläche des Sofas zu dribbeln. Zuerst nur mit links, wenig später auch mit rechts. Zunächst passierte nicht viel.

»Zur Reha wurde ich wegen meiner Bandscheibe geschickt. Aber das hat nichts mit dem Alter zu tun. So was haben sicherlich auch junge Leute. Sportler zum Beispiel.«

»Sind Sie denn Sportler?«

»Eher so das Gegenteil.« Und das war noch milde ausgedrückt.

»Da sehen Sie es!«, sagte Hahn, aber es klang nicht sehr euphorisch. Stattdessen rutschte er auf seinem Sessel herum und schlug zuerst das linke über das rechte Bein, dann umgekehrt. Irgendwas schien dem Seelenarzt zuzusetzen. War es das Dribbeln? Schrödinger freute sich innerlich.

»Erzählen Sie mir doch noch mehr von Ihrem Leben, damit ich mir ein besseres Bild von Ihnen machen kann«, bat der Arzt.

»Da gibt es nicht viel zu erzählen. Geboren und aufgewachsen in Hannover. Zuerst habe ich eine Lehre zum Elektriker gemacht und einige Zeit in einem Autohaus gearbeitet. Irgendwann bin ich dann in die Lebensmittelbranche gewechselt.« Das war eine schöne Umschreibung für eine Getränkehandlung und technisch gesehen nicht mal gelogen.

»Sind Sie verheiratet?«

»War ich. Hat nicht funktioniert. Ich bin aber wieder in festen Händen.«

»Das … äh … freut mich zu hören.« Hahn rutschte erneut unruhig umher. Sein Blick war auf das Ledersofa und dort ganz speziell auf Schrödingers nimmermüden Finger fixiert. »Ich bin ja auch … also verheiratet, meine ich. Seit über fünfzehn Jahren.« Als Beweis hob er die Hand mit dem Ehering, ohne dabei jedoch den Blick abzuwenden.

Schrödinger war ebenfalls nicht sonderlich an Hahns Ehegeschichte interessiert. Er musste wieder an Susannes Bemerkung denken. Asexuell traf als Beschreibung für den Endvierziger mit dem runden Gesicht, den graublonden Haaren und der rötlichen Haut ziemlich genau zu. Kaum vorzustellen, dass so jemand auf das andere Geschlecht anziehend wirken könnte. Vielleicht war seine Gattin ja blind, taub und ans Bett gefesselt.

»Wie stellen Sie sich überhaupt Ihre … äh … Zukunft vor? Die Zeit nach der Waffelburg, meine ich.«

»Demnächst ziehe ich nach Schwaben. Zu meiner Freundin. Vielleicht treibe ich auch etwas mehr Sport. Basketball zum Beispiel. Ich mag das Dribbeln mit dem Ball. Sie nicht auch?«

Hahns Stirn begann zu glänzen. »Ich … also … mach mir nicht so viel aus diesem Sport. Bin eher der … nun ja … Golftyp.«

Das Trommeln der Finger ging weiter. Der Nerven-Doc räusperte sich, rutschte abermals umher, zog am Hemdkragen, um mehr Luft zu bekommen. Dann stand er auf und nahm die Brille ab, um sie zu putzen. Sein Blick streifte dabei immer wieder nervös die Ledercouch.

»Geht es Ihnen nicht gut, Dr. Hahn? Soll ich einen Arzt rufen?« Fast hätte er *einen richtigen Arzt* gesagt.

»Nein, ich bin mir … also … ich hatte … zu wenig Schlaf letzte Nacht. Neue Matratze.«

»Möchten Sie ein Glas Wasser?«, fragte Schrödinger. Nebenbei dribbelte er unablässig weiter. Inzwischen tat ihm der Psycho-Doc beinahe leid.

»Danke, nicht nötig. Ich brauch nur ein bisschen …

Pause. Die Sitzung schließen wir heute etwas früher ab. Dann … äh … haben Sie noch Gelegenheit, sich vor dem Essen ein bisschen … die Beine … treten … äh … zu vertreten, meine ich. Oder Sport. Wenn Sie Sport machen wollen.«

»Wir sind schon fertig?«, fragte Schrödinger ehrlich überrascht.

»Ja, f-für d-diesmal.«

Schrödinger stand auf und trat vor den Schreibtisch – wo er die Trommelei mit einer Hand weiter fortsetzte, allerdings nicht mehr ganz so intensiv. Der schwitzende Arzt fuhr trotzdem sofort herum, um ihn nicht aus den Augen zu lassen. Derweil tastete Schrödinger seiner Taschen nach dem Behandlungsplan ab.

»Kriegen Sie von mir noch einen Barcode? Das habe ich das letzte Mal irgendwie verbummelt.«

»So was brauche ich nicht.«

»Wie jetzt?« Er verstärkte das Dribbeln wieder.

»Diese … Strichcodes … gibt es bloß für Anwendungen.«

»Sie meinen, das bei Ihnen ist gar nichts Richtiges?«

Hahn keuchte. »Das hier ist … eine Sprechstunde. Das hat nichts mit den Übungen und Seminaren zu tun.«

Na toll. »Demnach bringen mir die Besuche bei Ihnen rein gar nichts?«

»Besuche bei mir haben immer einen … Nährwert. Das steht gänzlich … äh … außer Frage.«

»Ansichtssache.«

Der letzte Punkt hatte seinem kleinen Triumphgefühl zwar einen Dämpfer versetzt, dennoch verließ Schrödinger gut gelaunt das Behandlungszimmer. Draußen schaute er auf die Uhr. Bis zur Mittagspause blieben noch fast 40 Minuten. Was sollte er mit der kostbaren Zeit anstellen? Und konnte er es sich bei seinem stressigen Terminkalender überhaupt erlauben, nachher in die Kantine zu gehen? Unschlüssig schaute er sich um.

Die Entscheidung wurde ihm abgenommen. Als er auf den von der Klinikleitung verpönten Lift wartete, hörte er das helle Giggeln einer Frau. In welches das dunklere Timbre eines anderen, ebenfalls weiblichen Lachens einstimmte. Beides kam aus dem Aufzugschacht. Schrödinger staunte nicht schlecht, als die Aufzugtür sich öffnete und Yesim Hepsengenc nebst Regina erschienen. Letztere ruckelte sich den Büstenhalter zurecht. Erstere wirkte auf den ersten Moment erschrocken, zwinkerte ihrem inoffiziellen Mitarbeiter dann aber unauffällig zu und befahl ihm, so interpretierte er das jedenfalls, mit einem angedeuteten Kopfnicken, den beiden Frauen unauffällig zu folgen.

Wie sich herausstellte, waren die Damen unterwegs zu Reginas Zimmer. Schrödinger ließ den Frauen eine Kurve Vorsprung und fragte sich, wie die Kommissarin es hinbekommen hatte, dass Regina sie offensichtlich als eine gute Freundin betrachtete, vor deren Augen frau gut und gerne mal an der Halterung für den Busen zuppeln durfte. Wie schon so oft in seinem Leben bemerkte er, dass Frauen ein ganz großes Mysterium waren. Wer deren Code knackte, da war er sich beim Hinüberschielen in den schmucklosen Flur sicher, der würde neben dem Nobelpreis auch sämtliche andere Pokale abräumen. Einen Stern auf dem Walk of

Fame. Den Putlitzer-Preis einer Autorenvereinigung, die sich 42erAutoren nannte und die sich an Douglas Adams' Buch *Per Anhalter durch die Galaxis* und dem darin ausgewiesenen Sinn des Lebens (eben der Zahl 42) orientierte. Den Preis sämtlicher Buchmessen, den Friedenspreis und was es sonst noch so geben mochte.

Er selbst allerdings fühlte sich wenig preisverdächtig, als ein vierschrötiger Mann im Jogginganzug heranschnaufte und sich an den ziemlich lieblos in den Gang gestellten Tisch klemmte, auf dem ein ausgeleiertes Blutdruck-Messgerät lag. Der Mann legte die Manschette um seinen wuchtigen Arm und hatte Mühe, das Klettband zu schließen.

»Scheiß Diabetes«, knurrte der Typ. Während die Manschette sich geräuschvoll aufpumpte, schlüpfte Schrödinger um die Ecke. Gerade rechtzeitig, um zu sehen, in welchem Zimmer die Kommissarin und Regina verschwunden waren.

Er wartete eine, zwei, drei Sekunden, dann huschte er auf Zehenspitzen über den abgelatschten Teppich. Vor Reginas Zimmer blieb er stehen, hielt die Luft an und das Ohr gegen die in einem seit den 1990ern verbotenen Braunton gestrichene Tür.

»Jöööö!« Das Kreischen ließ ihn zusammenzucken. Das darauf folgende scheppernde Lachen auch. Das stammte eindeutig von Regina, er hatte es schließlich oft genug gehört, um es zuordnen zu können.

Allerdings hatte er nicht gewusst, dass Yesim Hepsengenc zu einem derartigen »Jöööö!« fähig war. Innerlich schauderte er, schuldete das mädchenhafte Kreischen allerdings einem ihm vermutlich völlig unbekannten Ermittlungsansatz.

Er presste das rechte Ohr an die Tür. Vernahm zuerst außer einem Rascheln nichts. Es folgte zweifaches Kichern. Danach erneut Stille. Er meinte, Schritte zu orten. Vielleicht das Öffnen der Schranktür, die ganz bestimmt derjenigen in seinem eigenen Zimmer wie ein Zwilling glich. Husten. Rascheln. Dann ein lautes »Ich gehe dann mal!«, das er der Kommissarin zuordnete. Schrödinger sprang automatisch einen Schritt zurück und verzog sich schnurstracks um die nächsten Ecken.

Der dicke Diabetiker war verschwunden. Aus Alibigründen setzte er sich an den Tisch und starrte das Messgerät an. Er wusste, dass mit seinem Blutdruck alles okay war. Eigentlich. Jetzt aber schoss der in die Höhe, als er ein Klopfen auf seiner rechten Schulter verspürte. Mit Müh und Not konnte er einen Schrei unterdrücken, fuhr herum und starrte in das grinsende Gesicht der Kommissarin.

»Botox«, sagte Hepsengenc und zog den zweiten Stuhl unter dem Tisch hervor. Sie setzte sich und fixierte Schrödinger.

»In Reginas Stirn. Und in deren verschüttetem Drink.«

Schrödinger nickte. Und wunderte sich, dass er sich nicht wunderte. Hatte er nicht Ähnliches erwartet?

»Leberwurst?«, schob er nach und kannte die Antwort, ehe Hepsengenc nicken konnte.

»Teufelszeug, dieses Schlangengift.«

»Kein Schlangengift, Botolinumtoxin. Konserven.« Schrödinger sah von weiteren Erklärungen ab, als Yesim Hespsengenc mit einer schroffen Handbewegung auf Google verwies.

»Das Mittel ist klar«, sagte die Kommissarin und polkte

am Klettverschluss des Blutdruckmessgeräts einen roten Fussel weg. »Die Frage ist nur, wer und warum?«

»Wie immer im Leben«, versuchte Schrödinger zu scherzen.

»Die Dame stand auf der Liste der noch zu Befragenden. Eigentlich könnte das ein Kollege übernehmen. Aber ich dachte, so von Frau zu Frau …«

»Jöööö«, imitierte Schrödinger. Hepsengenc grinste.

»Der Lauscher an der Tür.«

Schrödinger zuckte mit den Schultern.

»Jedenfalls«, kam die Polizistin zurück zur Faktenlage, »hat Regina tatsächlich Nervengift unter die Haut bekommen. Nachdem ich ihr ein paar Komplimente gemacht hatte, wie gut ihr die Kur tue und wie erholt und vor allem um Jahre jünger sie aussieht, hat sie gestrahlt wie ein Pfannkuchen.« Yesim Hepsengenc verdrehte die Augen. »Frauen sind so durchschaubar.«

»Du wirst reich, wenn du deine Erkenntnisse in einem Buch niederschreibst.« Schrödinger grinste.

»Ja gut, manche. Die jedenfalls absolut. Ist auch nicht die allerhellste Kerze auf der Torte. Ihr ist nicht aufgefallen, dass ich sie ja vorher noch nie gesehen hatte und also nicht wissen konnte, dass auf ihrer Stirn bis neulich noch jede Menge Falten waren.«

»Die sicher nicht vom Denken kamen«, scherzte Schrödinger.

»Du kannst echt bissig sein wie ein Weib«, konterte die Kommissarin, lachte dann aber. »Wo genau sie sich behandeln ließ, hat sie mir nicht verraten.«

»Ich tippe auf den Friseursalon.«

»Ganz genau meine Überlegung. Nur kann ich als Polizistin da ja schlecht reinmarschieren und einmal Botox to go ordern. Da könnte ich genauso gut einen Aushang am Schwarzen Brett machen, dass wir hier ermitteln.«

»Soll ich hingehen?«, fragte Schrödinger, hoffte aber insgeheim, dass die Antwort ein »Nein« wäre. Er verspürte nicht den geringsten Drang, sich im Hinterzimmer eines Coiffeurs Nadeln in den Schädel rammen zu lassen. Schon gar nicht in einem Etablissement, das aus seinem Kopf ein rasiertes Ei gemacht hatte.

»Nein. Wir bräuchten eine Frau, das ist glaubwürdiger. Unauffälliger. Jemanden, den hier noch niemand kennt.«

»Marion!«, rief Schrödinger. Hepsengenc sah ihn fragend an.

»Meine Freundin. Sie kommt heute und bleibt ein paar Tage in Bad Mergentheim.«

»Hm. Ich denke mal darüber nach.« Die Kommissarin klopfte mit den Fingerknöcheln auf die Tischplatte und erhob sich.

»Ich muss weiter.«

»Ich leider auch.« Schrödinger stöhnte innerlich. Die beiden verabschiedeten sich am Lift. Schrödinger fuhr in den untersten Stock, wo ihn die angsteinflößende Elektrotherapie erwartete. Die Kommissarin nahm die Treppe nach oben. Sie würde bei Dr. Orhan die Akten von Johann und Thomas einsehen.

»Halb so schlimm!«, strahlte Schrödinger nach der halben Stunde im Therapieraum Frank an, der im verwaschenen Bademantel und mit Gummischlappen, ein zusammengerolltes Handtuch unter den Arm geklemmt, auf dem Weg zur Wassergymnastik war. Die beiden nickten sich zu und verschwanden in entgegengesetzte Richtungen. Ein Blick auf die Uhr verriet Schrödinger, dass er sich sputen musste. Rasch klebte er den Barcode auf den vorgesehenen Bogen und sauste, noch immer das leichte Kribbeln im Rücken spürend, zum Kunstraum. Ihm war eine Einzelsitzung bei einer Doktorin namens Astrid Kleinschmidt verordnet worden. Vom Panoramafenster aus warf er einen sehnsüchtigen Blick hinab ins Schwimmbecken, in dem Frank und Konsorten sich mit kunterbunten Schwimmnudeln vergnügten. Er hingegen musste in das an den Töpfer-, Mal- und Specksteinbereich angrenzende Zimmer gehen.

»Sie sind spät dran«, begrüßte ihn die Kunsttherapeutin. Die Frau ruckelte sich die mit grauen Strähnen durchzogenen Rastazöpfe zurecht. Schrödinger widerstand dem Impuls, das Fenster zu öffnen, um den Geruch nach Kernseife und Waschnüssen in den Mergentheimer Wald zu entlassen. Er schwieg, hielt die Luft an, ignorierte das kunterbunte Outfit der Therapeutin und setzte sich an einen der vielen Tische.

»Dann legen wir los.« Frau Kleinschmid klatschte in die Hände und holte einen Block und Bleistifte in allen möglichen Längen, Stärken und Schattierungen aus einer Schublade.

»Okay«, sagte Schrödinger und versuchte, an den Barcode zu denken, den er nach einer guten Stunde würde aufkleben können.

Er starrte auf das leere Blatt. Dann sah er Kleinschmidt fragend an.

»Bitte«, sagte die Therapeutin mit generösem Tonfall. »Legen Sie los.«

»Womit?«

»Zeichnen.«

»Kann ich doch gar nicht.«

»Es geht hier auch nicht um schöne Bilder oder ein Werk, das eines Tages ins Museum kommt. Es geht um das Erste, was Ihnen einfällt.«

Weglaufen, dachte Schrödinger. Und machte – nichts. Während die Psychologin ihm erklärte, wie die Hand-Hirn-Achse funktionierte und dass er mit dem Bleistift sein Seelenleben zu Papier und damit in Ordnung bringen könnte, sausten seine Gedanken aus dem Raum. Er dachte an flatterndes Absperrband. Einen toten Mann, der halb im Kneippbecken hing. Sah vor seinem inneren Auge den krampfenden Johann auf dem Pflaster vor dem Klinikrondell liegen. Den Schaum vor dessen Mund. Er fuhr sich mit der flachen Hand über den Kopf. Die Stoppeln kratzten. Er konnte doch schlecht eine Destille im Keller malen? Eine aufgezogene Schönheitsspritze? Da würde die Psychologin doch sofort ein schweres Trauma, eine Psychose oder was die Branche sonst noch anzubieten hatte attestieren. Er schielte zur Wanduhr. Von den sechzig Minuten waren gerade einmal sieben vergangen.

»Oder wollen Sie lieber etwas mit Farbe machen? Wir haben auch Aquarellkästen.«

»Nö, geht schon.« Endlich griff Schrödinger zum erstbesten Stift. Die Kleinschmidt beobachtete ihn ganz genau. Er vermutete, dass sie allein aus der Wahl des Härtegrades oder der Länge des Holzstiftes Rückschlüsse auf den Zustand seiner Psyche zog.

Der Zeiger ruckelte eine winzige Minute vorwärts. Am liebsten hätte Schrödinger am Bleistift gekaut, wie er es als Schüler in solchen Momenten getan hatte. Aber dann würde er sicher mit der Diagnose behaftet, als Säugling nicht ausreichend lang gestillt worden zu sein.

Er malte einen ersten zaghaften Kringel. Der stiere Blick der Psychologin auf seine Hand irritierte ihn. Neben den Kringel malte er einen zweiten, dann noch einen. Er dachte an den ersehnten Barcode und malte Striche unter die Kreise. Nach zweiundvierzig weiteren Minuten hatte er den Bleistift zweimal frisch gespitzt, sein Handgelenk krampfte – aber das Blatt war voll. Kringel, Striche. Fast so etwas wie abstrakte Kunst, fand Schrödinger. Und war ein bisschen stolz auf sich. Ob er sein Werk in der künftigen Tuttlinger Wohnung aufhängen durfte? Eher nein, mutmaßte er. Dort war alles bunt, wild, chaotisch. Und das war gut so. Er würde das Machwerk dem Schredder überlassen.

Frau Kleinschmidt nickte zufrieden, nahm das Papier, klemmte es an eine Staffelei und betrachtete das Werk ihres Patienten aus einigem Abstand. Schrödinger lehnte sich zurück und war versucht, mit den Fingern auf dem Tisch zu dribbeln, ließ es aber bleiben. Die letzten zehn Minuten würde er auch so absitzen können. Zumal die Kunsttherapeutin nun sein Werk analysierte. Schrödinger biss sich auf die Zunge, um nicht laut loszulachen.

Laut Kleinschmidt wies er Züge einer bipolaren Störung auf, wobei sie die Kringel als seine weibliche, die Striche als seine männliche Seite auslegte. Kringel. Runde Brüste. Striche. Lange Schniedel. Die in seiner Zeichnung in beinahe gleicher Anzahl vorkamen. Womöglich, sinnierte sie, habe er ja seine weibliche Seite stets verdrängt. Schrödinger sah Detlevs lackierte Fußnägel vor sich. Seine eigenen rollten sich auf, wenn er daran dachte, diese zu bemalen. Sie empfahl ihm, sich in der Einzeltherapie einmal mit dem Thema der eigenen Sexualität auseinanderzusetzen. Das würde er auf gar keinen Fall tun – wenn er sich mit diesem Thema auseinandersetzte, dann in seinem Zimmer, mit Marion. Der Gedanke an ihre baldige Ankunft ließ ihn auch die weiteren kruden Überlegungen von der Doktorin ertragen. Und dann endlich, endlich, war es so weit. Der Minutenzeiger hatte das Zifferblatt umrundet. Er durfte den Barcode aufkleben. Und hatte fünf Minuten Zeit, um kurz die Örtlichkeit aufzusuchen.

Erleichtert in doppelter Hinsicht schlüpfte er in die zweite der beiden Kabinen. Die andere war besetzt. Schrödinger nahm auf der Keramik Platz. Sein Klonachbar schien entweder Selbstgespräche zu führen oder, was wahrscheinlicher war, zu telefonieren. Er versuchte, sein Geschäft möglichst geräuschlos zu erledigen und hoffte, dass er nicht durch gewisse Gerüche enttarnt würde. Denn auf der anderen Seite der weißen Holzwand war jemand, den er an der Stimme erkannte: Dr. Hahn. Viel entspannter als nach dem Ende der Sitzung mit seinem fingerdribbelnden Patienten schien er nicht zu sein.

»Das ist mir scheißegal!«, brüllte er in den Hörer. Und setzte dann noch ein gesalzenes »Verpiss dich!« hinterher.

Schrödinger staunte. Der Psychologe passte sein Vokabular erstaunlich gut an die Örtlichkeit an.

Wer oder was dem Doktor am Allerwertesten vorbeiging und ihn derart auf die Palme brachte, bekam er nicht heraus. In der Nachbarkabine rauschte die Spülung. Dr. Hahn verschwand.

»Hände waschen, du Ferkel«, zischte Schrödinger, obwohl der Psychomensch ihn ja nicht hören konnte. Was vermutlich auch besser so war. Außerdem hätte er sowieso keine Zeit mehr gehabt, irgendwen auf irgendwelche hygienischen Verfehlungen hinzuweisen. Sein nächster Termin drohte.

Musiktherapie.

Schrödinger war in etwa so musikalisch wie ein Toastbrot und erinnerte sich mit Schaudern an den Unterricht in der Grundschule, als a) jedes Kind einzeln vorsingen (ein Fiasko … die Mitschüler hatten ihn ausgelacht) und b) solo auf der Blockflöte tröten musste. Nach der vierten Klasse hatte er kein Instrument mehr angerührt und war froh, dass seine Eltern ohnehin kein Geld für solcherlei Förderung des Nachwuchses ausgeben wollten. Die Mitgliedschaft im Bolzverein erschien ihnen teuer genug.

Nun aber stand er vor dem als »Musikzimmer« ausgewiesenen Raum und schauderte. Musste sich zwingen, an Marions baldige Ankunft und an den Barcode zu denken und öffnete die Tür. Was er beim ersten Blick in den Raum heftig bereute. In der Mitte eines Stuhlkreises lagen verschiedene Trommeln, Rasseln und sonstiger Lärmkram. Er setzte sich neben Vera und Vroni. Die anderen Teilnehmer kannte er nicht.

»Das ist total lustig«, versprach Vera ihm. »Ich nehm wieder die Djembe.«

»Ja, das macht wirklich Spaß«, flüsterte ihm Vroni zu, als die Therapeutin in den Raum sauste.

»Wird schon vorbeigehen«, munterte Schrödinger sich selbst auf.

Und es ging vorbei. Ziemlich schnell sogar. Zwar hatte Schrödinger kaum einen Rhythmus, den die Therapeutin vorgab, halten können, aber das Eindreschen mit dem Schlegel auf die Pauke hatte er genossen. Und während der kompletten Stunde hatte er nicht einmal an Botox oder Marion gedacht.

Zufrieden pappte er seinen Code auf den Zettel und beeilte sich, Horst abzuholen. Der schlummerte im Therapieraum auf einer Gymnastikmatte und trödelte hinter seinem Herrchen her ins Zimmer. Dort angekommen, pupste der Boxer ausgiebig. Was Schrödinger verriet, dass Pfleger Michael oder Frau Haferkant ihn wieder mit getrocknetem Entenfleisch gefüttert haben mussten. Er riss das Fenster auf und den Hörer von der Gabel. Dann tippte er Marions Handynummer ein. Eigentlich hatte er gehofft, dass sie bereits angekommen war und er sich mit ihr zum Abendessen in die City begeben könnte.

Die Verbindung war unterirdisch. Schrödinger verstand nur Bruchteile. »Zu spät los wegen Hillu … Stau auf der A81 … noch länger … Kuss …«. Er reimte sich daraus zusammen, dass Marion also noch unterwegs war. Ohnehin hätte er jetzt nicht viel Zeit für sie gehabt, denn einen letzten Barcode musste er noch aufkleben. Bei der Hockergymnastik. Doch auch diese Stunde bei der Tittenmaus, welche von Frank gewohnt begierig angestarrt wurde, war irgendwann vorüber. Schrödinger wollte noch einmal bei Marion durchklingeln, doch er wurde von Yesim Hepsengenc auffällig-unauffällig im Foyer abgepasst und per Handzeichen zu einer durch üppig blühende Gummibäume wie ein Separee abgetrennten Sitzgruppe gebeten.

»Läuft da was?«, schäkerte Frank. »Du bekommst doch gleich Besuch!«

»Da läuft gar nichts, außer dass ich als Erster am Tatort war, darum wird es wohl gehen.«

Frank zwinkerte ihm zu. Schrödinger ignorierte die Anzüglichkeit und war froh, so schnell eine Ausrede gefunden zu haben, als der Lift kam, mit dem Frank nach oben in sein Stockwerk rauschte.

Er ging auf Yesim zu, die irgendwie unruhig wirkte und sich hektisch die Manteltaschen abklopfte. Vermutlich lag es am Nikotinentzug. Als Schrödinger sie erreichte, zog sie eine ziemlich eingedellte Kippenpackung hervor und gab ihm das Zeichen, ihr nach draußen zu folgen. Die Zeit schien zu drängen. Sie waren noch nicht mal richtig zur Eingangstür hinaus, da glimmerte Yesims Sargnagel bereits. Nach dem ersten Zug wirkte sie deutlich entspannter.

»Ich war gerade bei Dr. Orhan. Der Typ ist vielleicht ne Flachpfeife. Wie der seine Arztzulassung bekommen hat, ist mir ein Rätsel.«

»Mir auch.«

»Der Typ hat keine Ordnung in seinen Unterlagen. Lückenlose Dokumentation ist was anderes. Manchmal hatte ich echt das Gefühl, der hat sich die Daten darin einfach aus den Fingern gesaugt. Irgendwie stimmten da keine zwei Belege überein. Verschiedene Mengen, verschiedene Nummern und Patienten. Entweder, der Kerl besitzt ein ziemlich eigenwilliges Ablagesystem oder es ging ihm darum, mich zu verwirren. Letzteres ist ihm recht gut gelungen. Als Laie blickt man da nicht wirklich durch. Ich glaube, da muss ich mal einen waschechten Bürokratenschimmel wiehern lassen. Irgendwie kriegen wir dieses Pferd schon aufgezäumt. Hast du eine Ahnung, wie dieser Dr. Hahn da ins Bild passt? Während ich bei Orhan war, hat der werte Kollege mehrmals angerufen. Er klang etwas angespannt. Noch angespannter als Orhan. Und der wurde schon immer nervöser, je länger ich da war, egal, wie sehr er es zu kaschieren versuchte.«

Orhan nervös? Diese Information irritierte Schrödinger. Bisher hatte der Arzt zwar immer etwas fahrig gewirkt, war aber dennoch immer ziemlich selbstbewusst aufgetreten. Waren Yesims bohrenden Fragen der Grund dafür gewesen? Wenn sie wollte, konnte sie einem gewaltig zusetzen. Das hatte Schrödinger schon am eigenen Leib erfahren.

»Also, wer ist jetzt dieser Hahn?«, hakte die Kommissarin nach, als er nicht gleich antwortete.

»Das ist der hiesige Seelenklempner. Meiner Meinung nach aber mehr Psycho als Doc. Mir graut es vor jedem Termin mit ihm.«

»Glaube ich gerne. Haben diese Psychiater nicht eh alle einen an der Klatsche? Ohne jetzt das Patientengeheimnis verletzen zu wollen: Er hat in einer eurer Sitzungen nicht zufällig mal das Stichwort *Botox* fallen gelassen, oder?«

Schrödinger schmunzelte unfreiwillig. »Ehrlich gesagt: indirekt schon. Allerdings nur kurz. Es ging darum, dass Orhan mich wegen meiner Nachforschungen über das Nervengift an ihn verwiesen hat. Mit Therapiestunden jeden Tag in der Woche. Da kommt Freude auf.«

»Na, ist doch super. Dann kannst du ihn das nächste Mal gleich noch mal darauf ansprechen.«

Er stöhnte auf. »Muss das sein? Das ist so, als würde ich mir absichtlich in die Hand schneiden und dann Zitronensaft in die Wunde träufeln. Der verdammte Hahn hat ein Talent dafür, einem jedes Wort im Mund umzudrehen.«

»Das schaffst du schon. Du bist doch ein Großer.«

Darauf wusste er nichts zu erwidern. »Hast du bei Orhan eigentlich was zu Johann und Tommi beziehungsweise Thomas rausgefunden?«

»Leider nicht. Der Doc hat sofort alle Schotten dicht gemacht und sich auf den Datenschutz und seine ärztliche Schweigepflicht berufen. In der Hinsicht war er dann doch ziemlich ultrakorrekt. Ohne richterlichen Beschluss komme ich da nicht weiter. Wenn überhaupt.«

»Sprich: Auf dem Weg kommen wir nicht weiter.«

»Gut kombiniert, Sherlock. Da fällt mir ein: Ich hab noch ein paar Fragen zu deiner Freundin.«

»Ihre Körbchengröße verrate ich dir nicht.«

»Die will ich auch gar nicht wissen, du Doofie. Wie alt ist sie?«

»In meinem Alter.«

»Demnach käme sie durchaus für eine Botoxbehandlung infrage.«

»Das sag ihr besser nicht ins Gesicht.«

Yesim lachte auf. »Hab ich nicht vor. Du hingegen schon.«

»Das interpretiere ich mal so, dass sie under cover ermitteln soll?«

»Ich hoffe, ich bereue es nicht, wenn ich jetzt Ja sage. Es behagt mir nämlich gar nicht, da eine Zivilistin einzuspannen. Aber bei uns auf dem Revier sind die infrage kommenden Frauen alle entweder zu jung oder zu alt für diese Art von Einsatz. Denen würde keiner abnehmen, dass eine von ihnen so eine Behandlung braucht. Bei einer Frau ab Mitte dreißig sieht es da anders aus. Selbst wenn sie relativ faltenfrei ist. Das ist wie bei einem Gebrauchtwagen: Irgendwas gibt es da immer auszubessern.«

»Ein sehr schöner Vergleich.«

»Na ist doch wahr! Vorausgesetzt deine Marion spielt mit, würde ich mich freuen, wenn sie sich in dem Friseurladen mal umschaut.«

»Das macht sie bestimmt!«, entfuhr es Schrödinger sofort. Eine Sekunde lang war er mächtig stolz darauf, dass man *seine* Marion für so einen Einsatz in Betracht zog. Dann kam ihm erst in den Sinn, dass sich seine Liebste so unter Umständen in große Gefahr begab. Schließlich ging es hier um die Ermittlung in gleich zwei Mordfällen. Einen Atemzug lang schäumte die Panik in ihm hoch wie aufkochende Milch und er war drauf und dran, sein vorheriges Angebot zurückzuziehen. Doch er dachte noch einen Augenblick länger darüber nach und entschied, es bleiben zu lassen. Der Undercover-Einsatz war wichtig für die Aufklärung des Falls und vermutlich völlig harmlos. Außerdem würde er – und sicherlich auch Yesim – in der Nähe aufpassen, dass ihr nichts zustieß. Dennoch, ein fader Nachgeschmack blieb auch einige Minuten später noch zurück. Und das, obwohl Marion der ganzen Sache noch nicht einmal zugestimmt hatte. Geschweige denn überhaupt in Bad Mergentheim angekommen war.

Bis zum nächsten Punkt in seinem übervollen Terminplan blieben ihm noch ein paar Minuten. Rein theoretisch könnte er sie nutzen, um bei Horst nach dem Rechten zu sein. Aber der Boxer hielt bestimmt noch immer ein Nickerchen. Außerdem hegte Schrödinger die kleine Hoffnung, vielleicht noch einmal mehr oder minder zufällig auf Doktor Hahn zu treffen.

Da sie heute schon eine Sitzung hatten, bestand immerhin die Chance, dass dieser seine neuen Botoxfragen dann bis morgen wieder vergessen haben und nicht gegen ihn verwenden würde. Auf ein ausuferndes Therapiegespräch über Behandlungen mit Nervengift verspürte er wenig Lust. Höchstens wenn es darum ging, dem Psycho-Doc ein ebensolches in möglichst hoher Dosis zu verabreichen.

Eine ebenso schöne Vorstellung wie Idee, fand Schrödinger und machte sich auf den Weg zu ihm. Inzwischen befand er sich sechs Tage in der Waffelburg und hatte das Gefühl, dass selbst das Labyrinth an Gängen nicht mehr so verwirrend war, wie es anfangs den Anschein hatte. Den gewünschten Korridor fand er auf Anhieb. In den vergangenen Tagen war er ihn entschieden zu oft gegangen. Ihn irritierte nicht einmal mehr, dass der gesamte Flur davor leer war. Jeder, der klar bei Verstand war, mied diese Strecke, um ja nicht Gefahr zu laufen, dem Seelenklempner in die

Arme zu laufen. Bei ihm konnte selbst ein harmloses »Guten Tag« eine tiefenpsychologische Analyse nach sich ziehen.

Der Gang war zwar leer, aber das bedeutete nicht, dass niemand zu hören war. Nach einem Moment war sich Schrödinger sogar sicher, den Maestro selbst hinter einer der geschlossenen Türen zu hören. Es wurde noch kurioser: Ganz im Gegensatz zu seiner sonst so leisen, nasalen Art, brüllte er diesmal. Leider ging es in dem Gespräch nicht um Botox oder Dr. Orhan oder etwas anderes, das seine Ermittlungen betraf. Viel mehr schien es sich um irgendwas Privates zu drehen, denn der Psycho machte gerade jemanden zur Schnecke. »Wie ich vorhin schon sagte: Das ist mir scheißegal! Ich will dich nicht mehr sehen. Es ist aus!«

Oha. Die letzten Worte klangen nach einem Beziehungsdrama. Telefonierte der Doc mit seiner Frau? Bei jemandem, mit dem man zig Jahre verheiratet war, sagte man nicht, dass es aus war. Aber mit wem sprach er stattdessen? Vielleicht mit derselben Person wie vorhin auf dem Klo?

»Jetzt schau mich nicht so mit deinen Rehaugen an! Das zieht nicht mehr.«

Also kein Telefonat. Höchstens ein Videochat. In dem Moment vernahm er Schritte und wie etwas Gläsernes zu Bruch ging. So viel zu der Theorie. Offenbar hielt sich Hahn nicht alleine in seinem Büro auf. Hatte er vielleicht eine Affäre? Schrödinger ging in Gedanken sämtliche Pflegerinnen, Trainerinnen und zum Schluss sogar die Patientinnen durch. War es Queen-Fan Erika? Oder vielleicht die Tittenmaus vom Hockertraining? Oder gar der Nachtdrache? Letztere schloss er praktisch aus. Dennoch kamen einfach zu viele Kandidatinnen infrage. Da war es wirklich schade, dass er bloß ein leises Schluchzen vernahm und dadurch nicht heraushören konnte, mit wem der alte Hallodri hier gerade Schluss machte.

Schrödinger schaute auf die Armbanduhr. Eigentlich war es Zeit für den nächsten Termin. Wo und was der war, fiel ihm auf die Schnelle nicht ein. Eigentlich war es ihm auch egal. Er würde sich nicht eher hier wegbewegen, bevor er nicht wusste, welcher Dame der Mistkerl hier gerade auf so unsensible Weise das Herz zerfetzte.

Wie um doch etwas Einfühlungsvermögen zu zeigen, sprach Hahn die nächsten Worte in einem gemäßigteren Tonfall. Leider waren sie dadurch so leise, dass auf der anderen Türseite nur ein dumpfes Murmeln zu verstehen war. Erst zum Ende hin schwoll seine Stimme wieder an: »Versteh doch, es geht einfach nicht mehr. Wir hatten eine schöne Zeit, aber die ist jetzt vorüber. So leid es mir auch tut. Es liegt auch nicht an dir …«

Schrödinger verdrehte die Augen. Und fühlte Mitleid. Viel zu oft hatte er ähnliche Floskeln selbst schon zu hören gekriegt. Mit jedem einzelnen Mal war die Welt ein kleines Stück dunkler geworden.

Drinnen schnäuzte sich jemand laut und geräuschvoll. Schrödinger wich zurück. Leider zu spät. In diesem Moment öffnete sich die Tür und jemand verließ Hahns Büro.

Schrödinger war so perplex, dass er fast über seine eigenen Beine stolperte. Er kannte die vor ihm stehende Person. Mit ihr hatte er hier beim besten Willen nicht gerechnet. Wie auch?

Es war kein Geringerer als Massage-Guru Detlev, der sich da gerade die Tränen aus den Augen wischte und tief durchatmete.

»Suchst du nach mir?«, fragte der Therapeut mit zitternder Stimme.

»Äh … wieso?« Schrödinger war zu perplex, um die Situation zu begreifen. Hatte Hahn bei ihrer letzten Sitzung nicht noch betont, seit zig Jahren verheiratet zu sein? Wohlgemerkt mit einer Frau. Detlev hingegen war ohne jeden Zweifel ein Mann. Wie das zusammenpasste, war ihm im Moment entschieden zu hoch.

»Na ja, haben wir nicht gleich einen Termin?« Detlev schaute auf seine Uhr.

Schrödinger war unfähig, über diese Frage nachzugrübeln. Er schaffte es gerade so, ein benommenes »Äh … zufällig hier … aber … ja natürlich« von sich zu geben.

Was dem Massagisten offenbar genügte. »Na, dann komm mit«, sagte er und zog ihn sanft hinter sich her. Schrödinger folgte ihm ohne die geringste Gegenwehr.

Es waren gerade mal drei Minuten Fußmarsch, doch irgendetwas musste unterwegs mit ihm geschehen sein. So verletzlich Detlev vor Hahns Büro noch gewirkt hatte, so entschlossen sah er aus, als sie den Behandlungsraum erreichten. Um nicht zu sagen wütend.

Dass dies keine gute Ausgangsbasis für einen bevorstehenden Massagetermin war, durfte Schrödinger gleich darauf am eigenen Leibe feststellen. Der Therapeut behandelte seinen Rücken als wäre es ein gefrorener Acker, der mit einem besonders kraftvollen Pfluggerät durchgearbeitet werden musste. Hatte Schrödinger vorher keine Schmerzen in der Hüfte verspürt, schossen ihm nun wieder binnen kürzester Zeit Tränen in die Augen. Mehrmals fühlte es sich an, als versuchte Detlev, ihm verschiedene Wirbel über den Bauchnabel nach draußen zu schieben.

Um etwaige Schmerzensschreie zu übertönen, drehte Detlev den Lautstärkeregler so weit auf, dass nichts außer dumpfen Bässen und sonstigen elektronischen Tönen zu hören war. Gelegentlich sang dazu jemand, der genauso gut Justin Bieber wie auch Daniela Katzenberger sein könnte. Bei der hohen Dezibelrate war kaum mehr ein Unterschied herauszuhören.

»Können wir das vielleicht ein bisschen leiser stellen?«, rief er in der Pause zwischen zwei Liedern. »Das tut einem ja im Ohr weh.«

Und gleich darauf noch mehr im Rücken. Detlev beantwortete die Anfrage mit einigen zusätzlichen heftigen Massageeinheiten, betätigte dann aber doch die Volume-Taste. Schrödingers Trommelfelle und Bandscheibe dankten ihm den nachlassenden Schmerz gleichermaßen.

»Ich habe das Gefühl, dass du ein ganz klein wenig angespannt bist«, suchte er vorsichtig das Gespräch. Gleichzeitig machte er sich auf die bestimmt gleich folgenden Höllenqualen gefasst.

Der lodernde Schmerz blieb aus. Stattdessen spürte er kreisende Bewegungen, die zwar ebenfalls alles andere als angenehm waren, bei ihm aber zumindest keinen neuen Todeswunsch aufkommen ließen.

»Ich bin heute etwas neben der Spur«, begann Detlev. Nach kurzem Zögern fuhr er fort: »Normalerweise kann ich zwar Privates und Dienstliches gut voneinander trennen, aber wenn dir jemand das Herz bei lebendigem Leib herausreißt und dann vor deinen Augen darauf herumtrampelt, fällt das nicht ganz so leicht.«

»So schlimm?«

»Schlimmer. Ich habe das Gefühl, nur noch ein Schatten meiner selbst zu sein. Fast zwei Jahre waren wir zusammen. Zwar nur heimlich und nicht ganz so, wie ich mir das vorgestellt hatte, dennoch war es eine Beziehung, in die ich viel investiert habe. Nicht nur körperlich und emotional, sondern auch finanziell. Ich dachte echt, es wäre irgendwann für immer. Mit einer kleinen Finca auf Ibiza und Weihnachtshopping in Paris und London.«

»Was hat sich geändert?« Diese Frage war offenbar ein besonders wunder Punkt. Für sie beide, wie es Schrödinger gleich darauf wieder an der Bandscheibe spürte.

»Wenn ich das wüsste. Vor Kurzem dachte ich noch, alles wäre in bester Ordnung. Und dann – Zack! – von einem Tag auf den nächsten ist alles aus und vorbei.«

»Gab es keine Anzeichen?«

»Nein, das ist es ja eben! Klar haben wir uns in den vergangenen Tagen immer mal wieder gestritten und die Situation war etwas angespannt, aber ein bisschen Stress hat ja jeder mal. Wegen so was macht man doch nicht gleich Schluss.«

»Gab es Probleme bei der Arbeit? Vielleicht mit einem anderen Kollegen?«

»Nicht dass ich wüsste. Darüber denke ich lieber gar nicht nach.«

»Vielleicht renkt es sich ja wieder ein.«

»Ich hoffe es. Aber ganz ehrlich: Ich glaube, das war es tatsächlich.« Die letzten Worte gingen in einem Schluchzen unter. Gleich darauf wurden Lautstärkepegel und Behandlungsgrad wieder mehr. Die Zeit des Redens war vorüber und das Leiden kehrte zurück. Eine Menge Leiden.

Alles in allem dauerte die Massage keine halbe Stunde. Es fühlte sich allerdings wie mehrere Jahrzehnte in der Hölle an, sodass Schrödinger höchst erstaunt war, als er die Uhrzeit auf seiner Armbanduhr ablas. Beinahe genauso erstaunlich war, dass ihm der Rücken zwar wehtat, jedoch nicht halb so sehr, wie es nach der Tortur zu erwarten gewesen wäre. Um keinesfalls irgendein Risiko oder etwaige noch auftretende Spätfolgen zu vermeiden, bewegte er sich äußerst vorsichtig vorwärts. Machte an jeder zweiten Ecke Pause, um nachzufühlen, ob sich irgendwo ein Wirbelproblem anbahnte. Tat es nicht.

Schließlich wagte er sogar, wieder schneller zu gehen. Musste er sogar, als er sah, wie Regina und Christina vor ihm auf den Korridor einbogen. Ihr Ziel war der Aufenthaltsraum, wo sie sich vor eines der Fenster stellten und im Flüsterton unterhielten. Unter einem leisen Knacken seiner Gelenke ging Schrödinger in die Hocke und tat so, als würde er sich die Schnürsenkel binden. Seine Ohren spitzte er so gut, dass jeder NSA-Agent neidisch geworden wäre. Dadurch schnappte er zumindest auf, dass sich ihr Gespräch um die Behandlungen in der Waffelburg drehte. Es ging nicht explizit um liebeskranke Physiotherapeuten oder psychotische Psychiater, aber zumindest deutete Christina an, dass hier in der Rehaklinik bestimmt schon mal der eine oder andere falsch behandelt, wahrscheinlich sogar über den Jordan gegangen war. So was kam ja selbst in den besten Krankenhäusern vor, überlegte Schrödinger und erhob sich aus Rücksicht auf seine malträtierte Bandschreibe in adäquater Schneckengeschwindigkeit.

Er überlegte, die zwei Damen sich selbst zu überlassen, als ihre Unterhaltung auf das interessante Thema *Schönheitschirurgie* abwanderte. Da es von dort aus nur noch ein kurzer Sprung bis zum Punkt *Nervengifte* war, konnte er gar nicht anders, als weiter in der Nähe des Aufenthaltsraums zu warten.

Schade nur, dass Regina und Christina das Gespräch lieber im Gehen fortsetzen wollten. Noch bedauerlicher war, dass es sie dabei zum Fahrstuhl trieb. Schrödinger schwante Übles – und er wurde nicht enttäuscht. Die zwei betraten die Aufzugskabine und ließen ihn mit einer Entscheidung zurück: Aufgeben, Deckung fallen lassen oder weiter im James-Bond-Modus. Es war nicht wirklich eine Entscheidung.

Schrödinger wetzte zum in der Nähe befindlichen Treppenhaus und von dort aus hinauf in die erste Etage. Das Fahrstuhlsymbol zeigte nach oben. Also weiter in den zweiten Stock. Dasselbe Spiel. Im dritten Stock fühlte sich seine Lunge an, als stünde sie kurz vor dem Kollaps. Von den Muskeln in seinen Beinen, von denen viele seit Jahren nicht mehr so stark beansprucht wurden, ganz zu schweigen. Trotzdem rannte er keuchend und schwitzend, aber tapfer, hinauf in Etage vier. Mittlerweile war er nicht mehr ganz so schnell unterwegs und verließ das Treppenhaus erst, nachdem die Fahrstuhlkabine längst leer war.

»Echt jetzt?«, schnaufte er und schleppte sich einer Ohnmacht nahe den Korridor entlang. An der nächsten Weggabelung sah er, wie die beiden Damen gerade in einem der Zimmer verschwanden. Als die Tür hinter ihnen ins Schloss fiel, sank er kraftlos zu Boden. Dort saß er immer noch, als die Freundinnen fünf Minuten später auf den Flur hinaustraten, etwas aus dem Zimmer nebenan holten und dann den Gang mit zwei ledernen Umhängetaschen bewaffnet hinabgeschlendert kamen. Sie sahen aus, als würden sie zum Shopping gehen. Passend dazu war ihr Ziel wieder der Aufzug.

Schrödinger ahnte, was folgen würde, und humpelte zu den Treppen zurück. Seine Bandscheibe pochte, der Atem ging ihm nach wie vor pfeifend. Aber wenigstens führte ihn der Weg diesmal abwärts und das klappte deutlich besser als hinauf. Nahezu zeitgleich mit den Frauen traf er im Erdgeschoss ein. Ihre Unterhaltung drehte sich inzwischen um Dessous und Make-up. Das war nicht ganz seine Kragenweite, dennoch lag der Punkt Botox nach wie vor in greifbarer Nähe. Schrödinger suchte Reginas Gesicht nach Spuren einer erst vor Kurzem abgeschlossenen Behandlung ab, blieb jedoch unschlüssig. Ihre Haut wirkte straff, aber das konnte auch andere – sogar natürliche – Ursachen haben. Für eine genauere Analyse müsste er sie aus der Nähe untersuchen, doch das hielt er momentan für keine gute Idee. Zumal es ihm selbst bei einer guten Ausrede einige skeptische Blicke beschert hätte.

Entgegen seiner ersten Vermutung über die ledernen Umhängetaschen führte der nächste Gang nicht zum Ausgang, sondern zum Speisesaal. Damit konnte er gut leben.

Seine letzte Mahlzeit lag eh viel zu lange zurück. Außerdem war ihm nach all den Strapazen jede zusätzliche Verschnaufpause willkommen.

Der Vorteil an der Kantine war, dass er hier bequem das Angenehme mit dem Nützlichen verbinden konnte. Von seinem Platz aus hatte er die zwei Frauen gut im Blick und konnte sich dennoch den Bauch vollschlagen. Das hieß, soweit das mit veganen Bratlingen und belegten Broten möglich war. Aber alles war besser, als ein gewisses orangefarbenes Gemüse, das sich Frank in geraspelter Form in einer gläsernen Schale besorgt hatte. Allerdings nicht, um den Möhrensalat pur zu verdrücken, sondern ihn sich mit haufenweise Senf und kleinen Schinkenstreifen zu garnieren. Als er Schrödingers angewiderten Blick bemerkte, lächelte er verschmitzt. »Das ist reine Notwehr. Irgendwie muss man sich ja zu helfen wissen.«

Für Möhrenhasser Schrödinger kam diese Idee gerade recht. Ansonsten war es um die Stimmung am Tisch nämlich nicht besonders gut bestellt. Vera, Vroni und Susanne waren recht schweigsam und starrten immer wieder verstohlen zu dem leeren Platz, auf dem Johann bis vor Kurzem noch gesessen hatte. Frank schien da pragmatischer und vermied Blicke in diese Richtung rigoros.

»Wollte heute nicht eigentlich deine holde Maid kommen?«, fragte er nach einer Weile. Er hatte Senf an Kinn und Nasenspitze kleben.

»Kommt auch«, bestätigte Schrödinger. »Dürfte in Kürze eintreffen.«

Wenigstens hoffte er das. Ihr letztes Telefonat lag einige

Zeit zurück. Eigentlich müsste sie längst da sein. Er überlegte gerade, sie noch einmal von seinem Zimmertelefon aus auf dem Handy anzurufen, da erhoben sich Regina und Christina von ihren Plätzen.

Sollte er sie einfach so ziehen lassen? Im Grunde genommen gab es keinerlei ermittlungsrelevanten Grund, aus dem er sich weiter an ihre Fersen heften sollte. Aber Ermittlungen basierten nicht immer nur allein auf Fakten, sondern ergaben sich manchmal auch aus einem Bauchgefühl heraus. Dies war einer dieser Momente.

Kurzerhand stand er ebenfalls auf, gab ein kurzes »Ich muss los« von sich und verschwand, bevor der verdutzt dreinblickende Frank etwas mit seinem Senf-Karotten-Schinken-Mund darauf erwidern konnte.

Frisch gestärkt begaben sich die beiden Damen zum Ausgang. Ihr zügiger Schritt und ein Blick auf Christinas Armbanduhr legten die Vermutung nahe, dass sie von irgendwem erwartet wurden. Oder das jedenfalls glaubten.

Draußen allerdings erwartete sie nichts als bleierne Finsternis, die mit jedem Schritt weiter zunahm, den sie sich vom beleuchteten Klinikgebäude entfernten. Dazu kam ein recht frostiger Seitenwind, der jedes Belauschen schwierig machte. Wenigstens blieben die zwei nach fünfzig Metern und nicht weit von der Bushaltestelle entfernt stehen. Sie waren jetzt kaum mehr als Schemen in der Nacht.

Das traf sicherlich auch auf Schrödinger zu, ein Risiko wollte er trotzdem nicht eingehen. Sich nochmals die Schuhe zu binden, erschien ihm wenig glaubhaft. Da wich er lieber in Richtung des Müllplatzes aus und pirschte sich im Schutz der Dunkelheit vorsichtig an die Freundinnen heran. Diese hatten längst eine neue Unterhaltung gestartet. Um Botox ging es auch diesmal nicht. Stattdessen allerdings um bemerkenswerte Läden in und um Bad Mergentheim. Regina erwähnt kurz den *Kaiserschnitt*, schwenkte dann jedoch – als wollte sie Schrödinger, der sofort aufgehorcht hatte, ärgern – zu einer tollen Buchhandlung in Stadtzentrum um, deren Name sie entfernt an eine Wilhelm-Busch-Geschichte erinnerte. Regina schwärmte von der Buchleidenschaft der Inhaber und der großen Auswahl, schien damit bei Christina aber keinen Blumentopf gewinnen zu können. Hellhörig wurde diese erst, als es um das Geschäft mit der besten Alkoholauswahl im ganzen Ort ging.

»Aber egal, wie gut ein gekaufter Schnaps ist, am besten schmeckt immer noch selbst gebrannter«, resümierte sie.

Schrödinger hatte sich so weit nach vorn gebeugt, dass er vor Schreck fast umgefallen wäre. War das bloß eine nebenher gesagte Floskel? Oder spielte die öfters mal ziemlich durstige Frau damit auf etwas – oder viel mehr jemand – Bestimmtes an? Am liebsten wäre er zu ihr gegangen und hätte sie genau das gefragt. Doch ausgerechnet in dem Moment bogen grellgelbe Autoscheinwerfer von der Straße her zu ihnen ein. Sofort war das vorherige Gesprächsthema passé, und die beiden gingen freudig winkend auf das Auto zu.

Um Marion handelte es sich bei der Fahrerin leider nicht. Außer seine Liebste hätte den Wagen gewechselt und wäre auf einen hellbeigen Mercedes mit Taxi-Zeichen auf dem Dach umgestiegen. Nur wenige Sekunden darauf waren die Frauen im Wageninneren verschwunden und das Auto brauste mit dröhnendem Motor davon.

Frustriert verließ Schrödinger sein Versteck und schaute den sich entfernenden Hecklichtern hinterher. Er war enttäuscht, dass sich seine Verfolgung als Fehlschlag erwiesen hatte. Und weil der ankommende Wagen nicht Marion gehört hatte. Alle Dinge hätten völlig anders laufen sollen.

Eine Zeit lang stand er unschlüssig in der Dunkelheit und wusste weder ein noch aus. Irgendwann setzte ihm der kalte Novemberwind so sehr zu, dass er seinen Wachposten aufgab. Seit dem Aufbruch des Taxis war ohnehin kein weiterer Wagen mehr erschienen. Und würde es vielleicht auch nicht mehr.

Ein Hundebellen in der Ferne erinnerte ihn an eine andere Sache. Horst. Seinen Kumpel und Partner hatte er vor lauter Ermittlungseifer völlig ausgeblendet. Verdammt! Augenblicklich fühlte er sich noch mieser. Mit schnellen Schritten kehrte er in die Waffelburg zurück.

Fast hätte Schrödinger die Gestalt übersehen, die sich eine halbe Stunde später im Halbdunkel von den Tiefgaragen her dem Sportplatz näherte. Horst, der nach der langen Wartezeit gerade lang und ausgiebig einen Strauch getränkt hatte, roch zuerst Lunte. Schnupperte in die Nacht und wedelte begeistert mit dem Schwanz. Dann wuffte der Boxer leise und zog an der Leine. Sein Herrchen kniff die Augen zusammen. Als der Mensch den schwach schimmernden Lichtkegel der Straßenlaterne durchschritt, erkannte er, wer da auf sie zukam.

Marion.

Na endlich! Sein Herz machte einen Satz wie sein Hund, wenn der einen frischen Kalbsknochen geschenkt bekam. Er ließ die Leine los. Horst gab Vollgas und stürmte auf seine Freundin zu. Sprang an ihr hoch und feierte Party. Schrödingers Knie zitterten, als er auf die beiden zuging.

»Horst! Horst! Ist ja gut!« Lachend liebkoste Marion den Boxer und ließ es sich sogar gefallen, dass er ihr zur Begrüßung über das Gesicht leckte.

Zwei Schritte vor den beiden blieb Schrödinger stehen und genoss das Bild. Er hatte Marion nicht mehr erreicht. Scheinbar stammte der Handyempfang im Taubertal noch aus der Steinzeit. Dass er praktisch den ganzen Tag auf Achse gewesen war, hatte es nicht besser gemacht. Die Sorge, sie könnte in einen Unfall verwickelt werden, und der Stress des Tages fielen von ihm ab wie lästig gewordenes Laub von den umstehenden Bäumen.

Marion sah ihn an.

Er sah Marion an.

Horst sah von ihr zu ihm und setzte sich auf seine vier Buchstaben, als würde er abwarten, was als Nächstes geschehen würde.

»Du bist da.« Mehr brachte Schrödinger vor lauter Freude und Erleichterung nicht zwischen den Zähnen hervor. Es tat so herrlich gut, sie zu sehen.

»Ich bin da«, sagte Marion. Und dann ging alles ganz schnell. Die beiden gingen aufeinander zu, lagen sich in den Armen. Sogen den Geruch des anderen in sich auf und küssten sich. Lange. Ausgiebig. Und doch nicht genug, als

Horst Schrödinger schließlich mit der Plattschnauze gegen das Knie stupste.

»Was für ein Höllenritt«, stöhnte Marion, als sie sich von Schrödinger gelöst hatte. Der nahm ihr Gesicht in beide Hände und drückte ihr einen zärtlichen Kuss auf die Stirn. Worüber er selbst staunte. So etwas hatte er noch nie getan. Hätte es bei allen anderen kitschig gefunden. Aber hier, mit seiner Marion, passte es. Es war gut so. Und nötig.

»Gut siehst du aus. Steht dir.« Marion strich mit den Fingerkuppen über seine neu erworbene Kurzhaarfrisur.

»Findest du?«

»Absolut. Ich liebe Stoppeln.«

Schrödinger atmete auf. Er hatte sich schon Sorgen gemacht, dass sie ihn auslachen würde. Aber wenn Marion seine Beinahe-Glatze mochte, würde er vielleicht sogar bei dieser praktischen Frisur bleiben. Und damit jede Menge Shampoo und Zeit im Bad sparen.

»Und das ist also die berühmte Waffelburg.« Marion nahm Schrödingers eine Hand. In der anderen hielt er die Leine. Das Trio marschierte langsam den Weg Richtung Eingang entlang.

»Sieht ja nicht gerade nach einem Luxushotel aus.« Marions kritischer Blick wanderte die Betonwände entlang. Sie rümpfte die Nase, als sie an der zum Raucherbereich umfunktionierten stillgelegten Bushaltestelle vorbeikamen. Hinter den Büschen quoll Qualm hervor. Die Raucher sogen die letzten Kippen vor der Nachtruhe in die Lungen.

»Apropos Hotel, hast du schon eingecheckt?« Schrödinger ließ Horst an einem dürren Buchsbusch schnuppern.

»Na, du bist gut, ich weiß ja gar nicht, wo du für mich reserviert hast.«

»Ich für dich? Ich dachte, du machst das?«

»Ach, Schrödinger.« Marion rollte gespielt mit den Augen. Vor seinen eigenen fiel es wie Schuppen: Sie hatte ihn gebeten, sich vor Ort nach einer günstigen Pension umzusehen. Was vor lauter Toten, Barcodes und Klinik-Kokolores irgendwo in seinem Kopf hintenübergefallen sein musste.

»Ich. Äh.« Hätte er eine Hand frei gehabt, hätte er sich am Stoppelkopf gekratzt.

»Du hast es vergessen«, stellte Marion nüchtern fest. Das war einer der Gründe, warum er sie so sehr mochte. Sie war pragmatisch und weit entfernt davon, eine Zicke zu sein. Seine Ex hätte jetzt einen Schreikrampf bekommen und ihr komplettes Arsenal an bösen Tiernamen auf ihn abgefeuert.

Schrödinger schielte auf seine Armbanduhr. Es war schon kurz vor zehn.

»Jetzt kriegst du hier in diesem Kaff auch kein Zimmer mehr«, stellte er fest.

»Wohl kaum.« Marion zuckte mit den Schultern.

»Im Auto kannst du aber auch nicht schlafen«, sagte Schrödinger besorgt.

»Das hatte ich auch nicht vor.« Marion grinste. »In deinem Zimmer wird es wohl ein Bett geben?«

Schrödinger wurde heiß. Sehr heiß. Zum einen, weil Marion ihn mit diesem gewissen Blick ansah, in dem mehr steckte als nur der Wunsch nach ungestörter Nachtruhe. Zum anderen, weil in diesem Moment Drache Ingeborg im Pförtnerhäuschen verschwand. Er musste seine Liebste irgendwie in die Klinik schmuggeln. Sein Blick wanderte von Marion zur Pförtnerloge und zurück.

»Ich lenke die Nachtschwester ab. Du rennst zum Lift. Dritter Stock. Warte dort auf mich«, wisperte er Marion ins Ohr. Die kicherte.

»Das ist ja wie im Ferienlager.« Sie wirkte begeistert und zwanzig Jahre in der Zeit zurückgeworfen. Schrödinger nickte ihr zu. Eine Gruppe Raucher marschierte, verbotener Weise auf dem Weg an den Zigaretten ziehend, auf den Eingang zu. Marion schlüpfte hinter einen Busch.

Horst und Herrchen folgten den Rauchern. Der Nachtdrache sah gebannt auf die Uhr. Ingeborg freute sich bestimmt schon diebisch darauf, in einer Stunde die Pforten schließen zu können.

»N'Abend!«, rief Schrödinger und klopfte an die Scheibe. Der Drachen zuckte zusammen.

»Was ist?«, blaffte sie.

»Wir wollten nur gute Nacht-Schnaps sagen.« Die Worte Nacht und Schnaps vernuschelte Schrödinger, sodass die Schwarzbrennerin beides oder auch nichts verstehen konnte. Und wie gewünscht aus dem Konzept kam.

»Ja. Also. Ihnen auch.« Ingeborg wurde tatsächlich rot. Nicht knallig, aber immerhin. Und: sie wandte sich ab und blätterte angestrengt in einer Zeitschrift, die neben dem zentralen Telefon lag. Schrödinger machte eine Handbewegung. Aus den Augenwinkeln nahm er einen Schatten wahr. Dann hörte er, wie die Lifttüren sich öffneten und der Aufzug sich in Bewegung setzte.

»Spannend?«, fragte Schrödinger und linste durch die

Scheibe. Er erkannte auf dem Kopf stehende Magermodels in abnorm bunten Kleidern.

»Es ist bald Nachtruhe«, stellte Ingeborg fest und wies auf die große Uhr im Foyer. Deren Zeiger ruckelte unablässig vorwärts.

»Na dann, gute Nacht«, sagte Schrödinger fröhlich und ging betont langsam mit Horst im Schlepptau zu den Aufzügen.

»Die Klinikleitung empfiehlt das Treppensteigen«, rief Ingeborg ihm durch das leere Foyer hinterher.

»Hatte ich heute schon mehr als genug. Außerdem ist das schlecht für den Hund«, gab er zurück und war froh, dass der Lift in diesem Moment ankam. Hund und Herrchen schlüpften hinein. Schrödinger drückte auf die Taste für seine Etage.

Tatsächlich wartete Marion wie verabredet, verborgen hinter einer mannshohen Tafel, an der Kursangebote, der Wochenplan für den Speisesaal und der Fahrplan für den Bus nach Bad Mergentheim angepinnt waren.

»Zeig mir dein Königreich«, kicherte Marion. »Juniorsuite oder gar Präsidentenloggia?«

Schrödinger unterdrückte ein Lachen. Das Trio schlich über den Gang. Kaum hatte Schrödinger die Tür zu seinem Rehazimmer geöffnet, sauste Horst zum Wassernapf und schlabberte, dass der Sabber nur so flog. Schrödinger ließ Marion den Vortritt, ehe er geräuschlos die Tür schloss.

»Ach du Scheiße!« Marion sah sich um. In dem Moment erst erkannte Schrödinger, wie schäbig das Zimmer eigentlich war. Ein schmales Bett an der Wand. Ein Einbauschrank, ein abgewetzter Schreibtisch. Ein durchgesessener Stuhl.

Und Vorhänge, die irgendwann in den 1980ern gehäkelt wurden.

»Im Dunkeln geht's«, scherzte Schrödinger. Horst rülpste und rollte sich dann im aufgeklappten Koffer vor dem Schreibtisch auf Schrödingers noch sauberen Sachen zusammen.

»Dann mach mal dunkel«, flüsterte Marion und streifte die Jacke ab, die sie achtlos auf den Boden fallen ließ. Kurz ehe Schrödinger den Lichtschalter betätigte, flog ihr rotes Shirt hinterher.

Er ging auf sie zu. Wusste auch ohne zu sehen, wo sie stand. Nahm sie in den Arm. Fand ihren Mund. Bugsierte sie zum Bett. Die beiden ließen sich auf die Matratze fallen. Und dann gab es einen lauten Knall. Der Lattenrost war tot.

Siebenter Tag

Horst

Schrödinger ist ein treuloser Patron. Erst lässt er mich gestern stundenlang allein in dem lausigen Kabuff zurück (okay, die Hälfte der Zeit habe ich nach dem anstrengenden Training eh fest geschlafen, aber das tut nichts zur Sache), und dann hat er für seinen armen Lieblingshundi nicht mal genug zum Fressen vorrätig. Für gestern Abend hat es ja noch gereicht, aber heute Morgen war Schmalhans eindeutig Küchenmeister.

Da half auch Herrchens Versprechen nicht, mir in Bad Mergentheim was zu besorgen. Wenn ich Hunger habe, möchte ich gleich was essen. Und nicht erst Stunden später!

Eine gute Sache hatte mein gestriger Zimmerarrest aber schon: Ich konnte mir die Fakten des aktuellen Kriminalfalls noch einmal genau durch den Kopf gehen lassen. Dadurch sind einige Puzzleteile an die richtige Stelle gerückt. Das zusammen mit meiner vorzüglichen Schnüffelnase hat zur kompletten Erleuchtung geführt. Hätte Schrödinger mich in dem Augenblick besucht, er hätte mich vermutlich in den strahlendsten Farben, beinahe gottgleich gesehen.

Naturgemäß hält eine solche Begeisterung nicht dauerhaft an. Insbesondere nicht, wenn man allein in einem Zimmer festhängt und es mit einem manchmal etwas begriffsstutzigen Herrchen zu tun hat. Als Schrödinger mich dann gestern Abend doch noch aus meinem Verlies befreite, hatte ich auch keine Lust mehr, ihn in die entsprechende Richtung zu lotsen. Zumal dann ja auch noch Marion auftauchte.

Wie sie das mit dem gebrochenen Lattenrost hingekriegt haben, weiß ich nicht. Viel bekümmert scheint es sie allerdings nicht zu haben. Sie haben einfach die Matratze auf den Fußboden verfrachtet und dort mit dem weitergemacht, was sie vorher angefangen hatten.

Meine armen Hundeohren. Da kriegt man Sachen mit, die will man gar nicht hören. Aber wie gewöhnlich fragt mich ja eh keiner. Deshalb überleg ich es mir auch dreimal, ob und was ich Herrchen und/oder der Kommissarin überhaupt noch mitteile.

Schrödinger

Eigentlich war er ja in die Waffelburg gekommen, um etwas für seinen Rücken respektive seine Bandscheibe zu tun. Aber wenn er da an gestern, ganz speziell an die zweite Hälfte des Tages dachte, war vielmehr das komplette Gegenteil der Fall. Zuerst die Hockergymnastik, dann die Malträtierung durch Detlev und zum Schluss der marode Lattenrost, der dem Gewicht zweier Personen nicht standgehalten hatte. Notgedrungen hatten Marion und er die Matratze auf den nackten Fußboden gelegt und so die Nacht miteinander verbracht. Hinsichtlich seiner Liebsten war es wundervoll gewesen, in Hinblick auf seinen Rücken allerdings das blanke Gift.

Als echter Mann hatte er den Schmerz ihr gegenüber natürlich überspielt. Sich bei seiner Freundin nach einer wundervollen Nacht über irgendwelche Wehwehchen zu beklagen, wäre für zukünftige Aktivitäten dieser Art eher kontraproduktiv. Nein, dann doch lieber die Zähne zusammenbeißen und innerlich wehklagen.

Trotzdem war er heute Morgen nicht ganz so schnell wie sonst immer unterwegs. Offiziell schob er es auf den Muskelkater in den Beinen, den er dem vielen Treppensteigen gestern zu verdanken hatte. Das stimmte zwar ebenfalls, war aber definitiv nicht der Hauptgrund für seine langsamere Fortbewegung.

Am Aufzug verabschiedete Schrödinger sich mit einem innigen Kuss von seiner Liebsten, bevor er mit Horst ins Erdgeschoss fuhr. Marion hatte er zwar vorgeschlagen, dass sie einfach abwarten sollte, bis die Kabine wieder frei war, aber auf eigenen Wunsch hin wählte sie das Treppenhaus für den Weg hinab.

Wichtig war so oder so, dass sie im Gebäude nicht gemeinsam gesehen wurden, um keinen zusätzlichen Ärger zu provozieren. Es war ohnehin schon heikel, dass Schrödinger beschlossen hatte, für heute sämtliche Kurstermine ausfallen zu lassen. Hinsichtlich der noch immer zahllosen Barcodesticker war das alles andere als ratsam. Aber es gab Momente im Leben, da gingen Liebe und Ermittlungsarbeit eindeutig vor.

Bevor er sich diesen Dingen widmen konnte, stand ihm allerdings noch ein anderes Highlight bevor. Diesmal in negativer Hinsicht. Entsprechend widerstrebend trat er mit Horst an die Anmeldung im Foyer.

»Hallo, ich habe da dieses Problem mit meinem Bett.«

Die Frau am Empfangstresen hob skeptisch die linke Augenbraue. »So, was denn für ein Problem?«

»Das Bett … also der Lattenrost … na ja, ist kaputt.«

Sie musterte erst ihn und dann den Boxer eingehend. »Wie passiert denn so was?«

Schrödinger begann zu schwitzen. »Äh … das weiß ich auch nicht. Ich habe mich bloß draufgelegt. Plötzlich ist es zusammengebrochen.«

»Zusammengebrochen«, wiederholte sie teils als Frage, teils so bedächtig, als handelte es sich um eine geheime Parole. »Die Betten werden regelmäßig vom Hausmeister geprüft.« Die Frau schüttelte den Kopf.

»Meines vielleicht nicht?«, schlug er eine Lösung vor.

»Natürlich. Und sie sind bis hundertzwanzig Kilo ausgelegt.«

Schrödinger rechnete. Auch ohne Marions exaktes Gewicht zu kennen, war ihm klar, dass sie beide zusammen die zulässige Höchstgrenze überschritten hatten.

»So korpulent sind Sie nicht.«

»Ich bin nicht dick«, wollte Schrödinger sagen, biss sich aber auf die Zunge.

»Neulich hatten wir das bei einem jungen Pärchen. Die… nun ja, sich auch nachts nicht voneinander trennen wollten.«

»Ich bin allein.« Schrödinger stemmte die Hände in die Hüften.

»Ich sag's ja nur. War ein großer Spaß unter den Patienten.«

»Kann ich mir vorstellen.«

Jemand in Damenschuhen lief hinter ihm über den gefliesten Boden. Ein Blick aus den Augenwinkeln heraus verriet ihm, dass es sich um Marion handelte. Er wünschte, sie wäre hier und würde ihm beistehen. Stattdessen trat von der anderen Seite eine weitere Person hinter ihn. Eine korpulente Frau, die höchstens anderthalb Meter groß war und ihm schnaufend auf die Pelle rückte. So was mochte er ja schon an der Supermarktkasse nicht. In einer Situation wie dieser war es gleich noch unangenehmer. Es war beinahe schade, dass Horst nicht seinen Hundereflexen folgte und knurrte, bellte oder zubiss. Jede der drei Varianten wäre seinem Herrchen recht gewesen.

Schrödinger rückte noch weiter an den Empfangstresen heran. Für die Dame auf der anderen Tischseite musste es den Anschein haben, als würde er sich zu ihr herüberbeugen. Sofort wurde ihre Miene noch skeptischer. »Mir ist so was noch nie passiert. Aber im Grunde genommen geht mich das ja nichts an. Bitte füllen Sie diese Formulare aus, dann gebe ich dem Hausmeister Bescheid. Er kümmert sich um alles Weitere.«

Das mit dem Hausmeister hatte er ebenso befürchtet wie erwartet. Er hoffte nur inständig, dass die Rezeptionsdame dieses *alles Weitere* mit dem Kellerschnapsbrenner direkt abklärte. Alles andere könnte sehr anstrengend werden.

»Dauert es noch lange?«, fragte die dicke Frau hinter ihm.

Schrödinger stöhnte innerlich und begutachtete das Formular, das ihm die Klinikmitarbeiterin gerade gereicht hatte.

»Ich habe es nämlich etwas eilig«, sagte die Frau hinter ihm, nachdem er nicht reagiert hatte. Da platzte ihm der Kragen. »Ach, wissen Sie, ich bin bloß hier, um die Zeit totzuschlagen. Mir ist nämlich sonst langweilig.«

Die rundliche Frau glotzte ihn ausdruckslos an. Das hatte ihr tatsächlich die Sprache verschlagen. Dafür wirkte die Rezeptionsdame auf einmal verständnisvoller und half beim Ausfüllen des Belegs. Zum Schluss sagte sie die magische Formel »Den Rest übernehme ich«, und er verabschiedete sich.

Mit Horst im Schlepptau verließ er die Empfangshalle. Nach Marion brauchte er sich nicht lange umzuschauen. Seine Freundin wartete gleich hinter der Hausecke und kam auf ihn zu.

»Alles klar?«, fragte sie.

Er nickte und schaute sich nach Yesims Wagen um. Noch war er nicht in Sicht.

»Was steht als Nächstes an?«

»Wir warten auf die Kommissarin.« Im gleichen Atemzug fiel ihm ein, dass er Marion noch gar nichts von dem Undercover-Einsatz erzählt hatte. Gestern Abend war dafür irgendwie keine Gelegenheit gewesen beziehungsweise sie hatten Besseres zu tun gehabt. Jetzt rächte sich das. Er überlegte, wie er sie in die Sache einweihen sollte, und entschied sich für den direkten Weg. Passend dazu bog der Polizeitrabbi in ihre Straße ein und kam genau wie das Taxi gestern zur Klinik gefahren. Die Zeit drängte also.

Anfangs wirkte Marion verblüfft, sogar ein bisschen eingeschüchtert. Dann überwogen Begeisterung und Neugierde und sie stimmte dem verdeckten Einsatz zu. Schrödinger ging es fast ein bisschen zu schnell.

»Guten Morgen euch dreien«, begrüßte sie Yesim. »Ich hoffe, ihr habt euch gut ausgeruht. Heute wird ein spannender Tag.«

Obwohl sie grinste, klangen die Worte aus ihrem Mund wie eine Drohung. Sofort beschlich Schrödinger wieder die Angst, mit seinem Vorschlag einen Riesenfehler begangen zu haben. Doch zum Zurückziehen der Idee war es längst zu spät. Jetzt wahrscheinlich mehr denn je.

»Von mir aus können wir gleich los«, bestätigte Marion im selben Moment.

Für die Kommissarin war es vermutlich genau das, was sie hören wollte. Sie nickte ihr zustimmend zu, während sie sie nebenbei eingehend von oben bis unten musterte. Einen Sekundenbruchteil lang befürchtete Schrödinger Stutenbissigkeit, aber da Yesims Lächeln natürlich und locker blieb, war ihr Marion offenbar sympathisch.

Nur Schrödinger reagierte mal wieder angespannt: »Könnten wir vor dem *Kaiserschnitt* noch einen kleinen Umweg fahren?«

»Klar, wenn es wichtig ist.«

»Definitiv. Ich brauche unbedingt neues Hundefutter für Horst.«

Der Hund bellte zustimmend.

Schrödinger und Horst quetschten sich auf die Rückbank. Von Kopfstützen keine Spur, immerhin aber hatte die Besitzerin des Kultautos Gurte nachrüsten lassen. Marion nahm mit einem begeisterten »Hach!« auf dem Beifahrersitz Platz. Schrödinger musste die Beine anziehen. Und den Kopf ein, damit Horst ihn nicht gänzlich vollschlabberte.

Der Hund schien zu ahnen, dass sein Herrchen zuerst an ihn gedacht hatte, und bekam auf der Fahrt ins Tal einen regelrechten Liebesanfall.

»Lass euch nur nicht stören da hinten«, lachte Hepsengenc, als sie am Kurhaus vorbeifuhren. Dann kurvte sie über eine alte Brücke, die über die Tauber führte, schwenkte in einen Kreisverkehr ein und hielt – nicht erlaubt – in der Bucht für Busse, direkt vor einem Einkaufszentrum. Dem vermutlich einzigen in Bad Mergentheim, wie Schrödinger mutmaßte. Das Gebäude lag nur durch die Bahnlinie getrennt einen Steinwurf weg vom berüchtigten Kiosk.

»Hunde dürfen da nicht rein«, sagte Schrödinger mit Blick auf die Verbotstafeln. Eis und Inlineskater hatte er nicht dabei, aber einen Horst.

»Macht nix, geh du rasch einkaufen, wir drei genehmigen uns da drüben einen Kaffee.« Marion zwinkerte ihm zu, als er ausstieg.

»Bestell mir einen mit«, flehte er beinahe. Vor lauter Lattenrost und dem Schmuggeln seiner Liebsten aus der Waffelburg hatten sie beide den Gedanken an Frühstück verdrängt.

Und auch wegen der unsäglichen Diskussion wegen des zerfetzten Lattenrostes. Ja, er war rot geworden wie ein Pennäler. Und na klar hatte die Empfangsdame geahnt, dass Schrödinger allein das Möbelstück nicht zum Einsturz hatte bringen können. Er hatte nur Glück gehabt, dass Frank das nicht mitbekommen hatte. Dessen anzügliche Sprüche klingelten ihm in den Ohren, als er sich im Supermarkt des Einkaufszentrums auf die Suche nach Hundefutter machte.

Den Eingang zum Lebensmittelmarkt fand er erst nach mehrmaligem Anlauf. Zu seinem Erstaunen verfügte die Kurstadt nämlich unter diesem Dach über ein Kino mit mehreren Sälen (wohin er Marion ausführen wollte, falls die Filme zu waffelburgfreundlichen Zeiten endeten), mehreren Klamottenbilligheimern, einem Nagelstudio in asiatischer Hand, aus dessen Tür im Halbgeschoss neben der Treppe ätzender Gestank waberte und diverse kleine Shops für Brautmoden, Deko-Kram und eine Apotheke. Im Gewusel der Einkäufer entdeckte er auch das eine oder andere bekannte Gesicht von Mitpatienten. Vroni und Vera zum Beispiel, die in der kurzen Schlange der Eisdiele anstanden, die selbst im Spätherbst geöffnet hatte. Er beeilte sich, das Futter für Horst zu kaufen und hastete zum Kiosk.

Zu seinem Glück war die Bahnschranke geöffnet und er musste nicht minutenlang warten, ehe der Taubertäler Bummelzug die Strecke passiert hatte. Und zu seinem noch größeren Glück standen auf dem Tisch vor den beiden Frauen drei große Becher, aus denen es dampfte. Allein vom Geruch nach Kaffee wurde er ein bisschen wacher und schaffte es ohne allzu großes Fummeln, den kleinen Sack mit Trockenfutter aufzureißen und Horst seine Portion auf den Boden zu kippen. Die Pellets würden bis Montag reichen. Wenn es nach ihm ginge. Aber so gierig, wie der Boxer die getrockneten Fleischpresslinge in sich hineinschlang, könnte der Vorrat auch schon am nächsten Morgen alle sein.

»Prost.« Schrödinger trank zwei gierige Schlucke aus dem weißen Becher. »Besser als Bier.«

Marion lachte. Die Kommissarin blieb ernst.

»Alkohol im Dienst ginge gar nicht«, sagte sie. Was Schrödinger ihr nicht ganz abnahm, schließlich wusste er mittlerweile um die Leidenschaft der Beamtin für Gerstensaft.

»Wir beide müssten uns mal entschuldigen.« Hepsengenc stand auf. Marion ebenfalls. Sie wirkte aufgedreht, als sie gemeinsam mit der Polizistin zur öffentlichen Toilette ging. Die war in einem schmucken kleinen Häuschen untergebracht, das eher an eine Zwergenvilla, denn an ein Pissoir erinnerte. Zumindest von außen.

»Ja, ja. Mädchen gehen nie allein aufs Klo«, rief Schrödinger den beiden hinterher. Er fragte sich wieder, warum das so war. Und fand auch diesmal keine Antwort darauf. Wahrscheinlich war das eines dieser weiblichen Mysterien, über das Generationen von Philosophen sich noch die Köpfe zerbrechen würden.

Immerhin wusste er dieses Mal, warum Marion nicht alleine in der Kabine verschwand. Sie wurde von Hepsengenc verkabelt. Schließlich sollte der Einsatz auch so sicher wie möglich über die Bühne gehen. Dabei hätte er eigentlich gerne zugesehen, um zu erfahren, ob das alles wirklich wie im Tatort ablief. Und wie der neueste Stand der Polizeitechnik denn so war. Man wusste ja nie, wozu ein Schrödinger so was mal brauchen konnte. Seine Anspannung stieg und er versuchte, sich mit einem ausgiebigen Kraulen seines Hundes abzulenken. Horst genoss die Massage und brummte zufrieden.

Und brummte erneut. Weniger erfreut, als sein Herrchen mit der Kraulerei aufhörte, als dieser eine sehr bekannte Dame am Kiosk vorbeigehen sah. Christina. Sie schlug an der Sparkasse vorbei den Weg über den Zebrastreifen in die Innenstadt ein.

»Ich fress einen Besen, wenn die nicht zum Friseur geht«, teilte er seinem Hund mit und wurde hibbelig. Konnte das Ankleben eines Mikrofons tatsächlich so lange dauern? Am liebsten wäre er seiner Reha-Kollegin auf der Stelle nachgeeilt.

Als die beiden Damen vom Verkabeln zurückkamen, standen Hund und Herrchen bereits vor dem Kiosk. Schrödinger hatte die Zeche beglichen und starrte mit zusammengekniffenen Augen auf die Fassade der örtlichen Bank auf der gegenüberliegenden Straßenseite, als könnte er das Gebäude röntgen und sehen, wo Christina sich aufhielt.

»Auf geht's!« Marion nickte den beiden zu. Diese überquerten den Zebrastreifen. Marion wartete zwei Fahrzeuge ab, ehe sie ihnen in gebührendem Abstand folgte. Vorbei an einer noch geschlossenen Eisdiele, einer Bäckerei und der schönen Buchhandlung, die ebenfalls noch zu war. Als der Salon in Sichtweite kam, drehte Schrödinger sich um. Horst stockte, als sein Herrchen so unvermittelt stehen blieb. Am liebsten hätte Schrödinger alles abgeblasen, Marion untergehakt und sie an einen sicheren Ort geführt. Seine Angst, dass etwas schiefgehen konnte, war auf einmal stark wie nie.

»Nun aber nicht kneifen«, sagte Yesim, so als hätte sie seine Gedanken gelesen. Dann knuffte sie ihren verdeckten Ermittler in die Seite und zog ihn mit sich um das Gebäude herum.

Widerwillig folgte er ihr mit Horst zu dem Platz mit den Mülltonnen. Er erkannte den Hinterhof sofort wieder: Vor zwei Tagen war er hierhergelaufen, weil er angenommen hatte, die Kundinnen aus dem *Kaiserschnitt* wären da entlanggegangen. Die drei Mülltonnen und der kleine Metalltisch nebst Stühlen standen noch immer an den gleichen Stellen wie beim letzten Mal. Einzig der Aschenbecher mit Drehmechanismus schien ein paar Zentimeter gewandert zu sein und hatte unterwegs einen Teil seiner staubigen Ladung verloren. Yesim wischte mit dem Unterarm einmal über die schmutzige Oberfläche und breitete dann ihre Abhörtechnik darauf aus. Schrödinger überlegte, ihr zur Hand zu gehen, wusste aber nichts, was die Kommissarin mit geübten Handgriffen nicht zehnmal schneller und besser hinbekam. Da beobachtete er lieber, wie Horst an den Mülltonnen schnupperte und mehrere Ecken als sein Gebiet markierte.

»Wir sind jetzt online«, verkündete Yesim nur Sekunden darauf. In der Hand hielt sie ein langes Kopfhörerkabel, das an Marions Mp3-Player erinnerte. Einen der winzigen Hörer steckte sich die Polizistin ins Ohr, den anderen reichte sie ihm. Schrödinger nahm ihn dankend an und presste ihn sich an den Gehörgang.

Sofort war er über Funk mit seiner Liebsten verbunden. Sie murmelte etwas davon, dass sie sich wie bei der Serie *21 Jump Street* vorkam, die sie als Jugendliche gerne geschaut hatte. Nur mit dem Unterschied, dass es sich hier um keine Highschool, sondern um ein Haarstudio handelte. Trotzdem dürfte die beste Frisur an beiden Orten gleichermaßen ausschlaggebend sein.

Schrödinger, dem die Achtziger-Jahre-Serie mit Johnny Depp ebenfalls ein Begriff war, schmunzelte leicht. Doch auch diese kleine Anspielung half nicht, ihm die Anspannung zu nehmen. Wann immer im Kopfhörer ein Knacken oder Poltern zu hören war, zuckte er zusammen und befürchtete, Marion könnte etwas zugestoßen sein. Noch schlimmer wurde es, als der Empfang gleich darauf konstant schlechter wurde und mehr statisches Rauschen als alles andere zu hören war. Hin und wieder mischten sich zwar auch verschiedene Stimmen darunter, aber man konnte sie gerade mal mit Müh und Not als Frauenstimmen identifizieren.

»Ich hör nichts«, beschwerte sich Schrödinger.

Die Kommissarin nickte zustimmend. »Ist vielleicht ein Sechziger-Jahre-Bau mit uralten Stromleitungen. So was stört manchmal.«

Die mögliche Erklärung interessierte ihn nicht die Bohne. Nervös trat er von einem Fuß auf den anderen. »Wir müssen sie da rausholen. Keiner weiß, was drinnen vorgeht und ob es ihr gut geht. Vielleicht hat sie gerade einen geheimen Drogendeal platzen lassen.«

»Wie kommst du denn auf so was? Wir halten schön die Füße still. Alles andere würde deine Marion bloß in Gefahr bringen. Ihr geht es gut.«

»Wie kannst du da sicher sein?«

Sie zuckte mit den Schultern. »Erfahrung. Weibliche Intuition. Logischer Menschenverstand. Such dir was aus.« Als er sie bloß verständnislos anblickte, fügte sie noch hinzu: »Deine Freundin ist seit gerade mal fünf Minuten in dem Salon. Was soll da inzwischen groß passiert sein? Der

Kaiserschnitt ist ein Friseurstudio und kein Hehlertreffpunkt!«

»Aber irgendwas ist da drinnen! Mit Botox. Und das ist ein Nervengift! Gift, verstehst du? Zwei Menschen sind deswegen schon tot. Ich möchte nicht, dass es drei werden.«

»Es ist nicht mal gewiss, dass die Bude was damit zu tun hat.«

Das war nicht das, was er hören wollte. Missmutig starrte er zu Horst, der mit den Markierungen fertig war und inzwischen drei Tauben beobachtete, die sich zehn Meter über ihnen an der Dachrinne niedergelassen hatten. Auch er wirkte ziemlich tiefenentspannt. Was Schrödinger nicht eifersüchtig, sondern ärgerlich machte. Warum konnte ihn nicht wenigstens der Hund unterstützen?

Für einige Sekunden wurde der Empfang klarer, und er hörte, wie Marion im gelassenen Tonfall etwas über ein paar »Auffrischungen für die Haut« und dass sie sich »gern ein paar Falten straffen lassen würde« sagte. Eine andere Frauenstimme, die von der Ladeninhaberin Ayleen stammen konnte, erwiderte etwas mit leiser Stimme, das nach dem Wort »Nebenzimmer« klang. Doch wieder verhinderten die Störgeräusche, dass er mehr verstand. Verdammt!

Wenigstens wusste er jetzt, dass sie wohlauf war. Er hatte offenbar doch ein bisschen überreagiert.

Einige Augenblicke lang war gar nichts zu hören und er drückte sich den kleinen Kopfhörer tiefer in die Ohrmuschel. Es verbesserte den Empfang kaum nennenswert, war aber besser als gar nichts zu tun. Er bewunderte Yesim, die neben ihm dastand, als würde sie auf ihre Bestellung in der

Bäckerei warten. Ob das die jahrelange Ermittlungs- und Überwachungsroutine mit sich brachte?

Plötzlich knallte etwas dumpf im Kopfhörer. Es klang wie eine aufgestoßene Tür, die mit voller Wucht gegen eine Wand knallte. Oder wie ein nur marginal gedämpfter Pistolenschuss. Schrödinger zuckte zusammen. Riss die Augen auf. Blickte zu seiner Partnerin. Diese wirkte ebenfalls irritiert. Und ja, nun ebenfalls nervöser.

Was war das, wollte er sie fragen. Doch im gleichen Moment drang eine kehlige Männerstimme durch den Äther. Was sie sagte, war nicht zu verstehen. Kurz war Schrödinger sogar so, als würden da zwei Männer wild durcheinanderbrüllen. Dazu schrie eine deutlich höhere Stimme auf. War das Marion? Das statische Rauschen verhinderte auch jetzt ein genaueres Verstehen. Nur eines war sicher: Dass die Lautstärke immer weiter anschwoll. Was immer da drinnen geschah, die Situation schien sich zuzuspitzen.

Für Schrödinger gab es kein Halten mehr. Panik überflutete seine Gedanken und Empfindungen und wischte jedwede Vorsicht beiseite.

»Horst!«, kommandierte er. Der Hund riss den Kopf herum und verstand sofort. Im selben Moment, als er zu seinem Herrchen rannte, erklang aus dem Inneren des Friseursalons ein lauter Aufschrei.

Später war er sich nicht einmal mehr sicher, ob er den Schrei direkt aus dem Laden oder noch durch den Kopfhörer gehört hatte. Denn in derselben Sekunde, in der der Boxer ihn erreichte, zog sich Schrödinger das Überwachungsequipment aus dem Ohr und stürmte auf die Hintertür des Ladens zu. Dass er nebenbei mit der ziemlich schlaffen Geranie kollidierte und diese dadurch gewaltig Schieflage bekam, registrierte er nur nebenbei. Genauso, dass auch die Kommissarin ihren Kopfhörer auf den Tisch warf und nach ihrer Dienstwaffe griff.

Schrödinger riss die Tür auf und stürmte mit Horst ins Gebäude. Er wollte nach Marion rufen, doch seine Kehle war auf einmal staubtrocken und er noch dazu so angespannt, dass er kaum Luft bekam. Außerdem brauchte er einen Moment, damit sich seine Augen an das düstere Halbdunkel im Korridor gewöhnten. Das konnte gar nicht schnell genug gehen. Er hörte Schritte und war nicht sicher, woher sie stammten.

Zwischen den Regalen mit allen möglichen Haarpflegemitteln und einem mit Kitteln behängten Kleiderständer nahm er eine Bewegung vor sich wahr. Jemand näherte sich. Eine Frau. Marion. Sie war aschfahl und wirkte verstört. Ansonsten schien sie wohlauf sein. Weder blutige Schrammen noch Einschusslöcher. Dennoch: Was um alles in der Welt war ihr zugestoßen? Im gleichen Atemzug erkannte sie ihn offenbar und rief seinen Namen. Die Erleichterung darin war unüberhörbar. Horst bellte zufrieden.

»Da kam plötzlich ein Mann. Er hat eine Waffe«, haspelte sie.

»Wo ist er?«, fragte Yesim das, was auch Schrödinger auf der Zunge lag.

»In dem Raum nebenan. Diesem Botoxzimmer.«

Mehr Angaben schien die Polizistin nicht zu benötigen. Sie nickte verstehend und schaute kurz zu Schrödinger.

»Bring sie raus. Ich kümmere mich um den Typen.« Eine Antwort wartete sie gar nicht erst ab, sondern lief vorbei an den Regalen auf das Nebenzimmer zu.

Schrödinger wollte zustimmen und tun, worum sie ihn gebeten hatte. Marions Sicherheit ging über alles. Das Problem war nur, dass er es trotzdem nicht konnte. Dieser Fall betraf ihn gleichermaßen. Er war mit für das verantwortlich, was hier geschah und was sie durch ihre Nachforschungen vielleicht sogar heraufbeschworen hatten. Er musste wissen, was hier gespielt wurde. Vielleicht brauchte noch jemand Hilfe. Oder Yesim brauchte Unterstützung.

»Ich muss auch da rein«, sagte er daher. Marion begriff sofort. Sie hielt ihn auch gar nicht auf. Im Gegenteil: Als Schrödinger mit seinem Hund im Schlepptau auf den Salon zulief, folgte sie ihm. Genau in dieselbe Richtung, aus der sie vor wenigen Sekunden erst geflüchtet war.

Horst

Schrödinger ist auf einmal ein echter Draufgänger. So kenne ich ihn die meiste Zeit gar nicht. Entschlossen wird er nur, wenn eine unmittelbare Gefahr für ihn oder jemanden besteht, der ihm am Herzen liegt. Oder wenn irgendwer jemanden bedroht hat, auf den diese Kriterien zutreffen. Rache ist Blutwurst, wie es so schön heißt.

Deshalb bin ich auch gar nicht sicher, ob mein Dosenöffner hier wirklich bloß nach dem Rechten sehen will oder ob er sich nicht stattdessen denjenigen vorknöpfen will, der seine Marion so verschreckt hat. Meine sensible Hundenase liefert mir auch schon erste Hinweise, um wen es sich handelt.

Trotzdem oder gerade deswegen bin ich überrascht, als wir das Nebenzimmer erreichen. Als Erstes erblicke ich dort nämlich ein völlig unbekanntes Gesicht. Wie passt denn das auf einmal hierher? Sollte ich mit meiner persönlichen Mordtheorie doch völlig danebengelegen haben?

Schrödinger

Im Haarschneidesalon, wo Schrödinger vor zwei Tagen einen Großteil seiner Haarpracht verloren hatte, herrschte Chaos. Stühle lagen umgeworfen am Boden, außerdem hatten sich auf dem Linoleum grünliche und bräunliche Flüssigkeiten zu einem beißend riechenden See vermischt, der ihn an ein Säurebad erinnerte. Die pitschnassen und ölig schimmernden Schlieren dahinter legten die Vermutung nahe, dass Yesim auf ihrem Weg zum Nebenzimmer da hineingetreten und mit der Schuhsohle ein Stück weggerutscht war.

Um dieses Schicksal nicht zu teilen, unternahm Schrödinger einen beherzten Sprung darüber. Trotz mangelnder Kondition klappte das bemerkenswert gut. Abzüge gab es bloß in der B-Note. Horst, der ebenfalls über die Lache sprang, kam direkt vor Herrchens Füßen auf und bremste diesen dadurch aus. Anhalten konnte er trotzdem nicht, weil auch Marion von hinten angesprungen kam. So prallte er mit den Füßen gegen seinen Hund, während ihm seine Liebste gleichzeitig das Kreuz malträtierte. Die Bandscheibe bedankte sich stichhaltig dafür, doch auch das war kein Argument, um langsamer zu werden.

»Aufhören! Polizei!«, hörte er Yesims donnernde Stimme aus dem Nebenraum. Die Tür stand halb offen, sodass er die Kommissarin mit dem Rücken zu sich stehen sah. Ihr Anblick beruhigte ihn, obwohl er durch ihre Anwesenheit gleichzeitig nicht genau sah, mit wem er es sonst noch zu tun hatte.

Der Boden war mit Bechern und Flaschen übersät. Eine Frau wimmerte, war aber nicht zu sehen. Irgendwas – irgendwer – bewegte sich vor der Kommissarin.

Yesim warf einen raschen Blick über ihre Schultern. »Sagte ich nicht, dass ihr draußen warten sollt?«

»Müssen wir wohl überhört haben.« Schrödinger trat neben sie. Sein Herz hämmerte im Maschinengewehrsalventakt. Er war gefasst darauf, Blut zu sehen. Verletzte. Vielleicht sogar Tote. Stattdessen fiel sein Blick auf eine am Boden liegende Gestalt mit einem bekannten Gesicht. Eines, das er hier nicht erwartet hatte, das ihn aber trotzdem nicht überraschte.

Dr. Orhan.

Er trug dieselben Handschuhe und denselben weißen Arztkittel wie bei seinem Besuch vor zwei Tagen. Als Schrödinger ihn nur für den Bruchteil einer Sekunde gesehen und die Informationen nicht so recht zuordnen konnte.

Plötzlich ergab das alles einen Sinn. Dazu passten auch die Gläschen und Spritzen mit der klaren Flüssigkeit darin. Botox. Daran bestand kein Zweifel. Auf einmal hatte Schrödinger wieder die Worte des Arztes im Ohr: Dass das

Mittel verschreibungspflichtig war und Injektionen nur von richtigen Ärzten durchgeführt werden durften. Und hier war er nun, ertappt auf frischer Tat.

Nun ja, mehr oder weniger.

Über den Arzt gebeugt stand ein weiterer Mann. Er trug keinen Arztkittel und auch sonst kam Schrödinger nichts an dem hageren Enddreißiger mit den gegelten schwarzen Haaren und dem Dreitagebart bekannt vor. Wie er ins Bild passte, wusste er nicht. Nur, dass der andere dem Doc gerade ein Messer an den Hals hielt. Vermutlich nicht, um ihm damit eine Rasur zu verpassen.

Hinter den zwei Männern und mit einem umgekippten Stuhl als Schutz vor sich saß eine Frau am Boden. Die Knie hatte sie an den Oberkörper gezogen und die Arme fest darum verschränkt. Obwohl sie ihr bleiches Gesicht halb hinter den Knien verborgen hatte, erkannte Schrödinger Christina trotzdem auf Anhieb. Sie war es auch, die er leise wimmern hörte. Neben ihr presste sich eine ebenso kalkweiße Ayleen gegen die Wand. Die Angst stand auch ihr deutlich ins blasse Gesicht geschrieben.

»Das Messer runter«, brüllte Yesim und richtete ihre Waffe auf den Angreifer.

Dieser schüttelte den Kopf. »Sie verstehen das falsch. Ich bin hier nicht der Böse. Er ist es.«

»Wie kann ich Ihnen glauben, wenn Sie gerade jemanden bedrohen?«

»Weil er es verdient hat. Dieses Dreckschwein hat mein Leben zerstört.«

»Ich versteh nur Bahnhof«, entfuhr es Schrödinger. Er spürte, wie Marion links neben ihn trat und nach seiner

Hand griff. Es fühlte sich so gut an. Genauso wie Horst, der schützend rechts von ihm in Position ging und mit leisem Knurren die Situation verfolgte. Schrödinger nutzte die Gelegenheit, den Fremden ein zweites Mal zu mustern. Er trug sportliche Kleidung, so als wäre er beim Joggen irgendwie falsch abgebogen und dadurch zufällig in diese Situation geraten. Seine Figur war recht gut definiert und unterstützte die sportliche Kleidung. Dennoch blieb es dabei: Er hatte ihn nie zuvor gesehen.

»Dieser Arzt ist ein Schwindler. Ein Betrüger. Und höchstwahrscheinlich ein Mörder.« Der Fremde spie die Worte förmlich aus. Jedes einzelne betonte er mit tonnenweise Abscheu.

»Das können wir gerne alles klären. Ich bin von der Polizei und werde Ihnen zuhören. Aber erst nachdem Sie die Waffe vom Hals des Mannes entfernt haben.«

»Ich will nicht, dass er glimpflich davonkommt und noch mehr Leben zerstört!«

»Das wird er nicht. Wir ermitteln bereits gegen ihn. Die Beweislast ist erdrückend.«

Das ließ den Messermann innehalten. Unsicher schaute er zu Orhan und wieder zu Yesim. Zwei Sekunden verstrichen. Danach zog er die Klinge langsam zurück. Augenblicklich entspannte sich auch die Kommissarin ein wenig. Um die Geste des Unbekannten zu würdigen, ließ sie ihre Pistole einige Zentimeter sinken.

»Lassen Sie das Messer bitte fallen!«

Abermals kurzes Zögern. Anschließend fiel die Klinge zu Boden. Schrödinger und Marion atmeten beide gleichermaßen erleichtert auf.

Yesims Miene hingegen wirkte unverändert. »Und nun kicken Sie es bitte mit dem Fuß in meine Richtung.«

Er tat, wie ihm geheißen.

»Wunderbar. Jetzt treten Sie bitte von dem Mann weg und erklären mir, was dieser ganze Irrsinn hier soll. Wer sind Sie überhaupt?«

Der Fremde zeigte noch einmal drohend auf den Mediziner und trat dann beiseite. »Das ist noch nicht vorbei«, raunte er ihm zu, bevor er sich Yesim zuwandte. »Mein Name ist Patrick Lode. Bis vor wenigen Tagen war ich Aerobic-Trainer, oben in der Waffelburg. Das ist der Spitzname der Rehaklinik, oben auf dem Berg.«

»Wissen wir«, warf Schrödinger ein, weil er keine weiteren Erklärungen über den Kliniknamen hören wollte. Viel mehr interessierte ihn, was Trainer Patrick mit Dr. Orhan zu schaffen hatte. Hatte es irgendwas mit den Gerüchten um seine Beurlaubung zu tun?

»Ich dachte eigentlich immer, ich wäre gut in meinem Job. Hab mir in der Klinik nie was zuschulden kommen lassen. Bis aus heiterem Himmel auf einmal ein Sack voll verschreibungspflichtiger Medikamente in meinem Spind aufgetaucht sind. Und nein, nicht ich hab sie gefunden. Der Klinikchef höchstpersönlich hatte einen heißen Tipp bekommen und daraufhin vom Hausmeister mein Schloss knacken lassen. Wer die Pillen da in meinen Schrank gelegt hat, kann ich nicht genau sagen. Mir gehörten sie jedenfalls nicht. Drogen sind so ziemlich das Letzte, womit ich handeln würde. Diesen ganzen Pharmascheiß braucht eh kein Mensch. Davon wird niemand gesund. Im Gegenteil: Dieser ganze chemische Dreck ist bloß da, um dich krank zu machen, damit du noch mehr von dem Zeug kaufst und die Pharmaindustrie noch reicher machst …«

»Wir kommen vom Thema ab«, unterbrach Yesim den Redefluss.

»Ach so … ja … Entschuldigung. Ich sagte, ich weiß nicht, wer mir das Zeug untergejubelt hat. Aber ich habe da so eine Ahnung. Vielleicht war es ja ein Arzt, der in Wahrheit gar kein Arzt ist! Was meinst du dazu, Orhan? Mein alter Freund und Kupferstecher.«

Der alte Freund und Kupferstecher zog es vor, weiterhin zu schweigen. Seine Miene zeigte allerdings eine Gefühlsregung ziemlich deutlich: abgrundtiefen Hass. Am liebsten hätte sich der Arzt, der angeblich gar kein Arzt war, wohl auf den Aerobic-Trainer gestürzt und ihm sein loses Mundwerk gestopft.

»Wie kommen Sie darauf, dass er Ihnen was untergeschoben hat?«

»Erstens, weil er in seinem Behandlungszimmer jede Menge Arzneimittel hat. Zweitens, weil ich hinter sein Geheimnis gekommen bin. Im Sommer war ich auf einer Exkursion in der Türkei. Und wen sehe ich da am Flughafen stehen? Unseren guten Dr. Orhan. Nur, dass er da weder Doktor noch Orhan war. Der Mann hat überhaupt keine Approbation. Weder bei uns noch in seinem Heimatland. Er heißt noch nicht mal Orhan, sondern in Wahrheit Enwer Altinok. Ja, ich weiß, was Sie jetzt denken. Wie kommt der Kerl auf so was? Ich hab am Anfang auch gedacht, dass ich mich irre oder dass es sich um jemanden handelt, der ihm bloß ähnlichsieht. Aber nein, Enwer Altinok ist tatsächlich derjenige, der bei uns in der Klinik als Dr. Orhan arbeitet.

Woher er den Titel hat? Keine Ahnung? Vielleicht ausgedacht oder gefälscht? Oder den ursprünglichen Dr. Orhan umgebracht? Ich weiß es nicht.«

»Wollen Sie was dazu sagen?«, fragte Yesim an den vermeintlichen Arzt gewandt.

»Ohne meinen Anwalt sage ich gar nichts.«

»Das deuten wir als passive Bestätigung der Fakten«, schlussfolgerte die Kommissarin. »Mit den Motiven des vermeintlichen Betrugs können wir uns später beschäftigen. Viel wichtiger ist aktuell die Frage, wieso er durch sein mutmaßliches Täuschungsmanöver Ihr Leben zerstört haben soll. Wie kommen Sie darauf?«

»Weil ich hinter sein Geheimnis gekommen bin«, antwortete Patrick sofort. »So jemanden musste er ja aus dem Weg räumen, weil er ein viel zu großes Risiko für seine … äh … Karriere bedeutet hätte.«

»Du hast mich erpresst, du mieser Schisser!«, bellte Orhan wie aus dem Nichts. »Den Teil wolltest du wohl verschweigen, was?«

Der Trainer seufzte. »Ja, zugegeben, ich habe versucht, mir ein paar Vorteile zu verschaffen. Urlaub auf Krankenschein und so. Aber das war auch schon alles. Er hingegen hat angefangen, hinter meinem Rücken meine Patienten gegen mich aufzubringen. Und als das nichts brachte, hat er mir seine Scheiß-Drogen untergejubelt. Hat es vermutlich mit der Angst zu tun gekriegt, dass ich auch hinter sein anderes Geheimnis komme. Er ist es nämlich, der die Leute umgebracht hat.«

»Ha siktir! Du kleiner Scheißer!«, rief Orhan. Eine Sekunde lang schien er versucht, aufzuspringen. Yesims

Dienstwaffe ließ ihn sich dann aber doch stoppen. »Ich hab niemanden umgebracht.«

»Erzähl doch nichts«, blökte Patrick zurück. »Ein Bekannter bei der Gerichtsmedizin hat mir gesteckt, dass die Leute in der Klinik wegen Botox gestorben sind! Deinem Botox! Wie willst du das erklären?«

Gute Frage, fand Schrödinger.

»Gute Frage«, sagte die Kommissarin.

»Das ist doch Unsinn. Mit Botox haben die Todesfälle nichts zu tun. Der eine ist ertrunken, der andere hatte wahrscheinlich einen Herzinfarkt oder so.«

»Irrtum«, widersprach Yesim. »In beiden Fällen war Botulinum im Spiel. Die Schlinge zieht sich langsam fester, Doktor Orhan oder wie immer Sie heißen.«

Der Arzt lachte panisch auf. »Aber warum sollte ich jemanden mit Botox umbringen, wenn es meine Haupteinnahmequelle ist? Hä, das verratet mir mal!«

»Dann geben Sie es also zu?«, nahm die Kommissarin den Faden auf.

»Dass ich Botox verabreiche? Ja, Mann, das habe ich getan. Aber das darf ich! Ich bin Arzt.«

»Von wegen!«, rief Patrick.

Orhan winkte ab und schaffte es dabei irgendwie, ihm den Stinkefinger zu zeigen.

»Aber wenn Sie das mit den Giftmorden nicht angeblich war, wer war es dann?«, fragte Marion in diesem Augenblick die Frage, um die es letzten Endes ging. Schrödinger nickte zustimmend. Ihm war das Gleiche durch den Kopf gegangen.

»Ist Tommi wirklich an Botox gestorben?«, fragte eine

dünne Frauenstimme. Im ersten Moment wusste Schrödinger nicht, woher die Worte gekommen waren. Irritiert drehte er sich um, doch niemand Neues hatte das Zimmer betreten. Dafür erhob sich Christina plötzlich vom Boden. Ihr Gesicht war bleich, aufgedunsen und wächsern wie eine Totenmaske. Dass die Frau weinte, fiel Schrödinger erst auf, als sie sich die Tränen mit einem Taschentuch abtupfte und sich danach lautstark schnäuzte. Ihre Miene hingegen blieb die ganze Zeit über starr und regungslos. »Steht das schon fest?«

Yesim nickte zögernd und mitfühlend zugleich.

Das genügte Christina. Sie atmete tief durch und fuhr mit zitternder Stimme fort. Ihr Gesicht hingegen zeigte nach wie vor keinerlei Regung: »Ich weiß nicht, wer meinen Schatz umgebracht hat, aber ein paar Tage vor seinem Tod meinte Tommi zu mir, dass er ein Geheimnis kennt, dass ihm einen schönen Batzen Kohle einbringen wird, mit dem er seine Spielschulden bezahlen kann. Er war nämlich ein leidenschaftlicher Pokerer, allerdings kein besonders guter.«

»Was für ein Geheimnis?«, fragten Marion und Schrödinger wie aus einem Mund.

Christina schaute zu Orhan, dann zu Patrick und dann zu ihren Füßen. »Er meinte, dass einer der Ärzte eine Affäre mit jemandem aus der Klinik hat und dass irgendwas davon heikel wäre. Namen hat er mir keine verraten. Ich hatte ja vermutet, dass es um Sie geht, Dr. Orhan …«

»Ich hab keine Affäre«, widersprach dieser sofort. »Ich hab gar keine Zeit für so was. Außerdem wäre das viel zu riskant, weil … ach, weil es eben zu riskant wäre.«

»In der Hinsicht kann ich weiterhelfen«, sagte Schrödinger. Parallel dazu ging er in die Knie, um Horst zu streicheln. Er fand es toll, dass sich der Boxer so brav verhielt. Das tat er sonst ja äußerst selten. Vielleicht lauschte er ja ebenfalls gebannt, wie sich die Puzzleteile alle zusammenfügten. »Es ist Dr. Hahn, der in der Klinik eine Affäre hat. Und zwar mit dem Therapeuten Detlev.«

»Nein! Ist nicht wahr!«, sagte Dr. Orhan und konnte sich ein süffisantes Grinsen offenbar nicht verkneifen.

»Echt jetzt?«, fragte Patrick mit genauso irritierter Miene wie Yesim und Marion.

»Echt«, bestätigte Schrödinger. »Allerdings hat Hahn gestern mit ihm Schluss gemacht. Ihm wurde das offenbar alles zu heikel. Ich habe das ganze Beziehungsdrama hautnah miterlebt.«

Orhans Grinsen hielt nur eine Sekunde und verwandelte sich dann in eine verbitterte Fratze. »Hahn, dieser Hurensohn. Deshalb hat er mich also in der letzten Zeit so häufig in meinem Behandlungszimmer besucht. Ich hatte mich schon gewundert. Und mir war auch so, als hätten danach ein paar Botox-Ampullen gefehlt oder waren nur noch halb voll. Also doch. Dieser elendige Lügner und Betrüger.«

»Mit solchen Worten wäre ich an deiner Stelle vorsichtig. Sonst trifft dich noch der Schlag«, warf Patrick ein, blieb aber unbeachtet.

»Aber welche Verbindung soll es dann zwischen Tommi und Johann geben?«, fragte Christina. »Oder hat der eine Mord mit dem anderen nichts zu tun?«

Darüber dachte Schrödinger auch gerade nach. »Ich kenne nur eine Verbindung: Sie haben gemeinsam Poker gespielt. Wahrscheinlich hat Hahn sie öfters mal zusammen gesehen und deshalb befürchtet, dass Tommi dem Johann was verraten hat … das würde allerdings bedeuten, dass noch jemand in großer Gefahr schwebt! Frank!«

»Wer ist Frank?«, wollte Marion wissen.

»Mein Kumpel und Tischnachbar. Er gehört ebenfalls zur Pokerrunde und war ein guter Freund von Johann. Die beiden haben ziemlich oft zusammen rumgehangen.«

»Das ist doch der Witzbold, mit dem du jetzt immer um die Häuser ziehst, oder?«, kombinierte Yesim. Dann sollten wir jetzt schleunigst zu ihm fahren, um sicherzugehen, dass er wohlauf ist. »Nicht, dass Hahn noch einen weiteren Mordanschlag plant.«

»Also zumindest im Moment macht er das nicht«, widersprach Christina und zog ihr Smartphone aus der Tasche. »Gerade hat er nämlich einen Termin mit meiner Freundin Regina. Sie hat mir vorhin sogar eine WhatsApp geschickt, dass der Typ heute scheinbar besonders fahrig drauf ist. Ein nervliches Wrack, war der genaue Wortlaut.«

»O nein!« Schrödinger riss die Augen auf.

»Was ist?«, fragte Marion besorgt.

»Regina war auch mit Tommi liiert. Also mehr oder weniger. Entschuldige bitte, Christina. Auf jeden Fall kann ich mir gut vorstellen, dass er sie ebenfalls aus dem Weg schaffen will. Nur für den Fall, dass Tommi ihr was verraten hat. Mir ist nämlich eingefallen, dass der Hahn in den letzten Tagen immer angespannter war. Ich befürchte, er wird allmählich paranoid.«

»Dann sollten wir keine Zeit verlieren!« Yesim steckte die Waffe weg und zog zwei Handschellen aus der Tasche. »Anlegen«, sagte sie an Patrick und Orhan gewandt.

»Aber ich hab doch mit den Morden nichts zu tun«, beschwerte sich der arbeitslose Aerobic-Trainer.

»Dafür aber mit Erpressung, Sachbeschädigung, Bedrohung mit einer tödlichen Waffe und was weiß ich sonst noch. Die Feinheiten klären wir später.«

Mit zufriedener Miene verfolgte sie, wie die Männer sich beide an den Heizkörper neben dem Fenster anketteten. Neben ihr verfolgte die bislang völlig stumm gebliebene Ayleen alles mit skeptischem Blick.

»Und was mache ich jetzt mit denen?«, brach sie ihr Schweigegelübde und wirkte auf einmal ziemlich unsicher.

»Keine Sorge, ich gebe den Kollegen gleich Bescheid, dass sie die Saukerle hier abholen. Dauert nicht lange, bis die Verstärkung eintrifft. Bis dahin dürften sich die zwei bestimmt noch so einiges zu erzählen haben. Sie können also ganz unbesorgt sein. Falls doch einer auszubüxen versucht, ziehen sie ihm einfach mit dem Föhn eins über. Trifft garantiert keinen falschen.«

Yesim zwinkerte der Friseurin zu und ignorierte die Proteste der Gefangenen. Dann drehte sie sich um und eilte aus dem Zimmer. Der Rest der Mannschaft folgte direkt hinter ihr.

Horst

Schrödinger ächzt und schwitzt. Ich kann es ihm nicht mal verdenken. Mir geht es auch nicht besser. Zu fünft in einem Trabant zu fahren, ist alles andere als spaßig. Dabei haben es die Kommissarin und die Botoxpatientin mit dem regungslosen Puppengesicht auf den vorderen Plätzen noch richtig gut. Herrchen hingegen muss mit seiner Marion auf Tuchfühlung gehen, allerdings völlig anders, als ihm das wahrscheinlich lieb ist. Und mich armen Boxer hat er auch noch auf dem Schoß. Aber gut, ist allemal besser, als in dem mickrigen Kofferraum hocken zu müssen.

Zum Glück sind es bloß wenige Kilometer bis rauf zur Waffelburg. Die nutze ich, um die jüngsten Geschehnisse zu verarbeiten. Hat sich ja einiges ereignet in dem Hinterzimmer vom *Kaiserschnitt*. Manches davon hatte ich so auch nicht auf dem Schirm gehabt. Die Auflösung am Ende allerdings war mir natürlich klar. Dass der komische Psycho-Doktor mit dem Nervengift zu tun hat, hätte ich gleich sagen können, so sehr, wie er immer danach stinkt. Aber mich fragt ja wie üblich keiner.

Ah, da vorn ist die Rehaklinik. Jetzt bin ich aber mal gespannt, wie es weitergeht.

Schrödinger

Die Minuten zogen sich in die Länge wie frisch geschleuderter Bienenhonig. Hätte Schrödinger die Möglichkeit gehabt, wäre er unruhig auf dem Rücksitz hin und her gerutscht. Aber mit Frau und Hund bei sich war das in dem ohnehin engen Trabbi ein Ding der Unmöglichkeit. Ein Wunder, dass er überhaupt frei atmen konnte. Vermutlich konnten sie alle von Glück reden, dass Horst keinen seiner berühmt-berüchtigten Flatulenz-Anschläge unternahm. So beengt wie während dieser Fahrt wäre das sicherlich tödlich ausgegangen.

Yesim nutzte die Fahrt, um per Funk ihre Kollegen zu verständigen. Eine Streife schickte sie dabei zum *Kaiserschnitt*, und ein größeres Aufgebot beordert sie zur Waffelburg. »Je mehr desto besser«, sagte sie. Da wollte Schrödinger nicht widersprechen.

An der Waffelburg machte sich die Kommissarin gar nicht erst die Mühe, eine freie Parklücke zu suchen, sondern stellte ihren pink lackierten DDR-Flitzer direkt vor dem Haupteingang ab. Kaum war der Motor aus, sprangen Christina und sie aus dem Wagen. Die Leute auf den Rücksitzen hatten es nicht ganz so einfach. Das Vorklappen der Sitze und das Herausschälen aus der viel zu schmalen Öffnung kosteten wertvolle Zeit. Deshalb war von den beiden anderen auch rein gar nichts mehr zu sehen, als sie es endlich in die Eingangshalle der Klinik geschafft hatten.

»Was ist denn los? Wieder ein Matratzennotfall?«, rief ihnen die Empfangsdame hinterher, erhielt jedoch keine Antwort. Schrödinger rannte mit Marion und Horst im Schlepptau auf direktem Wege zu Hahns Büro. Nach einer Woche Aufenthalt kannte er sich relativ gut aus und wusste ganz genau, wo sie entlangmussten. Eine Handvoll Patienten kam ihnen entgegen. Der Großteil machte vermutlich auch jetzt lieber einen großen Bogen um diesen Bereich. Oder befand sich bei irgendwelchen über Barcodes abrechenbaren Kursen. Oder beides.

Kurz vor der letzten Abbiegung kamen ihnen Yesim und Christina entgegen. »Er ist nicht in seinem Büro«, sagte die Kommissarin außer Atem. »Dort ist alles abgesperrt.«

»Bestimmt ist er mit Regina auf ihrem Zimmer«, sagte Christina. »Wir wollen gerade dahin. Sie wohnt im ersten Stock.«

Die Polizistin und die Freundin eilten weiter. Zweifellos gingen sie davon aus, dass die anderen ihnen folgen würden. Marion machte auch bereits Anstalten, aber Schrödinger blieb zögernd stehen. »Das ergibt doch gar keinen Sinn.«

Irritiert stoppte nun auch Yesim wieder. »Was meinst du?«

»Na, dass er in das Patientenzimmer geht. Wenn er den Verdacht auf Orhan lenken will, wird er doch eher zu dessen Praxis gehen.«

Die Kommissarin dachte einen Moment über den Einwand nach und nickte dann. »Könnte ebenfalls sein.« Sie schaute auf die Uhr. »Hmmh … die Kollegen brauchen noch ein Weilchen. So lange können wir nicht warten. Am besten teilen wir uns auf. Ihr schaut dort nach, wir gehen zu dem Patientenzimmer. Einer von uns läuft in eine Sackgasse und kommt dann schnurstracks zum jeweils anderen. Okay?«

Seine Antwort wartete sie gar nicht erst ab. Als Schrödinger zustimmte, hatten Christina und sie schon fast das Treppenhaus am Ende des Flurs erreicht. Eine Sekunde lang schaute er ihnen hinterher. Dann wirbelte er herum und rannte in die entgegengesetzte Richtung davon.

»Kommt mit«, sagte er überflüssigerweise zu Marion und Horst. Die beiden wären ihm vermutlich auch so gefolgt. Dennoch fühlte er sich bestärkt und irgendwie sicherer, dass sie direkt hinter ihm liefen. In Gedanken malte er sich die zurückzulegende Route aus. Weit war es nicht, aber mehrere Abzweige kamen infrage. Er entschied sich für den linken, auf dem aktuell keine einzige Menschenseele unterwegs war. Jetzt zählte jede Sekunde. Deshalb legte er sich auch so sehr ins Zeug, wie es sein untrainierter Körper zuließ. Er war vom Adrenalin dermaßen aufgeputscht, dass er von etwaigen Hüftbeschwerden rein gar nichts merkte. Im Augenblick gab es definitiv Wichtigeres.

Er sah schon aus einigen Metern Entfernung, dass sie sich an der richtigen Adresse befanden: Tür und Türrahmen von Orhans Behandlungszimmer zeigten auf Höhe des Schlosses deutliche Spuren. Die Tür selbst war zu – aber mit Sicherheit nicht mehr abgesperrt.

»Hoffentlich ist es noch nicht zu spät«, murmelte Schrödinger kaum hörbar. Gleichzeitig beschleunigte er noch einmal seine Schritte. Dann erreichte er die Tür. Als er die Klinke hinabdrückte, hielt er vor Anspannung die Luft an.

Wie gehofft und befürchtet, war die Praxis nicht verschlossen. Drinnen erwartete er ein ähnliches Chaos wie im *Kaiserschnitt*, doch das Behandlungszimmer befand sich in einem verhältnismäßig ordentlichen Zustand. Einzig eine Handvoll Glasscherben vor dem aufgebrochenen Medikamentenschrank bewies, dass hier etwas nicht ganz so war, wie es sein sollte. Das und die Tatsache, dass der psychotische Arzt gerade über eine zitternde und weinende Frau auf der Untersuchungsliege gebeugt stand. Was genau er ihr gerade antat oder bereits angetan hatte, konnte Schrödinger auf den ersten Blick nicht erkennen. Dafür sah er, dass Regina, denn genau um sie handelte es sich, nach wie vor am Leben war. Allein das zählte. Das nahm ihm schon mal ein bisschen von seiner Anspannung.

Vermutlich von den Geräuschen der Eindringlinge aufgeschreckt, drehte der Doc den Kopf in ihre Richtung. Er fletschte die Zähne und hatte die Augen wutentbrannt zu Schlitzen verengt.

»Verschwindet! Das geht euch nichts …«

Weiter kam er nicht, denn in diesem Moment jagte Horst an seinem Herrchen vorbei auf den Mediziner zu. Knurrend setzte er zum Sprung an. Und bevor Hahn wusste, wie ihm geschah, stürzte er sich auf ihn. Der Psycho schrie auf und riss die Arme hoch. Ein dünner, länglicher Gegenstand funkelte in seiner Hand. Vermutlich die Spritze, mit der er seinem Opfer eine tödliche Dosis Botox verpassen wollte.

Hund und Arzt knallten zu Boden. Um ein Haar wäre Hahn dabei mit dem Hinterkopf gegen den Pfosten der Behandlungsliege geknallt. Es hätte alles viel einfacher gemacht. Doch beide kamen unversehrt unten an und kämpften dort weiter. Es sah wie eine pervertierte Version der Kabbeleien aus, die Schrödinger manchmal mit seinem Haustier unternahm. Einziger Unterschied: dass der Doc noch immer die verfluchte Giftspritze in der Hand hielt und sie nicht mal fallen ließ, als Horst sich in seinem Unterarm verbiss.

Hahn kreischte vor Schmerz. Parallel dazu schlug er wild um sich. Wand und streckte sich. Versuchte, den tierischen Angreifer entweder abzuschütteln oder mit der Spritze zu erwischen.

Das konnte Schrödinger nicht zulassen. Ohne nachzudenken, stürzte er sich auf den Arzt. Er musste die beiden entweder voneinander trennen oder dem Mörder wenigstens seine Waffe abnehmen.

Was leider nicht so leicht war. Auch dadurch, dass sich Regina jetzt ebenso auf ihren Peiniger zu stürzen versuchte. Irgendwas Hartes traf Schrödinger am Kinn. Er konnte nicht einmal sagen, von wem oder was es war. Aber es tat verdammt weh und ließ ihn einen Moment lang Sterne sehen. Wie eine Puppe wurde Schrödinger hin und her geschleudert. Mal lag er oben, dann wieder unten. Mal war Hahn neben ihm, dann Regina. Dazwischen war Horst, der noch immer nach dem Killerarzt schnappte.

In Schrödingers Rücken begann es zu schmerzen. Vom harten Boden. Von den Schlägen. Von Überhaupt. Er verlor komplett die Orientierung. Wusste irgendwann nicht einmal mehr, wo oben und unten war. Daher kam es beinahe einer Erlösung gleich, als sich etwas an der Dynamik änderte. Nicht etwas, sondern jemand. Auf einmal waren es bloß noch zwei Menschen und ein Hund.

Dummerweise die falschen Menschen.

Schrödinger verstand nicht, wie, aber irgendwie hatte es der Mistkerl Hahn geschafft, diesem Prügel-Knäuel zu entkommen. Er hinkte zwar, und seine Kleidung hing nur noch in Fetzen an ihm. Aber er war raus und frei. Und was das Schlimmste war, er hielt noch immer diese verdammte Spritze in der Hand.

Geistesgegenwärtig sprang Marion beiseite und brachte sich damit aus der unmittelbaren Gefahrenzone. Mit einem dumpfen Fauchen hastete der Arzt weiter zur Tür.

Inzwischen hatte sogar Regina begriffen, dass sie sich mit dem Falschen balgte. Sie hielt inne und sorgte so dafür, dass Hund und Herrchen auf die Beine kamen. Auch jetzt war es wieder der Boxer, der zuerst auf den Doktor zustürmte. Vergeblich streckte Schrödinger die Hand nach ihm aus. Zum Zurückhalten war es eh viel zu spät. Auf Rückrufe oder Ermahnungen verzichtete er deshalb. Wenn Horst einmal der Jagdinstinkt gepackt hatte, war er so schnell nicht wieder davon abzubringen.

Daher schleppte sich Schrödinger ebenfalls los, war jedoch noch immer zu geschwächt von der Prügelei. Benommen schüttelte er den Kopf, in der Hoffnung, so wieder all seine Sinne zu mobilisieren.

Marion eilte an seine Seite und stützte ihn. Gemeinsam erreichten sie den Ausgang, nur wenige Sekunden, nachdem Horst und Hahn dort entlanggekommen waren. Trotzdem hatte diese kurze Zeitspanne genügt, die chaotische Situation ins komplette Gegenteil zu verwandeln. Als sich Horst auf dem fast menschenleeren Flur erneut auf den Killer-Doc stürzte, war dieser auf den Angriff vorbereitet. Hahn wich auch nicht aus oder versuchte, den Vierbeiner zu verletzen. Nein, er fing Horst im Sprung ab und schlang die Arme um ihn.

Schrödinger starrte ihn entsetzt an. Er war überzeugt davon, dass der Mistkerl Horst gleich die Spritze in den Körper jagen würde. Die entsprechenden Bewegungen machte er bereits. Erst im letzten Moment hielt er inne.

»Noch einen Schritt weiter und ich ramm ihm das Ding direkt ins Herz!«

Erschrocken blieb Schrödinger stehen und streckte leicht die Arme aus, damit weder Marion noch jemand sonst auf den Geiselnehmer zulaufen konnten.

»Ganz ruhig«, redete er auf Hahn ein. »Tun Sie nichts Unüberlegtes!«

»Ich tue nie was Unüberlegtes«, erwiderte der Arzt mit keifender Stimme und tat gleich darauf genau das komplette Gegenteil.

Vielleicht blieb ihm nicht mal eine andere Wahl. Links neben ihm öffnete sich auf einmal die Tür zu einem der Personal-Aufenthaltsräume. Nachtschwester Ingeborg schob ihren gewaltigen Körper nach draußen.

»Kann mir mal jemand erklären, was um alles in der Welt hier los ist?«, brüllte sie und stemmte die Hände fordernd in die Hüften. »Das hier ist eine ...«

Sie stockte, als sie den Arzt und den Hund in seinem Arm sah. Der Anblick musste ziemlich bizarr auf sie wirken. Wahrscheinlich war das einer der Gründe, weshalb sie jetzt mit der Situation total überfordert war. Hätte die sonst nicht auf den Mund gefallene Frau alles gleich richtig eingeschätzt, hätte sie den Geiselnehmer vielleicht überraschen und eventuell sogar entwaffnen können. Doch Darth Vaders Schwester gefror mitten in der Bewegung. Angst meißelte sich in ihr erstarrtes Gesicht.

Dafür reagierte Hahn und tat das wahrscheinlich Einzige, was ihm noch blieb: Er stieß seine Kollegin brutal mit dem Fuß in den Aufenthaltsraum zurück und folgte ihr mit Horst in das Zimmer. Bevor jemand reagieren konnte, fiel die Tür hinter ihnen krachend ins Schloss.

Schrödinger stürmte darauf zu. Er brauchte keine drei Sekunden, um sie zu erreichen – und kam trotzdem zu spät. Im selben Moment, als er die Klinke herunterdrückte, hörte er, dass die Tür von drinnen abgesperrt wurde.

»Machen Sie auf!«, forderte er lautstark. Zur Unterstützung seiner Worte hämmerte er mit den Händen gegen die Tür. Leider erfolglos. Niemand antwortete ihm.

»O mein Gott«, keuchte Marion neben ihm. »Was sollen wir jetzt tun?«

Bevor er ihr antworten konnte, sahen sie, wie Yesim und Christina in ihren Korridor einbogen. Mit schnellen Schritten kamen sie auf sie zu.

»In Reginas Zimmer sind sie nicht«, rief die Freundin schon aus einiger Entfernung.

»Das wissen wir«, rief Marion zurück und fasste hastig zusammen, was sich in den letzten Minuten ereignet hatte. Wie als Bestätigung dazu trat Regina in diesem Moment schwerfällig aus Hahns Behandlungszimmer. Sie musste sich an der Wand abstützen, um nicht zu stürzen. Das Bild musste auf Christina dermaßen befremdlich wirken, dass sie zuerst einen Schritt zurückwich, bevor sie auf ihre Freundin zueilte. Im Vorbeigehen musterte Yesim die beiden, hielt aber nicht an, um sich nach Reginas Wohlbefinden zu erkundigen. Offenbar genügte ihr, was sie auf den ersten Blick sah. Stattdessen zückte sie ihr Funkgerät und brachte die hierher befindlichen Kollegen auf den aktuellen Stand.

»In zwei Minuten sind wir da«, versicherte ihr eine verrauschte Frauenstimme.

So lange konnte und wollte Schrödinger nicht warten. »Wir brauchen hier nicht noch mehr Polizei und auch keine Geiselvermittler. Wenn Hahn das mitkriegt, dreht er vollends am Zeiger.«

Yesim betrachtete ihn mit abschätziger Miene. »Und was schlägst du stattdessen vor?«

»Es gibt nur eine einzige Person, die jetzt noch eine Tragödie verhindern kann.«

Schrödinger ergriff Marions Hand und eilte mit ihr zusammen den Flur hinauf.

Horst

Scheiße. Herrchen würde jetzt »Scheiße!« sagen. Würde ich auch, wenn ich könnte. Aber erstens wurde ich gerade ziemlich unsanft in die Ecke neben dem Schreibtisch geschleudert und habe mir beim Aufprall gegen die Heizung den hinteren Schenkel angestoßen, weswegen ich ein bisschen jaulen muss. Und zweitens würde es sowieso nichts nützen.

Ich sitze in der Klemme.

Ausgerechnet mit dem Nachtdrachen. Diese Ingeborg wirkt so derangiert, von der Frau kann ich keine Hilfe erhoffen.

Ich kann es nachvollziehen. Kommt bei ihr wohl auch nicht alle Tage vor, dass jemand mit einer Spritze vor ihrer Nase rumfuchtelt. Wobei manchen Patienten hier in der Waffelburg so was auch zuzutrauen wäre.

Das hier ist aber kein Patient. Sondern ein Psychologe.

Was es nicht besser macht. Spritzen sind schon beim Tierarzt doof. Sehr doof. Herrchen denkt immer, dass ich nicht schnalle, was los ist, wenn er mir vorne die Ohren krault, die Helferin mich umklammert und die Tierärztin mir hinterrücks die Nadel in den Popöter rammt. Die Tollwutimpfung brennt wie Hölle – aber ich gebe keinen Mucks von mir. Dann bekomme ich nämlich zwei Leckerlis statt nur einem. Tapferer Hund und solches Menschen-Gesülze heißt es dann.

Auf Leckerlis brauche ich mich hier nicht zu freuen.

Dafür muss ich mit allem rechnen.

Der Nachtdrachen muss sich auf den Stuhl am Schreibtisch setzen. Ich quetsche mich ein bisschen dichter an die Heizung und tue so, als ob ich gar nicht da bin. Sie wissen schon, Blick ins Nichts, den Kopf zur Seite gedreht. Funktioniert ganz oft. Aber leider nicht immer. Dr. Hahn fixiert nämlich uns beide. Mit einem Blick wie ein Dobermann, der einen Fuchs gewittert hat. Fehlt nur noch, dass er anfängt zu sabbern.

Und seine Waffe sind leider nicht die Zähne.

Sondern die Spritze.

Mit der argumentiert er auch. Nachtschwester Ingeborg muss das Telefon nehmen. Eins-Eins-Null wählen. Und die Forderungen an die Polizei durchgeben.

Freies Geleit für sie und Hahn. Ein vollgetankter Fluchtwagen vor dem Haus. Keine Polizei in Sichtweite. Und zehntausend Euro in bar.

Von einem Kauknochen ist keine Rede.

»Was zum Teufel?!« Detlev machte einen Satz rückwärts, als Schrödinger mit Marion im Schlepptau die Tür zum Massageraum öffnete. Sphärische Klänge schlugen den beiden entgegen, getragen vom schweren Duft moschuslastiger Räucherstäbchen, deren Schwaden durch den halbdunklen Raum waberten.

»Was soll das?«, rief der nackte Mann, der bäuchlings auf der Liege lag.

»Notfall! Lebensgefahr!«, brüllte Schrödinger und brauchte einen Moment, um das Bild, das sich ihm bot, von der Netzhaut ins Hirn zu transportieren. Marion ging es offensichtlich auch nicht anders. Sie starrte mit offenem Mund in den abgedunkelten Raum.

»Hier gibt es einen Dimmer?«, fragte Schrödinger dämlich und begriff allmählich, was er erblickte.

Und wohl nicht erblicken sollte. Geschweige denn wollte. Detlev trug nichts als schwarzen Nagellack auf den Zehen. Der Masseur schnappte sich das nächstbeste Handtuch und hielt es vor sein nicht ganz schlafendes Gemächt. Dann warf er seinem Patienten – oder bezahlte diese Anwendung hier die Krankenkasse nicht? – ein weiteres Frotteetuch über den blanken Hintern.

»Frank?« Schrödinger kiekste vor Überraschung.

Sein Reha-Kumpel brummte etwas und steckte den Kopf in das dafür vorgesehene Loch in der Massageliege wie ein Maulwurf, der sich tarnen wollte.

»Du bist …?« Schwul, wollte Schrödinger sagen und erinnerte sich an all die plakativen Gassenhauer von wegen

Tittenmaus, geile Christina, schnuckelige Regina und so weiter.

Marion boxte ihn in die Seite. »Das ist Privatsache«, zischte sie. Und erinnerte ihn dann laut: »Horst ist in Lebensgefahr!«

»Was?« Detlev besann sich und drehte die Musik aus. Im Hauruck erzählte Schrödinger, was passiert war. Und trat schon beim Reden den Rückzug an, um den beiden bei was auch immer ertappten Männern die Gelegenheit zu geben, sich anzuziehen. Dann rannte er mit Marion zurück zum Zimmer, in dem Hahn sich als Geiselnehmer profilierte.

»Stopp!« Die Kommissarin bremste das Paar im Flur aus. Sie lugte um die Ecke. Die Tür war geschlossen, kein Laut drang nach außen.

»Er kommt gleich«, berichtete Schrödinger und unterdrückte ein Kichern. Frank. Detlev. Das war ein Fall, den er gar nicht lösen wollte. Der ihn aber bass erstaunte. Nicht wunderte, was gab es nicht alles in Gottes großem Zoo. Marion nahm seine Hand. Zu dritt starrten sie den Flur entlang. Dass sich vor der Klinik ein Großaufgebot an Spezialeinheiten, Rettungswagen und Feuerwehr einfand, konnten die drei nicht sehen. Die Kollegen rückten sämtlich ohne Sirene und Blaulicht an. Polizisten hatten das Stockwerk Zimmer für Zimmer geräumt und abgesperrt. Nur einer durfte noch hinauf: Detlev.

Als er das Trio erreichte, musterte er Schrödinger. Der nickte, als wollte er sagen: »Sorry für die Störung, finde ich okay, dass du bist, wie du bist.« Marion zwinkerte dem Masseur zu und lächelte. Eine Sekunde lang flog Erleichterung über Detlevs Gesicht. Die sofort blanker Panik wich, als Yesim Hepsengenc ihm die Lage und seine Aufgabe aus dienstlicher Sicht schilderte. Schrödinger hörte zu und grinste innerlich. Detlev trug Jeans und ein rotes Shirt mit einem gezeichneten Mops und dem Aufdruck *Naturally born chiller*. Seine nackten Füße steckten in Adiletten. Deren Blau passte nicht ganz zu den lackschwarzen Nägeln. Er nahm an, dass sein Physiotherapeut die Farbe nach dem Streit mit Hahn aufgetragen und nach dem Techtelmechtel mit Frank in einen helleren Ton verwandeln würde. Ein leuchtendes Orange vielleicht oder ein knackiges Grün. Sofern sie alle das hier überlebten.

»Ich?« Detlev wurde blass.

»Wer sonst könnte Hahn zur Besinnung bringen?« Hepsengenc kniff die Augen zusammen.

»Aber wir sind kein Paar mehr.« Bei diesen Worten zitterte Detlevs Unterlippe. Schrödinger befürchtete, dass der stämmige Kerl sofort in Tränen ausbrechen würde.

»Denk an Horst. Denk an das Leben meines Hundes«, beschwor er ihn. An den Nachtdrachen wollte er den Masseur nicht erinnern. Der konnte, ginge es nach ihm und ganz sicher der kompletten Patientenschaft der Waffelburg, bis Sankt Nimmerlein eingesperrt bleiben.

»Der Hund.« Detlev reckte tatsächlich das Kinn. Straffte die Schultern. Und ging, zuerst zögernd, dann mit festem Schritt, auf die verschlossene Tür des Schwesternzimmers zu. Dort angekommen zögerte er und blickte zur Kommissarin und den beiden anderen. Die Polizistin machte Handzeichen. Detlev nickte und legte das rechte Ohr an die Tür. Lauschte. Und gab dann mit Gesten zu verstehen, dass er nichts hörte.

Gutes oder schlechtes Zeichen? Schrödinger wusste es nicht. Seine Hand in der seiner Freundin wurde feucht. Marion schien es nicht zu stören. Wofür er ihr in diesem Moment den letzten Fetzen seines Herzens schenkte. Das übrigens so sehr wummerte, als sei es dazu aufgerufen, den Beat in einem sehr schlechten Techno-Song der Neunziger zu spielen. Umpfumpfumpf.

Yesim ballte die Faust. Schrödinger sah ihr an, dass sie am liebsten losgerannt und durch die Tür gebrochen wäre. Oder Detlev geschubst hätte. Der begriff nach zähen Sekunden und klopfte zaghaft an die Tür. Es geschah – nichts. Der Therapeut schlug erneut dreimal die Fingerknöchel gegen das dunkelbraune Holz. Dann legte er das Ohr gegen die Tür.

»Was? Alle weg!« Hahns Stimme drang in den Flur.

»Ich bin's!«, rief Detlev. »Detlev!«

»Was willst du? Hau ab! Verpiss dich!« Die Stimme des Psychologen überschlug sich beinahe.

»Hilfe! Hilfe!« Ingeborg klang verzweifelt.

»Halt die Fresse, du Schlampe!« Hahn kreischte. Etwas polterte. Schrödinger hörte ein leises Wuffen.

»Horst lebt!« Tränen traten ihm in die Augen. Marion drückte seine Hand.

»Mach doch keinen Scheiß«, sagte Detlev. Yesim nickt ihm aufmunternd zu. »Alles wird gut. Noch kannst du aufgeben.« Ein Satz wie aus einem schlechten Fernsehkrimi – aber scheinbar wirksam. Denn Hahn ging darauf ein. Und setzte zu einem lauten Monolog an.

»Wofür soll ich aufgeben? Um den gleichen Scheiß hier weiterzumachen? Mich mit Leuten rumschlagen, die nur zu faul zum Arbeiten sind und sich auf anderer Leute Kosten fünf Wochen den Arsch pimpern lassen? Mir noch tausend Storys von untervögelten Hausfrauen und wichsenden Bandarbeitern anhören? Habe ich dafür studiert? Mich mit dem Bafög ruiniert? Hör mal zu, du nichtsschnallender Rückenkneter, ich bin gut. Richtig gut. Nicht nur im Bett. Verdammt, meine Frau geht seit Jahren mit dem Nachbarn fremd. Als ob ich das nicht schnalle! Sieht unser Sohn aus wie ich? Wie ich?! Nein! Der hat die gleichen Schielaugen wie der bekloppte Mechaniker von nebenan! Dieselben Locken. Habe ich Locken? Irgendwo? Nein! Weiber. Scheiß-Weiber. Und Kerle? Auch nicht besser. Du Memme. Erst einen auf geilen Hengst machen, und wenn es drauf ankommt, losheulen wie eine Pussy!«

Bei diesen Worten zuckte Detlev zusammen, blieb aber tapfer an der Tür stehen.

»Hören Sie doch auf!« Schwester Ingeborg rief dazwischen.

»Fresse halten, Drache!«, konterte Hahn.

Ein unwirsches Wuffen erinnerte Schrödinger an seinen Hund. Der ganz offensichtlich in Gefahr war, denn die Stimme des Psychologen überschlug sich nun. Hahn zeterte von unfähigen Klinikleitern, seiner verkannten Karriere als Koryphäe der Psychiatrie und nichtsnutzigen Patienten. Etwas polterte im Zimmer. Schrödinger kannte kein Halten mehr. Er riss sich von Marion los, rempelte Yesim Hepsengenc an und rannte zur Zimmertür. Dort angekommen holte er Luft und drückte Detlev zur Seite.

Einatmen.

Ausatmen.

Er hob die rechte Hand.

Ließ die Finger tanzen.

Und klopfte rhythmisch gegen das Holz.

Stille.

Er trommelte weiter. Fingerballett. Im Takt seines Herzens, das schneller pochte als jemals zuvor in seinem Leben.

Klopfen. Trommeln, pochen.

Wieder und wieder.

»Was soll der Scheiß?« Hahns Stimme klang wie die eines heiseren Gockels.

Poch. Klopf. Schrödinger ließ nicht nach.

»Schluss! Aus! Aufhören!« Der Psychologe jammerte beinahe.

Klopfen. Pochen. Trommeln.

Ein Schrei. Gepolter. Und dann – Stille.

Zu viel Stille.

Die Kommissarin hechtete durch den Flur, stieß Schrödinger beiseite und stieß gemeinsam mit einem Streifenpolizisten mit den Schultern die Tür auf. Schrödinger sackte zusammen, als er in das Zimmer blickte.

Horst

Alles muss Hund selber machen. Alles. Erst muss ich die Krankenschwester trösten, die gar nicht wie sonst Befehle gebellt hat. Im Gegenteil, die war so still wie ein halskranker Mops. Und hat auch ähnlich dämlich aus dem weißen Kittel geschaut.

Und dann dreht der Psychologe durch. Der Mann hat echt nicht alle Würstchen beisammen.

Ihnen kann ich es verraten, wenn Sie es nicht weitersagen: so ganz wohl war mir auch nicht. Mein schicker Boxerhintern ging ganz schön auf Grundeis und am liebsten hätte ich vor lauter Anspannung einen Haufen gemacht. Oder wenigstens gepinkelt. Was Hund so macht, um sich etwas Entspannung zu verschaffen. Aber vielleicht war es ganz gut, dass ich dicht geblieben bin. Denn irgendwann habe ich Herrchen vor der Tür gehört.

Und gewusst, dass alles gut wird. Irgendwie. Irgendwann.

Mit Schrödinger wird das auch wieder. Der liegt immer noch auf dem Boden im Flur. Marion hält seine Beine hoch, damit der Kreislauf in Schwung kommt. Ich tue meins dazu und lecke ihm über das blasse Gesicht. Das könnte Schwester Ingeborg auch vertragen, aber ich vertrage kein Make-up. Außerdem steht sie. Neben der Kommissarin. Und Detlev. Der noch kein Wort gesagt hat.

Wie wir alle hier hingekommen sind?

Als Herrchen diesen Rhythmus an die Tür gehämmert hat – ich kenn das Lied, ich schwöre, es liegt mir auf der Zunge, aber ich komm nicht drauf! –, hat es bei Hahn das letzte Lichtlein aus der Laterne gehauen. Ich habe noch nie gesehen, dass ein Mensch gleichzeitig in alle Richtungen schielen kann. Seine Augen sahen aus wie die Pingpongbälle in der Ziehungsmaschine vom Lotto im Fernsehen. Nur ohne Zahlen drauf.

Und von einer Fee, die Kohle ausschüttet, war weit und breit auch keine Spur. Hahn fuchtelte mit der Spritze durch die Luft, als wolle er Schmeißfliegen aufspießen. Dumm nur, dass er dabei immer näher auf Ingeborg und mich zukam. Die klammerte sich am Stuhl fest und kniff die Augen zusammen. Ich hatte nichts zu klammern. Achtzig Zentimeter, sechzig. Ich konnte das Gift in der Kanüle riechen. Hahn brüllte: »Ich bring den Köter um!«

Niemand nennt mich Köter.

Ein Sprung. Ein Biss in den Arm. Ein jaulender Geiselnehmer. Brüllen von draußen vor der Tür. Drinnen eine kreischende Nachtschwester. Und dann ein gewaltiger Krach, als Hahn wie ein Sack umfiel, zuerst mit dem Kopf in Ingeborgs Schoß, dann knallte er auf den Boden. Die Spritze hatte er sich selbst in den Hals gerammt.

Mein Hals war danach ziemlich nass. Von Ingeborg. Die nahm mich in den Arm und heulte mir das Fell voll.

Schrödinger

Zwei Tage später befand sich Marion wieder daheim in Tuttlingen, während Schrödinger seinen üblichen Sport-Aktivitäten nachging. Wassertreten mit Erika hatte er bereits hinter sich, und gerade kam er von einer weiteren Runde Hockersport. Seine Bandscheibe meckerte mal wieder, aber daran hatte er sich mittlerweile schon gewöhnt. Als er mit Horst im Schlepptau die Klinik verließ, um einen kleinen Spaziergang durch den klinikeigenen Park zu absolvieren, sah er – oder besser: hörte er, wie ein Trabbi den Berg zur Waffelburg hochgetuckert kam.

Schrödinger ahnte, wen die Besitzerin dieses Gefährts

besuchen wollte, und blieb zu Horsts Leidwesen direkt neben dem Eingang stehen. Die Kommissarin parkte ihren Wagen und kam lächelnd auf die beiden zu.

»Das sind ja meine zwei Lieblings-Ermittler: Tequila und Bonetti, falls euch das noch was sagt.«

»Ganz dunkel. Solange du uns nicht mit Scott und Huutsch vergleichst, ist alles gut.«

Die Menschen grinsten beide und der Hund freute sich, als sie langsam in Richtung Park losgingen.

»Hier geht wieder alles seinen gewohnten Trott. Im Speisesaal und auf den Fluren sieht man die Leute zwar vereinzelt flüstern und sich verstohlen umblicken, aber irgendwas zum Tuscheln gibt es hier ja immer. Nun sind es eben Giftmorde und eine Geiselnahme. Bin gespannt, wie lange sich das hält.«

»Vermutlich nicht sehr lang. In den Zeitungen war der Fall gestern und heute der große Aufmacher, aber schon bald geht wieder irgendein Promi fremd oder ein Politiker lässt eine neue hirnrissige Steuer-Idee vom Stapel. Irgendwas ist immer.«

»Wie geht es Dr. Orhan – oder wie immer der Arzt heißt, der gar kein Arzt ist?«

»Sein Anwalt hat ihm klar gemacht, dass ein umfassendes Geständnis und uneingeschränkte Kooperation das beste Mittel zur Strafreduzierung sind. Danach hat er gesungen wie ein kölscher Kanarienvogel zur Karnevalszeit. Zum Beispiel darüber, dass er eigentlich gelernter Friseur ist und zufällig einen Hausbesuch beim richtigen Dr. Orhan hatte, als dieser einen Herzinfarkt bekam. Zuerst hat er es mit Erster Hilfe versucht. Aber nachdem nichts mehr zu machen war, hat er ein paar Urkunden und Zertifikate aus der Wohnung geschmuggelt und so getan, als wäre er selber ein Arzt. Er hat quasi beschlossen, die durch den Tod des Doktors frei gewordene Stelle zu füllen. Nur eben nicht in dessen Praxis – das wäre ja zu auffällig –, sondern ein paar hundert Kilometer entfernt in einer Rehaklinik, wo ebenfalls gerade ein Posten frei war. Ist ja auch einige Zeit gutgegangen.«

»War wohl ne günstige Gelegenheit«, überlegte Schrödinger laut. Er hielt kurz an einigen Sträuchern, damit der Boxer sein Geschäft verrichten konnte. »Bis zu einem gewissen Maße kann ich es sogar nachvollziehen. Als Arzt verdient man einiges mehr als beim Haareschneiden.«

»Trotzdem wird ja ein Mediziner nicht umsonst besser bezahlt. Da braucht man Fachwissen.«

»Sollte man meinen. Aber wenn ich mir da manchen Doktor so anschaue … hat unser Doktor Orhan seinen Job so schlecht gar nicht gemacht.«

»Zumindest soweit wir wissen. Für die Staatsanwaltschaft überprüfen wir gerade die Akten sämtlicher Patienten, die der Mann in der Waffelburg behandelt hat. Das ist noch eines aufzuarbeiten. Aber das soll nicht mehr deine Sorge sein. Du hast hervorragende Arbeit geleistet. Jetzt darfst du das tun, weswegen du eigentlich hier bist: dich erholen und deine – was war es noch gleich – Bandscheibe kurieren. Und wie ich höre, hat selbst der gute Horst inzwischen in der Waffelburg eine wichtige Aufgabe gefunden.«

Der Boxer schaute auf, als er seinen Namen hörte. Für einen Moment war Schrödinger sogar, als würde sein Hund lächeln und nicken. Doch da interpretierte er vermutlich zu viel in die Sache hinein. Dennoch erzählte er Yesim gerne und stolz davon, dass ihm Pfleger Michael gestern berichtet hatte, wie positiv sich allein Horsts Anwesenheit auf Frau Haferkant auswirkte. Wohin das Ganze führen würde, war zwar noch nicht abzusehen, aber fest stand ohne Zweifel, dass ein Vierbeiner aus therapeutischen Gründen für die Behandlung unabdingbar war.

Sie drehten eine große Runde durch den kleinen Park. Und als sie wieder am Eingang der Waffelburg ankamen, kehrte Yesim zu ihrem Wagen und Hund mit Herrchen ins Haus zurück. Vom Fenster aus verfolgten sie, wie sich der Polizei-Trabbi entfernte.

Lächelnd drehte Schrödinger sich um und ging zufrieden auf die Aufzüge zu. Es tat gut, dass nun praktisch alles aufgeklärt war oder sich auf dem besten Weg dahin befand. Technisch gesehen wäre seine Aufgabe damit erfüllt. Schade nur, dass die Krankenkasse das anders sah und darauf bestand, dass er hier die vollen sechs Wochen absolvierte. Schrödinger konnte kaum abwarten, dass Marion ihn wieder besuchen kam. Auch wenn er sich dafür noch fast eine Woche gedulden musste.

»Schrödinger, Sie sind mir vielleicht ne Marke«, vernahm er plötzlich eine donnernde Stimme hinter sich. Langsam drehte er sich um und war nicht überrascht, auf dem Flur den weißhaarigen Hausmeister in seinem Blaumann zu erblicken. Über der Schulter hing der Gurt einer abgewetzten Ledertasche mit zahlreichen Kratzern und Flecken. Der Verschluss stand halb offen und offenbarte darunter einige rote Schraubenzieher. »Irgendwie werde ich einfach nicht schlau aus Ihnen. Sie schleichen hier immer so herum, als hätten sie was zu verbergen. Und dann erst Ihr Hund. Der jault und furzt und wird in einer Klinik in etwa so sehr gebraucht wie ein Fliegenfenster im U-Boot. Sie haben bei uns einiges an Verwirrung und Unruhe gestiftet. Seit Ihrer Ankunft ist hier einiges im Wandel. Und ob das zum Guten ist, wird sich noch zeigen. Sie haben das untrügliche Talent, immer zur falschen Zeit am falschen Ort zu sein. Aber seltsamerweise ist das nicht ausschließlich schlecht. Was ich eigentlich sagen will: Danke. Danke, dass Sie meine Schwester aus der Hand dieses Irren befreit haben. Ohne Sie und Ihren Hund hätte das ganz schnell ganz anders ausgehen können. Haben Sie gerade was vor?«

Die plötzliche Wendung des Gesprächs und vor allem die Frage am Schluss irritierten Schrödinger. Er wusste nicht recht, worauf der alte Mann hinauswollte. Oder ob er ihm vertrauen konnte. Dem Hausmeister war es zuzutrauen, dass er ihn in einem der Zimmer einschloss und dann stundenlang nicht mehr rausließ. Technisch gesehen wäre das ja auch nicht das erste Mal. Dennoch war da etwas in der Stimme des Hausmeisters. Und auch in seinem Blick. Er schien seine letzten Worte durchaus ernst zu meinen.

»Nein, im Moment nicht«, antwortete Schrödinger daher zögernd. Skeptisch blickte er vom Hausmeister zu Horst und wieder zurück.

Ein dünnes Lächeln erschien im Gesicht des alten Mannes. »Wunderbar. Dann kommt mal mit in den Keller. Ich habe da ein Schnäpschen. Gerade frisch gebrannt und erst vor einer Stunde abgefüllt. Ich würde vorschlagen, dass wir beide mal schauen, ob die neue Charge was taugt. Was meinen Sie?«

Schrödinger begann ebenfalls zu lächeln. Er war zwar kein großer Schnapstrinker oder -kenner, aber dies war ein Angebot, das er nicht ablehnen konnte.

»Haben Sie da unten auch Eis? Ich hätte mein Getränk gerne geschüttelt, nicht gerührt.«

Was danach geschah...

Dank eines fähigen Anwalts und eines milden Richters kam Aerobic-Trainer Patrick trotz der Tatsache, dass er seinen Gegner mit einem Messer bedroht hatte, mit einer Bewährungsstrafe davon. Ganz anders als der sogenannte Dr. Orhan, der wegen Betrugs und gefährlicher – zum Teil nur versuchter – Körperverletzung zu zwölf Jahren und drei Monaten Haft verurteilt wurde. Diese sitzt er im Stuttgarter Stadtteil Stammheim ab, wie dereinst die Terroristen Baader und Meinhof. Allerdings nicht wie jene in Isolationshaft. Orhan darf die Zelle verlassen und schneidet seinen Mitgefangenen gegen Kippen und Duschgel die Haare.

Frau Haferkant lebt mittlerweile in einem Seniorenheim. Sie kann wieder beide Arme bewegen. Zumindest leidlich. Was auch gut ist, denn zweimal die Woche bekommt sie Besuch von Pius. Pius ist ein Pudel. Und der will gestreichelt werden. Sprechen kann – oder will – sie immer noch nicht. Das wäre aber eine andere Geschichte.

Detlev hat seinen Job in der Waffelburg gekündigt. Er ist nun, dem Vernehmen nach, Teilhaber eine physiotherapeutische Praxis im Harz.

Frank ist nach der Reha zu seiner Frau zurückgekehrt. Sie haben weiterhin einmal alle paar Schaltjahre Blümchensex, damit sie ihm am Folgetag einen fetten Schweinebraten in die Röhre schiebt. Möhren stehen bei ihm genauso wenig auf dem Speiseplan wie bei Vroni, Vera und all den anderen Tischgenossen.

Die Deutsche Rentenanstalt mit Sitz in Berlin hat die Waffelburg überprüft. Die Empfangsdame durfte, ebenso wie Nachtschwester Ingeborg und ihr brüderlicher Hausmeister, den Job behalten. Der Klinikleiter wurde zum Gesundheitsamt in Bielefeld abberufen und ist fortan für die Sauberkeit in den dortigen Kneipen zuständig.

Schrödinger hat tapfer seine letzten Wochen in der Reha hinter sich gebracht. Mit dem Schnaps aus der hausmeisterlichen Brennerei ging das ganz gut. Schließlich war der Bruder mehr als happy, dass das sechsbeinige Ermittlerduo erstens Nachtschwester Ingeborg gerettet und zweitens trotz Nachbohren von Yesim Hepsengenc die Schwarzbrennerei im Keller mit keiner Silbe erwähnt hatte. Schrödingers Bandscheibe schien unter den Promille Ruhe zu geben, obwohl Detlev sich nicht mehr um seinen Rücken kümmerte. Barcodes hat er keine, gar keine mehr geklebt und trotzdem nie eine Rechnung erhalten. Um den Möhrchensalat machte er in den folgenden drei Wochen einen großen Bogen. Einmal noch fuhr er nach Hannover, um seine paar Habseligkeiten zu packen. Seitdem wohnt er in Tuttlingen bei Marion und ihren Kindern.

Horst genießt den zwar steilen, weil am Hang gelegenen, aber waldigen Garten. Das Areal wäre in seinen Hundeaugen perfekt für ein Lama geeignet, aber er weiß noch nicht, wie er das seinen Menschen beibringen soll.

Schwiegermutter Hillu und Schrödinger sind sich bereits am ersten Tag in die grauen Haare geraten. Es ging um … das weiß keiner mehr. Seitdem kommt Oma Hillu nur noch in das Haus ihrer Tochter, wenn diese und ihr Lebensgefährte in der Dachdeckerfirma oder Getränkemarkt jobben und sich jemand um die Kinder und Horst kümmern, diese zum Blockflötenunterricht oder Fußballtraining fahren muss.

Ein Mobiltelefon besitzt Schrödinger noch immer nicht. Braucht er auch nicht, wie er meint. Seine Herzdame sieht er schließlich jeden Tag. Und seine Ex braucht seine Telefonnummer nun wirklich nicht zu wissen. Die endet übrigens auf 42. Was die Antwort auf die Frage nach dem Sinn des Lebens ist.

Übrigens: das Lied, das Schrödinger getrommelt hat, ist von den Bee Gees. *Staying alive.* Erstens ist Schrödinger nichts anderes eingefallen und zweitens soll man im Notfall zu eben diesem Rhythmus eine Herzdruckmassage machen. Womit auch für Horst bewiesen wäre, dass Musik Leben retten kann.

Dank

Herzhaften Dank an Uli Lindner, der uns auf die Idee brachte, dass Botox das Mittel der Wahl ist. Und der uns mit seinem Fachwissen in die richtige Mordsspur gebracht hat. Wer schön sein will, muss manchmal sterben.

Danke auch an Dr. Conrad Kluge, der uns über die Reha an sich, über Bandscheiben- und Knieprobleme aufklärte und so wundervolle Worte wie Tibiakopffraktur beibrachte.

Bin teşekkürler unserem Autorenkollegen Erkan Mete für den Crashkurs in Türkisch.

Und danke an die echte Empfangsdame in der echten *Waffelburg*, die uns einen Einblick in ein leerstehendes Patientenzimmer gewährt hat.

Danke. Thank you. Merci an all unsere Leser. Ohne euch würde Horst nicht so mopsfidel durch die Geschichte springen. Wenn es heute noch keiner gesagt hat: Ihr seid die Besten.

Danke an den Verlag Weltbild, dass Ihr Horst & Herrchen ein Körbchen… äh … Zuhause bietet und uns sämtliche Freiheiten lasst.

Danke an Ulrike Strerath-Bolz, die beste Lektorin, Hundemama und Kritikerin.

Last but not least: Vielen Dank auch an unsere Kinder und Ehepartner, dass ihr uns den nötigen Freiraum gelassen habt, während wir uns mental in der Reha-Klinik herumgetrieben haben.

Ach ja. Wie immer: Sämtliche Personen und Schauplätze entspringen unserer Phantasie. Ähnlichkeiten mit lebenden Menschen oder bestehenden Orten sind kompletter Zufall. Einzig an Boxer Horst könnte das eine oder andere wahre Haar dran sein. Aber das wäre eine andere Geschichte, die wir gerne für euch aufschreiben.

Silke Porath & Sören Prescher, Dezember 2018